《网上创业理论与技能》教材编委会

高等教育"十二五"规划创新创业教育教材

面向 21 世纪高等院校信息化创业教育教材

网上创业理论与技能

孙德林　主　编

解新华　施文　彭柏华　副主编

黄小萍　主　审

电子工业出版社

Publishing House of Electronics Industry

北京·BEIJING

内 容 简 介

　　网上创业这种模式很适合大学生在校期间锻炼操作能力，创业成本不高，承担的风险不大，容易使学生实现从学校到就业零距离对接。本书共分为 9 章，从网上创业的基本理论知识到实践技能进行了全面介绍。主要内容包括：第 1 章从创业概念、核心要素、本质等创业的基本内容导入，由浅入深地介绍了互联网企业及特点，网上创业的价值与优势，网上创业的商业模式与赢利模式等内容。第 2 章至第 5 章，介绍了创业者与创业团队，创业融资，创业机会识别和创业项目计划书的撰写。第 6 章开始着重介绍 B2C 网上创业项目运作、网上店铺的创建与运营管理、网上支付与物流管理、网上创业风险的防范和控制，让创业者能够全面掌握网上创业项目运作的基本流程和运营管理等知识。

　　本书可以作为高等院校创业教育以及相关专业本科生和高职高专学生的教材，也可以作为创业教育相关人员的培训教材，还可以作为网上创业者的学习参考用书。

图书在版编目（CIP）数据

网上创业理论与技能 / 孙德林主编. —北京：电子工业出版社，2011.6
高等教育"十二五"规划创新创业教育教材　面向 21 世纪高等院校信息化创业教育教材
ISBN 978-7-121-13853-9

Ⅰ.①网… 　Ⅱ.①孙… 　Ⅲ.①电子商务－高等学校－教材 　Ⅳ.①F713.36

中国版本图书馆 CIP 数据核字（2011）第 113977 号

策划编辑：刘宪兰
责任编辑：刘宪兰 　文字编辑：侯 儒
印　　刷：北京丰源印刷厂
装　　订：三河市鹏成印业有限公司
出版发行：电子工业出版社
　　　　　北京市海淀区万寿路 173 信箱 　邮编 　100036
开　　本：787×1092 　1/16 　印张：17.5 　字数：383 千字
印　　次：2011 年 6 月第 1 次印刷
印　　数：4 000 册 　定价：35.00 元

　　凡所购买电子工业出版社图书有缺损问题，请向购买书店调换。若书店售缺，请与本社发行部联系，联系及邮购电话：（010）88254888。

　　质量投诉请发邮件至 zlts@phei.com.cn，盗版侵权举报请发邮件至 dbqq@phei.com.cn。

　　服务热线：（010）88258888。

前　言

　　党的第十七次全国代表大会作出了"实施扩大就业的发展战略，促进以创业带动就业"的总体部署，并明确要求完善支持自主创业、自谋职业政策，加强就业观念教育，使更多劳动者成为创业者。国务院也相继出台了一系列扶持创业的政策措施。近年来，各地认真贯彻和实施中央有关以创业带动就业的发展战略和政策措施，坚持"政府促进、社会支持、市场导向、自主创业"的基本原则，从提高创业意识、增强创业能力、优化创业环境等环节入手，不断完善政策扶持、创业教育和培训、创业服务"三位一体"的工作机制，不断激发劳动者的创业热情，全民创业蓬勃发展，以创业带动就业工作成效明显。

　　以创业带动就业工作，是实施中央扩大就业发展战略的重要内容，是新时期实施积极就业政策的重要任务。在我国加快转变经济发展方式、统筹城乡发展的新形势下，创业已成为解决我国就业问题的重要途径。高等院校、高职院校必须适应这一新的发展趋势，以扩大就业为导向，抓好创业教育，把鼓励创业、支持创业、成就创业摆到毕业生就业工作更加突出的位置，建立创业带动就业的长效教育机制。

　　创业教育是培养人的创业理念，提高创业者的综合素质和创业能力的教育。创业教育被联合国教科文组织称为21世纪继文化知识证书、职业技能证书之后的"第三本教育护照"，被赋予了与学术教育、职业教育同等重要的地位。创业教育不仅可以培育学生的创业意识、开拓精神和传授创业理论知识，更重要的是要让学生学会像企业家一样思考，抓住机会，整合资源，克服困难，努力开办并经营好企业，最终取得创业成功。因此，注重学生强烈的创业意识和独立思维的培养，突出人才素质构成的创造性元素，突出人才素质培养的实践环节，帮助学生构建完善的创业理论知识和能力结构，强化动手能力，适应全球化、知识经济时代的挑战，增强学生的竞争力，才是创业教育的基本价值取向。

　　需要强调的是，学生创业能力的养成应在实践中逐步实现。实践是创业教育中的重要一环，但目前这个环节比较薄弱，它是我国创业教育与西方发达国家创业教育最大差距之处，是我国创业教育发展的瓶颈之一。目前，多数高等院校仅仅引入了一些课程，进行了一些零星的创业实践活动，实践瓶颈仍没被打通，阻碍了创业教育体系的形成。中国青年政治学院副院长李家华说，创业教育实践环节成为瓶颈，只是一个现象，它折射出的是整个创业教育体系存在的问题，整个社会环境对创业教育实践的支持不足是重要的原因。但高校自身也存在不足。从思想上看，高校对创业教育重视不够，有的学校偏重创业理论教育、忽视实践技能培养，有的学校只在临近毕业时才对学生进行创业教育，有的学校更愿做短期内能够收到成效的功利性探索而不愿对创业实践教育有过多的投入；从能力上看，创业教育对高校师资水平要求较高；从投入上看，创业教育的实践环节需要大量的资金和人力支持，这对高校的实力提出了挑战。

为了克服创业教育工作存在的问题，各高校开始从学生进校起就进行创业教育，并在开展创业理论教育的同时，着重培养学生创业实践能力。而网上开店这种创业模式就很适合大学生，在校期间就可在网上锻炼操作能力，且创业成本不高，承担风险不大，容易使学生实现从学校到就业的零距离对接。

本书即针对大学生创业教育和相关课程而撰写的教材。全书共分为 9 章，从网上创业的基本理论知识到实践技能进行了全面介绍。第 1 章从创业概念、核心要素、本质等创业的基本内容，由浅入深地介绍了互联网企业及特点，网上创业的价值与优势，网上创业的商务模式与赢利模式等内容。第 2 章至第 5 章介绍了创业者与创业团队、创业融资、创业机会识别和创业项目计划书的撰写。第 6 章开始着重介绍 B2C 网上创业项目运作、网上店铺的创建与运营管理、网上支付与物流管理、网上创业风险的防范和控制，让大学生能够全面了解网上创业项目运作的基本流程和运营管理等知识。

本书的一大特色就是理论与实践相结合，指导大学生进行网上创业，且立意新颖、内容丰富、深入浅出，帮助大学生进行学习和掌握 B2C 网上创业项目运作方法，网上店铺的创建和如何以经营管理为目标。本书在阐释创业的基本理论知识基础上，侧重B2C 电子商务模式和赢利模式的具体分析，网上店铺的创建与经营管理的实际操作，并重点介绍了多种网上创业应用实践的最新成果和网上店铺创建与经营管理的成功案例，帮助大学生认清网上创业的本质，掌握网上创业的创业理念和实践模式，学习和借鉴他人网上创业的成功经验，为大学生的创业实践提供参考和帮助。

本书是全国教育科学"十五"规划、教育部规划课题"基于创业教育与职业技能教育整合的复合型信息化创业人才培养模式研究"的后期研究成果，也是 2010 年中国高等教育学会立项的全国创业研究课题（2010CX147）的研究成果，并得到教育部高等学校电子商务专业教学指导委员会项目"高等学校电子商务专业知识体系江西省创新实验区"项目组的支持。

本书由孙德林任主编，解新华、施文、彭柏华为副主编，黄小萍主审。孙德林负责全书的总体框架设计、组织撰写及最后对全书各章节的内容定稿和统稿，以及第 1 章和第 5 章的编写；解新华负责第 2 章的编写；解新华、谭鑫负责第 6 章的编写；施文、孙雅岑负责第 3 章的编写；施文负责第 7 章的编写；彭柏华、徐舒负责第 8 章的编写；彭柏华负责第 9 章的编写；孙志远负责第 4 章的编写。除此之外，参加编写本教材相关章节案例的还有李淑珍、熊婷、张莹、洪华秀、许柳旦、张毅、王波、商丽媛、甘朝松、叶新梅、吕品、钟永海等教师。

感谢教育部高等学校创业教育指导委员会委员贾少华教授以及浙江义乌工商职业技术学院梅沁芳、季晓伟教师为本教材的出版提供的大学生成功创业的宝贵案例，感谢电子工业出版社为本书的出版做出的努力；感谢吴传德、叶社林、胡艳艳、蔡帧艳、付经凤、周秋香、戴欢、邹文博、胡彩云、黄源通、刘佩佩、谢洪波、罗蔚、瞿勇勇、柳晓峰、关婧、郑良海、彭明杰、艾瑜、陈旭芳、王琪、胡宜华、张鹏等为本书做的大量资料收集和整理工作。

本书在编写过程中，借鉴了国内外一些出版物和网上资料，由于篇幅限制，不能在文中一一注明，只在最后的参考文献中列出。在此，谨向各位学者表示由衷的感谢和敬意。由于创业的不断发展和作者水平有限，书中难免有错误和疏漏之处，欢迎各位专家和读者批评指正。

借本书出版之际，特向一贯支持我们工作的全国教育科学规划领导小组、教育部高等学校电子商务专业教学指导委员会、中国高等教育学会、中国自动化学会、中国信息经济学会、中国信息经济学会电子商务专业委员会、电子工业出版社、金蝶软件公司和许多兄弟院校、业内专家、学者、同行及海内外朋友们表示最真挚的感谢！

最后，祝各位创业者创业成功！

作　者

2011 年 5 月 1 日

目　录

第1章　网上创业概述 ··· 1

1.1　创业概述 ··· 3

1.1.1　创业的含义 ·· 3

1.1.2　创业的背景 ·· 4

1.1.3　创业的核心要素和本质 ·· 5

1.1.4　创业与创新的关系 ··· 8

1.2　网上创业 ··· 10

1.2.1　互联网的由来 ·· 10

1.2.2　网上创业的概念 ··· 10

1.2.3　网上创业的优势 ··· 11

1.2.4　网上创业的局限性 ··· 12

1.2.5　网上创业的环境 ··· 13

1.2.6　中国电子商务的发展 ·· 14

1.2.7　网络技术的发展 ··· 16

1.2.8　网上创业的发展趋势 ·· 17

1.3　网上创业的商务模式与赢利模式 ·· 18

1.3.1　商务模式与赢利模式概念 ·· 18

1.3.2　网上创业商务模式分类 ··· 19

本章小结 ·· 23

技能训练 ·· 23

思考与练习 ·· 23

第2章　创业者与创业团队 ··· 25

2.1　创业者的个人素质和能力 ··· 26

2.1.1　要有强烈的创业意识 ·· 27

2.1.2　要有良好的心理品质 ·· 27

2.1.3　要有多方面的知识 ··· 27

2.1.4 要有较强的创业能力 ·· 39

2.2 创业者的培养 ·· 41

2.3 创业团队的组建 ·· 42

2.3.1 组建创业团队的重要性 ·· 43

2.3.2 创业团队的组建 ·· 45

2.4 创业团队的管理 ·· 47

本章小结 ·· 54

技能训练 ·· 54

思考与练习 ·· 54

第 3 章 创业融资 ··· 55

3.1 创业融资渠道和方式 ·· 58

3.1.1 融资渠道 ·· 58

3.1.2 融资方式 ·· 60

3.1.3 融资渠道和融资方式的相互关系 ·· 63

3.2 创业融资现状及原因分析 ·· 64

3.2.1 中国创业融资的现状 ·· 64

3.2.2 中国创业融资现状原因分析 ·· 65

3.2.3 国家推出有关中小企业融资政策 ·· 66

3.3 创业融资策略 ·· 67

3.3.1 融资中应遵循的原则 ·· 67

3.3.2 创业融资分阶段策略 ·· 70

3.4 创业融资谈判技能训练 ·· 73

3.4.1 谈判前准备工作 ·· 73

3.4.2 谈判双方的目标与责任 ·· 74

3.4.3 谈判技巧 ·· 75

本章小结 ·· 77

技能训练 ·· 78

思考与练习 ·· 78

第 4 章 创业机会识别 ·· 79

4.1 创业机会 ·· 80

4.1.1 创业机会的含义 ·· 81

4.1.2 创业机会的特征 ·· 81

4.2 创业机会识别的思路 ·· 82

4.3 创业机会识别过程 ·· 84

4.4 创业机会识别模型 ·· 85

本章小结 ·· 94

技能训练 ··· 95

思考与练习 ··· 95

第 5 章　创业项目计划书的撰写 ··························· 97

5.1　概述 ··· 98

5.2　项目计划书的撰写 ······································· 98

5.3　项目计划书案例 ··· 107

5.3.1　企业概况 ··· 107

5.3.2　合作模式 ··· 107

5.3.3　业务描述 ··· 108

5.3.4　产品与服务 ······································· 110

5.3.5　市场营销 ··· 111

5.3.6　财务预测 ··· 114

5.3.7　行业与环境分析 ··································· 117

5.3.8　网站建设 ··· 121

5.3.9　风险分析 ··· 122

本章小结 ··· 124

技能训练 ··· 124

思考与练习 ··· 124

第 6 章　B2C 电子商务网上创业项目运作 ··············· 125

6.1　概述 ··· 126

6.2　市场调查 ··· 127

6.2.1　市场环境调查 ····································· 127

6.2.2　市场需求调查 ····································· 128

6.2.3　市场供给调查 ····································· 129

6.2.4　市场竞争情况调查 ································· 130

6.3　市场分析 ··· 130

6.3.1　市场分析内容 ····································· 130

6.3.2　项目定位 ··· 135

6.4　电子商务网站项目策划 ··································· 136

6.5　电子商务网站项目建设 ··································· 136

6.5.1　应用系统功能设计 ································· 137

6.5.2　用户体验设计 ····································· 139

6.5.3　系统构架设计 ····································· 143

6.5.4　系统安全 ··· 145

6.6　电子商务网站项目运营管理 ······························· 146

6.6.1　电子商务项目运营管理内容 ······················· 146

　　　　6.6.2　电子商务项目运营管理要素 ·· 147

本章小结 ··· 153

技能训练 ··· 153

思考与练习 ··· 153

第 7 章　网上店铺的创建与管理 ··· 155

　7.1　网上店铺的创建 ··· 161

　　　　7.1.1　硬件准备 ·· 161

　　　　7.1.2　软件准备 ·· 163

　　　　7.1.3　淘宝网注册 ·· 167

　　　　7.1.4　支付宝注册 ·· 171

　　　　7.1.5　网店开设 ·· 174

　7.2　网上店铺的发展战略 ··· 174

　　　　7.2.1　企业战略 ·· 174

　　　　7.2.2　网店发展的战略思维 ·· 180

　7.3　网上店铺的 CI 策划 ·· 184

　　　　7.3.1　CI 的概念 ··· 184

　　　　7.3.2　CI 策划的特点和作用 ·· 185

　　　　7.3.3　CI 策划的意义 ·· 186

　　　　7.3.4　CI 系统的构成 ·· 187

　　　　7.3.5　CI 设计的原则 ·· 187

　　　　7.3.6　CI 设计的规划过程 ·· 189

　　　　7.3.7　企业 CI 设计欣赏 ·· 189

　　　　7.3.8　网上店铺 CI 策划的重点 ·· 190

　7.4　网上店铺的成本管理 ··· 190

　　　　7.4.1　成本管理概念 ·· 190

　　　　7.4.2　成本管理的目的 ·· 191

　　　　7.4.3　成本管理的作用 ·· 191

　　　　7.4.4　现代成本管理的五大理论 ·· 192

　　　　7.4.5　网上店铺成本控制 ·· 194

　7.5　网上店铺的营销管理 ··· 195

　　　　7.5.1　市场营销管理知识 ·· 195

　　　　7.5.2　网上店铺的营销管理案例 ·· 199

　7.6　网上店铺的品牌管理 ··· 204

　7.7　网上店铺的客户关系管理 ··· 206

　7.8　网上店铺的信用 ··· 209

　　　　7.8.1　网上店铺信用的重要性 ·· 209

　　　　7.8.2　如何提高网上店铺的信誉 ·· 209

本章小结 ·· 215

技能训练 ·· 215

思考与练习 ·· 216

第 8 章　网上交易的支付与物流管理 ·· 217

8.1　网店的支付方式 ··· 218

8.2　网上支付安全 ··· 222

8.3　网店的物流管理 ··· 225

   8.3.1　物流管理的概念 ··· 225

   8.3.2　物流管理的目的和作用 ·· 226

   8.3.3　物流管理的核心内容 ··· 227

   8.3.4　物流管理流程 ··· 228

   8.3.5　网店物流核心内容管理 ·· 231

本章小结 ·· 236

技能训练 ·· 236

思考与练习 ·· 237

第 9 章　网上创业风险与防范 ·· 239

9.1　网上创业风险类型 ·· 240

   9.1.1　传统创业风险类型 ··· 241

   9.1.2　网上创业特有的风险类型 ······································· 244

9.2　网上创业风险识别 ·· 246

   9.2.1　网上创业风险识别概述 ·· 246

   9.2.2　网上创业风险识别的方法 ······································· 246

9.3　网上创业风险防范和控制方法 ··· 250

本章小结 ·· 258

技能训练 ·· 259

思考与练习 ·· 259

参考文献 ·· 261

第 1 章

网上创业概述

本章学习目标

1. 理解创业的涵义。
2. 掌握创业的核心要素与本质。
3. 了解网上创业的由来。
4. 了解网上创业的优势。
5. 了解网上创业的商务模式与赢利模式。

【引导性案例】 开博客卖桂花

2009 年末，阿里巴巴集团在温江举行了授牌仪式，由阿里巴巴集团副总裁金建杭把"阿里巴巴 2009 年十大网商"的称号授予了温江区从事日香桂种植、香精提取销售的女经理王燕。据悉，王燕所在的日香桂农业科技开发有限公司，是温江区最早一批尝试借助电子商务销售花木的企业之一，去年通过电子商务平台销售额达 5 千万元，把桂花的相关产品卖向全球各地。这是在阿里巴巴历次评选中，苗木经营者首次获此荣誉。

据了解，王燕 2005 年 4 月加入阿里巴巴诚信通。通过这个电子商务平台，王燕的桂花经营业务获得快速发展。4 年中，公司基地由原来的 200 亩扩展到 1000 亩，经营范围由原来的桂花种植发展到桂花新品种选育、桂花深加工、桂花旅游等多种业务。公司年营业额也由最初不到 200 万元，增长到 2008 年的 5 千多万元。公司还带动了当地 20 多个苗木生产商、10 多个苗木经纪人、100 多个花农发展花木电子商务。因成功利用电子商务发展农业种植，开创产业链桂花种植，王燕获得了评委的青睐。

2002 年，王燕从身为桂花研究员的父亲手中接过了日香桂经营业务，2005 年前，她主要采用报纸杂志、展会等传统方式推销日香桂，效果并不好。"我们处在山区，交通条件远不如沿海发达城市，如何使自己的产品信息海量发布出去？"王燕想到了网络。选择了阿里巴巴后，一开始并不顺利。2006 年与马云的一次会面，对方的一句"你连游戏规则都没弄懂，你怎么玩"点醒了王燕。仔细研究阿里巴巴的各项功能后，王燕找到了三个工具：旺铺、博客、论坛，她每天坚持重发旺铺信息，用博客记录工作生活的点滴，上论坛交友学习。

四川省电子商务协会秘书长徐晔说，王燕的特点在于写博客，她的博客名为"闻香拾女人"，博客里记录了与桂花种植有关的心得感受，还开了"闻香小说"、"人生历程"等专题，或说生活感悟，或谈情感经历，以情动人。至今已有数千篇博文面世。2007 年，她的博客被阿里巴巴评为网商十大博客之一。王燕的博客实在太有名了，以至"王桂花"的名头已经在网上传开了。

据介绍，温江区已建成温江花木商务网、中国花木交易网、花木信息 114 等花木专业网站 10 余家，今年又建立了温江花木电子商务交易中心，实现了花木交易的网上支付。目前，全区 300 余家花木企业在网上建立了主页，500 余家花木专业户在网上开设了宣传展示窗口，在阿里巴巴等 B2B 平台注册用户 180 余家。全区花木产业 2009 年网上电子商务销售额达 2.5 亿元，占全区花木销售额的 20% 以上。

（资料来源：http://news.xhby.net/system/2009/12/18/010649570.shtml）

【案例】 创意为王 将网页切成格子挣钱

在传统的媒体公司因为观众跳过电视广告而烦恼不已，眼睁睁地看着其分类广告收入化为乌有之际，让数百万消费者主动寻找纯粹由广告构成的传媒产品的创意，似乎很不现实。然而，21 岁英国大学生亚历克斯·图，利用 milliondollarhomepage.com 网站实现了上述想法。他的创意是将网页划分成 100 万个"格子"，并以每格 1 美元的价格，向世界各地的广告商提供广告空间。

上周，他在网上拍卖网站 Ebay 上售出了最后的 1000 个格子，价格为 3.81 万美元，仅用了 4 个月时间就实现了自己的目标。

互联网泡沫破裂 5 年之后，在目前被称之为互联网第二代的圈子里，创业精神仍然存在。milliondollarhomepage.com 为何能够成功？不管是运气使然，抑或凭借判断，亚历克斯·图完美地把握了互联网的大胆风格。网络固然有其作为强大信息工具的所有优点，但在人们努力寻找最新的招数和灵感之际，它也成为人们消磨时间的首选。

亚历克斯·图选择的时机很好——预计今年网络广告将增长 22%。但他承接的广告中，鲜有汽车公司或消费产品的品牌。绝大多数"格子"落到了在线扑克网站、交友中介所或其他网上笑话网站手中——他们急于通过一种廉价的方式来增加自己的访问量。……

（资料来源：http://cn.sonhoo.com/info/265770.html）

1.1　创业概述

1.1.1　创业的含义

20 世纪 80 年代，创业开始作为一个学术研究领域出现，一批学者纷纷加入创业研究的行列，创业研究得以迅速发展。1987 年，美国管理学会将创业作为一个单独的分领域正式纳入管理学科。而且在这 10 年里，许多学校开设了创业学课程。到 90 年代末，创业研究和其他学术领域之间已经建立了很密切的联系，许多不同领域的学者从各自的角度来研究创业问题，并为创业研究领域带来了各自的理论与实证研究方法。但是，对创业的概念来说，学术界至今没有形成一个统一的意见。以下是不同学者从不同角度对创业的定义。

杰夫里·提蒙斯（Jeffry A.Timmons）在其所著的创业教育领域的经典教科书《创业创造》（New Venture Creation）中给出创业的定义：创业是一种思考、推理和行为方式，它为机会所驱动，需要在方法上全盘考虑并拥有和谐的领导能力。

科尔（Cole）则把创业定义为：创业是发起、维持和发展利润为导向的企业的有目的性的行为。

斯蒂文森（Stevenson）、罗伯茨（Roberts）和苟斯拜客（Grousbeck）提出：创业是一个人——你不管是独立的还是在一个组织内部——追踪和捕捉机会的过程。

中国一些学者认为，创业是创业者对自己拥有的资源或通过努力能够拥有的资源进行优化整合，从而创造出更大经济或社会价值的过程。创业是一种劳动方式，是一种需要创业者组织、运用服务、技术、器物作业的思考、推理、判断的行为。创业必须要贡献出时间、付出努力，承担相应的财务的、精神的和社会的风险，并获得金钱的回报、个人的满足和独立自主。从中国学者的研究看，将创业的概念分为三个层次：狭义的创业、次广义的创业和广义的创业。狭义的创业概念为"创建一个新企业的过程"。次广义的创业概念是"通过企业创造事业的过程"，包括两个层次的内容，即创建新企业和企业内部创业。广义的创业概念为"创造新的事业的过程"，即所有创造新的事业的过程都是创业，既包括营利性组织，也包括非营利性组织；既包括官方设置的部门和机构，也包括非政府组织；既包括大型的事业，也包括小规模的事业甚至家业。

本书给出创业的含义：创业，是指创业者发现商机、承担风险，利用某种平台或载体，将自己拥有的资源或通过努力能够拥有的资源以一定的方式优化整合、转化，为社会和个人创造更多的价值和财富的过程。在这一含义中，包括几个要素：创业者、商机、风险、创造、价值和财富。

1.1.2　创业的背景

近年来，国内掀起一股创业热潮，这主要是由于国家政策的导向和中国所处的重要发展时期，为创业者提供了一个良好的社会环境和许多创业机遇，一些创业者的成功也在鼓舞着人们创业。以下是中国目前实施的创业政策。

1．放宽市场准入

法律、法规未禁止的行业和领域向各类创业主体开放，国家有限制条件、标准的行业和领域平等对待各类创业主体。在法律、法规规定许可的范围内，对初创企业，可按照行业特点，合理设置资金和人员等准入条件，并允许注册资金分期到位。各地区和各有关部门可根据实际情况，适当放宽高校毕业生、失业人员以及返乡农民工创业的市场准入条件。

2．给予税费减免政策

对持《就业援助证》人员、失业人员、大学生从事个体经营或创办企业的，免收管理类、登记类和证照类等行政事业性收费。对从事个体经营以及新办软件生产企业、小型微利企业、高新技术企业、服务业企业、农业企业等，还给予一定的税收优惠政策。

3．实施创业资助政策

对持《就业援助证》人员、登记失业的高校毕业生自谋职业、自主创业的，给予社会保险费补贴。对就业困难人员、城镇复员转业退役军人、登记失业的高校毕业生以及其他城镇登记失业人员自谋职业、自主创业和自筹资金不足的，提供小额担保贷款及贴息。有条件的地方设立了创业投资引导基金，引导和促进创业投资企业的设立与发展。

4．提供场地、住房支持政策

按照法律、法规规定的条件、程序和合同约定允许创业者将家庭住所、租借房、临时商业用房等作为创业经营场所。一些地方规定，对经劳动保障部门认定的创业园，按规模每年给予创业者资金补贴；大学生在创业园外租赁房屋用于创业的，两年内由纳税地财政给予一定的房租补贴。

5．提供培训资助政策

实施创业培训补贴政策，对参加创业培训的创业者，按有关政策规定，给予职业培训补贴。对领取失业保险金人员参加创业培训的，其按规定享受的职业培训补贴由失业保险基金开支。

1.1.3　创业的核心要素和本质

1．创业的核心要素

创业的核心要素包括创业机会、创业项目、创业者的个人素质和能力。

1）创业机会

创业机会主要是指具有较强吸引力的、较为持久的有利于创业的商业机会，创业者据此可以为市场提供有价值的产品或服务，并同时使创业者自身获益。还有人将创业机会定义成是可以引入新产品、新服务、新原材料和新组织方式并能以高于成本价出售的情况。政府政策和工作程序的简繁会影响创业机会。

2）创业项目

创业项目分类：

根据功能可划分为：贸易型、生产型和服务形项目等；根据时间可划分为：传统创业和新兴创业项目；根据方法可划分为：实业创业项目和网络创业项目；根据投资额可划分为：无本创业、小本创业和高额创业项目。

创业项目选择：

创业者要想创业成功，创业项目是关键，选对创业项目就是创业成功的一半。创业项目选得好，不仅有利于获得资金、人才和技术等方面的支持，也有利于事业的可持续发展。

如何选择适合自己的实际和容易成功的项目呢？由什么来决定要选择的创业项目？你的创业项目能否取得成功，至少可以从项目是否具备以下条件作出评判。

第一，你已与成功企业联手。

第二，创业项目是你自己喜欢做的事情。

第三，如果不是你自己喜欢做的事情，那么在创业项目中，它是否具有市场需求量大，或市场机会刚开始、市场前景好的优势；是否具有他人难以企及的技术高度、资源优势和进入壁垒的优势；是否具有他人难以模仿的竞争力？比如，具有软/硬件的垄断性、独领风骚的行销手段。

第四，你的实力如何？实力就是指你具有的专长、才智、眼光和阅历，拥有的资源（主要包括：资金、技术、人才和人脉关系等）。比如，你具有专长，那项目实施起来就会顺利得多。比如资金，它是决定你的企业规模和后续发展的重要条件，如果资金不够或资金使用成本高，你在经营几个月后资金链断了，就会陷企业于尴尬境地甚至倒闭。又比如，优良的人脉关系，能使你的创业左右逢源。

如果你具备第一个条件，你的创业之路较为顺利，但你的企业的命运取决于你所依附的企业；如果你只具有第二个条件，而没有其他标准，你的创业道路将极为坎坷；如果你已经具有后三个条件，你只要努力去实施你的创业计划，成功其实离你不远了。

以下是选择创业项目的思路：

选择创业项目：首先，要从自己擅长的领域寻找。做自己熟悉的事情至少在技术或人脉关系上不会比别人差。你可能在此之前有不少工作和人生经历，比如你曾经做过生意，或做过建筑工人，或做过企业管理人，或做过教师等，这些经历其实都可以为你提供许多创业思路，并且可能成为你今后创业道路上不可或缺的资源。如果你做过生意，熟知商业流通领域内的价值环节，掌握许多曾经的顾客或商家资源，那么你可以寻找一些商业销售的创业项目，可以是独家代理和经销，或者批发和零售，因为这些事情对你来说轻车熟路。如果你做过建筑工人，证明你深知建筑工人的艰辛，那么你可以尝试做一些服务于这样群体的事情，比如开设一家专门针对他们穿着的商店，提供可以提高他们技能的培训服务，提供工作中介或咨询服务等。如果你做过企业管理人，那么你可以组织经营管理团队，通过购买别人的专利项目，或其他现成并具有优势的创业项目开创自己的事业。如果你做过教师，说明你很清楚学生和家长的需要，并且深知国内教育体系中尚存哪些缺陷或空白，比如你可以利用自己的特长开设学生辅导班，可以倡导并设立具有"特立独行"的学校，也可以开设一家专门针对学生、老师的商品零售店，或者有利于他们交流和沟通的俱乐部。尽管自己擅长的领域可以避免许多失误，但请记住：你擅长的东西，别人也擅长。

其次，从市场空白处寻找。从市场空白处寻找创业项目比较难，因为创业者并不总是能够发现空白。比如，可以将顾客需要分成几个大类：衣、食、住、行、玩、交际等，同时再来考察市场还缺少哪些项目，或者哪些项目别人目前做得很失败。比如饮食，你可能看到现在饮食店多如牛毛，竞争激烈，但事实上你仍然可以从中细分出自己感兴趣的市场空白，细分标准可以有不同菜系，以及不同顾客年龄层、社会身份和职业，甚至每个顾客光临饮食店的不同目的等，都可以成为你寻找创业项目的思维切入点。又比如，一家专门制作秘方菜肴的饮食店；一项专门针对儿童的营养配餐服务；一种专门为办公室人员配餐和送餐的服务等。市场空白可以说无处不在，关键是你要做一个有心人。

最后，从经济社会发展趋势中寻找。从经济社会的发展趋势中寻找创业项目，项目的市场机会刚开始时，有市场前景，但寻找最为不易，主要问题是不好掌握市场需求量。

因此可以将经济社会发展趋势分成几条主线：随着时代进步，百姓生活中必然要出现的新生事物；随着经济的不断发展，商业领域里必然要出现的某些服务、产品或技术；随着全球化的持续深入，各国间相互交流和经济一体化必将成为现实，新材料、新产品、新技术和新服务将源源不断地涌现出来，像计算机游戏、第二代互联网、电子商务、莱卡、DIY 等新生事物仍将不断出现在我们身边。

选择创业项目的方法有：通过朋友介绍以及口碑效应，通过广告以及自己的了解，通过创业咨询公司的分析与调查了解创业项目，另辟蹊径发现创业新商机。

创业项目的考察：为了让项目做到"保赚不赔"，投资者一定要对项目的正当性、可持续性和风险性等方面进行充分的考察。

只要按照以上选择项目的思路、方法，结合项目的评判标准，用心去研究和考察，就能选到好的创业项目。

3）创业者的个人素质和能力

根据中国的众多创业非常成功的案例，创业者都具备基本的创业素质和能力，包括要有强烈的创业意识、良好的心理品质、广博的知识和较强的创业能力（具体内容详见2.1 节创业者的个人素质和能力）。

2．创业的本质

创业的本质是创造。创业活动的本质归纳为 7 种创造活动，即财富的创造、企业的创造、创新的创造、变革的创造、雇佣的创造、价值的创造、增长的创造。

1）财富的创造

创业要为获取利润承担失败的风险。创业者或创业团队在承担风险的同时也在创造企业的财富以及创业者个人的财富甚至是精神财富。

2）企业的创造

有一种创业是创办新企业，即创造企业。企业是依法设立、自主经营、独立核算的一种赢利性的经济组织，从事生产、流通、服务等经济活动，以产品或服务满足社会需要。

3）创新的创造

创业的过程就是一个不断进行创新的创造过程。前面已阐述过，在创业过程中，无论是发现新的创意、捕捉新的机遇、寻找新的市场，还是撰写一份有潜质的创业计划，以至于创业融资、创办企业和企业运作、管理和控制，都包含着创新的内容。

4）变革的创造

创业也包含了为了抓住机遇而进行的创造性变革，包含了对方法、技能和个人生涯的修改、修正和调整等。

5）雇佣的创造

创业包含了对生产要素劳动力的雇佣、管理和发展等。一个企业的创办，往往伴随着对劳动力的雇佣，这种对劳动力的雇佣活动会随着企业的发展而不断增长。

6）价值的创造

价值，是指商品和服务的价值，它是人类抽象劳动的凝结。这里要搞清楚价值和财富的区别，财富是指使用价值，即有用物品或物品的效用。商品和服务的价值只有通过交换才能实现。创业，是为了开发没有开启的市场机会，也就是创造价值的过程。

7）增长的创造

伴随创业的发展，是产品、服务、销售、收入、资产和雇佣等的增长。

3．创业者的基本类型

随着经济的发展，投身创业的人越来越多，《科学投资》调查研究表明，国内创业者基本可以分成以下 3 种类型。

1）生存型创业者

生存型创业者大多为下岗工人，失去土地或因为种种原因不愿困守乡村的农民，以及刚刚毕业找不到工作的大学生。这是中国数量最大的创业人群。清华大学的调查报告说，这一类型的创业者占中国创业者总数的 90%，其中许多人是为了谋生被逼上梁山。一般创业范围均局限于商业贸易，少量从事实业，也基本是小型的加工业，当然也有因为机遇成长为大中型企业的，但数量极少，因为现在国内市场已经不像 20 多年前，如刘永好兄弟、鲁冠球、南存辉他们那个创业时代，经济短缺，机制不健全，机遇遍地。当今时代，用句俗话来说就是僧多粥少，仅想依靠机遇成就大业是不切实际的幻想。

2）主动型创业者

主动型创业者又可以分为两种，一种是盲动型创业者，一种是冷静型创业者。前一种创业者大多极为自信，做事冲动。这种类型的创业者，大多是博彩爱好者，喜欢买彩票，喜欢赌，而不太喜欢检讨成功概率。这样的创业者很容易失败，但一旦成功，往往就是一番大事业。冷静型创业者是创业者中的精华，其特点是谋定而后动，不打无准备之仗，或是掌握资源，或是拥有技术，一旦行动，成功概率通常很高。

3）赚钱型创业者

赚钱型创业者除了赚钱，没有什么明确的目标。他们就是喜欢创业，喜欢做老板的感觉。他们不计较自己能做什么，会做什么。可能今天在做着这样一件事，明天又在做着那样一件事，他们做的事情之间可以完全不相干。甚至其中有一些人，连对赚钱都没有明显的兴趣，也从来不考虑自己创业的成败得失。奇怪的是，这一类创业者中赚钱的并不少，创业失败的概率也并不比那些兢兢业业，勤勤恳恳的创业者高。而且，这一类创业者大多过得很快乐。

1.1.4　创业与创新的关系

1．创新的概念

创新是将新事物、新思想付诸实践的过程。从企业的角度，创新就是一个从新思想的产生到产品设计、试制、生产、营销和市场化的一系列行动，是一种可以使企业资产再增添新价值的活动，目的是提升企业的获利能力。彼得·德鲁克对创新划分为三种：① 产品的创新——产品或服务的创新；② 管理的创新——制造产品与服务并把它们推向市场所需要的各种技能与活动的创新；③ 社会的创新——市场、消费者行为和价值的创新。

在创新过程中一般需要把握以下五个方面：

（1）要认真对创新机遇进行分析。有目标、有系统的创新始于对创新机遇的分析，面对创新机遇的来源进行彻底思考。在不同的领域中，创新机遇不同的来源在不同的时间里有着不同的重要性。

（2）创新必须考虑市场需求。创新既是理性的又是感性的，因此创新需要走出去多看、多问和多听。成功的创新者左右大脑并用，他们既观察数字，又观察人的行为。他们先分析出要满足某个机遇所必需的创新，然后走进人群，观察顾客和用户，了解他们的期望、价值观和需求。这样，可以了解创新的接受度和价值，可以了解到某项创新方案是否符合人们的期望或习惯。

（3）创新若要行之有效就必须目标明确，即使是创造新用途和新市场的创新，也应该集中在一种特定、清晰且经过设计的应用之上，应该专注于所满足的特定需求或所产生的特定最终结果上。

（4）创新最好能从小规模开始，即着眼于只需要少量资金、少量人手，针对有限的小市场。否则，创新者就没有充足的时间来进行成功创新所必需的调整和改变。因为在初期阶段，很少有创新是基本正确的。只有当规模很小，对资金和人员的要求不高时才能进行必要的调整。

（5）一项成功创新的最终目标是取得一个行业或市场的支配地位。它的最终目标不一定是成为一个大企业，事实上，没有人能够预言某个特定的创新最终能成就一个大企业还是绩效平平。但是，如果某项创新从一开始就不以获得支配地位为目标，那么它就不可能具有足够的创新性，也不可能有所建树。而取得一个行业或市场支配地位的战略与只期望在某个程序或市场中占据一小块"利基"的战略是很不相同的。

2．创新与创业的关系

创新不是创业，但是创新与创业是密切相关的实践活动。一方面，成功的创业离不开创新。创业者要么通过创新进入一个新的领域，获得先机；要么进入一个既有的行业，面对大大小小的进入门槛和形形色色的竞争对手，也只有通过创新才能谋求到竞争优势。另一方面，创新也需要创业。创新的成果经过创业的产业化发展才能更加彰显创新的价值，从而也更激励企业和个人不断创新。

创新与创业两者的关系相互促进又相互制约，是密不可分的辩证统一体。创新是创业的基础，是创业人才必备的素质；创业是创新的载体和表现形式。创新为创业成功提供了可能性和必要的准备，但如果脱离创业实践，缺乏一定的创业能力，创新也就成了无源之水、无本之木。创新是企业创业成功和持续发展的源泉和动力，如果企业不创新，最终的结果是创业失败。

1.2　网上创业

　　网上创业的基础是互联网的普及，它比传统的创业具有更多的优势，能给创业者带来更多的商机和更广大的发展空间。

1.2.1　互联网的由来

　　互联网是在美国较早的军用计算机网 ARPAnet 的基础上经过不断发展变化而形成的。互联网的起源主要可分为以下几个阶段。

　　1. 互联网络的雏形形成阶段

　　1969 年，美国国防部研究计划管理局（ARPA，Advanced Resarch Projects Agency）开始建立一个命名为 ARPAnet 的网络，当时建立这个网络的目的只是为了将美国的几个军事及研究用计算机主机连接起来，人们普遍认为这就是互联网络的雏形。发展互联网络时沿用了 ARPAnet 的技术和协议，而且在互联网络正式形成之前，已经建立了以 ARPAnet 为主的国际网，这种网络之间的连接模式，也是随后互联网络所用的模式。

　　2. 互联网络的发展阶段

　　美国国家科学基金会（NFS）在 1985 开始建立 NSFnet。NSF 规划建立了 15 个超级计算中心及国家教育科研网，用于支持科研和教育的全国性规模的计算机网络 NFSnet，并以此作为基础，实现与其他网络的连接。NSFnet 成为互联网络上主要用于科研和教育的主干部分，代替了 ARPAnet 的骨干地位。

　　1989 年，MILnet（由 ARPAnet 分离出来）实现与 NSFnet 连接后，就开始采用 Internet 这个名称。自此以后，其他部门的计算机网相继并入互联网络，ARPAnet 就宣告解散。

　　3. 互联网络的商业化阶段

　　20 世纪 90 年代初，商业机构开始进入互联网络，使互联网络开始了商业化的新进程，也成为互联网络大发展的强大推动力。

　　1995 年，NSFnet 停止运作，互联网络已彻底商业化。这种把不同网络连接在一起的技术的出现，使计算机网络的发展进入一个新的时期，形成由网络实体相互连接而构成的超级计算机网络，人们把这种网络形态称为互联网络。

1.2.2　网上创业的概念

　　网上创业，顾名思义，就是在网上创业。网上创业一般与现实生活中一样，有独立的公司（即网站站点），有经营项目（即论坛、网店之类），有员工（即站内客服），有特定的工作（论坛发帖、网店进货、销售等）。

网上创业，提供了创造财富的良好机遇，提供了事业发展的广阔空间，提供了实现人生价值的重要途径。正因为如此，当前，奔腾而来的网上创业大潮惊涛拍岸！中国已成为世界上创业活动最活跃的地区之一。

1.2.3　网上创业的优势

网上创业的优势是任何传统企业不可比的。网上创业具有以下八种优势。

1．门槛低、投资少、成本少、风险小

网上创业相比传统创业而言不需要投入庞大的资金、不必承担所谓的投资风险，更没有经营事业的诸多压力。有时一根网线、一台计算机、一个人，就构建了创业的基础。在网络日益普及的现代社会，网上创业的门槛因素几乎可以忽略，网上创业可以利用现成的网络资源，像易趣、阿里巴巴、淘宝等知名商务网站，有较完善的交易系统、交易规则、支付方式和成熟的客户群，但每年还会投入大量的宣传费用。利用这些平台开网店或加盟商家，创业者要支付的仅仅是少许会员费、加盟费，如果自建网站，则需要支付租用服务器、购买域名等费用，费用会相对高一些，但与对实体的投资相比，成本仍然很低。产品或服务推广和营销的成本也几乎为零。而且，网上创业的进入、退出都很方便，方式灵活多样，创业者承担的风险较少。

2．市场大

由于网上创业是以互联网为载体，因此你的客户可能是来自全球任意地方，而在传统创业中，你的客户来源受到创业地理位置限制。

3．周期短

3 个月的时间即可以获得稳定的收入，这对于很多实业创业者来讲是梦寐以求的事。但是前提是一定要找到正确的网上创业项目。

4．运营不受时间限制

在时间、空间方面，网上创业与传统创业有着巨大的区别。网上商店可以 24 小时处于营业状态，顾客可以在任意时间光临网站、发出购物表单，大大延长了顾客购物的时间范围。同时，在传统店铺中，摆放商品的数量极大地受到了商店规模的限制，而在网上这个问题根本不存在，一个淘宝网上的小店铺就可以轻松地展示上万件商品。

5．无条件限制

网上创业没有传统就业市场存在的诸多难以跨越的门槛，也没有创业环境的重要障碍，只要你立志网上创业，网上创业将会是发掘你无限潜力的一个非常好的创业平台。

6. 无发展空间障碍

没有人会预设在网上的成就大小，因为那取决于自己设定的目标高低，及愿意为这个事业付出的努力而定。

7. 无特权、免交际应酬

充斥在传统社会里的"特权阶级"、"裙带关系"、"走后门"等情形，一般不会发生在网上。网络拥有一个公正、公平、合理的创业环境，只要符合国家有关互联网的法律法规，便能享有互联网带给你的无限商机。

8. 人员组成简单

很多创业者在网上创业初期都是白手起家，一人就包揽了所有职务。因为在初期基本上一个人就可以应付过来。因此不需要再为员工费用担心。

1.2.4　网上创业的局限性

1. 融资难

创业者若没能力写商业计划书，风险投资公司不会为其投资。在创业者寻找资金的时候，每个投资方都需要创业者有比较细致的商业计划书，而这个计划书里包括投入成本、成长潜力、竞争环境分析、目标市场分析、客户定位、价格定位、赢利分析、融资计划、自身竞争优势分析、推广宣传、团队等各方面。

若创业者的企业没有企业管理运作经验，风险投资公司不会对其投资。在一个企业中，CEO 的决策直接影响到企业生死。要在网络上创业，也是同样需要有相当的经验。

若创业者的公司近期没有赢利，风险投资公司不会对其投资。风险投资公司一般都投在项目中期，即该项目已经有赢利的希望或正在赢利，真正的雪中送炭机会少得可怜。

若没有创业团队，风险投资公司也不会向其投资。好的创业团队是创业成功的必要条件。

若没有好的项目，风险投资公司也不会向其投资。即使创业者有好的项目，如果没有达到前四条要求，风险投资公司仍然不会向其投资。

创业的最大困难就是融资，融资是创业的前提，互联网创业相比传统创业同样有着融资难的问题。

2. 推广难

网上创业虽相比传统创业更为快捷，但是推广项目同样需要资金，缺乏资金便存在着推广难的局限性。在创业初期，即使有了好项目，创业者缺乏资金的支持仍然没有实力在各大门户网络做首页广告，甚至没有实力做普通收费登录。

3. 维护难

不管创业者做什么样的项目，企业网站的维护更新是关键的，因为企业的网站就是企业的产品。网站的维护不仅需要资金还需要技术，这对创业者来说是很大的挑战，网络创业者必须知道一些必要的网络知识以及网站维护知识。由于目前网络还不太完善，仍存在不少的黑客，这些黑客可能会入侵企业网站从而盗取企业资料，这对创业者来说又增加了一定的成本。

1.2.5　网上创业的环境

网上创业的环境包括外部环境和内部环境。

1．网上创业的外部环境

网上创业的外部环境主要是指社会人文环境、政策法规环境、技术环境和市场环境等。在就业压力巨大、传统创业难度倍增的社会大背景下，网上创业成为一个热门的选择，在家中点击计算机，摆弄自己的淘宝店铺，自己做老板，月近两三千收入，这已经是很多人的工作新选择。在政策层面，中央和各地方政府已经相继出台了扶持网上创业的政策法规。

中国上海从 2003 年就开始策划实施"网上创业"，通过基础技能和专业培训、咨询和提供相关服务，指导市民在指定网站上进行创业或再就业。网上店铺形成一定规模后，就需要解决工商注册、开发票、商务洽谈、存货发货等一系列问题。为此，上海为促进网上创业，2004 年建立了首个电子商务创业园，为电子商务提供"孵化器"和服务平台。上海电子商务创业园紧邻华东师范大学，办公用房面积超过 11 万平方米，配置了完善的信息化基础设施和周到的配套服务。当时，全国最大的电子商务企业 eBay 易趣首批就落实了 250 家创业者公司入驻园区。开设实体企业资金相对要求高，让很多有意创业的人员望而却步，特别是一些再就业人员更是望而生畏。创建"电子商务创业园"，将网上创业者集中起来，实现统一的注册、开票等服务，并给予在租金、培训、物业管理等费用上的优惠政策，以此扶持更多的人通过网络创业。再就业园区除了提供网上创业的相关服务，还可以吸引电子商务运营企业和研发机构入驻，形成产业集聚效应，对电子商务出现的问题进行规范管理，并探索出有效的工作机制和运营模式。再就业园区不仅为培育电子商务产业创造有利环境，也有助于用信息化提升区域传统大市场、大物流，推升上海电子商务产业的规模效应。园区首开时，出席开园仪式的全球最大电子商务企业美国 eBay 公司总裁梅格·惠特曼（MegWhitman）对中国的电子商务产业前景非常看好，她说："电子商务是目前全球最重要的商业机会之一，美国有 43 万多人在网上全职或兼职做生意。中国电子商务虽然起步不久，但增长迅速，现在中国政府和企业共同扶植电子商务产业规范化发展，中国电子商务的产业前景不可估量。"

2．网上创业的内部环境

网上创业企业的内部环境主要由创业者的素质和能力、组织结构、资源条件（人、财、物、技术等资源）、企业文化、规章制度等构成。创业者必须具备一定的素质和能力才能经营管理好企业。比如，由于网上创业涉及网络技术和电子商务知识，所以创业者懂得这方面的知识和技术。创造良好的创业内部环境，往往取决于创业者个人的素质和能力。在创业初期，企业有个非常明显的特点，就是更多地依靠个人创造性和个人英雄主义，此阶段的重点是重视市场，迅速将产品或服务销售出去，企业得到迅速发展，这时不需要太讲求内部环境，通过创业者本人就可控制整个团队。经过 1～3 年的发展，随着企业人、财、物的增加，企业达到一定规模，企业会进入一个"领导危机"的危险期，这时，企业容易产生动荡，这一时期，需要有一个职业化的领导人对企业进行科学的管理，要么创业者本人成长为职业化领导人，要么聘用一个职业化的经理人。只有这样，才能为企业创造一个良好的内部环境，实现各种资源的有效组合，确保企业可持续发展。

1.2.6　中国电子商务的发展

电子商务是网络化的新型经济活动，正以前所未有的速度迅猛发展，已经成为企业增强经济竞争实力，赢得资源配置优势的有效手段。

《电子商务发展"十一五"规划》指出，"十五"期间，中国电子商务在经历了探索和理性调整后，"十一五"成为中国电子商务迎来战略机遇期，步入了务实发展的轨道，为"十二五"电子商务快速发展奠定了良好基础。其主要体现在以下四个方面：一是电子商务应用初见成效。电子商务广泛渗透到生产、流通、消费等各个领域和社会生活的各个层面。二是电子商务支撑体系建设取得重要进展。电子认证、电子支付、现代物流、信用等电子商务支撑体系建设全面展开。三是电子商务创新能力不断提高。关键技术及装备的研究开发取得进展，行业、区域及中小企业的第三方电子商务交易与服务平台快速发展，基础电信运营商、软件供应商等纷纷涉足电子商务，新型业务模式和数字化产品不断涌现。四是电子商务发展环境进一步改善。全社会电子商务的应用意识不断增强，形成了发展电子商务的良好社会氛围。全球电子商务日趋活跃，业务模式不断创新，也促进了中国电子商务快速发展和加快国际化步伐。

预计到 2015 年电子商务交易额将翻两番。"十二五"期间，电子商务被列入战略性新兴产业，作为新一代信息技术的分支，它将是下一阶段信息化建设的重心，对转变经济发展方式、促进产业转型升级将发挥重要作用。推动电子商务的普及，推动大型工业、商贸物流、旅游服务等传统企业电子商务应用的深化，提高网络采购、销售水平，促进移动电子商务市场发展，建立严谨电子商务规范体系都是电子商务"十二五"规划的重要内容。下面重点介绍"十二五"期间电子商务服务业、第三方支付、移动电子商务、网络信息安全的发展。

1. 电子商务服务业：拓展大型企业市场

近几年，中国电子商务服务商大量涌现，服务对象多集中于中小企业。一方面由于中小企业在发展过程中，资金、技术、人才匮乏，亟需能够提供成本低、性能高的电子商务平台；另一方面，电子商务服务商在市场秩序、信用等方面欠完善，也使传统大型企业的商务交易应用不够广泛。中小企业电子商务的发展多靠外包的方式委托给电子商务服务商，而电子商务服务商也为中小企业提供了网站建设、包装、市场定位等网上服务。

"十二五"规划的制定，将进一步从政策层面和操作层面规范电子商务服务商市场秩序，引导电子商务服务商有序、健康发展。电子商务在降低企业成本、整合企业产业链资源方面的优势日益显现。面对金融危机之后全球产业的深度调整和全球信息化的大趋势，中国传统大型企业对产业链的整合和成本降低的需求也日益显现，电子商务不仅仅是一种顺势而为的时尚，更为企业的战略转型和深度整合发挥至关重要的作用。2010 年，许多大型企业涉足电子商务市场并且发展迅猛，苏宁、李宁、银泰百货等传统企业或品牌在电子商务上的表现都令人注目。未来几年，大型企业借助传统实体的供应链资源和品牌优势，将会在电子商务应用的深度和广度上继续延伸，而电子商务服务商在对消费者在线购物需求和行为模式掌握中积累的经验，也将为传统大型企业发展电子商务提供有益的帮助。可以预见"十二五"期间，电子商务服务商的服务对象将进一步拓展。有关部门预计，到"十二五"末期，网络购物交易额将达到中国社会消费品零售总额的 5%。这也预示着中国电子商务的市场规模在 2015 年之前将达到 1 万亿元以上，市场潜力巨大。

2．第三方支付：合作中寻求发展

2010 年，电信运营企业纷纷推出移动支付业务，积极与银联以及第三方支付平台合作；中国人民银行出台了《非金融机构支付服务管理办法》，要求第三方支付企业申请取得《支付业务许可证》；被称为"超级网银"的央行互联网支付系统也于 2010 年 8 月份上线。可以看出，伴随电子商务的快速发展，第三方支付行业已经在逐渐形成一个可监管的多元化发展体系。

这套体系将为第三方支付企业在"十二五"期间的发展带来新挑战和机遇。门槛的设置和牌照的发放为符合资质的第三方支付企业提供了稳定、有保障的发展环境，使有实力的企业保留下来。没有取得牌照之前，很多非金融机构第三方支付企业担心政策的变动给公司的发展带来损失，或有患得患失的心理，牌照像一颗"定心丸"。而行业的多元化发展则有利于第三方支付企业各展所长，充分进行市场竞争，从而提高整个行业的水平。

挑战则在于对第三方支付行业的监管，在企业注册资金、托管资金余额、技术安全等方面设置了较高的门槛，一些资质过差的地方性小企业将面临被淘汰的局面。因此，地方性小企业与其花费大量资金去解决资金、技术方面的问题，不如根据自身特点和第三方支付企业直接合作，在合作中寻求发展，这或许成为这些企业的一条出路，将有效避免因一哄而上、恶性竞争而毁掉整个行业。

3．移动电子商务：不再是"配角"

移动性强、服务方式便捷、服务要求即时、服务终端隐私的移动电子商务已经成为传统电子商务的有益补充。早在"十一五"规划期间，移动电子商务就被作为重点引导工程之一探索试点模式。经过五年的探索实践，已显现出了巨大的经济效益和社会效益。

目前，移动电子商务已在与百姓日常生活紧密相关的消费购物、餐饮美食、水电燃气缴费等领域取得了突破。"十二五"期间，随着 3G 应用的更加普及，3G 技术将创建一个更加个性化的信息交流平台，基于 3G 的 WAP、Push Mail 等技术的应用，将引领电子商务市场从个人计算机向掌中系统过渡。手机支付的优势将快速整合与百姓日常生活密切相关的小额支付消费市场，并可能延伸至传统行业企业中，使企业应用成为新的增长点。移动电子商务带宽的改善、终端界面的智能友好、安全性等的进一步优化，以及用户消费习惯的不断培养，将使移动电子商务在细分市场、赢利模式日渐明晰中高速发展。移动电子商务不只是充当传统电子商务的"配角"，甚至会带来电子商务市场发展的新时代。移动电子商务作为新兴的电子商务模式，使人们可以在任何时间、任何地点进行各种商贸活动，实现随时随地的线上线下购物与交易、在线电子支付以及各种商务活动。据预测，未来两年，移动电子商务将呈现倍增态势，市场规模会突破百亿元。

4．网络信息安全：保驾护航的使者

电子商务的高速发展在带来巨大商机的同时，也让网络和信息安全的保障问题被提升到了更加突出的位置。

电子商务网络信息安全标准、法规需进一步完善。《2010 年度电子商务投诉统计报告》显示，中国电子商务投诉案件高发，表明电子商务的发展仍有许多亟待规范的问题。比如，电子商务企业鱼龙混杂、企业服务质量良莠不齐；客服态度差、发货不及时时有发生；电子商务交易中诈骗案高发，假冒第三方支付链接、发送病毒盗取银行卡信息、发布虚假信息欺骗消费者等现象屡见不鲜。以团购网站为例，"货不对版"、"偷梁换柱"、"假冒伪劣"等现象不时发生。"十二五"期间，电子商务的发展需要在规范的制定和立法方面有所突破，对电子商务企业的管理要实现有法可依、有章可循，并能把措施落实到位。

电子商务网络信息安全平台建设要进一步推进。入网管理、软件测评、环境维护等要进一步加强。对恶意攻击、域名劫持等黑客行为要严厉打击，有效避免信息泄露、信息丢失、信息篡改等方面的问题。除保障传统互联网上电子商务交易的安全之外，新的移动电子商务终端的出现对网络安全的保障提出了新的要求，"移动无处不在"的同时如何做好"安全无处不在"，是对电子商务网络信息安全的重要考验，移动电子商务交易出现的认证安全、存储安全、传输安全等问题应及早引起重视。只有这样，才能使电子商务在安全中保发展、在发展中求安全。

1.2.7　网络技术的发展

相关网络技术的不断发展也为互联网创业提供了必要的条件。密钥、证书、电子认

证机构的逐步规范，具有自主知识产权的加密和认证技术的发展与应用，有利于建设完善的电子认证基础设施，规范电子认证服务，建立布局合理的电子认证体系，为社会提供可靠的电子认证服务，为互联网创业营造诚信的市场氛围。电子认证、电子支付、现代物流、信用、标准等电子商务支撑体系建设逐步展开。截至 2010 年 11 月已经有 19 家电子认证机构获得电子认证服务许可，近 20 家商业银行开办了电子银行服务，第三方电子支付业务稳步上升。物流专业化、社会化和信息化程度逐步提高。信用信息服务体系建设步伐加快。40 余项电子商务和物流标准陆续颁布，标准推广应用工作进一步深化，互联网创业的市场环境条件越来越完善。

据有关方面统计 2010 年 5 月 17 日，中国的互联网用户为 3.85 亿，这使得网上创业和传统创业一样同样具有大量消费群。同时近年来计算机不断普及进入家庭，为互联网创业提供了现实依据。网上创业者的创业环境主要是基于互联网，近几年随着互联网的发展以及中国相关部门的管理，互联网的环境已有很大改善。国家对互联网法律方面也很重视，这为网上创业者们提供了良好的创业环境。近几年中国网络用户持续增长，网络规模进一步扩大。截至 2010 年 6 月，中国网民规模达到 4.2 亿，互联网普及率达到 31.8%，使用手机上网的网民规模达 2.77 亿，可以说互联网已成为百姓生活中不可或缺的重要组成部分。互联网以其先导性、高渗透性和高关联性，对经济发展的推动作用越来越重要，已成为优化经济结构、提升国民经济各行业素质、推动经济发展方式转变的助推器。互联网环境的完善，还须加大信息网络基础设施建设力度，加强互联网技术和业务创新，加强信息技术在经济社会各领域的深度应用，进一步加强网络与信息安全管理，积极发挥中国互联网协会等行业组织作用，加强行业自律。

1.2.8　网上创业的发展趋势

1. 分工化

随着互联网创业方式的大众化发展，创业者不可能都通晓网页设计、网店装修、网络营销和订单管理等各种网上创业技能。为了解决这个问题，一批服务外包公司顺势而出，专门为创业者提供各种承包服务。它不仅为创业者解决了实在的问题，而且使得创业者能够更有效地集中自己的优势资源。从整个社会角度来看，分工化能够实现社会的资源优化配置，是互联网创业发展的必然趋势。

2. 大众化

尽管当今中国使用互联网的人数众多，但是使用互联网创业的人数占总互联网用户的比例还不是很大，而且中国广大农村地区的网络基础设施还不完善，因此中国的互联网用户还将继续高速增长。电子商务的发展将不断催生出新的互联网创业方式，互联网创业将是全民创业的一大主要方向。从这两方面来看，中国的互联网创业必将走向大众化。

3．零成本化

成本是互联网创业与传统创业最明显的区别。利用互联网创业只需要支付租用或自建服务器、购买域名、电子商务网会员费等费用，成本比传统创业方式低得多。随着Google公司云计算方式的提出及普及应用，成本将进一步降低。

1.3　网上创业的商务模式与赢利模式

1.3.1　商务模式与赢利模式概念

商务模式是一种包含了一系列要素及其关系的概念性工具，用以阐明某个特定实体的商业逻辑，它描述了企业所能为客户提供的价值以及企业的内部结构、合作伙伴网络和关系资本（Relationship Capital）等用以实现（创造、推销和交付）这一价值并产生可持续赢利收入的要素。任何一个商务模式都是一个由客户价值、企业资源和能力、赢利模式构成的三维立体模式。因为商务模式包括一个完整的产品、服务和信息流体系，所以在分析商务模式过程中，主要关注企业在市场中与用户、供应商、其他合作方的关系，尤其是彼此间的物流、信息流和资金流。

有一个好的商务模式，成功就有了一半的保证。企业的兴衰成败，就是企业自身商务模式接受市场检验或者根据市场自我调整的结果。商务模式不是一成不变的，而是完全动态的。随着企业经营环境与经营目标的变化，商务模式一直需要做适应性的调整。不同类型的企业的商务模式是不会相同的，即使在同一家企业也会因不同的项目而出现不同的商务模式。同时一个良好的商务模式也是公司团队智慧的良好体现。因此要针对融资的企业或项目给出明确的商务模式，以利于投资决策。

赢利模式，是企业在市场竞争中逐步形成的企业特有的赖以赢利的商务结构及其对应的业务结构。其中企业的商务结构主要指企业外部所选择的交易对象、交易内容、交易规模、交易方式、交易渠道、交易环境、交易对手等商务内容及其时空结构，企业的业务结构主要指满足商务结构需要的企业内部从事的包括科研、采购、生产、储运、营销等业务内容及其时空结构，业务结构反映的是企业内部资源配置情况，商务结构反映的是企业内部资源整合的对象及其目的。业务结构直接反映的是企业资源配置的效率，商务结构直接反映的是企业资源配置的效益。任何企业都有自己的商务结构及其相应的业务结构，但并不是所有企业都赢利，因而并不是所有企业都有赢利模式。赢利模式，简单地说，就是企业赚钱的方法和途径。

赢利模式在互联网经济领域是一个新兴的术语，该领域的研究近年来受到了国内外学术界和企业界的关注。但是显然在研究过程中，大都将商务模式与赢利模式不加区分地进行应用。这必将掩饰互联网企业创造价值的真正手段，给准确地揭示互联网企业赢利的真实方法和途径带来障碍。

应当首先说明的是，商务模式是关于解决企业"做什么，如何做"的问题的具体方法。互联网经济的商务模式是指网络运营商、设备制造商、终端提供商、ISP 等产业链的各个环节在整个产业生态环境中的位置、相互关系，以及采取什么样的经营手段，向互联网市场提供什么样的产品和服务。在互联网环境里，许多情况中，采取什么样的商务模式并非获取赢利的最终手段；而赢利模式是要解决"怎样赚钱"的问题，是企业获取利润的方法和途径。一般而言，提供什么样的产品和服务是企业获取利润的直接源泉。商务模式包括赢利模式，两者是相区分但又相互联系和统一的整体，商务模式是互联网企业的外在商务构架，而赢利模式则是企业最终获利的内在源泉。对于一个以提供信息服务为主的门户网站来说，通过收费信息服务获得赢利，其商务模式与赢利模式是统一的一体。但有的门户网站是通过提供免费信息产品和服务，凝聚人气，吸引广告商投放广告来获得收入，这里，真正的赢利模式应为广告赢利模式。

1.3.2　网上创业商务模式分类

网上创业，实际上是从事电子商务活动。因此，创业者要在网上进行创业活动，就要了解各种电子商务模式，从中选择适合自己的电子商务模式进行创业。

1．按交易对象划分，电子商务模式主要分为以下三种

（1）企业对消费者模式（简称 B2C 模式）：交易双方是企业和个人消费者，双方通过网上进行商务活动、金融活动和综合服务活动。例如，当当书店、王府井百货等。

（2）企业对企业模式（简称 B2B 模式）：交易双方都是企业，服务双方通过网上进行信息交流、洽谈、交易、服务等商务活动。采用这种模式的有阿里巴巴、中国供应商、环球资源等公司。

（3）消费者对消费者模式（简称 C2C 模式）：交易双方是个人消费者，买卖双方搭建交易平台实现交易活动。采用这种模式的有淘宝、易趣、拍拍等公司。

2．按功能划分，电子商务模式主要分为以下六种

1）销售商模式

商家通过网络开设 B2C 网上虚拟商店，经销其他厂家的产品。这种模式分三种情况。

（1）网上商店：商家在网上开设 B2C 网上商店，经销其他厂家的产品。网上商店有两种情况，一种是纯网络零售企业，没有实体商店，如中国的当当书店。另一种是传统的零售企业，本身是实体商店，又开设网上零售企业，零售同样的产品，目的是拓展业务，如美国的沃尔玛、王府井百货。

（2）连锁经营：连锁经营模式实际上是 B2B 和 B2C 两种模式的整合，以 B2B 为重点，以 B2C 为基础，将两个商务流程衔接起来，网上企业作为销售企业的上游，连锁企业作为销售企业的下游，实现网上企业接单，异地连锁企业配送，有效解决网上企业配送能力不足的问题。

销售商家是通过网上销售其他厂家的产品的方式赢利。

2）制造商模式（或称直售模式）

制作商模式是指制造商兼网上零售商。制造商在网上开设 B2C 网上商店，制造商通过网络零售直接建立与消费者的联系，减少了分销渠道。例如，国内的联想、海尔商城等，由于减少了分销商、批发商中间渠道环节，因而节省了渠道费用。

制造商是通过网上销售自己厂家产品的方式赢利。

3）经纪模式

经纪模式由第三方企业（经纪商）建立电子商务平台（或称构建市场），买主和卖主入驻进行交易。根据交易主体的身份背景不同，可以分为 B2C、B2B 和 C2C 电子商务平台。

（1）B2C 平台构建起网上商城，主要为商家在商场中开设 B2C 商店，如同在大型百货商场租用场地开设商店一样。例如，淘宝商城、新浪商城等就是采用这种模式。

（2）B2B 平台主要为企业之间提供交易市场，中小企业利用这个平台了解供需信息，与潜在客户进行在线联系和洽谈、交易等商务活动，包括企业与供应商之间的采购，与批发商零售商之间的供货，与仓储物流公司的业务协调等。这种模式分两种情况，一种是综合性平台，提供多个行业与领域的服务，如阿里巴巴、中国供应商等；另一种是行业垂直性平台，提供某一专业领域的服务，如中国化工网、中国纺织网等。

（3）C2C 平台的最主要特点是卖方可以是个体卖家，而买方是消费者，这一市场是以需求导向、小数量交易为主，如淘宝、易趣、拍拍等。

第三方企业建立电子商务平台，是通过会员费、广告费和竞价排名等方式赢利，经纪商通常会从他们促成的每笔交易中收取佣金。

4）内容模式（或称广告模式）

内容模式是传统媒介的扩展。企业通过网络提供各种数字化内容服务，包括新闻、热点和各种有价值的信息，音乐、游戏等娱乐内容，以及 email、RSS、社区论谈服务。企业在信息页面中增加图片文字广告、FLASH 视频广告等各种广告形式，网站可提供广告创作服务，也可直接刊登客户设计好的广告。这种模式可具体分为门户网站型，如新浪、搜狐等门户网站；分类型，如新东方教育网站、一些交友网站等。

企业主要通过广告费和向消费者收费等方式赢利。

5）社区模式

这里的社区是指虚拟社区，是由素不相识而有相似目的的人们以网络空间互动沟通为主要手段建立关系、分享知识、享受乐趣或进行经济交易而形成的群体。社区提供商为广大的网民提供社区服务，同一主题的网络社区集中了具有共同兴趣的访问者，能满足用户在情感、兴趣、工作、娱乐及其他方面的爱好和诉求，如天涯虚拟社区等。

企业主要通过广告费、会员费、会员增值服务费（彩玲彩信下载、视频下载）和虚拟货币业务（用于购买社区礼品、参与社区游戏等，如 QQ 币、校内豆）等方式赢利。

6）订阅模式

订阅模式是企业通过用户订阅方式提供某种服务的一种形式。企业主要利用这种模式提供旅游服务预约、航空火车订票、职业介绍等服务，如携程、乐途等旅游网站和前程无忧等人才网站。

企业通过用户订阅某项服务按期（每日、每月、每年）付费方式赢利。

【案例】　　　　　世纪佳缘龚海燕的创业路

龚海燕，网名"小龙女"、"潇湘燕子"、"辣椒"，毕业于北京大学中文系，取得了复旦大学新闻学院硕士学位。2003 年 10 月 8 日，她自筹经费，建立了一个专为高校学子牵线搭桥的交友网站——世纪佳缘。今天头上的光环是与她鲜为人知的困苦童年分不开的。

龚海燕出生在湖南省桃源县架桥镇一个贫困农家，从小就争强好胜。"初二开始，每个暑假我都卖冰棍赚学费。"

1992 年的 8 月，龚海燕经历了大喜大悲：先是拿到直接保送省重点中学桃源一中的录取通知书，几天后就遭遇车祸，导致右腿粉碎性骨折。出车祸时，她在卖冰棍的路上。这次车祸，让本不富裕的龚家欠下了 3000 多元的外债。坚持到高二上学期，龚海燕选择了辍学，当时，她的成绩名列年级第二。

她说服父亲，找亲戚借了 3000 多元钱，在乡小学附近开了一家学生用品店，她一个人上常德市的批发市场进货，一个人守店，一年下来竟然赚了 7000 多元。她突然发现，原来钱挺好赚的。一年后，带着对海的渴望，怀着青春的梦想，海燕赴珠海打工。在珠海的松下公司，她凭着自己的文学天赋从一个普通的打工妹做到了公司内部报纸的编辑。

虽然打工生活很顺利，可最魂牵梦绕的还是那份书香。1996 年 11 月 23 日，辍学三年的龚海燕回到桃源一中读高二，这时她已快 21 岁，而当时国家规定的高考年龄线为24 岁，"正好赶个末班车"。

1998 年 7 月，这个辍学 3 年的女孩，以县文科状元的成绩考取北大中文系。2002年本科毕业后，她又被保送到复旦大学新闻学院读研究生。

读研期间办起征婚网站

因为辍学 3 年，从高中到大学、到研究生，龚海燕一直比同班同学大，"我的个人问题就成了老大难。我妈特别着急，就只好开始征婚。"一说起这事，龚海燕就笑了起来，没有丝毫的扭捏。

龚海燕坦率地告诉笔者，读研期间，曾经两次被婚介交友网站欺骗。正是这两次受骗，才让她萌发了创办一个严肃的以婚恋为目的的交友平台。"当时没想到会做成这样，我自己是读媒介经营管理的，起初只想借网站练个手，同时也给自己或身边的研究生们提供一个平台。"

龚海燕说做就做。当时，她手上还有在北大读书时做家教积攒的近 4 万元钱。于是，她拿出 1000 元钱，制作了一个简单网页，就开始游说身边的人发资料给她。"最初基本上都是我的朋友、同学。网页也特别简单，一个个往上面排。一开始是同济医大的一个女硕士，接着是上海交大的一个男博士，世纪佳缘就算开张了。"龚海燕回忆道。

800、1000、10000……网站的注册人数呈几何级数增长，龚海燕的脚步也无法停下来。2004 年 2 月 15 日，在会员的要求下，龚海燕在北京、上海两地同时举办了交友见面会，竟然还赚了一万多元。当年，她注册成立了上海花千树信息科技有限公司。

这个网站让龚海燕收获的不仅是物质上的财富，还让她找到了另一半。"呵呵，他其实是我们网站的会员，在见面会上见过我，就在网上对我发了邀请，一见面，感觉还不错。"谈起自己的爱人，龚海燕笑了起来，"一个多月后，他就用自行车载着我办理了结婚登记，一共才花了 9 元钱。朋友们笑我们是老房子着了火，烧得特别快。"

靠严肃赢得市场

当时的互联网上布满了形形色色的交友网站，但由于门槛太低，几乎都充斥着一夜情、婚外恋等不健康的交友信息。龚海燕另辟蹊径，实行会员制，将会员定位在大专以上学历，并要求会员提交真实的身份证明资料。

她最初的想法就是帮助身边大龄、高学历的朋友们找到合适的另一半，没想到，到 2005 年年底，"世纪佳缘"的会员已经达到 32 万人，连续几个月都是百度交友网站的排行冠军。2006 年年初又被"艾瑞市场资讯"评为婚恋交友类网站的第一名。世纪佳缘成立 3 年多来，已经有近 60 万人在网上找到了自己的另一半。尽管没有打广告也没有投入任何宣传费用，"严肃婚恋"的定位和严格的身份鉴定制度还是很快为世纪佳缘赢得了市场。

2007 年 4 月，世纪佳缘获得新东方创始人徐小平、王强、钱永强三人共 4000 万人民币投资。其实，这不是龚海燕拿到的第一笔风险投资。2005 年 5 月，龚海燕收到来自"老钱"的一封电子邮件。这位"老钱"就是新东方副校长钱永强。他在信中说，他认为世纪佳缘很有发展前途，希望龚海燕能专心做好这个网站。

几天后，钱永强专门从北京飞到上海。"我们在金茂大厦 54 楼的咖啡厅里谈了一个钟头，什么协议也没签，他回到北京后，就给网站打进了两百万元的资金。"

老钱的这次来访，让本有些犹豫的龚海燕坚定起来。当初办这个网站时，一台服务器、几台计算机足矣，随着会员剧增，龚海燕投在服务器和带宽上的钱也剧增。自己的钱花完了，丈夫的钱也全投进去了。她的工作时间也越来越长，先是 8 小时，再是 12 小时，后来就经常熬夜，"我以前挺胖的，因为这个网站，整整瘦了 28 斤"。

在困境中长大

据有关机构预测，2008 年中国网上婚恋交友市场规模将达 6.53 亿元，年复合增长率为 106.2%。而根据 ALEXA 的流量统计，目前世纪佳缘网站浏览量仅次于全球最大的交友网站 match.com。在 msn 首页上，世纪佳缘也已经占到总流量的 58%，超过了 msn 其他合作伙伴的流量之和。"风险投资总是希望你有偿地为人民服务，来获得回报，所以在实现社会效益的同时也要有经济效益，这是我的目标。"龚海燕说。

但是怎么样才能既体现出网站的服务特色又能真正达到赢利的目的，是现阶段国内所有交友网站面临的一个难题。全球最大的交友网 match.com2006 年营业收入超过 20 亿元人民币，其中很大一部分来源于收取入会费。而国内由于网民习惯免费，目前包括世纪佳缘在内的几乎所有婚恋交友网站都在为网民免费服务，寻找合理有效的赢利模式已经成为婚恋网站全行业面临的难题。在这种情况下，龚海燕开始着手建立独立的婚庆网站，利用手中 686 万会员的庞大资源向婚恋行业的下游发展，开发更多的增值收费项目。除了网站，世纪佳缘还开发了诺基亚、掌讯等手机合作伙伴。而真正等到中国人习惯网上婚恋服务收费将是一个漫长的过程，在此之前，龚海燕还有一段艰难的路要走。

目前，世纪佳缘拥有 1350 万注册会员，已有 260 万人在这里找到了另一半，龚海燕也因此得到了"中国网络红娘第一人"的美誉。

由于实行会员免费制，世纪佳缘的主要收入来自互联网广告、线下 vip 婚姻介绍服务、线上增值产品、线下活动等。前者包括虚拟礼品、vip 会员服务等，每年大概有 200 万的毛利；后者即是各种相亲见面会，去年已做了 300 多场，今年将达到 500 多场。

接下来，世纪佳缘将着手进军每年消费总额达 3000 亿元的婚庆市场，其独立的婚庆网将于今年 5 月正式启动。

（资料来源：http://www.3158.cn/news/20110527/15/100-002074164_1.shtml）

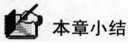 ## 本章小结

本章主要讲述创业的概念、要素以及网上创业的由来、特点、方法和发展趋势。通过对本章的学习，将使读者对网上创业的相关知识有初步了解，为后几章对网上创业的深入学习做好准备。

技能训练

1. 对网上创业的发展前景进行分析。
2. 联系实际，做一个网上创业商务模式策划？

思考与练习

1. 简述创业与创新的关系。
2. 简述创业的含义。
3. 创业的环境包括哪些？
4. 简述互联网企业的特点。
5. 简述网上创业者需要了解和掌握的主要知识。

第2章

创业者与创业团队

本章学习目标

1. 了解创业者的个人素质和能力。
2. 了解网上创业者必须掌握的知识。
3. 了解团队对于创业成功的重要意义。
4. 掌握创业团队组建与管理的要素和方法。

【引导性案例】　　　　　　　　　**组建团队的价值**

（1）尼波尔娃娃是淘宝网一家相当有名的奢侈钟表店，是淘宝网众多奢侈类钟表卖家的先行者。另外一家钟表店"东京CAT02"后来居上，一举夺得连续几个月的销量冠军。尼波尔娃娃之所以领先是因为进入的时机相当不错，但之所以没有一路领先，也是因为尼波尔娃娃的老板一直坚持一个人做，害怕其他人分享她的模式，从而瓜分她的利润，才给了"东京CAT02"这个后来者机会。而"东京CAT02"从一开始就招兵买马，组建团队，拓展业务，扩大销量。当然还有一个更重要的因素就是"东京CAT02"老板的人格魅力，他敢于冒险和承担风险，个人独特的魅力赢得了顾客的信赖，这也成为店铺独领风骚的秘诀之一。"团队的力量是我们长久发展的必然，依靠一个人，只能做到维持，而不能进取；依靠一个团队，才能拓展，形成新局面、新气象。"

（2）食客××店是淘宝网一家拥有两个皇冠的店，主要销售专柜女装。生意在一段时间内相当火暴，但后来却渐渐没落了。其中的主要问题是：衣服尺码不准确，缺少退换服务，店主永远都是隐形人，无论买家多么渴望交流，回复都是："本店主张自选购物，3件包运。"客户曾就这些问题与店主沟通，但沟通的过程相当艰难而且进展缓慢，问店主为什么不招聘人手呢？她的回答是：不想，也不愿意。她曾经对他人说不想做到零售服务的最大，实际上她害怕自己的模式被招聘来的人轻易模仿复制，然后成为自己的竞争对手，她认为招人等于给自己养了一只虎。平心而论，她家的专柜女装确实不错，质量和款式也可以，但缺陷在于服务，无论售前、售中还是售后都跟不上。例如，售前的产品说明不够清晰，有的衣服尺码单一，经常是同一个牌子的两件款式是同样尺码（比如 UDB 同样 38 码的衣服），由于款式不同，就会出现一大一小，一个能穿上，一个则不是穿不上就是比较大的情况。售中没有任何人和买家沟通，只能凭借自己的判断作决定，而这个决定一旦错误，在售后也得不到合理的解决。基本不提供退换服务，即使提供，等待时间的漫长足以让很多人望而却步，这些滞后的服务让顾客不愿再光顾，生意的衰退自然只是时间问题。

以上两个小案例真实地反映了个体网商在发展中遇到的瓶颈和制约。一个由于组建了团队，满足了客户日益增长的要求，并且提供了更好的服务、更全面的产品，赢得了顾客持续的信任，而另外一家店铺则处于自我保护的状态，不能紧跟顾客增长的需要，不能提供让顾客满意的服务，最终错失发展良机。

（资料来源：http://www.boraid.com/darticle3/list.asp?id=123237）

2.1　创业者的个人素质和能力

创业是极具挑战性的社会活动，是对创业者自身智慧、能力、气魄、胆识的全方位考验。一个人要想获得创业的成功，必须具备基本的创业素质和能力。特别是创业者作为团队的领头人，面对经济全球化和知识经济时代的严峻考验，要领导整个团队实现企业发展目标，对其个人的创业素质和能力要求是越来越高。

根据众多创业的成功案例，创业者应该具备强烈的创业意识、良好的心理品质、多方面的知识和较强的创业能力。

2.1.1　要有强烈的创业意识

强烈的创业意识是创业者必须具有的十分宝贵的内在要素。创业者必须具备自我实现、追求成功、将创业目标作为自己的人生奋斗目标的强烈的创业意识，创业意识会鼓舞创业者抓住机遇，迎战风险，拼命地去实现自身的价值，同时也会承受更多的压力和困难，并克服创业道路上的各种艰难险阻。

2.1.2　要有良好的心理品质

创业之路充满艰险与曲折。面对变化莫测的激烈竞争以及随时出现的问题和矛盾，需要创业者具有非常强的心理调控能力，能够持续保持一种积极乐观的心态和坚韧不拔的意志，即有良好的创业心理品质。创业的成功在很大程度上取决于创业者的创业心理品质。否则，一遇挫折就垂头丧气、一蹶不振，那么在创业的道路上是走不远的。心理品质由自我意识、性格、气质和情感等构成。作为创业者，要自信自强、眼光敏锐、善于抢抓机遇，性格开朗刚强、坚韧果敢、勤奋好学，有创新精神，做事有责任感、认真负责、有攻坚克难的勇气，有魄力有效能，做人诚实守信、富有爱心、能与他人团结共事。

2.1.3　要有多方面的知识

创业者应掌握多方面的知识，一是本行业和相关行业的技术知识；二是现代管理科学（包括经营管理、市场营销管理、国际贸易、财务管理、金融等知识）、决策科学的理论和方法；三是计算机操作技术。除此之外，还要掌握有关法律和政策等。有了一定的理论和政策知识，创业者才能进行创造性思维，作出正确决策，提高经营管理水平，提高产品的竞争力；就会根据政策依法办事，用法律维护自己的合法权益。下面重点介绍网上创业者应了解和掌握的网络技术、法律和财务等知识。

1．网络技术知识

网上创业大潮的快速发展，使中国电子商务的产业格局发生着巨变，不仅产生了大量新的商务模式，而且打造了一个以互联网为平台进行商务活动的新的网商群体。网商的概念是 2004 年马云首先提出的，他说：中国电子商务产业格局将有巨变。一个新的互联网应用人群——"网商"将取代现在主流的网民和网友概念，从而使互联网进入"网商"时代。如今，"网商"已经成为一个迅速崛起的新商人群体的代名词，傲立在主流商务世界里，成为互联网时代，由网民——网友——网商演变的一个崭新的里程碑！越来越多的人们加入网商行列。

网络技术的不断突破，对网商提出新了更高的要求。获取、分析和使用网络信息，推广自己的网站，对产品或服务进行网络营销，与客户沟通，建设和完善自己的网站等，这些工作都需要掌握网络专业知识和技术来进行操作。因此，必须掌握必要的网络技术，对需要复杂网络技术的工作，如建设和完善自己的网站，一般企业都是聘用专业的网站建设工作者来建设和完善自己的网站。要成为一个成功的网商，应该掌握一些如下基本的知识。

1）掌握网站的一些基本概念

做一个简单的网站实际上并不难，首先必须要知道一个网站是由哪几部分构成，简单地说，网站是由域名、空间、程序和内容三部分构成。

（1）域名，俗称网址，就像人的身份证一样，用于区别不同的网站。当然，域名不仅仅只有身份证的功能，这就如人的名字一样，人的名字总是有一些含义的，域名也有自己的含义，不同的人也许有相同的名字，但不同的网站通常情况下不会有相同的域名，也就是说，域名具有唯一性和排他性。另外，域名的一个非常重要的用途就是通过访问这个域名能够达到域名指向的网站，这是域名的根本任务。

域名原本是互联网上的一个服务器或一个网络系统的名字，在全世界没有重复的域名，从技术上讲，域名只是一个互联网中用于解决 IP 地址对应问题的一种方法、一个技术名词，无论是国际或国内域名，全世界接入互联网的人都能够准确无误的访问到。但是，由于互联网已经成为了全世界人的互联网，域名也自然地成为了一个社会科学名词。从社会科学的角度看，域名已成为了互联网文化的组成部分。从商界看，域名已被誉为"企业的网上商标"。没有一家企业不重视自己产品的商标，而域名的重要性和其价值也已经被全世界的企业所认识。

根据现行域名结构规则，一个完整的域名通常由左右两部分构成，左边是由 TCP/IP 协议种类（如超文本网络协议 http）和万维网代码所构成的无识别性的通用前缀部分，右边是由英文中的句点"."依次隔开的顶级（一级）、二级、三级域名代码所构成的域名代码部分，如 http://www.pku.edu.cn （北京大学域名），http://www.microsoft.com （微软公司域名）。一个域名中最后一个"."右边的部分称为顶级（一级）域名代码，最后一个"."左边的部分称为二级域名代码，二级域名代码左边的部分依次分别为三级域名代码。一个域名从整体上看，从右向左、由循序降级的多级别域名代码所组成，域名的区别性或识别性主要来于注册人的自用域名代码，如 http://www.pku.edu.cn 中的三级域名代码 pku 和 http://www.microsoft.com 中的二级域名代码 microsoft。

根据现行域名管理规则，顶级（一级）域名代码为国别域名代码，分别对应各个国家或地区，如中国为 cn，美国为 us，日本为 jp，中国香港为 hk。

中国互联网络的二级域名采用各国通常的做法，设置"类别域名"和"行政区域名"两类，有 6 个二级类别域名代码和 34 个二级行政区域域名代码。6 个二级类别域名代码分别为 ac（科研机构）、com（工商、金融企业）、edu（教育机构）、gov（政府部门）、

net（互联网、接入网络的信息中心和运营中心）及 org（非营利性组织）。34 个二级行政区域域名代码分别对应着 34 个省级行政区域单位，如 bj（北京）、sh（上海）、tw（台湾）、hk（香港）、mo（澳门）等。

三级域名用字母（ A～Z， a～z，大小写等）、数字（0～9）和连接符（－）组成。三级域名的长度不能超过 20 个字符。三级域名的命名，原则上按照用户自己的意志决定。当然，正如前面讲过，由于域名实际上是接入互联网的单位在互联网上的名称，所以域名最好与单位的性质、单位的名称、单位产品的商标以及单位平时所做的宣传相一致，这样的域名容易记忆，容易查找，更能够很好地反映单位的形象，为单位和产品进行广告宣传。但注意，在命名域名时不能违背法律的禁止性规定。例如，联想集团的域名 lenovo.com.cn 就是一个取得很好的域名，其中 Lenovo 是联想集团的英文名称，也是联想集团的注册商标；联想集团是一家中国企业，因此它在代表中国企业的 com.cn 下注册了自己的三级域名。即使有人不知道这个域名，也能结合联想集团平时做的宣传猜出这个域名，然后找出联想集团在网上的站点。

（2）空间，或称网站空间，是指能存放网站文件和资料（包括文字、文档、数据库、网站的页面、图片等文件）的空间。网站空间也称为虚拟主机空间，通常企业做网站都不会自己买台服务器来做，而是选择以虚拟主机空间作为放置网站内容的网站空间。网站空间也可以自己买台服务器来做，但费用太高，一般都是大公司或大型网站才会这样做。购买一个普通服务器要几万元，高性能的服务器要几十、几百甚至几千万元，还要 24 小时开机，租用昂贵的数据专线，再加上各种维护费用如房租、人工、电费等。

可以想象，网站就是一个完备的家庭，家庭的门牌号码是方便别人找的，网站也需要一个"门牌号码"，就叫做"域名"，或称网址。家庭需要有一个空间放置家具，也许是 80 平方米，也许是更大的 300 平方米空间。对于网站也一样，需要有一个"虚拟主机"，俗称空间，用来放置制作好的网站的内容、图片、声音和影像等。有了"门牌"和"空间"，网站也就做好了，现在，可以把网站内容放进空间，再把网站的"门牌（域名）"告诉好友、联系人，别人就能来访问这个网站了。

那么，怎样选择网站空间呢？网站建成之后，要购买一个网站空间才能放入网站内容。选择网站空间时，主要应考虑的因素包括网站空间服务商的专业水平和服务质量，网站的稳定性、网速、安全设施、产品功能、空间大小价格比，以及是否 24 小时服务和服务口碑等。

① 网站空间服务商的专业水平和服务质量。网站空间服务商的专业水平和服务质量是选择网站空间的第一要素，现在提供网站空间服务的服务商很多，质量和服务也千差万别，如果选择了质量低、服务差的空间服务商，很可能会在网站运营中遇到各种问题，甚至经常出现网站无法正常访问的情况，或者遇到问题时也很难得到及时的解决，严重影响网络营销工作的开展。

② 虚拟主机的网络空间大小、操作系统、对一些特殊功能如数据库等是否支持。网

站空间大小的选择，主要取决于网页制作的大小。可根据网站程序所占用的空间，以及预计以后运营中所增加的空间来选择虚拟主机的空间大小，应该留有足够的余量，以免影响网站的正常运行。一般来说，虚拟主机空间越大价格也相应越高，因此需在一定范围内权衡，但也没有必要购买过大的空间，新手请在选择网站空间前咨询网站空间服务商，是否可以在网上空间不够时再升级。比如，新站刚上线时一般 200M 空间就够用很长时间了，当空间大小或流量不够时，可以再升级为更高的，而这时只需付今年剩余时间的差额即可。虚拟主机可能有多种不同的配置，如操作系统和数据库配置等，需要根据自己网站的功能来进行选择，如果可能，最好在网站开发之前就先了解一下虚拟主机产品的情况，以免在网站开发之后找不到合适的虚拟主机提供商。

③ 网站空间的稳定性和速度等。网站空间的稳定性和速度等因素会影响网站的正常运作，如果可能，在正式购买之前，先了解一下同一台服务器上其他网站的运行情况。

④ 网站空间的价格。现在提供的网站空间价格有很大差异，一般来说，著名的大型服务商的虚拟主机产品价格要贵一些，而一些小型公司可能价格比较便宜，这可根据网站的重要程度来决定选择哪种层次的虚拟主机提供商。选有《中华人民共和国增值电信业务经营许可证》的服务商会更放心。

⑤ 网站空间出现问题后主机托管服务商的响应速度和处理速度更是需考虑的因素。

（3）程序，是网站存在的实体，网站的内容是由程序来完成组装工作的。程序更多地被认为是具有动态、交互、适时等功能的语言代码所构成的实体。程序要满足动态、交互、适时的特性最常用的方法是访问数据库来响应用户的请求，程序的这一功能就像人的血液一样把骨骼和肌肉连接起来并输送氧分。程序的选择其实并不难，无论是电子商务、社区门户，还是 CMS 内容管理等，互联网上都有免费的。而且免费的不一定就是不好的，如果一个程序的免费用户有几十万，你还用担心他的水平吗？看看 DZ、PW 的官方论坛（DZ 的全称是 discuz，PW 的全称是 phpwind，这是国内最著名的两个论坛系统，专门讨论网站建设技术和相关资源，提供模板、插件、产品扩展、技术支持等全方位服务）你就知道什么是好代码了。当你准备用免费程序（有的甚至是开源的）自己做网站时，官方论坛是你必须要花时间学习的地方。当然对于准站长来说，一些基础知识的学习，如 HTML、JS、div+css 等最好要先学习了解。一个最简单的页面也至少包括简单的 HTML 代码，这些代码定义了内容显示的位置、样式以及其他信息。在这里，纯HTML 代码依然被看作程序而成为网站灵魂的一部分，事实上，HTML 代码是网页的骨架，也是客户端网页存在的基本形式。

（4）内容，是网站的粮食，一个网站如果没有好的内容就不会有什么生气和活力，所以说内容决定了这个网站是否具有生命力。网站的内容往往是与网站的定位联系在一起的，内容可以是任何形式的。它能让用户获取信息或者参与进文字、图片、视频以及其他元素。随着 Web2.0 时代的来临，内容在传统意义上发生了非常大的转变，内容的制造者和发布者或者说内容的来源在发生变化，范畴也越来越大。就像前面说过的，内容往往受到网站定位的影响，一个有活力的网站往往能够在内容上取得突破，也就是说网站生存与否往往是内容决定的。

2）掌握网页制作技能

网页制作是建立网站的基本技能。

网页制作技能包括要学会使用网页制作软件来制作页面，能够用 Fireworks 或者 Photoshop 来处理网页图片，能够使用 HTML 标记语言来修改网页，还要能够用 CSS 来为网页做样式表。其中，可以使用最流行的网页制作工具如网页三剑客和 Frontpage 来完成网页布局、图片处理等工作，网页三剑客中的 Dreamweaver 是一款所见即所得的可视化网页设计软件，不同版本的 Dreamweaver 功能上略有不同，目前使用的最多的是 Dreamweaver MX 2004 和 Dreamweaver 8.0 这两个版本，前者在功能上比后者强大，能够实现动态网页编程，能够对 ASP 进行处理并能够实现与 Access、Mysql、SQL Server 或者 Oracle 等数据库的连接，功能相当强大；后者则比较灵活、轻便，比前者更容易上手，建议初学者使用 Dreamweaver 8.0 来制作你的网页。

网页图片处理也是网页制作的一个非常重要的组成部分，图片是网页内容最有视觉冲击力的表现方法，因此，图片在网页中具有非常重要的作用，不管这些图片是作为内容还是作为修饰而存在。常用的图片处理软件有网页三剑客中的 Fireworks 和 Photoshop，对于一些简单的图片处理工作，用 Fireworks 即可完成，而对于复杂和性能要求高的图片比如 jpg 格式的图片往往采用 Photoshop 去处理。对于这两款图片处理工具，前者学起来较为简单，更易上手；后者功能强大，但学习起来要相对复杂一些。

Flash 是表现网页内容的最有效的方式之一，同视频一样，Flash 可以同时给人以视觉、听觉的冲击，因此运用 Flash 也是网页制作的一项非常有用的技能，可以选择网页三剑客中的 Flash 制作软件，Flash 制作软件同样有 MX 2004 和 8.0 等几个版本。

3）掌握网站推广的基本技能

网站推广是网站建设非常重要的一个环节。无论是个人站长还是作为门户网站的编辑员工，都必须要过这一关。网站推广的方法很多，也各有侧重，像常规的线上/线下网站推广（论坛、网摘、Blog、电子邮件推广等）、搜索引擎优化、网页的自身优化、友情链接、资源互换合作等，读者可以从自身条件出发选择合适的网站推广方式。网站推广，从另一个角度来看就是常说的网络营销，网络营销的载体是网站，因此在网络营销过程中，实际上是把网站作为对象加以推广。

网站推广的一项重要技能是对搜索引擎的公关。由于信息大爆炸成就了搜索引擎的辉煌，也催生了搜索引擎优化行业。据调查显示，个人网站的 90%的流量来自各大搜索引擎，可以说这是个人网站赖以生存的条件，因此搜索引擎优化对于网站推广来说是非常重要的一个环节，也是网站建设至关重要的一环。

说到网站推广不得不提的是业界对 ALEXA 排名的关注，现在很多投资商对一个具有可持续性发展的网站进行审核的重要一条就是看这个网站的 ALEXA 排名，我们不能把 ALEXA 排名作为网站优劣的评判标准，但不可否认的是在目前没有可借鉴标准出台之前，ALEXA 无疑是一个暂行标准。因此，作为个人站长或企业级门户网站老总就必须考虑这一条。这里，可以暂且不去讨论 ALEXA 排名的权威性，因为里面确实充斥着很多幕后秘密，但 ALEXA 作为暂行的行业标准，已经被大多数人所认同。

4）懂得如何利用网站赚钱

民以食为天，赚钱也许正是大多数人做网站的重要原因之一。网站如何赚钱？这是外行人士始终不解而又始终感兴趣的一个话题，你的网站是如何赚钱的?这个问题看似复杂实际上很容易理解。首先，必须要明白，网站只要有了流量或者有了人气才有可能赚钱，网站赚钱最重要的是渠道和经验。一旦有了流量，渠道自然是不成问题的，有很多人会自然找上门来，网站就形成了一个巨大的无形资产。赢利的方式之一是可以在自己的网站上投放广告；如果网站提供特色服务，那么还可以收取会员费；如果网站定位准确的话则还可以把它发展成为一个电子商务平台，形成一个网上交易场所；除此之外，还可以加入广告联盟、搜索联盟、短信联盟等，用流量来换取收入。当网站初步实现了赢利时，并不代表你已经获得了成功，一个成功的网站必须可持续发展，网站的可持续发展性在于它能够顺应用户的需求来改变自己的经营内容和经营模式。最让人羡慕的情况就是网站被投资商看中，通过他们的投资来帮助你发展。

2．法律知识

在市场经济条件下，任何个人的创业行为和企业的经营行为只有依法进行，法律才能给予有效的保护。比如，创业者要开办企业，他首先必须要依照有关法律法规，到工商行政管理机关进行登记，领取营业执照，取得法人的资格并依法经营，法律才能够保障企业经营者的合法权益，否则不仅不能受到法律的保护还要受到法律的追究，承担法律责任。因此作为创业者来说，要保证自己创业事业的成功，必须增强法律意识，学习和掌握与企业工作有关的法律法规，依法办事，为自己争取最大的生存空间，同时也能运用法律武器维护自己最大的合法权益。

网上创业者必须重点了解以下有关电子商务方面的法律法规。

1）国外电子商务方面的法律

（1）联合国《电子商务示范法》。

1996 年 6 月，联合国国际法律委员会提出了《电子商务示范法》蓝本，为各国电子商务立法。电子商务示范法是世界上第一个关于电子商务的法律，它的出台，对解决电子商务的主要法律问题有了法律依据。

（2）美国的电子商务立法。

美国的电子商务开展的时间最早，发展也最快。美国早在 20 世纪 90 年代中期开始了有关电子商务的立法准备工作。2000 年 6 月，美国签署了《全球和国家电子商务签名商业法》（《电子签名法》），为电子商务在商贸活动中使用电子文件和电子签名扫清了法律障碍。

（3）欧盟有关电子商务立法。

欧洲议会于 1999 年 12 月通过了《电子签名统一框架指令》，于 2000 年 5 月又通过了《电子商务指令》。这两部法律文件协调与规范了电子商务立法的基本内容，构成了欧盟国家电子商务立法的核心和基础。

（4）新加坡的电子商务立法。

在发展中国家里，新加坡是发展信息高速公路及电子商务较早、较快的国家。1998 年，新加坡颁布了有关电子商务的综合法律——《电子商务法》。

2）国内电子商务方面的法律法规和政策

（1）电子商务方面的法律法规。

中国于 1996 年成立了中国国际电子商务中心。

1999 年颁布了《中华人民共和国合同法》。

2004 年 8 月，第十届全国人民代表大会常务委员会通过了《中华人民共和国电子签名法》简称《电子签名法》，首次赋予可靠的电子签名与手写签名或盖章具有同等的法律效力，并明确了电子认证服务的市场准入制度。

2005 年 4 月施行《电子签名法》，从根本上解决了中国电子商务发展所面临的一些关键性的法律问题，为实现中国电子签名合法化、电子交易规范化和电子商务法制化，并为今后的电子商务立法奠定了坚实的基础。

2005 年 1 月颁布了《关于加快电子商务发展的若干意见》；

2007 年 3 月颁布了《关于网上交易的指导意见（暂行）》；

2007 年 12 月颁布了《关于促进电子商务规范发展的意见》；

2008 年 4 月颁布了《电子商务模式规范》；

2009 年 11 月颁布了《关于加快流通领域电子商务发展的意见》。

（2）网络购物方面的法律法规。

1993 年 10 月全国人民代表大会常务委员会通过了《中华人民共和国消费者权益保护法》。

2001 年 10 月全国人大常委通过了《中华人民共和国商标法》。

2008 年 4 月商务部商业改革司颁布了《网络购物服务规范》。

2010 年 5 月国家工商行政管理总局颁布了《网络商品交易及有关服务行为管理暂行办法》。

（3）电子支付方面的政策法规。

2005 年 10 月中国人民银行颁布了《电子支付指引（第一号）》。

2010 年 6 月中国人民银行颁布了《非金融机构支付服务管理办法》。

2009 年 4 月中国人民银行颁布了《关于加强银行卡安全管理预防和打击银行卡犯罪的通知》。

（4）网络信息内容服务方面的法规。

根据《互联网信息服务管理办法》，互联网信息服务分为经营性的和非经营性的两类。经营性互联网信息服务，是指通过互联网向上网用户有偿提供信息或者网页制作等服务活动；非经营性互联网信息服务，是指通过互联网向上网用户无偿提供具有公开性、共享性信息的服务活动。中国对经营性互联网信息服务实行许可制度，对非经营性互联网信息服务实行备案制度，未取得许可或者未履行备案手续的，不得从事互联网信息服务。

3）电子商务领域知识产权的法律保护

（1）网络作品著作权的法律保护。

网络作品著作权是著作权人对其文学、艺术、科学作品依法享有的一种民事权利，包括人身权和财产权。

网络作品的著作人身权是作者享有的与人身不可分割的，没有直接经济利益体现的权利。它体现作者的风格、修养、思想和名分，著作人身权也称为精神权利。由于网络作品载体的特殊性，使得网上的作品很容易被其他不享有该作品著作权的网民对作品的署名和内容作改动，从而使权利的归属引起混乱，在网络环境下形成大量的侵权事件，使之成为关注的焦点。

网络作品的著作财产权是指著作权人通过复制、表演、发行、翻译、注释等方式使用作品并由此获得报酬的权利，以及许可他人以上述方式使用作品，并由此获得报酬的权利，是对作者付出劳动的一种补偿。目前，在互联网上出现了一种新的情况，任何作品只要上载到互联网上，就会产生自动传播结果，就可以任凭他人复制、购买、接收，使作者的财产权得以丧失。

《著作权法》中的有关权利的保护基本适用于网络环境，但在网络上，每个人都有能力同时成为作者、出版商和侵权人，在网络环境下，人身权利受到前所未有的挑战，每个人都能够轻而易举而且天衣无缝地改变他人作品，并向全球传播。因此要加快对《著作权法》在实践中的修改和完善。

由国家版权局、信息产业部共同制定的《互联网著作权行政保护办法》于 2005 年 5月 30 日起正式实施。该办法的出台意味着国内互联网不再是音乐、影像或者文字作品转载盗版的温床。无论是新浪、搜狐等门户网站，或者是百度、一搜、搜狗等搜索引擎，包括新兴的博客网站都将受到作品原创者的监督。假如网站不协助原创者制止侵权行为，最高可罚款 10 万元。虽然中国第一部网络著作权行政管理规章《互联网著作权行政保护办法》的出台使中国的网络著作权保护达到国际领先水平，但还是存在监管真空，需要进一步完善。

（2）信息网络传播权的法律保护。

2006 年 7 月 1 日正式实施的《信息网络传播权保护条例》第二条规定："除法律、行政法规另有规定的外，任何组织或者个人将他人的作品、表演、录音录像制品通过信息网络向公众提供，应当取得权利人许可，并支付报酬。"

未取得权利人许可，或者未按权利人要求支付报酬而在网络上将著作权人的作品、表演、录音录像制品向公众提供的，构成对信息网络传播权的侵权，须承担相应的侵权责任。

（3）域名的法律保护。

域名具有全球唯一性和排他性的法律特征，一个域名只能有一个用户使用。

1997 年 5 月 30 日，中国国务院信息化工作领导办公室（下简称"国务院信息办"）颁布的《中国互联网络域名注册暂行管理办法》和《中国互联网络域名注册实施细则》（以下分别简称"《办法》"及"《实施细则》"）是目前中国域名管理与保护的基本法律依据。根据《办法》规定，国务院信息办是中国域名系统的管理机构，负责制定中国域名的设置、分配和管理的政策及办法；选择、授权或撤销顶级与二级域名的管理单位；监督、检查各级域名注册服务情况。中国互联网络信息中心（CNNIC，China Internet Network Information Center），作为一个非营利性机构，根据《办法》来制定《实施细则》，并负责管理和运行中国顶级（一级）域名 cn。

根据《办法》及其《实施细则》的规定，中国目前对域名注册实行与商标注册类似的禁止性条款，如明确规定域名不得使用公众知晓的国家或地区名称、外国地名、国际组织名称，未经批准不得使用县级以上行政区划名称的全称或缩写，不得使用行业名称或商品的通用名称及其他对国家、社会或公共利益有损害的名称；不得使用他人已经在中国注册过的企业名称或者商标名称；禁止域名的转让或买卖等。在异议程序上，《办法》规定，当一个域名与第三方在中国注册的商标或企业名称相同，且该域名不为该商标或企业名称所有人所有时，第三方才能提出异议。从确认第三方拥有商标或企业名称之日起，各级域名管理机构为域名持有方保留 30 日域名服务，30 日后，域名服务自动停止，该期间一切法律责任与经济纠纷均与域名管理单位无关，相关纠纷留由司法途径解决。上述规定全面考虑了域名与商标、企业名称等冲突的可能性，充分借鉴了国际经验，有利于遏制域名的抢注或恶意注册行为，促进了互联网的健康发展，不足的是其部分规定过于严格，如将自然人排除在域名申请人之外的规定就违背了民商事主体法律地位平等的基本原则，一概禁止域名转让或买卖的规定则有违市场经济的效益原则；同时，对域名纠纷缺乏行政性救济措施，不利于及时、快速地解决相关纠纷。

另外，为适应域名纠纷审判实践的需要，北京市高级人民法院于 2000 年 8 月出台了《关于审理因域名注册、使用而引起的知识产权民事纠纷案件的若干指导意见》，该意见对域名纠纷案件的受理、管辖、案由、法律适用与"恶意"认定以及法律责任做出了原则性规定。之后，2001 年 6 月 26 日，最高人民法院颁布了《关于审理涉及计算机网络域名民事纠纷案件适用法律若干问题的解释》，该解释对域名纠纷案件的案由、受理条件和管辖，域名注册、使用等行为构成侵权的条件，对行为人恶意以及对案件中商标驰名事实的认定等，都作出了规定。

（4）对消费者的法律保护。

① 消费者的知情权。《消费者权益保护法》第 8 条规定："消费者享有知悉其购买、使用的商品或者接受的服务的真实情况的权利。"包括知悉以下情况：

a. 商品或者服务的基本情况，包括商品的名称、注册商标、产地、生产者名称、服务的内容、规格和费用等；

b. 商品的技术指标，包括用途、性能、规格、等级、所含成分、使用方法、使用说明书和检验合格证明等；

c. 商品或者服务的价格及商品的售后服务情况。

② 消费者的公平交易权。

③ 消费者的自由选择权。

④ 消费者获得消费安全的权利。

⑤ 消费者的损害赔偿请求权。

⑥ 网络隐私权。

4）网络犯罪和法律制裁的介绍

（1）非法侵入计算机信息系统罪。《刑法》第 285 条规定，违反国家规定，侵入国家事务、国防建设、尖端科学技术领域的计算机信息系统的，构成非法侵入计算机信息系统罪，处以 3 年以下有期徒刑或者拘役。

该规定对国家重要计算机信息系统安全实行了严格的保护，行为人只要在未有授权的情况下，侵入国家重要计算机信息系统，即使并未实施任何删除、修改信息的行为，也构成该罪。该罪名对那些以解破安全保护程序、非法侵入重要计算机信息系统为乐的黑客们来说，具有很强的针对性。

（2）破坏计算机信息系统功能罪。《刑法》第 286 条第 1 款规定，凡违反国家规定，对计算机信息系统功能进行删除、修改、增加、干扰，造成计算机信息系统不能正常运行，情节严重的行为，构成破坏计算机信息系统功能罪。违反该规定，将被处以 5 年以下有期徒刑或拘役，后果特别严重的，将被处以 5 年以上有期徒刑。

（3）破坏计算机信息系统数据、应用程序罪。《刑法》第 286 条第 2 款规定，违反国家法律规定，故意对计算机信息系统中存储、处理或传输的数据和应用程序进行删除、修改、增加的操作，造成严重后果的行为，构成破坏计算机信息系统数据、应用程序罪。犯该罪后果严重的，处以 5 年以下有期徒刑或者拘役；后果特别严重的，处以 5 年以上有期徒刑。

（4）制作、传播计算机破坏性程序罪。《刑法》第 286 条第 3 款规定，故意制作、传播计算机病毒等破坏性程序，影响计算机系统正常运行，后果严重的行为，构成制作、传播计算机破坏性程序罪。犯该罪后果严重的，处以 5 年以下有期徒刑或者拘役；后果特别严重的，处以 5 年以上有期徒刑。

（5）电子盗窃。电子盗窃是指以解码、修改指令等方法，擅自破译他人接受某项网络服务的密码，侵入系统终端，达到盗窃他人网络、介入服务的行为。目前中国《刑法》对于盗用、盗取他人网络游戏 ID 号和网络游戏的"宝物"、"武器"、级别、段位等或幸运 QQ 号等行为尚无相关规定。

（6）网上洗钱罪。网上洗钱是指在网络上以密码或加密传输信息的方式，在网上销售或存储钱款，通过网上的合法交易，把通过非法渠道得到的"黑钱"洗"白"。犯罪分子除利用银行或其他金融机构的中介转换、兑现外，还利用网络商务、虚拟钱包、电子银行、在线商店、网络租赁等业务进行洗钱活动。这可依据《反洗钱法》对这类行为进行制裁。

（7）网络诽谤罪。网络诽谤是一种利用现代化信息技术作为媒介的新形式的诽谤行为。它具有传播速度快、传播范围广、成本相对低廉、危害难以消除以及难以查清行为人等特点，因此与传统的诽谤行为有显著区别。

根据中国现行《刑法》第 246 条第 1 款的规定，诽谤罪，是指故意捏造并散布某种事实，损坏他人人格，破坏他人名誉，情节严重的行为。该条第 2 款还明文规定："前款罪，告诉的才处理，但是严重危害社会秩序和国家利益的除外。"换言之，诽谤罪是以被害人自行起诉为原则的，仅在"严重危害社会秩序和国家利益"的特殊情况下才转化为公诉罪追究刑事责任。诽谤行为构成犯罪，客观上要求捏造并散布某种事实诋毁他人，并且达到情节严重的程度。何谓诽谤行为情节严重，由于法律和司法解释都没有明确规定，理论上和司法实践中一般认为包括：动机卑鄙、内容恶毒、手段恶劣、后果严重、造成恶劣社会影响等。通常认为，"严重危害社会秩序"主要是指诽谤行为造成被害人精神失常或者自杀的；"严重危害国家利益"是指诽谤党和国家领导人、外国元首、外交代表等特定对象，既损害被害人个人的名誉，又严重损害国家形象或者造成恶劣国际影响，从而严重危害到国家利益的情况。而网络诽谤案件中，按照通常说法理解的严重危害社会秩序和国家利益的情形并不常见，但给被害人造成严重精神损害或经济损失的却时有发生。

对于网络诽谤内容的发布者的刑事责任问题，由于网络诽谤内容的发布者是犯罪的源头，是犯罪行为的始作俑者，因而在一般情况下，网络诽谤内容的发布者应该承担网络诽谤的全部或主要的刑事责任。

（8）网络诈骗罪。网络诈骗罪，是以非法占有为目的，利用互联网采用虚拟事实或者隐瞒事实真相的方法骗取数额较大的公私财物的行为。网络诈骗罪的立案标准为 2000元，没有达到 2000 元，尚不构成诈骗罪。但是违反社会治安，根据《治安管理处罚法》规定，处 5～15 日拘留，可并处 1000 元以下罚款。但如果诈骗行为累计数额超过 2000元，就可以追究诈骗罪的刑事责任。

3. 财务知识

企业的一些工作，比如经营管理、资金运作、了解企业财务状况、防范控制财务风险以及与税务、工商等打交道，所有这些工作都要求管理者懂得财务知识。

精明的企业家运用一系列财务标准来打理他们的企业，要能够游刃有余地分析这些数字，这具有极为重要的意义。其中一些财务标准受到重视，比如营业收入、毛利润率和存货价值。很多企业选择从盈余、负债状况和现金流这三个方面来衡量绩效的标准。但还有其他许多财务标准却并非受到如此重视，至少并没有受到密切关注。要经营好企业，无论是对日常管理还是长期规划而言，除了以上财务指标外，还必须关注以下具体财务衡量标准。

（1）经营现金流（与来自融资或投资收益的现金相对）。经营现金流代表企业主营业务产生的现金量，从本质上说这是企业的核心。其计算公式为：

经营现金流=净盈余+折旧与摊销（均为非现金费用）

–资本支出（新设备等）–营运资本的变化

投资者通常利用这一标准来判断企业的价值。企业有净利润是不错，但现金流却有着真正重要的意义，前者是一个抽象的会计衡量标准，而后者却反映了企业现金流动状况这一严峻的事实。如果一个企业利润很高，但经营现金流差的话，意味着这个利润只是报表上的数字而已，没有实际的意义，如果企业不抓紧融资，企业就没有足够的现金来保障企业日常生产经营活动，或造成资金链断裂。一般来说，经营活动现金流入占现金总流入比重大的企业，经营状况较好，财务风险较低，现金流入结构较为合理。要分别计算经营活动现金支出、投资活动现金支出和筹资活动现金支出占现金总流出的比重，它能具体反映企业的现金用于哪些方面。经营活动现金支出比重大的企业，其生产经营状况正常，现金支出结构较为合理。

现金流量表与损益表（记录营业收入和支出）和资产负债表（记录"营运资本"账目，如应收款和应付款）两种财务报表有着极为密切的关系。例如，假设企业某月的营业收入为1000美元，但所有商品都是以赊账形式出售，这意味着在这段时间内企业实际没有收到现金。现在，假设当月总现金支出为750美元，在这种情况下，企业的损益表上会显示"利润"为250美元（1000美元总营收减去750美元开支）。但同时，现金流却减少了750美元。这是因为企业必须以现金形式支付750美元的费用，但却未能从客户处收到任何用以抵消费用的现金。应收账款增加1000美元，实现了账目的平衡。

（2）库存周转率。存货留在企业货架上时间越长，这些资产的回报率就会越低，而这些存货的价格也更加容易下跌，这也就是企业为什么希望存货不断流动或"周转"的原因。为了计算库存周转率，在特定的会计期内用营业收入除以库存平均价值，得出的比例（或周转率）越大，说明企业的资金回报率就越高。（另一种计算方法：将分子改成售出产品的成本，并用该成本除以库存，这种计算方法反映的事实是以最初采购价计算的，库存值会记录在企业资产负债表中，而营业收入却是按当前的市值来计算的。）

（3）应收款增长与销售额增长的对比。不要担心应收款的增加，只要应收款是随着销售额按照比例增长就没有问题。如果应收款超过营业收入，表示企业没有收到货款，这就意味着在企业最需要现金的时候，手头可能会没有足够的资金。

（4）及时交付。没有什么比失去客户的信任和尊重更糟糕的事情了。当企业推迟日期时应加以标注并就推迟原因开展调查。可以通过调查发现系统中的小漏洞并及时补救。企业要像关注任何其他衡量标准一样，持续对交付动向进行关注。

（5）未交付订单。未交付订单是指在特定时期（年末、季末）全部未完成交货的订单。如果企业这周的销售额可能不错，但 90 天后又会出现什么样的状况呢？可以说它的变化对经济周期波动有预兆意义，未交货订单的水平是经济景气与否的一个重要指标。这个指标关系到企业将来的衡量标准（即已承诺订单和预测销售额，基于落实这些交易的概率权重），使之不会陷入困境。

（6）利息偿还。无论信贷环境如何，企业是否能够一直获得足够的收益来偿还借款利息，这是贷方必须要知道的事项。定义利息保障倍数的方式有许多种，但常用的一种方式就是利息和税前赢利除以利息支出。银行非常注重这种衡量标准，所以企业也应该对其加以重视。有关资产负债表管理的详细信息，请查看相关书籍或资料。

2.1.4　要有较强的创业能力

创业能力是一种特殊的能力，这种特殊能力往往影响创业活动的效率和创业的成功。创业能力主要包括创新能力、决策能力、经营管理能力、公关能力四种能力。

1. 创新能力

创业实际就是一个充满创新的事业，所以创业者必须具备创新能力，有创新思维、无思维定势，不墨守成规，能根据客观情况的变化，及时提出新目标、新方案，不断开拓新局面，创出新路子，可以说不断创新是创业者不断前进的关键环节。

创新是发展的动力，它是一种对未知世界、未知领域的探索性活动，具有动态性、自主性和风险性等特征。创新的实质是通过科学研究、生产活动和管理实践，创造新的理念、产品或服务成果并转化为生产力，推动社会经济的发展。

创新能力的构成要素不仅包括学习能力、资源投入产出能力，研究开发能力和管理能力，而且还包括在创新过程中对环境的辨别和分析能力、对风险的意识和控制能力。在创业过程中，无论是发现新的创意，捕捉新的机遇，寻找新的市场，还是撰写一份有潜质的项目计划书，创业融资，创办企业，经营管理等，都包含着创新的内容。

创新能力来源于创造性思维，一个成功的创业者的思维一定具有独立性、求异性、想象性、新颖性、灵感性、敏锐性等特质，它意味着对现存事物的不满足，对既有知识和经验的扬弃与发展，对新事物、新知识、新经验的大胆探求与创造。创新能力的培养提高，有赖于刻苦学习、勤于实践、勇于探索，只有这样，才能不断研究新情况，突破新矛盾，解决新问题，在不断解决问题中求创新，在不断创新中求发展。

2. 决策能力

决策是管理的重要环节，是管理的核心。决策能力是管理者为维持企业生存，促进企业发展必须具备的最起码的素质，科学决策是企业领导者知识素质的综合体现，也是他们的主要工作。具有关资料在全球范围内统计，企业倒闭 85% 以上的原因是由决策失误引起的，企业领导者的决策能力是决定企业成败的关键。

决策能力是领导者根据主客观条件，因地制宜，正确地确定企业的发展方向、目标、战略以及具体选择实施方案的能力。创业者的决策能力通常包括分析、判断（预见）和应变能力。

在发展社会主义市场经济，肯定要遇到许多新情况、新问题和新矛盾，这就要求企业领导者不仅要有敏锐的预见能力，而且要有灵活的应变能力。一是要适应企业改革的需要，打破陈规，转变观念，增强预见能力，敢闯、敢干和敢冒险，使企业永远走在时代的前列；二是要适应企业发展的需要，树立竞争意识、市场意识、效益意识和开拓创新意识，练就驾驭市场经济的本领，增强市场应变能力，使企业在竞争中立于不败之地；三是要适应企业稳定的需要，时刻保持清醒的决策头脑，慎重对待改革中出现的各种利益问题，以大局为重，对不合时宜，不利于企业发展的决策，必须立即纠正或终止，严格控制风险，使企业保持一个安定团结的健康环境；四是要适应改进工作的需要，坚持调查研究，一切从实践中来，到实践中去，善于总结经验、发现问题，并采取有效的措施推进企业各项管理工作的开展，使工作效率不断提高。

企业领导者要不断提高决策能力，就必须不断提高理论知识水平和思想修养，了解掌握本行业发展水平和市场行情动态，完善科学民主决策程序。

3．经营管理能力

经营管理能力是指对人、财、物的管理能力。它涉及到人员的选择、使用、组合和优化；也涉及到资金筹集、投资和资金的营运、分配。经营管理能力是一种较高层次的综合能力，是运筹性能力。

在客观条件相同的情况下，经营管理能力的高低，对保证企业目标的实现和管理效能的提高起着决定性的作用。

要提高经营管理能力，首先要了解企业的经营管理内容，并要学习和掌握相关知识。

传统的企业经营管理内容包括很多方面，如营销管理、财务管理、质量管理、采购管理、供应链管理、物流管理、库存管理、组织管理、人力资源管理、客户管理和风险管理等。

网上企业是在传统的企业活动中发展和成熟起来的，它的经营管理内容也必然与传统企业经营管理具有很多相同的地方，因此网上企业的经营管理内容与传统企业经营管理内容大致相同，但由于网上企业是通过网络技术实现运营管理活动的，所以还增加了一些网上创业特有的新的经营管理内容和新的管理技术手段。例如，增加了信息系统管理、支付管理、网站系统安全管理等，由于在其中一些传统经营管理中运用了网络技术手段，因此其经营管理与传统企业相比具有新特点，运作也更高效。

搞好经营管理的本质就是高效能的实现企业目标。因此，管理者的经营管理能力，不管是哪一方面的管理，从根本上说就是提高工作效能。作为创业者，管理者最重要的职责是把企业的经营理念、经营思路、经营目标等信息准确地传递给员工，并带领他们高效能地完成企业目标任务。因此，管理者需要具备六种能力：一是制定各种规章制度和工作任务标准的能力，二是对规章制度和工作任务的执行能力，三是对工作绩效与工作任务之间的差距的敏锐洞察能力，四是纠正偏差的能力，五是良好的协调沟通能力，六是用人能力。

市场经济的竞争关键是人才的竞争，谁拥有人才，谁就拥有市场和拥有客户。因此，创业者必须学会用人，要吸纳比自己强或有某种专长的志同道合人的共同创业，要善于团结、激励和带领全体员工朝着一个共同的目标奋斗。

4．公关能力

创业面临高度竞争的压力，成功与否的条件之一是自身的公关能力。公关能力是指有目的、有计划地为实现某一目标或改善、维持某种公共关系状态而进行实践活动的能力。公关能力表现为一个人在社交场合的介入能力、适应能力、控制能力以及协调性等。良好的公关能力是企业领导者的重要素质之一。公关能力体现在四个方面：一是形象管理，在工作生活中以身作则，通过形象的展示塑造和提升企业在公众中的形象。二是人际影响力，要善于洞察别人的心理，根据公关对象的特征和特定的情景，迅速采取行之有效的应对策略，把握主动，占得先机。三是社会适应性，要有较强的情绪控制和心理压力承受能力，在为企业争取权益的过程中，能屈能伸，刚柔并济。四是危机应对力，在复杂的外界压力下，能够迅速抓住症结，分析利害关系，主动作为，化解危机，使形势向着有利于企业的方面发展。

以上简单介绍了创业者的个人素质和能力，当然，并不是要求创业者必须具备全部所有的素质和能力才能去创业，但创业者要想在激烈的市场竞争中站稳脚跟，获得创业成功，并使自己的事业有更大的发展，创业者就必须在创业过程中不断加强学习，不断提高自身综合素质和能力。

2.2　创业者的培养

近年来，社会迫切需要紧跟时代发展的创业人才。由此，各地都在不断建立和完善满足城乡各类劳动者创业的创业教育培训体系，遵循"适应"和"提高"的原则，走内涵式发展道路，调整人才培养格局，在创业人才培养上进行多种渠道的尝试，概括起来，创业者的培养主要有分为以下三种途径。

（1）加强普通高校和职业学校的创业课程设置和师资配备，开展创业培训和创业实训，并随着创业实践的不断深入，要定期组织开展教师培训进修、研讨交流活动，加强师资力量的培养和配备，提高教育水平。

（2）短期培训。当前，需要不断扩大创业培训范围，逐步将所有有创业愿望和培训需求的劳动者纳入创业培训范围。要从规范培训标准、提高师资水平、完善培训模式等方面入手，不断提高创业培训的质量。可以采用案例剖析、知识讲座、企业家现身说法等多种方式，增强创业培训的针对性和实用性。并根据不同群体的不同需求，开发推广创业培训技术，不断提高创业成功率。落实国家职业培训补贴政策，对参加创业培训的创业者，按有关政策规定，给予职业培训补贴。

（3）建立孵化基地。可以利用各种资源统筹安排劳动者创业所需的生产经营场地，搞好基础设施及配套建设，优先保障创业场地。并在土地利用总体规划确定的城镇建设用地范围内，或利用原有经批准的经济技术开发区、工业园区、高新技术园区、大学科技园区、小企业孵化园等建设创业孵化基地，积极为进入基地的小企业提供有效的培训指导服务和相关扶持，增强创业企业的经营管理和市场竞争能力，提高创业稳定率和成功率。

2.3　创业团队的组建

【案例】　　　　没有完美的个人，只有完美的团队

曾经有人问巨人集团董事长史玉柱：决定创业是否成功的条件有哪几个？

史玉柱回答：三个，一个好的团队，加上一个好的产品，再加上一个好的策划。

史玉柱认为好团队是创业的首要条件。对此，比尔盖茨也有同感：没有完美的个人，只有完美的团队。说明英雄所见略同。

中国民营企业大约有 250 万家，有很多是合伙开办的。在这么多的创业团队中，有一支队伍特别引人注目。好像茫茫宇宙中北斗七星那样的耀眼、那样的鲜明、那样的突出。这个团队就是"上海携程"。

这个创业团队中，四个创业伙伴全部是名牌大学硕士毕业生，他们三个来自上海交大，一个为美国耶鲁大学。他们在最初创业时的启动资金仅仅是 100 万美元，但后来竟然招来三次风投的追加投资，资金高达 1800 万美元。由于工作成绩显著，这个团队 7 年来陆续将 2 家公司成功上市，可以说是成功的企业团队之一。

其实中国从不缺少创业团队，缺少的是像"上海携程"四人组这样的铁骑劲旅。

怎样的团队才是能干大事的团队呢？英国团队专家贝尔宾博士的结论是：团队的目标和成员的自我角色定位很重要。也就是说只有目标清晰了，定位准确了，团队冲突才能妥善处理，团队决策才能顺利执行。

（资料参考：http://www.douban.com/group/topic/7476375/）

2.3.1　组建创业团队的重要性

1．创业团队的定义

创业团队是由一群才能互补、责任共担、愿为共同的创业目标而奋斗的人所组成的群体。

2．团队在创业过程中具有重要意义

美国的一项研究表明，83.3％的高成长企业是由团队建立的，团队创业型企业的成长性明显优于独自创业型企业。然而在中国根深蒂固的单打独斗思想在创业者中普遍存在，对于今天的中国创业者而言，要推动所创事业快速发展取得创业成功，迫切需要以崭新的团队观念替代传统的独自创业观念。

在创业的过程中，人才是相当重要的，由各种人才组成的一个创业团队决定着企业随后创业过程的失败或胜利。在一个企业中，任何一个员工的作用无非是某台机器或这机器中的某个零部件，而团队则是这些机器或零部件的组合，一台机器通常是做不出产品的，单独的一个零部件更发挥不了作用，只有组合才能使各个组成部分的作用得到充分的发挥。

团队的重要意义在于 1 加 1 大于 2。同样一件事，如果各自为战，往往受到各种条件和因素的限制，而一个有机的组合，实现人力资源的充分利用和各种优势的互补，所发挥的作用较之前大幅度提高，这就是哲学中的量变和质变的原理；团队的意义还反映在企业人才组合的凝聚力上，强调团队的本身不只是人力资源的组合，而是一种意识的统一，激情的融合，理想的一致，责任和风险的共担。任何一个企业的成功，其背后一定有一个坚不可摧的优秀团队，而且任何企业的成功和伟大都体现在团队的卓越和优秀之上。

1）团队组织所带来的积极影响

团队组织所带来的积极影响体现在如下四个方面：

（1）提升组织运行效率。

（2）促进科学民主决策。

（3）团队成员互补的技能和经验可以应对多方面的挑战。

（4）团队比传统的组织调整更灵活、反应更迅速。

2）团队给个人带来的影响

团队给个人带来影响包括：

（1）团队有社会助长作用。有团队的其他成员在场，个体的工作动机会被激发得更强，团队的成员会比单独工作更努力，更有效率，当然绩效也就更大。

● 有人说，跟别人一起工作消除了单调的情绪，提高了工作的热情；

● 也有人说，有别人在场，谁也不想落后，得暗中使劲；

● 还有人说，有别人在场，无论如何面子上得过得去。

（2）团队的社会标准化倾向。人们在单独情境下个体差异很大，而在团队中成员通过相互作用和影响，如模仿、暗示和顺从，久而久之会产生近乎一致的行为和态度，对事物有大体一致的看法，对工作有一定的标准，这就是社会标准，并逐渐在生活和工作中趋同或遵守这一标准，整个过程就是社会标准化倾向。

（3）团队压力。当团队中个体与多数人意见不一致时，团队会对个体施加阻止力量，使个体产生一种压迫、压抑感，团队压力是行为个体的一种心理感受。当个人的行为跟团队的目标距离越来越远的时候，团队的压力会增大，如果个体心理的承受力比较弱，对团队压力的感受就会很强烈。相反越是不在意，这种压力可能就越小。

团队对个体压力的几个阶段：

① 理性说服阶段，表示当某一个人跟团队意见不同的时候，团队对他友好劝说，希望个体放弃不同的意见，此时压力不会太大。

② 情感引导阶段，表示说服不行就好言相劝，采取一种亲近的策略，澄清利害关系，提醒个体改弦易辙。

③ 直接攻击阶段，表示理性说服和情感引导都不能使个体放弃个人意见，于是采取直接攻击的方式，所以会当面讽刺、挖苦和顶撞，力图使背离者归顺。

④ 到了开除阶段，个体仍然一意孤行，团队中多数成员失去了耐心，开始采取一种孤立的政策，对他不理不睬，直至把这个成员开除掉。

团队的这种压力有的时候能够保证个体走到跟大部分成员一致的方向，对于团队在某些方面是有帮助的。当然有时这种压力也会影响士气。

（4）从众压力。团队成员迫于某种压力，不知不觉在意见判断、行为上与大部分成员保持一致，这种现象就叫做从众行为。

有一个实验，让被实验者比较 A、B、C 三条线的长短，其中 A 和 C 有一定的差距，A 和 B 相等，但因为团队中绝大部分成员被暗示"你要说的是 A 和 C 相等，前面大家都这么说。"结果大多数人选择了"A 和 C 相等"。这就是从众行为所带来了一种压力。

现实生活中从众行为是大量存在的，它有积极和消极两个方面影响。

① 积极方面的影响：有些从众行为可以让人识大体，顾大局，保证团队成员统一认识和统一行为，提高团队活动的良好秩序和效率。

有的从众行为是在个体无法确定自己的想法是否正确时，只能参照别人的意见，这时个体的内心会有一种安全感，增强自信心。

② 消极方面的影响：这种从众行为完全对事不作判别，别人错，自己也跟着错，"逆而运营"可能会带来不好的结果。

3. 团队精神的作用

一个好的创业团队，在创业中必须要有一个团队精神把大家凝聚在一起，为了一个目标共同奋斗。团队精神是团队文化的一部分，如果没有正确的团队文化，没有良好的从业心态和奉献精神，就不会有好的团队精神。何谓团队精神？所谓团队精神，简单来说就是大局意识、协作精神和服务精神的集中体现。团队精神，基础是尊重个人的兴趣和成就，核心是协同合作，最高境界是全体成员的凝聚力和奉献精神，反映的是个体利益和整体利益的统一，并进而保证组织的高效率运转。团队精神的形成并不要求团队成员牺牲自我，相反，发挥个性，表现特长，能保证团队高效完成任务目标。团队精神有以下四种作用。

1）目标导向功能

团队精神的培养，使企业内员工齐心协力，拧成一股绳，朝着一个目标努力，对单个员工来说，团队要达到的目标即是自己所努力的方向，团队整体的目标顺势分解成各个小目标，在每个员工身上得到落实。

2）凝聚功能

任何组织群体都需要一种凝聚力，传统的管理方法是通过组织系统自上而下的行政指令，淡化了个人感情和社会心理等方面的需求，而团队精神则通过对群体意识的培养，通过员工在长期的实践中形成的习惯、信仰、动机、兴趣等文化心理，来沟通人们的思想，引导人们产生共同的使命感、归属感和认同感，反过来逐渐强化团队精神，产生一种强大的凝聚力。

3）激励功能

团队精神可激励员工自觉地要求进步，力争与团队中最优秀的员工看齐。通过员工之间正常的竞争可以实现激励功能，且这种激励不是单纯停留在物质的基础上，还能得到团队的认可，获得团队中其他员工的尊敬。

4）控制功能

员工的个体行为需要控制，群体行为也需要协调。团队精神所产生的控制功能，是通过团队内部所形成的一种观念的力量、氛围的影响去约束规范和控制职工的个体行为。这种控制不是自上而下的硬性强制力量，而是由硬性控制向软性内化控制，由控制职工行为转向控制职工的意识，由控制职工的短期行为转向对其价值观和长期目标的控制。因此，这种控制更为持久和有意义，而且容易深入人心。

2.3.2 创业团队的组建

创业团队一组建包括以下六项内容。

1. 创业团队成员的选择

创业团队成员的选人原则如下：

（1）诚实守信，有本事。寻找可信而又可用的人。以创业者用人的眼光去看，大致可分为三类：一是可以信任而不可大用者。这是那些忠厚老实但本事不大的人；二是可用而不可信者，这是那些有些本事但私心过重，为了个人利益而钻营弄巧，甚至不惜出卖良心的人；三是可信而又可用的人。作为创业者，都想找到第三种人。

（2）目标明确，志同道合。团队的目标应该是每个加入到团队里的成员所应认可的。在明确了一个团队的目标后，作为团队的负责人，应该以这个共同的目标为出发点，来召集团队的成员。团队是不能以人数来衡量的。如果企业有一群人，但没有共同的理想和目标，那这就不是一个团队，而是一群乌合之众。这样的团队是打不了仗的。所以，合作的伙伴应是志同道合的，有共同的或相似的价值追求和人生观。

（3）扬长避短，优势互补。人有所长，必有所短。创业伙伴之间的优势最好呈互补关系。选择的时候要看清其长，以后也要学会包容其短。所谓取长补短，是取别人的长补自己的短，此为团队的真正价值，长城不是一人筑成，想做出点成绩，就得有做事情的开放心态，团结大家共同奋斗。创业团队成员不能是清一色的技术成员，也不能全部是搞终端销售的，优秀的创业团队成员各有各的长处，大家结合在一起，正好是相互补充，相得益彰。当某些人是内向型性格，不善于交际，只适合从事技术工作时，那就最好找些富有公关能力、会沟通、能处理复杂问题的搭档；当某些人是急性子，脾气比较暴躁且又自认为很难改正时，那最好再找些慢性子、脾气温和的搭档。这都需要根据创业的规模、人员情况优势互补，确定人数、男女比例、年龄层次等构成。

2. 酝酿团队创业章程和创业文化

团队创业章程和创业文化是组建团队初始不能忽略的问题。创业是非常艰辛的，在创业之始，团队成员尤其需要有共同的约定和文化理念的引领。一旦约定，大家必须共同遵守、执行和维护，否则很难形成合力。

3. 完善股权，利益共享

从企业创立一开始，就要制定创业契约，要设计团队成员的股权分配，还要明确各个创业者之间和原始投资人之间的关系。创业契约是创业者在找到创业伙伴后必然要思考、讨论、制订、执行的公司的第一份契约。合伙要想成功、愉快，必须在合伙之前签好创业契约，分配好股权，明确各自享有的利益和承担的风险，明确各自的义务和权利。有了创业契约，大家各司其职，那么最后可能是一辈子的兄弟、伙伴。如果没有创业契约，那么最后很可能导致创业失败。

现在创业，已经不是原生态的打白条年代了，而是股份＋期权的契约年代。国内兄弟创业也好，伙伴创业也好，能够做大、做好的企业不多，这是因为对于创业契约文化的不了解。在团队组合时，有一些事情是要坐下来板着面孔提前做好约定的。

叫朋友到公司来做事，千万别说"请你来帮我"，而是要事先讲好规则。友情不能维持合伙关系，事实上生意上的合伙关系很容易破坏多年的友情。

俗话说："亲兄弟明算账"。凡涉及到权利义务与利益分配问题，还是要先说清楚讲明白，不能感情用事，也不能回避不谈。

另外，创业企业的股权结构不能太复杂，或者说不能在开始阶段赋予别人太多权利，因为后续的投资人特别是风险投资人，会关注公司的股权结构，如果股权结构太复杂，与风险投资人的谈判就很难成功。

4．团队的领导

要强调的是，创业团队中无论有几个合作者，即使在所持有的股份上可以做到平均，但在统一规划方面必须得确立一个主导者，不然就很容易出乱子，若是在形成决议后，每人的思想和行动方向没有一个主导者进行统一规划约束的话，那么很容易出现问题，也会导致巨大的内耗和矛盾。

5．团队的分工

根据团队结构和成员优势特点，创业目标和具体工作要求，应明确每个成员的责、权、利，做到有分有合，各司其职，有条不紊。

6．团队磨合期问题的处置

创业团队或长或短要经过一个磨合期。在这个时期需要经过痛苦的"洗牌"，有的人也许不适合共同创业，这时候一定要下定决心调整、变更，不能碍于情面，否则会成为创业的巨大羁绊。

2.4　创业团队的管理

良好的管理可以通过合适的组织形态、利益机制、管理制度，将每个人安排至合适的岗位，挖掘个人的潜能，规范每个人的团队行为，充分发挥团队整体功能。

1．确立明确的团队发展目标

目标在团队管理过程中具有特殊的价值，是创业团队管理的灵魂。首先，目标是一种有效的激励因素。如果一个人看清了团队的未来发展目标，并认为随着团队目标的实现，自己可以从中分享到很多的利益，那么他就会把这个目标当成是自己的目标，并为实现这个目标而奋斗。从这个意义上讲，共同目标是创业团队克服困难，取得胜利的动力。其次，目标是一种有效的协调因素。团队中各种角色的个性、能力有所不同，但是"步调一致才能得胜利"。孙子曰："上下同欲者，胜。"只有真正目标一致、齐心协力的创业团队才会得到最终的胜利与成功。成功的团队要投入大量的时间和精力用于讨论、建立具体目标，并将之转化为现实。在这样的目标下，企业文化得以形成，造就持久的精神支撑，员工的抗压性和创造性被充分激发出来，团队整体表现出统一的步伐和坚韧的战斗力。可以这样说，对共同目标和企业文化的认同感造就了创业团队坚韧的品质，也就会创造了一个又一个看似不可能的商业奇迹！

2．有一个好的团队领导

创业者是创业团队的灵魂，创业者的一个重要的任务就是引导团队建立共同的愿望或价值观，共同的愿景，并团结带领导团队共同奋斗实现创业目标。

3．建立责、权、利统一的团队管理机制

1）创业团队需明确内部各种权力和利益关系

（1）明确创业团队内部的权力关系。为了保证团队成员执行创业计划，顺利开展各项工作，必须预先在团队内部进行职权划分。创业团队的职权划分就是根据执行创业计划的需要，具体确定每个团队成员所要担负的责任以及相应所享有的权限。团队成员间职权划分必须明确，既要避免职权的重叠和交叉，也要避免无人承担某项工作造成工作上的疏漏。此外，由于还处于创业过程中，面临的创业环境又是动态复杂的，不断会出现新的问题，团队成员可能不断出现更换，因此创业团队成员的职权也应根据需要不断地进行调整。

（2）明确创业团队内部的利益关系。所谓利益关系与新创企业的报酬体系有关。一个新创企业的报酬体系不仅包括诸如股权、工资、奖金等金钱报酬，而且包括个人成长机会和提高相关技能等方面的因素。每个人所看重的利益可能并不一致，这取决于其个人的价值观和奋斗目标。有些人追求的是长远的资本收益，而另一些人不想考虑那么远，只关心短期收入和职业安全。

由于新创企业的报酬体系十分重要，而且在创业早期阶段财力有限，因此要认真研究和设计整个企业生命周期的报酬体系，以使之具有吸引力。

2）构建管理制度

创业团队制度体系体现了创业团队对成员的控制和激励能力，主要包括了团队的各种约束制度和各种激励制度。一方面，创业团队通过各种约束制度（主要包括纪律条例、组织条例、财务条例和保密条例等）指导其成员避免做出不利于团队发展的行为，实现对其行为进行有效的约束，保证团队的稳定秩序。另一方面，创业团队要实现高效运作要有完善的激励机制（主要包括利益分配方案、奖惩制度、考核标准和激励措施等），使团队成员看到随着创业目标的实现，其自身利益将会得到怎样的改变，从而达到充分调动成员的积极性，最大限度发挥团队成员作用的目的。要实现有效的激励，首先就必须把成员的收益模式界定清楚，尤其是关于股权、奖惩等与团队成员利益密切相关的事宜。需要注意的是，创业团队的制度体系应以规范化的书面形式确定下来，以免带来不必要的混乱。

3）建立促进团队绩效的考评制度

团队绩效考评有助于明确目标、落实责任，有助于强化主动性、提高工作效能，有助于密切配合、团结协作。做好绩效考评工作，就要科学制定绩效考评指标体系。

📖 【案例】　　　　　5Q 地带——大学生创业的案例

2003 年 11 月份，华中科技大学三个在校大学生利用自己大四的空余时间开创了 5Q 地带网站（www.5qzone.net），并将它定位于一个服务于全国高校大学生的网站平台，开始了他们的创业梦想。此前他们三个都是华中科技大学 IBM 俱乐部核心会员，由于有相同的爱好和特长走到了一起，在 IBM 俱乐部期间，经常在一起相互学习和交流，一起做过多个学校网站、企业网站、政府电子政务网站等，建立了良好的友谊和合作关系，积累了丰富的网站制作和运营经验。2003 年 11 月份下旬，5Q 网站第一个服务频道——5Q BT 下载频道上线了。BT 是 BitTorrent 的简称，中文翻译为"比特流"，是一种基于点对点协议的文件下载方式。它采用 BT 下载客户端下载文件，可以获得比传统下载方式快 5～10 倍甚至更快的下载速度，因此在 2003 年开始风靡互联网，也在同年开始走入中国市场。而在 5Q 推出 5Q BT 下载频道的时候，中国市场开始出现了一些同类网站，也出现了一个 BT 资源聚合网站 BTChina（www.btchina.net），但在教育网还没有一个同类网站出现，市场处于空白。由于教育网带宽充足，分享资源活跃，因此 5Q BT 下载频道一经推出就立刻受到大学生的追捧，BT 也成了当年最流行的网络词汇。在 5Q 创业团队的良好技术支持和大力宣传运作下，5Q 网站迅速以华中科技大学为中心，向周边高校辐射，进而占领了全国 211 所高校市场，最后借助 211 所高校的地位和辐射能力，不到半年时间，用户已经遍布全国高校。而在此过程中，5Q 也遇到了一些竞争对手，包括清华大学、北京大学、武汉大学、西安交通大学等多所高校的同类网站的竞争，但是 5Q 凭借其良好的技术优势、稳定的服务和快速的市场推广能力，以及市场领先优势，击败了所有的竞争对手，成为了教育网最大的、也是现在唯一的 BT 下载网站，拥有了一批忠实的用户，并在高校有着良好的口碑。

此时的 5Q 创业团队开始把目光转向如何利用现有用户资源，实现赢利。因为仅仅靠少量的网络广告收入不足以支撑一个网站的继续发展。而由于 BT 下载的合法性在当时受到社会各界的置疑，存在诸多政策风险，加上团队成员都是技术背景出身，缺乏良好的公关和形象包装能力，经验和人脉关系不足，因此一时难以找到好的风险融资渠道。为此，网站转型和寻求赢利模式成了 5Q 创业团队在这时候重点关注的问题。

他们首先想到的是向校园资讯门户方向发展，频道扩展到了包括新闻、教育、娱乐等多方面内容。但是由于门户资讯网站维护成本巨大，团队成员之间出现分歧，项目搁置，然后是推出校园博客，此时博客在中国才刚刚起步，博客中国也才开始崭露头角，不幸的是他们在产品开发的过程中缺乏有效的控制，在推广的过程中出现严重的技术问题，导致错过了最佳宣传时机。这时候他们又开始了电子商务的尝试，首先是尝试 B2C 模式，主要卖化妆品和饰品，虽然有一定的赢利，但是由于渠道、物流配送、支付方式等各环节的不成熟，也出现了瓶颈。然后，尝试 C2C 模式，想以此消除在渠道、物流、支付等环节的壁垒，项目采取与别的公司合作的方式进行，这也是 5Q 后期主要运营的项目，但一直都未出现明显的成绩。

在 5Q 转型的同时，该团队进一步扩大到 5 人，还有一批兼职学生成员，成立了自己的公司，股份分配采用平均分配的方法。但是却没有职务上的安排，工作也没有明显的分工，在具体决策上采用的是少数服从多数的方法。

2005 年 8 月，卢军等人创办的"5Q 地带"网站，引起拥有中国最豪华社区网站——猫扑网的千橡互动集团的注意。该集团决定注资加盟，首期投入 200 多万元对"5Q 地带"网站进行改造，并以合作的方式，为卢军等人成立了一家网络公司。"5Q 地带"的发展由此得到了巨大转变。

（资料来源：http://www.admin5.com/article/20061113/1575.shtml）

讨论：
1. 你认为"5Q 地带"成功的关键是什么？
2. 你认为卢军他们的成功对你有什么启发？
3. 你认为"5Q 地带"的成功对你以及你所在的单位和部门有什么需要借鉴的地方？
4. "5Q 地带"的几个创始人具备了创业者的哪些素质？
5. 你认为创建一个绩优团队需要些什么？

【案例】　　　大学生创办网上创业平台——义乌高翔批发网

金益智，义乌工商学院 2006 级学生，学校里这个年级的学生，是创造创业神话，制造媒体新闻最多的群体，诸如杨甫刚、史程草等。而金益智则在系里担任学生会干部，从大一到大三，从干事做到系学生会主席。他经常讲这样一个故事：大一时他和杨甫刚都是学生会外联部的，当时杨甫刚选择了做淘宝，而他选择了做学生会。两年后，杨甫刚成为淘宝皇冠店主而成名，金益智则从学生会退下来做淘宝，好像跟在别人后面。但金益智并不觉得起步太晚，学生会里得到的管理经验让他对网上电子商务的判断有自己的认识。金益智联合大一新生陈学波合伙成立了联创投资有限公司，建成了拥有独立域名的义乌高翔批发网，成为同学们的批发平台。

一个网站　一个公司　两个合伙人

洽谈业务，拓展供货渠道，和商家谈判，这都是金益智热衷的活动。在系外联部工作时，他就经常为举办活动到外面拉赞助，推销自己，推销产品，因此对于这些工作都不陌生。担任系学生会主席更让金益智在管理团队方面得到很好的锻炼，所以他从不为没像杨甫刚那么早踏入创业这条路而后悔。也因为跟学校和系里有更多的交流而获得了更多的创业支持，现在创业园里的这间教室也是系领导为支持他们创业而无偿提供的。而金益智也更感受到肩上的责任，现在公司里聘请的两位客服都是系里的大一新生。

这个公司里的另一位合伙人陈学波，也是大一的学生。两人在供货平台里相识，那时他俩，一个是新生，一个是国贸系的学生会主席；一个沉静不语，一个爱说爱笑。一个喜欢鼓弄计算机，一个喜欢与人打交道。反差使之形成了互补，两人花了一个多星期的时间一直探讨，那时候满脑子都是对于未来的构想。见面就是聊天，聊对于现在校园里淘宝创业的看法，聊如何通过互联网建立属于自己的真正平台。最终两人在许多问题上都达成了共识。依托淘宝创业容易受制于人，只有建立一个属于自己的网络平台才能更好表达自己的经营理念。开零售网店拿货没有优势，而主营批发业务更能从厂家那里拿到低价的货源。于是开发一个拥有独立域名的网站，主营批发业务的想法渐渐浮出水面，两人的目标也越来越清晰。

马云说："当一个事情有40%的把握时就要去做，否则就太晚了"。两人开始筹备组建公司，开发网站的相关事宜。首先要解决的是资金的问题，两人纷纷向亲朋好友举债，加上自己的积蓄，一共投入了2万元。技术方面的问题由陈学波一手承担，网站制作、网站建设、网站推广、网页设计是他的强项，早在初中的时候陈学波就刻苦钻研过这些技术，高一时就有了自己的广域互联网工作室，那时他一人经营三个网站，每个月的收益近两千元呢。货源则由金益智负责，跑厂家，谈价格，两人一个主外一个主内，配合得还真默契。现在两人都很低调，印制的名片上一个是业务主管，一个是网络部主管，两人都表示现在还在创业初期，还是要务实不要务虚，名片印得再花俏也没用，还是先把该做的事做好。两个人虽然性格能力都能形成互补，但有时看待问题也会有分歧，最近两人就为主导市场的定位问题有不同意见，金益智主张专攻高校市场发展供货平台，陈学波则主张专攻实体店搞小额批发。最后，谁也没说服谁，两个市场都作为主攻方向，也许未来两个人还会有分歧，但正像他们的高翔理念一样"只有完美的团队，没有完美的个人；只有想不到的事，没有做不到的事"。

公司的定位与目标

公司取名为"联创投资有限公司"，也是取意两人联手开创公司，联手开创未来。公司尚未注册，因为尚在起步阶段，还需时间发展。目前公司主要运营平台是"义乌高翔批发网"，高翔也是寓意高高飞翔，搏击商海。

公司专业从事小商品批发，主营创意家居、日用百货、母婴用品和饰品等，主要针对精品店、网店、外贸公司及各级批发商。这是他们俩印在名片背面的广告宣传语。其实现在的主打产品还是创意家居和日用百货系列，因为资金有限，两人觉得还是先把一个行业做大了再考虑其他的行业，摊子铺得太大恐怕影响资金周转。而选择创意家居也是对市场做了充分的调查，认为义乌有许多从事创意家居生产的厂家，这个行业属于新兴行业，必定存在巨大的商机。通过4个多月的运营，现在公司里每天都要发五六个大单子，通过物流公司发往全国各地，而学校里的学弟学妹们需要一些散货时，他们也来者不拒。

在金益智和陈学波的头脑里还有这样一个概念——做行业，不是卖产品。他们不仅仅要把网站做成销售平台，更要做成一个信息交互平台，通过他们的运作将创意家居这个行业做大做强。在前期的调查当中，他们看到诸多的网店在网上拼杀价格，互相竞低，这样的行为不利于将产业做大做强。而他们要做的不仅仅是在网上卖产品，提高销量冲业绩，更是要做一行爱一行。他们看好的是义乌创意家居行业的明天，想通过网站的平台，获取更全面的产品需求信息提供给厂家，让厂家能获得快捷而准确的市场信息，及时调整生产，以实现共赢的局面。

对于未来，一切还不可知，两个人已经做出了一年、三年和五年的规划。第一年，要将网站的知名度打开，在创意家居行业内能排名领先。第三年，要将创意家居行业做成优势行业，同时开拓其他的产品，将"义乌高翔批发网"做成一个综合性批发网站。第五年，继续稳健经营，扩大网站规模。看似粗糙的发展规划却投射出两人的雄心壮志。

创意+技术+服务

开公司，办网站。一个创意从产生到落实，这其间的复杂与烦琐很是考验人的恒心与耐力。

网站的设计修改都由陈学波一手打理。俗话说，三分靠长相，七分靠打扮，要给客户良好的第一印象，网站的外观非常重要。进入 http://www.ywgx.com（这是高翔批发网的域名），以蓝色为主色调的网站让人视觉上感觉很舒适，"创意改变生活"的口号配合高翔批发网的 LOGO 简洁又醒目，让人一下子联想到网站的主打产品——创意家居。导航条上的栏目设置也非常清晰合理，"全部商品、推荐商品、支付方式、订货说明、货物运输、常见问题"等栏目把来网站订货的主要信息都囊括在内。页面分为订单查询、销售排行、品牌专区、精品推荐、新品上市、热销产品等版块，在最醒目的位置还将近期网站做的重大调整显示出来，让人一目了然。为了让客户的支付方式更有保障，高翔批发网的支付方式由原来的银行汇款升级为同时支持支付宝。为了吸引小额批发客户，还推出了 200 元混批业务。为了节省客户的发货成本，还推出了代发货业务。这一系列的调整都让网站的服务不断完善。

网站的推广优化必须时时推进，才能让网站有更高的点击率和浏览量。通过网站链接，设置合适的关键词、发广告，在热门网站发技术性网帖，等等，多管其下，使得现在在百度等大型搜索引擎上输入"义乌批发"或"创意家居批发"等关键词后，"义乌高翔批发网"总会在前几个页面出现，这样一来就能保证客户能够较早的看到"义乌高翔批发网"。

网站的信息必须时时更新，才能让客户每次来都有新感觉。当网站即将开通时，3600种商品的信息，其中包括图片、售价、信息描述都必须在一周内完成，有些商品厂家有相应图片提供，有些没有图片的还要自己拍照，上传照片。金益智和陈学波两个人加上聘请来的客服人员，每人每天必须完成 200 个产品的信息上传任务，完不成不能睡觉，那时就天天坐在计算机前面，不停地敲击键盘，争分夺秒地重复着同样的工作，最终成就了如此丰富的产品信息平台。现在只要在网上发现比较好卖的产品，他们就必须第一时间提供给厂家，如果有货就要把相应信息发送到网站里，如果没货就要求厂家及时生产尽快上站。

2009 年 3 月，网站正式运行，义乌工商学院创业园内的公司也正式开业，两人为了省钱，买来了二手家具，将办公区域划分为产品洽谈区、产品展示区和客户服务区。当时展示区里那四个庞大的货架都是两人一个螺丝钉一个螺丝钉拧起并安装起来的，光安装货架就忙了个通宵。这种精神让学院副院长贾少华大为赞赏，每次外单位来学校取经考察，都会来到高翔，让大家听听两个大学生创业的故事。2009 年 6 月 25 日，《纽约时报》上海分社的 DAVID BARBOZA 社长及助理一行数人来义乌工商学院采访时，就在贾少华副院长陪同下来到高翔批发网，采访了金益智和陈学波。

高翔批发网货架上主要摆放的是一些网上热销的创意家居产品和饰品，最为引人注目的是一长排类似红酒瓶的产品。可这不只是一个漂亮的瓶子，打开瓶子的上端拉出来就是一把漂亮的伞；这个造型别致的瓶子，不仅可以竖着摆放，打开瓶盖拉出挂绳还可以挂起来，成为精美的摆件；如若把湿伞装在里面也不会漏水；其别具匠心、充满情趣的产品作为赠品也是一个不错的选择。公司还为这个创意设计了一系列产品，包含多种主题和颜色。"红酒雨伞（Isabrella）优雅而富有创意的细节，就这样洋溢在你的举手之间，拥有这样漂亮的雨伞，爱美的姑娘、小伙们出门一定不会忘记携带"。这就是红酒雨伞在网站里的产品描述，再加上 40 多种花色，使这款创意红酒雨伞在网上销得特别好。金益智他们为了保证有足够多的品种供客户挑选，特地押了好几箱货。在网上要想把产品尤其是这类创意类产品卖好，必须要把产品描述做细，图文并茂，还要将产品在网上陈列在最显眼处，作为主打商品来推荐；同时在各热门网站里发帖跟帖，自然地推介自己的商品。

服务方面也要做到细致周到，因为高翔批发网主推小额混批，所以每个单子里的产品种类都很多，数量也不一致，这就要求发货的负责人必须保证不能出错，有时某些货可能数量不够就得马上补货，确保能准时发货。刚开始做批发业务时，因为对货物重量还估计不准确，对于托运的运费也不太清楚，为了尽快获得订单又来不及去确认重量和运费时，他们也经常会出现贴钱发货的情况。那时为了保证信誉，还是坚持亏本发货。像有一次一位来自湖北某高职院校的考察团来参观创业园，来到高翔批发网，一位女老师看到一款学习桌非常感兴趣，就想买下来并发回湖北，金益智以成本价卖给那位老师，在运费方面也收得很少，那位老师自然非常惊喜，物美价廉。可金益智发货时才发现，这张桌子运到湖北的运费要一百多，这下可亏大了。可转念一想，这笔业务可以是高校推广活动的一部分，也许那位老师回去后一宣传，会有更多的客户上门呢。吃一堑，长一智，现在他们已对物流公司的定价了然于心，再不会出错了。

对于老客户金益智还采取积分方式吸引他们再次订购，网上注册的用户都可以随时查询自己的积分，达到一定标准就可来公司兑换相应金额。这也是他们在市场营销课上学来的促销手段。

开公司，办网站，已成为这两个年轻大学生日常生活的一部分。每天重复着相似的工作内容，对未来保持着坚定不移的信念，金益智和陈学波，这两个同门师兄弟，正在用自己的实际行动书写着青春乐章。

（资料来源：浙江义乌工商学院梅沁芳）

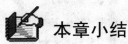

本章小结

　　一个人要想获得创业成功，个人必须具备基本的创业素质和能力，更重要的是还需要有一个创业团队和自己共同奋斗，而这个团队应是由一群才能互补、责任共担、愿为共同的创业目标而奋斗的人所组成。本章介绍了网上创业者要了解掌握的相关知识，详细阐述了创业团队的重要性、创业团队组建、创业团队管理等知识。通过本章的学习，使立志于创业的人们，努力学习，提高自身的创业素质和能力，并组建和管理好创业团队。

技能训练

1. 组建一个创业团队，并写出方案。
2. 编写一个创业团队管理方案。

思考与练习

1. 简述组建创业团队的重要性。
2. 简述团队对个人带来的影响。
3. 选择团队成员的原则是什么？
4. 简述团队精神的作用。
5. 简述创业团队成员的选择。

第 3 章

创业融资

本章学习目标

1. 掌握创业融资的基本理论知识。
2. 理解中国创业融资现状及其原因。
3. 掌握创业融资的渠道。
4. 掌握创业融资策略。
5. 掌握融资谈判的过程和技巧。

【案例】　　　　　　　　UCWEB 创业融资故事

梦想的开始

UCWEB 是梁捷和何小鹏两个人创办。他们俩是华南理工大学计算机系的同学，都是学计算机的。毕业后，他俩都进入了广州一家公司工作，属于同一个研发团队。

他俩都是超级网虫，时刻都想要上网冲浪，所以，他俩很早就开始用手机上网了。但是当时 WAP 网站上的内容实在是太少了，而且手机上的操作很慢，实在不方便。他们觉得，需要一个更好的浏览器软件，让大家可以在手机上便捷的访问 WWW 网页。于是，他们决定自己去做一个工具。他们给她起了一个名字，叫做 UCWEB，UCWEB 是 You Can Web 的缩写，意思就是："你能随时随地访问互联网"。希望有了 UCWEB，每个人就都可以"把互联网装进口袋"里了。于是 2004 年，他们辞去了工作，开始了创业生涯。

快乐和艰辛的创业过程

"云计算"的 UCWEB 经过了大半年的研发，在 2004 年 10 月推出了 UCWEB 的第一个公众版本。这个产品一经推出，就得到了用户的欢迎，完全靠着用户的口碑相传，在第一个月就发展了 5000 多个注册用户。在那个时候，最流行的手机型号是诺基亚 6610，屏幕很小，运算能力很低，而且无线网络质量也要比现在差很远。他们为了解决手机终端运算能力不足的问题，想了一个好办法，就是通过手机终端和网络服务器混合运算的技术来解决这个问题。后来，当 GOOGLE 发布"云计算"战略的时候，他们非常开心，他们和 GOOGLE 想到一块去了，"云计算"的思想，早在 2004 年就已经应用在 UCWEB 产品中了。当时，全世界有 2 家公司通过客户端-服务器架构来做手机上的浏览器，一家是加拿大的 Reqwireless，这家公司现在已经被 Google 收购了；另外一家就是中国的 UCWEB。2005 年 3 月，他们正式注册了广州动景公司。应该说，创业的过程是令人兴奋的，但同时，创业的环境也是非常艰辛的。在最初的一年多时间里，我们并没有固定的办公场地，完全是依靠借用朋友的地方来办公，所以常常是在夜里扛着机器，从一个地方搬到另外一个地方办公，他们的办公场地已经搬迁了 6 次。因为公司资金缺乏，服务器都是他们在计算机城攒的 PC，连测试手机也是在广州的二手市场淘回来的。梁捷和小鹏 3 年都没拿工资，生活过得非常节俭。而支撑他们的是用户对 UCWEB 的赞许和不断上涨的用户数量。从 2005 年到 2006 年，2 年的时间，他们一直在改进浏览器技术，产品的功能和质量都有了很大的提升。团队也增长到了 10 多人。但由于资金的制约，他们一直不敢做更大的人员扩张，也没有钱去买新的服务器和终端设备，公司面临着严峻的生存压力。为了让公司能活下去，我们决定执行"以战养战"的策略，向企业客户提供移动浏览的技术服务，用项目收入来养公司。有 3 个人在维护，其他的 12 人都在做项目，基本可以养活公司。2006 年的春天，他们在中国移动集团和中国移动研究院进行了长达 5 个月的反复技术测试，终于打败了包括 IBM 在内的所有对手，夺得了中国移动价值千万的全国手机办公系统的项目，帮助中国移动公司实现了手机办公的目标，公司也从项目里面挣到了一些钱，但这些钱很快就统统都拿去买服务器了，因为他们的用户增长实在是太快了。

为了彻底地解决资金上的问题，他们开始主动去寻找风险投资。2006 年，为了融资一百万美元，花了大半年的时间，跟很多家风险投资公司都作了交流，但是最终都没有能达成投资协议。那个时候梁捷和小鹏才发现，融资真的不像网上说的那么容易，技术本身并不是唯一的决定性因素，要得到认可，还需要有清晰的商业策略和能力互补的经营团队。

遇到有福之人

在寻找风险投资的过程中，他们认识了俞永福。当时永福是以联想投资副总裁的身份来他们公司考察，看到他俩递上来的名片，头衔都是"副总经理"，永福很困惑，想了一会才问："那总经理是谁？"可能永福当时怀疑他们背后还有一个老板。实际上，因为梁捷和小鹏都是技术出身，他们认为公司要做大，将来一定需要引入更合适的管理人才，他们需要找一个 CEO 搭档。自从认识了永福，他们经常在一起交流，讨论公司发展的方向。永福有非常全局的视野，一些在我们看来非常迷惑和为难的问题，他总是能够找到问题的根源，理清解决问题的思路。这些建议对于我们的帮助非常大。不过，他们跟永福的交流也是非常漫长的。在经过了半年多的沟通之后，我们最终获得了联想投资的初步投资意向。联想投资的投资决策会议是 2006 年 11 月 20 日召开的，按联想投资的流程，当时梁捷和小鹏专门从广州飞到了北京，在决策会议的前一个小时，他们与联想投资决策委员会的全体成员，进行了最后的当面交流。在梁捷和小鹏做完了案件的最后陈述之后，他们就离开了会场，联想投资开闭门决策会议。梁捷和小鹏并没有直接回酒店，他们来到了联想投资一楼的西餐厅等待结果。因为当时公司账上已经没有钱了，他们的压力都很大，希望能有一个好结果。他们苦苦的等待了 4 个小时，到了晚上七点多，永福来到了一楼的西餐厅，三个人都没有吃饭，永福来的时候很沮丧，他说："一票之差，没有通过。"大家都很失落，一下子说不出话。沉默了一阵，小鹏说的第一句话是："永福，你愿不愿意，加入我们一起干？"永福没假思索："好，我们一起干！"大家的心情立即好了起来，点了晚餐，并且讨论了很多发展规划和融资的问题。吃完饭后，永福立即打电话给雷军老总，约着当晚见面聊 UCWEB 项目的事情。几天之后，永福就反馈说雷军老总爽快地答应了投资我们。毫无疑问，当梁捷和小鹏把永福发展成兄弟之后，UCWEB 拥有了一个志同道合、能力互补的经营团队。

他们找到"组织"了

雷总的投资，对 UCWEB 来说，是一个历史性的转折点。2006 年 12 月，在第一次讨论未来业务规划的会议上，雷总提出了一个重要的建议："放弃企业市场，主攻个人市场" 当时，公司经过一年多的打拼，已经在企业市场取得了突破，每年稳定的技术服务项目收入达到了千万级。放弃这些现实收入，对于我们显然是一个痛苦的决定，但是为了集中全部精力主攻最有价值的市场，团队还是接受了这个建议，迅速的将该业务转让给了合作伙伴。将原来投入企业市场的研发骨干转到 UCWEB 产品上来。 在接下来的时间里面，雷总花了非常多的精力，和团队一起，明确了公司的目标和方向。他提出来这样的要求："强化后台管理系统，推行量化的运营，把 UCWEB 打造成为最完美的产品"。

2007 年 7 月，在雷军的帮助下，短短的六个月，引入知名风险投资机构 Morningside 及策源投资，融资了一千万美元，公司价值增长了十多倍，UCWEB 的发展从此驶入了快车道。看起来也很"梦幻"，这是为什么呢？

原因是大家一起踏踏实实在企业战略和团队上做了重大调整，调整后公司的价值发生了质的变化。一是俞永福加入创业团队，出任了 CEO，团队变得完整了；二是放弃了企业市场，专注在手机浏览器的个人消费市场，目标专一；三是进一步坚定了做一个大公司的梦想，给投资者足够的想象空间，再满足风投的其他标准，谈融资就相对简单了。如果没有这些，融资就是空中楼阁。

当时，他们给风险投资机构 Morningside 及策源讲得故事是：移动互联网是未来发展趋势，在不久的将来，移动互联网业务的规模会超过互联网业务的规模；UCWEB 要做手机上的浏览器，成为手机上网的第一入口；过去两三年的创业已经小规模验证了 UCWEB 的团队实力以及业务模式。结论是 UCWEB 有可能成为下一个百度、下一个腾讯。

这个故事到今天也许还有很多人不相信，但当时风险投资信了，短短一周时间，就决定投资一千万美元帮助 UCWEB 实现梦想。一千万美元，对于一个二十人的小公司，当然是笔天文数字。就这样 UCWEB 前后花了一年半时间，完成了第一轮机构的融资。虽然融资的"临门一脚"只有几天时间，但之前做的所有工作都非常重要。

之后，在雷总的指导下，他们很快建立起了市场和运营队伍，构建了量化运营平台，并成立了北京公司，公司人员扩展到了将近 200 人。同时，公司的业务发展非常顺利，在雷总投资之后的将近两年时间里面，UCWEB 的用户量惊人地增长了 25 倍。

（资料来源：http://blog.sina.com.cn/s/blog_4b0e23c90100b3r2.html）

3.1 创业融资渠道和方式

3.1.1 融资渠道

融资渠道是指资金来源的方向与通路，体现着资金的源泉和流量。认识融资渠道的种类及每种渠道的特点，有利于企业充分开拓和正确利用融资渠道。总体而言，企业筹集资金的渠道有以下 7 种。

1. 国家财政资金

国家对企业的投资，历来是国有企业，包括国有独资公司的主要资金来源。现有国有企业的资金来源大部分是过去由国家以拨款方式投资形成的。

2. 银行信贷资金

银行对企业的各种贷款，是各类企业重要的资金来源。银行一般分为商业性银行和政策性银行。前者为各类企业提供商业性贷款，后者主要为特定企业提供政策性贷款。银行信贷资金有居民储蓄、单位存款等经常性的资金源泉，贷款方式多种多样，可以适应各类企业的多种资金需要。

从目前的情况看，银行贷款有四种：

（1）抵押贷款，指借款人向银行提供一定的财产作为信贷抵押的贷款方式。为了保证到时归还，这些贷款均以企业的资产或现金流为基础，又分为应收账款抵押贷款、存货抵押贷款、设备抵押贷款、不动产抵押贷款。不动产也常被用作基于资产的融资，这种抵押贷款往往容易得到，筹资公司常常将此贷款当作购买地产、工厂或其他建筑的资金，获得的资金一般可达其价值的 75%。

（2）信用贷款，指银行仅凭对借款人资信的信任而发放的贷款，借款人无须向银行提供抵押物。信用担保贷款系列共有中投保政策性担保、商业性担保公司担保和区担保中心担保三类贷款。

（3）担保贷款，指以担保人的信用为担保而发放的贷款。① 信用担保。以中央和地方政府预算拨款为主要担保资金来源，设立具有法人实体资格的独立担保机构，实行市场化公开运作，接受政府机构的监管，不以营利为主要目的为其基本特征。② 联合担保。以政府财政部门与中投保公司合作，共同出资经营。由地方财政部门对银行作出承诺保证责任并推荐中小企业，由担保公司办理具体担保手续，有商业担保与信用担保的双重特点。③ 互助担保。中小企业自发组建的担保机构，不以营利为主要目的为其基本特征。此类机构主要是以地方工商联、私营协会等自发筹建，其担保资金以会员企业出资为主要来源，地方政府也给予一定铺底资金资助。运作方式上采取担保基金形式封闭运作。④ 商业担保。企业、社会、个人出资组建，独立法人、商业化运作、以营利为目的的，同时兼营投资等其他业务为其主要特征。此类机构占全部担保机构的 4%左右，主要是以地方工商联、私营协会及私营企业、科技部门、开发区及其他公司等组建，个别地方政府部门也有出资。

（4）贴现贷款，指借款人在急需资金时，以未到期的票据向银行申请贴现而融通资金的贷款方式。企业如果能充分利用票据贴现融资，远比申请贷款手续简便，而且融资成本很低。票据贴现只需带上相应的票据到银行办理有关手续即可，一般在 3 个营业日内就能办妥，对于企业来说，这是"用明天的钱赚后天的钱"，这种融资方式值得中小企业广泛、积极地利用。

3．非银行金融机构资金

非银行金融机构主要有信托投资公司、租赁公司、保险公司、证券公司、企业集团的财务公司等。它们有的承销证券，有的融资融物，有的为了一定的目的而集聚资金，可以为一些企业直接提供部分资金或为企业融资提供服务。这种融资渠道的财力比银行要小，但具有广阔的发展前景。

4．其他企业资金

企业在生产经营过程中，往往形成部分暂时闲置的资金，同时为了一定的目的也需要相互投资。这也为融资企业提供资金来源。

5．民间资金

企业职工和城乡居民的节余货币，可以对企业进行投资，形成民间资金渠道，为企业所利用。

6．外面资金

外面资金是外国投资者以及中国香港、澳门和台湾地区投资者投入的资金，是外商投资企业的重要资金来源。

7．企业自留资金

企业内部形成的资金，主要是计提折旧。提取公积金和未分配利润而形成的资金。这是企业用内部积累"自动化"融资渠道。

3.1.2　融资方式

融资方式是指企业融资时所采用的具体方法和手段。企业融资管理的重要内容是根据客观存在的融资渠道，选择合理的融资方式取得所需的资金。企业的融资方式分为权益融资方式、债务性融资方式和其他融资方式。创业企业可根据自身的定位和发展阶段选择融资方式和融资渠道。

1．权益性融资方式

主要有直接吸收投资、企业内部积累和股票融资等。利用这种筹资方式，简单易行，融资风险较小。

（1）老板自主投资。中小企业资本构成主要以自筹资金方式直接吸收投资，自筹资金的比重一般都在50%～60%。在自筹资金中，主要是业主（或其朋友、家庭成员、合伙人、股东）投入的资本。业主资本是中小企业得到的第一笔资金，属于"内部人融资（insider finance）"。业主们了解企业的情况，相信企业能够成功，并愿意冒风险投资。另外企业可通过内部积累（提取公积金和未分配利润）进行融资。

（2）创业投资者投资（风险投资）。创业投资者投资通常是由确定多数或不确定多数投资者以集合投资方式设立基金，委托专业性的创业投资管理机构管理和运用基金资产，主要是对未上市创业企业尤其是科技型未上市创业企业提供权益性融资，它投资于企业的目的包括促成其上市，并通过资本经营服务直接参与企业创业。创业基金在投资有关行业时，收取一定数量的公司股权作为交易，或要求控股。创业基金在以后要退出某项目投资时，可以将其持有的公司股份卖给原股东或第三者，也可以等到该公司上市以后通过市场交易套回现金。创业基金当企业创业成功即退出投资，以实现资本增值和进行新一轮投资。作为一种职业金融家向新的、迅速发展的、有巨大回报潜力的企业投入权益资本的行为，风险投资已越来越成为中小企业融资的重要渠道之一。但创业企业如何获得风险投资家的青睐是很重要的一步。很多创业者没有经验，对风险投资了解甚少，所以许多创业者对风险投资望而却步，事实上获得风险投资并没想象中的那么难，只要创业者了解了风险投资的特点，做好充分准备，获取风险投资不是没有可能的。风险投资最主要的特点就是：高风险，高收益。风险投资要求承担包括技术风险、管理风险、市场风险等在内多项高系数的风险，所以投资追求高预期收益也就自然成了风险投资者的首要目标。创业基金往往将目标锁定在自己熟悉的一个或少数几个行业，并通过设定高达 40%～80% 的回报来弥补投资失败的损失。扣除投资失败因素，投资者总的回报一般在 20% 以上。

（3）"天使"投资。"天使"投资者统称为富有的投资者，法律上称个人授信投资者，通常是那些熟悉投资行业的个人或企业。天使投资实际是风险投资的一种，但两者有着较大的差别：天使投资是一种非组织化的创业投资形式，其资金来源多是民间资本，而非专业的风险投资商；天使投资的门槛低，有时即便是一个创业构想，只要有发展潜力，就能获得资金，而风险投资一般对这些尚未诞生或不太成熟的项目兴趣不大。有相当多的"天使"投资者可能是出于战略发展的目的而投资，并且对接受投资的业主在事先都有一定的了解，因此，大大降低了信息的不对称。"天使"投资所形成的"天使资本（angel finance）"实际上是一种换取创业企业股份所有权的资本。目前，"天使"资本遍布美国、加拿大、澳大利亚和新西兰，其中以美国规模最大且最活跃，欧洲次之。在中国，天使投资也逐渐拓展开，主要体现在风险投资方面。

（4）发行股票。发行股票是中小企业公开向社会筹集资金的渠道之一。这种筹资渠道只适用于公司制中小企业，而不适用于单人业主制企业和合伙制企业。除少数公司制中小企业外，绝大多数中小企业债券只能以柜台交易的方式进行，而难以实现公开上市，即使是在"二板市场"，上市也是很难的。

2．债务性融资方式

主要有长期银行借款、发行长期债券、融资租赁。企业通过这个方式融资，成本相对较低，但是风险较大，融资金额受到企业目标资本结构的限制。

（1）私人借款。中小企业可通过向私人借款.融通企业所需要的资金。据统计，中小企业主通过向亲朋借款所融通到的资金一般占企业投资总额的 13％左右。

（2）商业银行贷款。由于中小企业经营风险较大、资信较差，因此中小企业向商业银行贷款难度较大。一般来说在制造业，中小企业资金需求量大，资金周转相对较慢，经营风险较大，获得商业银行支持的难度也较大，在服务业，中小企业则一般比较容易获得中小商业银行的贷款，大型国有商业银行，近几年在信用评级模型发展之后才开始较多地介入小企业的融资业务。

（3）财务公司贷款。财务公司主要向中小企业提供汽车及设备贷款。据美国统计，有 14％的小企业（雇员少于 50 人）接受过财务公司的贷款，30％的中小企业（雇员人数超过 100 人或销售额超过 1000 万美元）接受过财务公司的贷款。

（4）贸易信贷。贸易信贷是指产品的销售方在出售产品后并不要求买方立即支付货款而对购买方形成的资金融通。一般来说，购买方可向其上游企业提出贸易信贷申请，由上游企业控制贸易信贷风险的大小，贸易信贷一般占中小企业债权性融资的 30％左右。

（5）发行债券。与股票一样，债券筹资也只适用于公司制中小企业，而不适用于单人业主制企业和合伙制企业。债券交易也只能以柜台交易的方式进行，难以实现公开上市。在国外，债券融资所占的比重比较低，一般在 5％左右。

（6）融资租赁。融资租赁是国外发达国家在设备投资中仅次于银行信贷的第二大融资方式，它是集信贷、贸易、租赁于一体。以租赁物所有权与使用权相分离为特征的新型融资方式。中小企业可委托金融租赁公司购买所需设备，从金融租赁公司以租赁的形式取得设备使用权，租金付清后企业就可获得该设备的所有权。通过这种方式融资，企业不仅可以获得所需的先进技术设备，而且可以边使用边还租金，既扩大了企业生产规模，又提高了资金的使用效益。

（7）典当贷款。典当贷款是以实物为抵押，以实物所有权转移的形式取得临时性贷款的一种融资方式。与银行贷款相比，典当贷款成本高、贷款规模小，但典当贷款也有银行贷款无法相比的优势，与银行对中小企业的资信条件近乎苛刻的要求相比，典当行对企业的资信要求几乎为零，它只注重典当物品是否货真价实；典当行典当物品的起点低，并且与银行相反，它更注重对中小企业的服务；典当贷款手续十分简便，大多立等可取，即使是不动产抵押也比银行要便捷许多；典当行不问贷款用途，贷款使用十分自由，从而大大提高了资金使用的效率。

3．其他融资方式

主要有中小投资机构融资、税收优惠、财政补贴等。企业通过这个方式融资，成本相对较低甚至无成本，风险小或无风险。

（1）中小投资机构融资。国外中小投资机构都是完全由私人拥有、管理并使用自有资本的投资公司，名称各国不一。例如，美国的妇女投资公司、企业金融服务公司、社区投资公司、街道投资所就属于这类公司。中小投资机构除具备投资银行、商业银行、创业投资基金及保险公司的要素外，也提供资金融资。融资期限可长可短，最长可达 10 年之久。中小投资机构在对中小企业融资时，在较多情况下都会以附属债加认购权的形式出现，在企业较小或发展早期会按照与一般商业银行贷款相近的成本收取利息，在企业成功后则以股权的形式收取其所承担的高过一般贷款风险的补偿。这种融资形式界于股权与债权之间，式样灵活通常被称作中间融资。例如，某中小投资机构向中小企业提供 20 亿美元的资金融通，其中可能有 16.7％是像银行贷款一样的优先债，59.3％为附属债，5.1％为带有不可撤销认股权证的附属债、优先股和普通股。

（2）税收优惠。税收优惠是最直接的资金援助方式之一，有利于中小企业资金的积累和成长。通过降低税率、税收减免、提高税收起征点、提高折旧率等税收优惠措施可使中小企业税赋总水平降低。

（3）财政补贴。财政补贴是政府为中小企业在国民经济及社会的某些方面充分发挥作用而给予的财政援助。财政补贴主要有就业补贴、研究与开发补贴、出口补贴三种，目的是鼓励中小企业吸纳就业、促进企业科技进步和鼓励企业出口。财政补贴以法国为最全、最好。财政补贴一般占国外中小企业全部资金援助的 20％～25％。

（4）贷款援助。政府对中小企业的贷款援助包括贷款担保、贷款贴息和直接发放优惠贷款三种方式。政府专门设立贷款担保基金为中小企业提供贷款担保和贴息贷款、自然灾害贷款及优惠贷款。

（5）国家财政资金投入。国家对企业的投资，历来是投入国有企业，包括国有独资公司的主要资金来源。现有国有企业的资金来源大部分是过去由国家以拨款方式投资形成的。近年来，国家为了支持创新成果转化和全民创业，对一些有优势的创新型中小企业给予政府性资金扶持。

3.1.3 融资渠道和融资方式的相互关系

融资方式需要通过特定的融资渠道来实现，一定的融资方式只能适用于某一特定的融资渠道，但同一渠道的资金往往可以采用不同的融资方式取得，他们之间的关系如表 3-1 所示。

表 3-1 融资渠道与融资方式的相互关系

融 资 方 式	融 资 渠 道
直接吸收投资	国家资金、其他企业资金、境外资金
股票融资	国家资金、其他企业资金、境外资金、个人资金、非银行金融机构资金
公司内部积累	公司内部资金
银行存款	银行信贷资金、非银行金融机构资金
债券融资	其他企业资金、个人资金、境外资金、非银行金融资金
融资租赁	非银行金融机构资金、境外资金
商业信用	其他企业资金

公司资金可以从多种渠道采用多种方式来筹集。不同来源的资金，其使用时间的长短、融资条件的限制、财务风险的大小、资金成本的高低等都不一样。公司在融资时要充分考虑各种融资方式给公司带来的资金成本的高低和财务风险的大小，以便选择合适的融资方式。

3.2　创业融资现状及原因分析

对创业者来说，创业融资的现状依然不容乐观。从宏观上看，不论是国有商业银行还是其他中小金融机构，为小企业融资的力度已逐渐增大，特别是优质中小企业已成为中国国有商业银行的重要客户。但不论是国有商业银行还是其他中小金融机构，都仍然不能满足创业者对贷款的需求。

3.2.1　中国创业融资的现状

企业创业融资困难在中国比效严重，对此，国家采取了一系列扶持政策如组建民生银行和地方商业银行，建立信用担保体系和风险投资系统等，鼓励和支持国有大型银行增加对中小企业的贷款，

从整体上说，不论是国有商业银行还是其他中小金融机构，为中小企业融资的力度已逐渐增大，特别是优质中小企业已成为国有商业银行的重要客户，但不论是国有商业银行还是其他中小金融机构，都仍然不能满足创业者对贷款的需求。另外，从中小企业贷款需求结构来看，他们普遍对目前金融机构大多为 3 个月、6 个月的贷款期限不满意，要求获得更长期限的贷款；以上情况说明，尽管有了一些对中小企业金融扶持的政策和措施的出台，但并没有从根本上解决中小企业融资难的问题。

1. 融资通道窄

由于证券市场门槛高，创业投资体制不健全，公司债发行的准入障碍，中小企业难以通过资本市场公开筹集资金直接融资。中国中小企业融资绝大多数来自银行贷款。

2. 信贷支持少

因中小企业因信贷等级低，缺乏抵押资产，管理成本高等原因，难以得到银行资金支持而且，银行一般只为中小企业提供短期贷款，而由于各种原因一般不会提供长期贷款。据统计，中国 300 万户私营企业获得银行信贷支持的仅占 10%左右，全国乡镇、个体私营、"三资"企业的短期贷款占银行全部短期贷款的比重仅为 14.4%。据浙江省统计，全省民间投资中自筹占 55.9%，银行贷款 20.1%，直接融资不到 2%。

3. 为中小企业贷款提供担保的信用体系发展不够

由于中国中小企业贷款提供担保的信用体系发展不够，中小企业之间往往互相担保，申请贷款。一旦一家公司因经营不善而蒙受损失，则会引发一系列的连锁反应。若短期

内急需资金，中小企业之间会互相拆借，或通过内部融资的方式解决。就中小企业自身来讲，固定资产较少，不足以抵押，贷款受到限制。同时，中小企业也深感办理抵押环节多、收费多，如在土地房产抵押评估和登记手续中，评估包括申请、实地勘测和限价估算等，登记包括土地权属调金、地籍测绘和土地他向权利登记等，极为烦琐。

3.2.2　中国创业融资现状原因分析

由于中国金融改革中存在的一些问题和中小企业自身存在的一些不足，导致中国中小企业融资难的现象。

1．外部原因

1）大银行的资金对中小企业信贷支持不够

银行信贷管理体制需要进一步完善。商业银行加强风险管理以后，在信贷管理中推行的授权授信制度，以及资信评估制度主要是针对国有大中型企业而制定的，使信贷资金流向国有企业和其他大中型企业的意愿得以强化，而且近两年来，银行信贷资金向大城市、大企业、大行业集中有进一步强化的趋势。同时，由于中小企业对贷款需求具有金额小、频率高、时间急等特点，多为流动资金贷款。据统计，户均贷款数量是大小型企业的千分之五左右，中小企业的贷款需求频率是大中型企业的五倍左右，大银行获取其经营、信用状况等管理成本约为大型企业的五倍左右，在商业银行尚未将赢利最大化作为主要经营目标的前提下，这就影响了银行的贷款积极性，中小企业往往难以得到大银行的资金支持。另外，国有银行的"恐私"心理，国有金融机构不同程度地存在着所有制歧视，信贷条件对于民营中小企业来说也较为苛刻。中国虽然设立了科技型中小企业技术创新基金和中小企业国际市场开拓基金，但由于数量少、服务范围有限，仍无法满足中小企业发展的需要。

2）资本市场融资困难

与银行信贷相比，由于证券市场门槛高，创业投资体制不健全，公司债发行的准入障碍，中小企业难以通过资本市场公开筹集资金，即便是十分成功的中小企业，要想利用上市或发行债券、商业票据等手段融资也极为困难。

3）为中小企业服务的中小金融机构发展不足

大银行大金融机构设置和经营治理滞后于发展，缺乏专门为中小企业服务的商业银行。中国现行的金融体系建立于改革开放初期，基本上是与以大企业为主的国有经济相匹配，随着改革的深入与经济结构的调整，迫切需要有与中小企业相配套的地方性中小金融机构。中小银行因为资金规模小，无力经营大的贷款项目，而且往往和中小企业在地理上更接近，更容易获得企业信息，信息成本较低，因而更愿意为中小企业服务。

4）社会中介服务机构不健全

中小企业担保难、抵押难。企业要办理一笔财产抵押，需办理财产评估、登记、保险和公证等手续，涉及许多职能部门，并要提供多种相关资料，对于习惯进行灵活经营的中小企业而言，无疑会带来很大的制约。而且抵押登记和评估费用高、随意性大，银行对企业的贷款抵押率较低，企业通过抵押实际得到的贷款数额相对较小。

5）政府职能不到位

由于政府职能不到位，造成政策不完善。第一，中国目前的经济、金融政策，主要还是依据所有制类型、规模大小和行业特征而制订。第二，一些法律法规对中小企业融资构成障碍，造成中小企业融资不畅。第三，中小企业信用担保体系更具造作性的具体办法及约束机制的不够健全。

2. 内部原因

1）部分中小企业经营效益相对低下

由于中小企业经营规模一般较低，技术水平落后，难以适应不断更新的市场需求和日益激烈的市场竞争，经营风险增大，中小企业原有的优势已逐步丧失，亏损企业增加。工业企业效益的改善，主要是得益于国有大型企业尤其是一些经营垄断性资源的国有大型企业，广大的中小企业的经营状况并未见根本改善。

2）部分中小企业财务管理水平有待进一步规范

一是多数中小企业会计制度不健全，财务管理水平低，银行考察其真实资信状况的难度较大；二是中介机构对所有中小企业财务报表进行全面审核的难度较大，缺乏中介机构确认的财务报表和良好的经营业绩，金融机构没有合适的渠道了解中小企业真实的财务信息，增加了银行对企业财务信息的审查难度，银行经营面临的风险较大；三是信息披露意识差，为了逃避税收或其他方面的原因，许多中小企业对外披露信息非常谨慎。

3）部分中小企业信用不高

随着市场经济体制不断发展、法制建设不断完善和金融机构内部改革的深化，中小企业的诚信问题有所改善，但仍有不少中小企业信用意识淡薄，利用一些不正当手段不归还银行贷款。

3.2.3　国家推出有关中小企业融资政策

国际金融危机后，针对当前中国中小企业融资中存在的困难和问题，国务院有关部门和地方政府相继出台了一系列旨在促进和扶持中小企业融资的政策措施，缓解了中小企业融资难、担保难等问题。

1. 建立信用担保体系

国家针对中小企业融资难，出台了有关促进中小企业信用担保体系建设政策。目前全国各地区按照国务院的决策部署，积极创造条件，采取多种措施，鼓励有条件的地区以参股、委托运作和提供风险补偿等方式支持建立与发展中小企业信用担保基金和区域性再担保机构，完善中小企业信用担保体系的增信、风险补偿机制，引导担保机构充分发挥服务职能，根据有关法律法规和政策，积极为有市场、有效益、信用好的中小企业开展担保业务。各地在控制风险的前提下，金融机构合理下放了对小企业贷款的审批权限，简化审贷程序，提高贷款审批效率。对运作规范、信用良好、资本实力和风险控制能力较强的担保机构承保的优质项目，可按人民银行利率管理规定适当下浮贷款利率。登记部门也简化程序、提高效率，积极推进抵押物登记、出质登记的标准化和电子化，提高服务水平，降低登记成本，同时，按国家有关规定予以减免担保机构办理代偿、清偿、过户等手续的费用。

2．设立创业板块

2009 年 10 月，中国设立了创业板股票市场，给小型的、高技术的、成长性好的新生企业提供到资本市场融资的机会。中国的创业板建立，将带动全国乃至国际资本资源投入创新性较强的中小企业，将促进电子信息、生物医药、环保节能等新兴产业孵化和培育，创业板在中小创新型企业融资、自主创新和公司服务链条中发挥重要的枢纽作用。

3．创立科技型中小企业创新基金

国务院 2005 年批准了由科技部、财政部联合制定的《关于科技型中小企业技术创新基金的暂行规定》，国家科技型中小企业技术创新基金正式启动，随后各地区的科技型中小企业技术创新基金相继启动。新基金设立的宗旨是鼓励创新，支持创业；目的是促进科技成果转化，推动产学研结合，提升科技型中小企业自主创新能力和市场竞争力，为支撑和引领经济社会可持续发展服务。创新基金以贷款贴息、无偿资助和资本金投入等方式，培育和扶持科技型中小企业。

3.3　创业融资策略

3.3.1　融资中应遵循的原则

如何选择融资渠道，正确进行资金的管理和运用，必须依据企业的实际需要和主客观条件，企业融资过程中应遵循以下原则：

1．适用性原则

1）筹资数量要适用

创业企业所能筹集到的资金是非常有限的，因此企业在融资前就要确定融资规模。融资固然要广开门路，但是也不是越多也好，融资过多就可能造成资金闲置浪费、导致融资成本的增加，导致企业负债过多，增加财务风险，危急企业的生存，而创业初期，生存是第一位的。相反，融资不足就会影响企业经营与投资计划的实施。

公司在融资之前要精确预计资金的需要量，不仅要考虑生产经营规模大小对资金的总量的需求，而且要根据资金需求变动的规律及时调整资金需要量，做到既保证供应，又不要超过合理需要。

2）融资期限要适用

企业融资按照期限来划分，可分为短期融资和长期融资。企业做融资期限决策，即在短期融资与长期融资两种方式之间进行权衡时，做何种选择，主要取决于融资的用途和融资人的风险性偏好。

从资金用途来看，如果融资是用于企业流动资产，则根据流动资产具有周转快、易于变现、经营中所需补充数额较小及占用时间短等特点，宜于选择各种短期融资方式，如商业信用、短期贷款等；如果融资是用于长期投资或购置固定资产，则由于这类用途要求资金数额大、占用时间长，因而适宜选择各种长期融资方式，如长期贷款、企业内部积累、租赁融资、发行债券、股票等。

从风险性偏好角度来看，在融资期限决策时，可以有配合型、激进型和稳健型三种类型。

（1）配合型融资政策。

对于临时性流动资产，运用临时性负债融资满足其资金需要；对于永久性资产，运用长期负债、自发性负债和权益资本融资满足其资金需要。

（2）激进型融资政策。

临时性负债不但解决临时性流动资产的资金需要，还解决部分永久性资产的资金需要。

（3）稳健型融资。

企业不但用长期资金融通永久性资产，还融通一部分甚至全部流动性资产。当企业处于经营淡季时，一部分长期资金用来满足流动性资产的需要；在经营旺季时，流动性资产的另一部分资金需求可以用短期资金来解决。

在制定融资策略时应根据所需资金使用时间的长短和公司现金收支的情况，结合资金的使用周期等相关因素妥善的筹划，确定融资期限的长短，选择合适的融资方式。

2. 效益原则

企业进行融资，其目的是为了取得更好的经济效益。通过融资吸纳进来的资金，都是要支付一定的成本。不同融资方式吸收的不同资金，其支付的成本也不尽相同。一般来说，按照融资来源划分的各种主要融资方式，融资成本的排列顺序依次为财政融资、商业融资、银行融资、债券融资、股票融资，这只是不同融资方式、融资成本的大致顺序，具体分析时还要根据具体情况而定。比如，财政融资中的财政拨款不但没有成本，而且有净收益，而政策性银行低息贷款则要有较少的利息成本。对于商业融资，如果企业在现金折扣期内使用商业信用，则没有资金成本；如果放弃现金折扣，那么，资金成本就会很高。再如对股票融资来说，其中发行普通股与发行优先股，融资成本也不同。

所以企业在进行融资活动时，应综合权衡资金的效益性，资金借入、使用和偿还的期限应与企业的收入进行平衡，以保证既能还本付息，又能扩大再生产，提高企业的经济效益。同理，向外单位的投资、向市场的投资也要坚持效益原则，争取获得最佳的投资效益。

3．收益和风险原则

1）融资风险控制与资本结构

创业企业融资时，应该高度重视融资风险的控制，尽可能选择风险较小的融资方式。企业高额负债，必然要承受偿还的高风险。在企业融资过程中，选择不同的融资方式和融资条件，企业所承受的风险大不一样。比如，企业采用变动利率计息的方式贷款融资时，如果市场利率较高，而预测市场利率将呈下降走势，这时企业贷款适宜按浮动利率计息；如果预测市场利率将呈上升趋势，则适宜按固定利率计息，这样既可减少融资风险，又可降低融资成本。对各种不同的融资方式，企业承担的还本付息风险从小到大顺序一般为：股票融资、财政融资、商业融资、债券融资、银行融资。企业为了减少融资风险，通常可以采取各种融资方式的合理组合，即制定一个相对更能规避风险的融资组合策略，同时还要注意不同融资方式之间的转换能力。比如，对于短期融资来说，其期限短，风险大，但其转换能力强；而对于长期融资来说，其风险较小，但与其他融资方式间的转换能力较弱。企业在筹措资金时，常常会面临财务上的提高收益与降低风险之间的两难选择。那么，通常该如何进行选择呢？财务杠杆和财务风险是企业在筹措资金时通常考虑的两个重要问题，而且企业常常会在利用财务杠杆作用与避免错误风险之间处于一种两难处境：企业既要尽力加大债务资本在企业资本总额中的比重，以充分享受财务杠杆利益，又要避免由于债务资本在企业资本总额中所占比重过大而给企业带来相应的财务风险。在进行融资决策与资本结构决策时，一般要遵循的原则是，只有当预期普通股利润增加的幅度将超过财务风险增加的幅度时，借债才是有利的。财务风险不仅会影响到普通股的价格，一般来说，股票的财务风险越大，它在公开市场上的吸引力就越小，其市场价格就越低。因此，企业在进行融资决策时，应当在控制融资风险与谋求最低收益之间寻求一种均衡，即寻求企业的最佳资本结构。

2）最佳资本结构的决策程序

当一家企业为筹得一笔资金面临几种融资方案时，企业可以分别计算出各个融资方案的加权平均资本成本率，然后选择其中加权平均资本成本率最低的一种。被选中的加权平均资本成本率最低的那种融资方案只是诸种方案中最佳的，并不意味着它已经形成了最佳资本结构。这时企业要观察投资者对贷出款项的要求、股票市场的价格波动等情况，根据财务判断分析资本机构的合理性，同时企业财务人员可利用一些财务分析方法对资本结构进行更详尽的分析。

根据分析结果，在企业进一步的融资决策中改进其资本结构。

4．控制权原则

企业在融资时，经常会发生企业控制权和所有权的部分丧失，这不仅直接影响到企业生产经营的自主性、独立性，而且还会引起企业利润分流，使得原有股东的利益遭受巨大损失，甚至可影响到企业的近期效益与长远发展。比如，发行债券和股票两种融资方式相比较，增发新股会削弱原有股东对企业的控制权，除非原股东也按相应比例购进新发股票；而债券融资则只增加企业的债务，并不影响原有股东对企业的控制权。因此，在考虑融资的代价时，只考虑成本是不够的。当然，在创业企业需要资金的情况下，也不可能只考虑守着控制权不放。比如对于一个急需资金的小型高科技企业，当面临某风险投资公司较低成本的巨额投入，但要求较大比例控股权，而此时企业又面临破产的两难选择时，一般来说企业还是应该从长计议，在股权方面适当做些让步。

5．把握机会原则

所谓融资机会，是指由有利于企业融资的一系列因素所构成的有利的融资环境和时机。企业选择融资机会的过程，就是企业寻求与企业内部条件相适应的外部环境的过程，特别对于创业企业，就更有必要对企业融资所涉及到的各种可能影响因素做适时的综合分析，利用环境抓住时机。一般来说要充分考虑以下几个方面：

（1）适应外部融资环境，把握各种有利时机。由于企业融资机会是在某一特定时间所出现的一种客观环境，虽然企业本身必然也会对融资活动产生影响，但与企业外部环境相比较，企业本身对整个融资环境的影响是有限的。在大多数情况下，企业实际上只能适应外部融资环境而无法左右外部环境。比如说每一时期国家对经济的宏观调控政策都不相同，或者是每一阶段国家鼓励发展的行业也在不断变化。事实证明，外部环境的变化总会伴有新行业新领域的产生。因此，创业企业确保融资获得成功就必须充分发挥主动性，积极地寻求并及时把握住各种有利时机。

（2）企业融资决策要有超前预见性。由于外部融资环境复杂多变，企业融资决策要有超前预见性。为此，企业要能够及时掌握国内和国外利率、汇率等金融市场的各种信息，了解国内外宏观经济形势、国家货币及财政政策以及国内外政治环境等各种外部环境因素，合理分析和预测能够影响企业融资的各种有利和不利条件，以及可能的各种变化趋势，以便寻求最佳融资时机，果断决策。

（3）结合本企业自身的实际情况制定出合理的融资决策。企业在分析融资机会时，必须要考虑具体融资方式所具有的特点，结合本企业自身的实际情况，适时制定出合理的融资决策。比如，企业可能在某一特定的环境下，不适合发行股票融资，却可能适合银行贷款融资；企业可能在某一地区不适合发行债券融资，但可能在另一地区却相当适合。

3.3.2　创业融资分阶段策略

在创业企业的各个阶段对资金的需要是不同的，融资策略也就相应不同。创业企业有五个发展阶段：种子阶段、创建阶段、成长阶段、扩展阶段、获利阶段。根据每个阶段的特征有不同的融资需求，创业企业家接受分阶段融资策略也是创业企业发展的一种客观需要。实际上，分阶段融资已经成为创业资本的重要特征。

1. 种子阶段

该阶段基本上没有产品，而是实验室成果、样品和专利。创业者由于有一笔资金，或者由于有了一个市场机会，或者只是有一种创业的冲动而开始创办企业，企业可能刚刚组建或正在筹建。企业关注的主要问题是如何能够将专利、技术等研究开发的成果转化为现实的产品。在内部管理上，是受事件驱动的，有了问题就马上解决，没有计划可言。由于管理人员很少，老板往往在唱独角戏，对企业一切问题都是直接控制指挥。在这个阶段，生存是企业的唯一目的，而生存的关键因素是创业者的意志和融资能力。

本阶段的成功率是最低的，平均不到 10%。但单项资金要求最少，成功后获利最高，呈现出"高风险、高收益"的特征。由于没有产品，企业也处于组建中，因而投资风险太高，风险投资商都会避开这一阶段，故该阶段所融资金应是非营利性的，规范的创业投资机构基本不涉足这一阶段。这一阶段的资金主要靠政府专项拨款、科研机构、大学的科研基金、社会捐赠和被称作"天使投资者"的个人创业投资家提供的股本金等为企业提供小笔的"种子资金"。然而，并不是每一个创业企业都有这样好的运气筹集到上述各种渠道的资金。更多的创业企业不得不面临较为单一的融资渠道。在中国，个人储蓄和向家庭、朋友融资仍是最主要的资金来源，而所筹资金的数量却远远不够创业企业发展的需要。因此，应大力发展"天使投资者"，鼓励私商进入，也提倡社会团体进行投资。

2. 创建阶段

这一阶段，企业已经有了一个处于初级阶段的产品，而且拥有了一份很粗的经营计划，一个不完整的管理队伍。没有什么收入，开销也很低。据统计，创建阶段一般在一年左右，至该阶段末期，业已有经营计划，管理队伍也已组建完毕。这时的企业谈不上有什么策略，更多的只是表现为一种试探。如果经营顺利，就继续下去如果表现不佳，就另做打算。在这个阶段，生存仍是企业最主要的目的。创建阶段与种子阶段相比，技术风险有较大幅度下降，但投资成功率依然较低。虽然单项资金要求较种子阶段要高出不少，但成功后的获利依然很高。

这一阶段，那些非营利性的投资，由于法律的限制将不再适宜，所以风险投资是企业筹集资金的主要形式。创业者的首要任务便是带着自己的商业计划书，向风险投资商寻求资金帮助。这个过程从某种意义来说实际上是风险投资商与创业企业之间的磨合过程。风险投资商和创业者常常在投资理念、价值评估、管理方式等方面有较大的分歧，致使双方虽然花了大量时间和精力，结果仍然不能谈判成功。有的即使投资到位，但在企业后续发展过程中，投资商与创业者仍然矛盾重重。要想使风险投资获得成功，任何一方都必须了解对方的价值理念，进行良好的沟通，并通过一些具体的策略来实现。此阶段获取债务融资几乎是不可能的事。就贷款人来说，创建阶段的企业几乎创造不出可以保证用以偿还短期债务的销售量、利润和现金，即使用作贷款抵押的企业资产所提供的保障，也可能不足以获得银行贷款。

3．成长阶段

这一阶段，技术风险大幅度下降。阶段初期产品或服务进入开发阶段，并有数量有限的顾客试用，到该阶段末期，企业完成产品定型，着手实施其市场开拓计划。顾客渐渐稳定，因此，这时企业的主要问题是稳住顾客，争取发展资金。而发展的关键因素仍是资金和企业家的领导才能。成长阶段，资金需求量迅速上升。创业企业依靠自我积累仍不能解决这一阶段的资金需求。在初创期，由于企业的净现金流量通常为负，无法支付债务利息和本金，同时，企业可供抵押的东西又很少，银行提供贷款所冒的风险很大。这一切都决定了利用债务融资在那时是缺乏可行性的。然而到了成长期，企业已经具备了一定的资产规模，在经营上也基本处于盈亏平衡状态，此时利用银行借贷资本已成为可能。对于创业企业来说，乐于使用银行借款的理由不仅仅在于所需资金规模的庞大以及债务融资所特有的杠杆利益，更重要的是，债务融资不会像私人股权资本那样使创业家的权益大幅度稀释，更不易造成控制权的丧失。正是这一点，最终决定了创业家对债务融资趋之若鹜。当然，还应根据创业企业的具体资产负债情况和财务杠杆的作用，决定是否吸收风险投资商的资金。对于资金需求量较小的创业企业，风险投资商通常单独投资，对处于快速发展期资金需要量较大的创业企业或上市前融资的创业企业，风险投资商通常采取联合投资的方式，这样做一方面分担风险，另一方面可以充分发挥多个风险投资商的不同作用。

4．扩展阶段

在最初的试销阶段获得成功后，企业规模扩大，销售快速增长，有了较高的获利能力，有的创业企业开始多元化经营。这时企业关注的主要问题是筹集足够的资金以支持快速的成长。在内部管理上，由于企业规模的扩大，管理者直接控制指挥已经制约了企业的成长，因此企业开始尝试授权管理、进行组织结构设计，以对企业进行科学有效的控制，这表明创业企业在向专业化企业迈进。企业开始考虑上市计划。扩张阶段意味着企业介于风险投资和股票市场投资之间。无论从销售、财务方面，还是管理上，企业都承受着快速成长带来的压力。如果能够渡过这个阶段，实现向专业化的转变，那么创业企业就能实现蜕变，发展壮大成为一个大企业或成熟企业。但不幸的是，有很多创业企业正是在这个阶段，由于无法适应快速扩张带来的变化而走向失败。

该阶段仍需筹集拓展资金。考虑以前的业绩、风险性大大降低，企业的管理与运作基本到位，并接近于进入公开上市的飞跃，故而对创业投资家有一定的吸引力。公开上市后风险投资便完成了自己的使命从而撤出企业。因此，该阶段的投资对风险投资家来讲可以"快进、快出"，流动性较强。比较保守或规模较大的风险投资机构往往希望在这一阶段提供资本。在股本金增加的同时，企业还可争取各种形式的资金，包括私募资金、有担保的负债、或无担保的可转换债务以及优先股等。

5．获利阶段

这一阶段，私人股权、风险投资资本伺机套现退出，以寻觅新的投资机会，进入下一个循环过程。筹集资金的最佳方法之一是通过发行股票上市。由于企业的市场前景已相对明朗，专门为创业企业融资服务的创业板市场能够也愿意提供支持。创业板上市可以使企业更加容易地募集到新资金，同时也能为企业建立价值衡量标准，有利于企业规范运作，部分成功企业开始进入创业板市场，成为公众公司，在公众市场上筹集进一步发展所需的资金。成功上市得到的资金一方面为企业发展增添了后劲，拓宽了运作的范围和规模。另一方面也为风险投资资本的撤出创造了条件。

特别应该注意的是，创业企业在融资过程中，要把握好融资收益与融资成本的比较原则、把握融资机会的原则、制定最佳融资期限的原则、企业的控制权原则和寻求最佳资本结构的五个基本原则。要注意融资成本，获得的资金并不一定越多越好、越早越好。不同融资渠道的资金，融资成本也不一样，创业企业在融资过程中要做到在合适的时间，以合适的方式和融资结构寻找到高效、低成本的资金。

从创业企业融资策略的基本理论中不难看出，创业企业根据发展的五个阶段的不同特点，每一阶段需要开拓不同的融资渠道，并相应的采用适宜的融资方式，做到融资渠道和融资方式的合理配合。当然在这一过程中，要有完善的相关法律体系和成熟的资本市场的配套支持，要有创业者和创业团队的个人素质和团队水平为基础。每一方面都是整体运行中不可缺少的一环。

3.4　创业融资谈判技能训练

3.4.1　谈判前准备工作

1．投递项目介绍资料

做好商业计划书，接下来的工作就是与投资者接洽。

根据投资商的反馈意见，你要么需要修改商业计划书，要么加强团队的实力，要么做更深入的市场调查并调整经营战略。在你联系其他真正的投资者之前必须不断地总结经验，修正文档。

2．面谈前的准备

如果投资商对你们的项目感兴趣，你就要为第一次正式的会面做好充分的准备。这就相当于准备公司股票公开上市前的招股路演，一定要对准备工作高度重视，充分准备，见面时才有可能很好地推销你们的商业计划，打动投资人。

- 熟悉商业计划书；
- 熟悉演讲稿。

- 准备一个简短的幻灯演示
- 别忘了带动团队的其他成员
- 了解你要会见的投资商

与此同时，利用各种渠道了解你要会见的投资商，打个电话给与他们打过交道的人，或者到他们的网站看一看，查一查最近有关他们的新闻。先了解投资公司以前投资过的项目及其目前投资项目的组合。可能的话，要了解一下投资家的个人情况。所谓知己知彼，百战百胜。唯有如此，才能掌握协商和讨价还价的筹码。

3.4.2　谈判双方的目标与责任

在开始关键性谈判之前，融资方必须对投融资双方的目标与责任有一个清晰的了解，表 3-2 是投资公司与企业的目标与责任。

表 3-2　投资公司与企业的目标与责任

投资公司的目标	企来家的目标
- 较低的风险和较高的回报	- 领导自己创办的企业
- 保障投资增值	- 足够的资金实现自己的理想
- 方便投资退出	- 较高的回报
- 通过董事会影响企业决策	- 保留较多股权和企业控制权
- 通过税务安排避税	- 通过税务安排避税
- 吸引后继投资者	- 追加投资的能力
- 管理层和员工有足够的积极性	- 管理层和员工有足够的积极性
- 有管理能力和良好经营记录的企业	- 易于合作、有良好记录的投资商
- 持续的营业额及市场份额的增长	- 除了资金之外其他的帮助
投资公司参与的工作	**企业家参与的工作**
- 组建董事会、派遣董事	- 组建董事会
- 制定发展策略	- 产品技术开发
- 推荐合作伙伴，挑选管理人员	- 人事管理
- 管理咨询	- 生产运作
- 策划追加投资	- 市场营销
- 监控财务业绩	- 协调投资人关系
投资公司对交易结构的考虑	**企业家对交易结构的考虑**
- 收益与风险的平衡	- 声誉与资产收益
- 股权的流通性	- 足够的资金、尽量少的股权出让
- 投票控制权	- 对企业的控制
- 对企业的影响力	- 自主权
- 退出前的可能受益	- 持续的分红和董事津贴
- 合理避税考虑	- 合理避税考虑
- 清算操作	- 企业的延续
- 灵活性	- 灵活性

3.4.3 谈判技巧

正确的态度是最重要的技巧。股权投资是一种基于双方的长期战略合作，良好的关系是合作成功的关键。因此，企业家在一开始与投资公司洽谈融资时就需要抱着诚实和乐于合作的态度。

1．掌握谈判技巧

（1）亲自出面谈判以示诚意；

（2）态度要友好热情；

（3）保持冷静客观；

（4）不要盲目乐观，要珍惜眼前的机会；

（5）注重投资方的偏好；

（6）学会变通；

（7）达到双赢目的；

（8）不要掩饰自己的困难；

（9）优秀的创业团队；

（10）强调企业而不是具体的产品；

（11）重点描述你的竞争优势；

（12）强调企业的成长性；

（13）突出项目的投资回报率；

（14）记录投资商的问题；

（15）坚持保留控制权和股份比例上的主动权；

（16）融资顾问的建议并不总是正确的。

2．掌握投资方的谈判技巧

一般来说，投资商是投资谈判老手，钱在他手里，他不一定要投资给你；而创业企业急需资金发展业务，在融资谈判时往往处于相对弱势。为此，你必须事先了解投资商常用的谈判手法。

投资商常用的谈判手法包括：

● 拖延，拖得企业家没脾气；

● 列举其他作价很低的交易案例，打压创业人的心理底线；

● 拒绝讨论理由（如说：我们一向都是这样做的）；

● 在最后关头增加要求迫使融资方让步；

● 夸大他们能为被投资企业提供的帮助。

📖 【案例】　　　国家紧缩银根　网店如何度过融资寒冬

2011 年中国面临的通胀压力将非常大，而国家为降低通胀，势必会紧缩银根，具体表现在：上调准备金，上调利息，从而达到减少流通货币的目标。这样的政策，势必使积累不足的网店融资困难加剧。

电子商务的兴起，解决了很多人的就业问题，同时也改善了网络购物的大环境。但是，随着网店的发展壮大，资金短缺、资金周转不济等问题日益突出，已经严重影响着网店的经营和扩张。而国家银根的紧缩，更是雪上加霜。

来自杭州的杨先生是一名淘宝掌柜，由于流动资金太少，没有足够的资金去做推广，严重影响了网店的发展。而刚出生的女儿患病，让杨先生的资金链就更加紧张。杨先生只好消减本来已经不多的推广费用，结果店铺的流量和成交量不断下降，形成了一个恶性循环。他试过向银行贷款，可是因为没有任何可以抵押的物品只能碰壁而回。走投无路的时候，杨先生甚至想到去借高利贷。

就在杨先生一筹莫展的时候，淘宝订单贷款的推出，让他重新看到了希望。据了解，订单贷款是淘宝贷款的产品之一，主要服务对象为淘宝网的卖家，只要卖家当前有"卖家已发货"的订单，就可以申请贷款，获得的贷款将直接发放到卖家的支付宝账户中。

淘宝订单贷款是纯信用贷款，无需实物抵押，很好的解决了杨先生融资困难的问题。而获得帮助的杨先生顺利克服困难，网店也越做越大。

像淘宝这样的电子商务企业已经意识到网店将面临着越来越严峻的融资环境。提供一定的贷款，不仅是电子商务企业的责任，更是其战略延伸的必然方向。而网店缺乏足够的实物抵押，让贷款面临了较大的风险。但是，其通过网上销售获得的巨大的交易信用，可以保障该网店顺利偿还贷款。因此对于抵押物不足的网店来说，信用贷款必将成网络融资的新趋势。

2010 年 6 月，阿里巴巴集团联合 3 家知名企业成立了小额贷款股份有限公司，依托自身的四大电子商务平台，向平台上的微小企业和自主创业者提供"金额小、期限短"的纯信用贷款。至 2010 年年底，累计发放贷款 13.6 万笔，共计 6.4 亿元。淘宝订单贷款就是其中的一种，在它推出的这段时间里，已经解决了上万家网店掌柜的融资难题。

（资料来源：http://net.chinabyte.com/150/11826650.shtml）

📖 【案例】　　　电子商务信用体系促网店成功融资

湖南株洲的淘宝卖家曾玉是一个普通的母亲。她的化妆品店做到了双皇冠，由于交易量放大，每月存货的资金就需要上百万，资金短缺成了一个大问题，还有许多像曾玉一样的大小淘宝卖家，面临资金短缺问题。

近几年支付宝投入巨大的财力进行支付宝用户的信用体系的建设，已经为每个支付宝用户打上信用评级。2008 年 1 月，以支付宝用户的信用体系为基础，以卖家良好的历史信用记录为保障，支付宝联合建设银行推出针对淘宝卖家的支付宝卖家信贷服务。这一服务是一项以卖家体系为基础、支付宝交易为质押的信贷服务，建设银行作为放贷银行，贷款申请和归还贷款操作全部网络化，都在支付宝账户内进行。

曾玉是第一批用上支付宝卖家信贷服务的。以良好的历史信用记录为保障，她中午提交申请表，下午就获得通过，第二天就如期受到贷款。现在 10 天之内，曾玉使用的卖家信贷笔数就经常达到四五百笔，金额近 10 万元。有了资金的快速周转，现在她的小店每月销售额翻了 1 倍多，每月销售额达到上百万，年销售额过千万。

2009 年，为解决中小企业乃至微型企业融资难的问题，针对淘宝上符合要求的卖家，支付宝联手建设银行推出的卖家信贷服务，发放 10 亿元的贷款，令超过两万家的小企业受益，单笔贷款金额则可以小到 50 元，上到 5 万元，一天之内贷款几十笔都很普通。

这些成绩得益于建设了支付宝用户信用体系。支付宝在用户信用体系的建设方面有比银行有更大的优势。2009 年，支付宝已经拥有 1.85 亿的左右的用户数，每天有将近 500 万笔的交易，每天的单向流水大概有 7 个多亿，积累了海量的用户数据。因此，支付宝有能力通过这些数据进行分析，将诚信和不诚信的客户挑出来，就能够建立中国电子商务最完善的诚信体系。支付宝有很多信息是银行没有的，银行只有账户在银行账户上所存的信息，支付宝有用户每天的交易记录，有他每个月资金进出的水平，有他买东西收购的地址、支付水电煤费用的记录等，能知道他每个月是不是固定在交费，甚至能知道他买保险、基金的状况是怎么样的，很多这些信息银行是拿不到的，因此，支付宝信用体系要比现在银行的信用体系更加精准、更加可靠。中国社科院金融研究所金融市场研究室主任曹红辉认为，此前银行之所以不贷款给中小企业，原因在于中小企业"没有信用"。这不是说中小企业就不诚信，而是它们的信用信息严重不足。而支付宝信用体系则提供了银行无法覆盖的这类企业的信用记录，尤其这些信息数据不仅有企业的静态信息，更重要的有动态的交易信息，可以实时掌握企业的信用情况。作为电子商务资金流的基础服务平台，支付宝在获得客观的信用信息上有一个便利条件，这对改变中小企业信用信息不足的现状具有积极作用。

（资料来源：http://hz.yesky.com/355/8858855.shtml；http://china.findlaw.cn/gongsifalv/zixindiaocha/qyzxdc/20110309/40981.html）

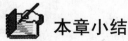 **本章小结**

资金是企业的血脉，是企业经济活动的第一推动力和持续推动力。企业的创立、生存和发展，必须以一次次融资、投资、再融资为前提。企业作为市场经济的主体，资金紧张成为了企业普遍存在的问题，因此，融资也成为企业的热门话题。本章节介绍了融资的基础知识，着重讲述了当前中国创业的融资渠道和方式；第二节主要介绍了中国创业融资的现状和原因分析；第三节介绍了融资策略，针对不同的创业阶段提出了不同的

融资策略。最后，讲述了融资谈判的技能训练。通过本章节的学习，使读者掌握融资渠道、方式、策略和谈判技巧。

 ## 技能训练

1. 说明融资对于网上创业有怎样的意义？
2. 如何进行融资谈判？

 ## 思考与练习

1. 创业融资的渠道有哪些？
2. 创业融资的方式有哪些？
3. 中国创业融资现状怎样？原因是什么？
4. 创业融资应遵循哪些原则？
5. 简述创业融资策略

第4章

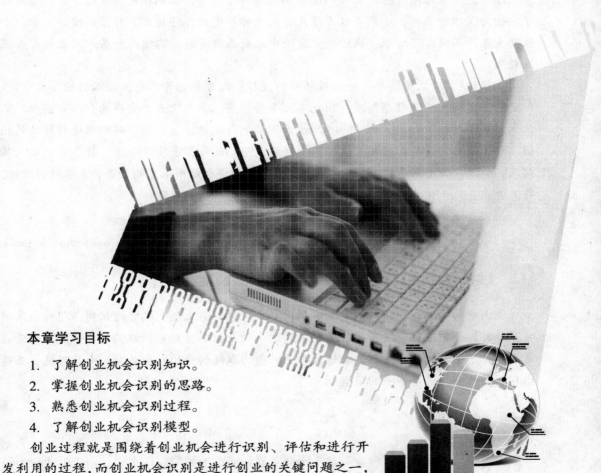

创业机会识别

本章学习目标

1. 了解创业机会识别知识。
2. 掌握创业机会识别的思路。
3. 熟悉创业机会识别过程。
4. 了解创业机会识别模型。

创业过程就是围绕着创业机会进行识别、评估和进行开发利用的过程，而创业机会识别是进行创业的关键问题之一，因此创业机会识别是创业者应当具备的重要知识。

📖 **【案例】**　　　　　　　　大学生网上开店创业

　　大学生创业已不是新鲜的话题，但大学生网上开店还是个热门行业。率先"吃螃蟹"的大学生不少都找到了创业的乐趣。成都某大四学生小张经过短短不到一年的经营，已经有了几万元的收入。

　　据小张说，给她创业灵感的是同寝室的姐妹，她们经常讨论穿着打扮，这反映了一种市场需求。针对这种需求，小张觉得是一个创业机会，想开一个服装店，但自己手中的资金不够开一个实体店，而且店面也一时难以找到合适的，所以创业的想法一直无法实现。偶然小张得知网上开店投入的人力和资金都不大，在联系外省城市的中学校友作了充分调查评估后，小张就东拼西凑了两千元钱在淘宝网上注册了店铺。

　　小张的淘宝店刚开张，就接到南京和上海两张订单，但也许是高兴过了头，货发错了。但为了维护诚信，小张不仅发了几封电子邮件道歉，还对客户作了赔偿。后来，小张的生意开始滚起了雪球，在国内主流的中文商品交易网站淘宝网和易趣网上拥有 3 家连锁店。

　　小张说："开店很简单，一切按网站的流程：几百元的开店费，投入的确非常少。"但是，虽然网上开店程序简单，但也不乏辛苦劳累，并不比开个实体店铺轻松多少，不仅仅需要学习许多知识，如 Photoshop 的图片制作软件，还需要数码相机进行货品的拍摄工作，给每件商品配好图片，并写上好的说明。此外，进货很辛苦，每天早上 4 点多起床，小张拿回商品后挨个拍照、量尺寸。发货同样也是个艰巨的任务，生意好的时候，每天卖出去几十件衣服，得自己准备包裹、填单，叫快递来取件。

　　但正是小张的智慧和辛苦的累积，让小张拥有了初步创业成功的喜悦。

（资料来源：http://info.txooo.com/carveout/2-901/1256185.htm）

📖 **【案例分析】**

　　案例中的主人公小张能够创业成功，取决于她对网上创业机会的识别，即对周围同学穿着打扮的需求观察，当敏锐地捕捉到这个创业机会并对它加以调查评估后，就开始着手开办了一家网上商店，最后通过自己的努力取得创业的初步成功。由此可见，正确识别创业机会是成功创业的前提。

4.1　创业机会

　　国内外都非常重视"创业"这个十分重要和活跃的领域。这主要是由于创业作为经济发展的源动力，在促进经济高速增长、加速技术创新和科技成果转化以及增加就业机会、缓解社会就业压力等方面的促进作用日益突出和增强。与此同时，创业失败率高、风险大等问题的显现，使研究学者逐渐将目光聚焦到了创业机会的识别之上。了解和掌握创业机会的识别知识，对于创业者寻找创业机会具有重要的指导意义。

4.1.1 创业机会的含义

创业机会，主要是指具有较强吸引力的、较为持久的有利于创业的商业机会，创业者据此可以为市场提供有价值的产品或服务，并同时使创业者自身获益。

创业过程是围绕创业机会的识别、开发和利用的一系列过程。创业过程始于创业机会的发现，创业机会存在何处，如何从复杂多变的市场环境中找到富有潜在商业价值的机会，进而开发转化为新办企业，并最终表现在能够为消费者创造价值并同时使创业者自身获益的产品或服务之中。因此，创业机会识别的研究，是创业研究的重要内容。对创业者自身而言，能否把握正确的创业机会，并经过充分开发，使之成为成功的企业，是创业者应当具备的最重要的能力之一。创业机会的识别是创业成功的前提条件，也是创业成功的必要条件。因此研究创业机会的识别具有重要意义。

创业机会起始于发现一些能够解决的需求问题，通过对这些机会的评估与开发而找到解决这些需求的新方法。概括来说，当创业者把所存在的需求和满足这些需求的方法有机结合的时候他们就可以发现创业机会，成功开发创业机会的结果，将会对个人生活有着重要的影响，将会创造非常可观的经济价值。但是并不是每一个创业机会都能够付诸于实践，很多机会受到各种因素的影响，最终没有被很好地利用。

4.1.2 创业机会的特征

1. 营利性和风险性并存

创业机会的主要特征是风险性和营利性两者并存。营利性则是创业机会存在的根本前提，而创业机会的风险性是由市场环境的不确定性决定的。只有当机会存在的营利性大于风险性时，创业者针对创业机会所采取的活动才会有意义，创业者才会利用手中的资源去开发创业机会。实际上，这也是创业者在创业之前进行可行性分析的原因所在。任何创业活动，创业者都必须清楚地认识到伴随着赢利的风险性的大小，这样才能够提高创业成功的可能性。

2. 顾客依赖性

创业机会在被创业者发现的同时，它必须能够吸引顾客，也就是说创业者针对该种创业机会所采取的行动必须能够满足顾客的某种潜在需求。这也是创业机会产生的根源，即在于满足那些没有被满足的市场需求。马云在开创阿里巴巴时，就深刻地认识到了将来互联网在电子商务中所发挥的重要作用，认识到了 B2B 网站在贸易中广泛的市场基础，他才毅然决然地进入这个行业并最终取得成功。

3．环境适应性

环境的不确定性是创业者所面临的主要困难之一，创业者必须清楚地认识这一点并准确预测环境的变化，并且根据环境的变化及时调整自己的战略。换句话讲，创业者所面临的环境必须能够满足创业机会变成现实的所有条件，能够使创业者在该环境中获得预期的收益，只有当创业机会所面临的环境和创业者的战略相吻合时，创业者的创业活动才有可能延续下去。

4．时间有效性

所谓的时间有效性是指创业机会必须在机会之窗存续的时间内被发现并利用。而机会之窗则是指商业想法推广到市场上所花费的时间。若竞争对手已经有了同样的思想，并已把产品推向市场，那么机会之窗也就关闭了。也就是说，越早发现创业机会并采取措施将机会付诸实施，成功的可能性也就越大。

5．资源可获得性

创业者必须有充足的资源（人、财、物、信息和时间），才能利用创业机会并迅速赢利。这是由创业者个人的自身特质所决定的。当创业机会的客观因素，比如市场、环境和时间等因素都具备时，还必须要考虑到创业者自身特质，比如创业所必需的资金、技术、创业团队和创业者自身素质等因素。

在识别创业机会时，以上几种特征缺一不可。其中营利性和风险性是从创业机会存在的意义以及开发创业机会的目的等方面来考虑的，强调了创业机会顾客依赖性、环境适应性以及时间有效性，主要从客观方面来对创业机会进行限定，强调了创业机会存在的客观环境，而资源的可获得性则是从创业者自身特质来界定创业机会的。只有当上述几种特征全部具备时，创业者才能识别出创业机会并将机会转化成现实。

4.2　创业机会识别的思路

创业机会的识别是创业过程的逻辑起点。创业机会的识别问题，目前学术研究中主要存在三种思路：存在思路、结构思路和构造思路，这三种思路都阐述了创业机会的发现和利用问题。在不同思路下，创业机会观点有差异，下面对这三种思路作一简要介绍。

1）存在思路

以 Kirzner 为代表的现代奥地利学派认为，市场上存在客观的创业机会，创业机会是由追逐利润的企业家在市场非均衡状态下凭借其警觉素质而发现的，企业家对机会的发现使市场过程由非均衡趋向于均衡。首先，现实市场经常处于非均衡状态，为创业机会的存在提供了客观基础；其次，市场参与者在判断和决策上的个体差异为创业机会的存在提供了主观基础。

Kirzner 认为发现概念是介于两种状态之间：一是通过纯粹的偶然机会获得意外收

入；二是通过不断搜索发现市场中的对象所内在隐含的信息。不确定的非均衡市场环境中存在机会，具有胆识、想象力和异质性知识的企业家拥有独特的警觉，易于发现这些机会，之后，他们或是通过扩大生产供应，或是通过套利活动等利用市场机会，让资源得到更好的配置。企业家和普通人一样，都是在自由的、不确定的世界中进行活动，不同的是，企业家总是自发地关注他人忽略的环境特征。

存在思路认为，由于整个市场很难达到理想的均衡状态，所以一定存在创业机会，但只有那些具有对信息和机会灵敏的创业者才可能识别这些创业机会。总之，存在思路强调个体与客观创业机会间的匹配，如果匹配，个体就能发现和利用这些创业机会而成为创业者。

2）结构思路

结构思路以网络研究中的结构空洞（structural hole）理论为基础，认为创业机会由个体或组织间的特定关系结构状态而产生，具体是指相对于其他个体或组织而言在关系结构中所具有的一种信息和控制优势。结构思路从网络观点出发，强调特定关系网络使网络中的特定个体和组织可能拥有创业机会。

结构思路主张创业个体、团队或组织嵌入在社会网络结构中，如果社会网络结构存在结构空洞，那么会产生创业机会。根据 Burt 和 Krackhardt 的观点，假设有一个个体 A，他与另外两个人或者党派 B 和 C 存在工作关系，B 和 C 不联结比 B 和 C 联结对 A 更有利。B 和 C 不联结意味着在 B 和 C 之间存在着一个结构空洞，这个结构空洞能增强 A 的职位权力或谈判力。这种结构优势有这样几个基础：第一，对介于期间的 A 而言，有更多的信息可利用，而信息蕴涵着价值和权力，继而形成了 A 的优势。第二，对介于期间的 A 而言，存在控制机会。在存在结构空洞的情况下，中间人 A 通过谈判可以使 B 和 C 处在竞争地位，从而加强自己的强势地位。第三，对于介于期间的 A 而言，存在将信息优势和控制优势结合起来的潜在优势。由于 A 是个中间人，信息充分，A 可以通过以中间人的身份在 B 与 C 之间提供彼此需要的资源，并从中获取利润。在结构空洞下，A 与 B 和 C 的关系越强，A 就拥有越多可能的创业机会。

结构思路强调创业机会的产生源于个人或组织间的关系结构特征，结构空洞造就创业机会，而中间人的意愿、谈判能力、运作能力和信息获取能力成为寻求这种创业机会的重要条件。

3）构造思路

构造思路以构造理论（structuration theory）为基础，认为创业机会不是已经独立存在的，而是人们在与环境的互动中创造或者构建的，并将创业机会界定为一种人们创设的一种状态，即一种通过新目的、新手段形成能够引入新商品、新服务、新市场和新组织方式的状态。可见，构造思路强调创业机会是人们塑造的一种状态，这种状态可以体现为一种环境条件。因此 Dutta 和 Crossan 认为这种创业机会是一系列的环境条件，这种环境条件导致创业者或创业团队通过现存风险或创造新风险将一种或更多种新产品或服务引入市场。

　　根据构造理论，人类与社会结构是互动的。人们既促成结构，也受所促成结构的限制，结构是人们先前行为的结果，也被人们的行为继续推动。创业者既创造了创业机会，也被创业机会所塑造。创业机会不会被发现，而是通过解释和影响的递归过程被创业者创造，创业过程就是创业者和创业机会共同演化的过程。由此可见，构造理论认为创业者创造或建构创业机会，创业机会也同时反过来塑造创业者。

4.3　创业机会识别过程

　　创业机会的识别过程，如图 4-1 所示。通常被描述为：第一，创业机会的来源；第二，发现这些机会；第三，对机会进行评估；第四，通过创业开发这些机会。在这个过程中，受到了诸多因素的影响，这些因素的影响直接决定了创业过程的路径，决定了机会能否最终被开发利用。

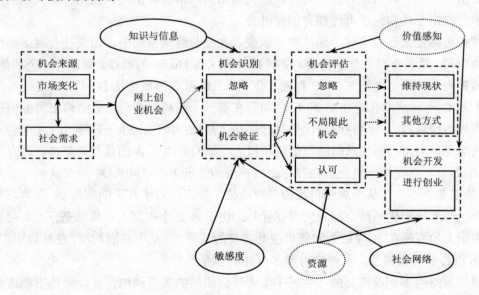

图 4-1　创业机会识别与开发框架模型

1）创业机会的识别步骤

　　在整个创业机会的识别与开发过程中，具体步骤为：①创业机会来源于市场变化和不断加剧的社会需求。②通过创业机会的识别，可以产生两种结果，一种是直接忽略，另外一种是评估和开发这个机会而进一步去认识它。③一旦创业机会被识别，将会产生三种结果：第一种，由于各种条件的限制而忽略这个机会；第二种，创业者不拘泥于该创业机会，采用别的方式来满足该社会需求；第三种，创业者确定创业机会值得开发之后通过创业活动的冒险来将这一活动继续下去。

2）创业机会识别的影响因素

（1）机会的识别。俗话说"外行看热闹，内行看门道"，拥有相关行业的专业知识和从业经验是很多投资者考察创业者的重要指标，只有具有丰富的相关知识的创业者才能准确地识别出创业机会。现代社会是信息社会，对信息拥有先有权的人越来越少，这样，率先把商机识别出来是创业者拥有的一种能力。

（2）敏感度。满足这些需要的相关知识是必要的，但并不足以充分识别创业机会。这就要求创业者除了具备相关知识以外，还要有对创业机会的敏感度。这种素质能够使他们发现创业机会，把它叫做警觉性。将此定义为"对可获得（目前却被忽视）的创业机会的敏感性"。人们对机会的识别能力恐怕首先要受到他们的敏感性的限制。创业者独特的市场敏锐性体现了创业者独特机会识别的认知模式，敏感使得企业家能看到别人看不到的机会，这就是为什么有的人能识别机会，而有的人却不能。创业者必须首先识别由于市场变化产生的需求。

（3）社会网络。一个对创业机会的识别产生显著影响的决定性的因素是社会网络。过去对创业机会识别的研究注意到了这一影响，并且发现了在创业者的社会网络中的其他个体，比如顾客、雇员、熟人等都是机会的重要来源。创业者的社会网络会增强他们对创业机会的警觉性。创业者可能不会意识到创业机会，但是这些机会却可能通过他们的社会网络中的其他人降临到他们身上。在创业的研究中，各种类型的学者都强调了社会网络的重要性，因为它不仅是创业机会的源泉，也提供了获得信息、资源和支持的渠道。

4.4　创业机会识别模型

通过对创业机会的界定和对创业机会特征的分析，合适的创业机会必须要以市场为基础，以产品或服务为依托，以创业者的个人特质为实现机会的必然条件，只有当市场、产品/服务和创业者个人的特质三者协调一致时，才能够将创业机会转化成现实。因此，在对创业机会所存在的市场环境、创业者针对机会所推出的产品/服务以及创业者自身特质等主要方面进行分析的基础上，构建出如下创业机会识别模型，如图 4-2 所示。

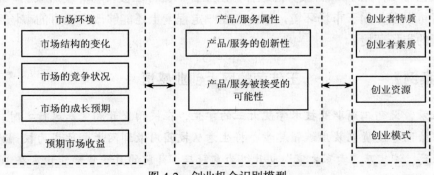

图 4-2　创业机会识别模型

1）市场环境

市场环境因素属于创业机会的自然属性，它不依赖于创业者或创业机会的其他特征而存在。创业者在最初选择创业机会时必须敏锐的洞察到市场结构的变化，充分考虑当前市场的竞争态势以及对未来市场成长的预期，并以财务指标的形式来反映市场预期收益，创业后还要根据市场环境的变化随时调整经营战略。作为机会识别模型的一种自然属性，市场环境因素在创业机会识别过程中的重要性可想而知。尤为重要的是，市场环境是客观存在的，不依赖于创业者的主观判断而存在，所以在识别创业机会的过程中，创业者首先要考虑到这一因素。在市场环境因素中，对市场结构变化及市场竞争状况的判断，可以直接决定创业者对创业机会存在与否的判断；而对市场预期成长及预期收益的判断，则可以直接决定创业者对机会的取舍。因此，正确分析市场环境因素，对创业机会的识别以及后续工作的开展极其重要。

2）产品或服务的属性

所谓产品/服务的属性，是指产品/服务本身的一些性能特点，或产品/服务能做什么，也可以叫产品/服务的特征。比如，如果是一个 U 盘，产品的属性就有容量、品牌、型号和重量；如果是服装，产品的属性有品种、面料、款式、规格（号型）和颜色。创业者在针对创业机会推出产品/服务时，要考虑到产品/服务是否有一定的创新性，是否能满足一定的市场需求，是否具有独特的价值等。另外，创业者还要根据市场环境来分析该产品/服务被顾客接受的可能性的大小。创业者只有寻找到有市场需求的产品/服务时，创业机会才有可能转化成现实。

3）创业者特质

找到了有市场需求的产品/服务，还要考量创业者具有的特质，即创业者必须具备一定的创业素质和能力，具备创业资源，包括人、财、物和信息等，还有选择一个创业模式，一个好的创业模式可以使创业者的创业活动迅速产生利润。

以上的各种因素并不是孤立存在的，而是相互联系、相互影响的。其中市场环境决定了创业者所要推出的产品/服务的属性，而产品属性又可以潜在地影响市场环境；创业者的特质也可以作用于产品/服务的选择，创业者不但可以被市场环境所吸引，最重要的是创业者可以反作用于市场环境，创业者在一定程度上还能够改变现有的市场环境，甚至创造新的市场环境。

【案例】　　　　　　王佳荣的网上创业感悟

王佳荣，义乌工商职业技术学院大三的学生，在校园里开淘宝店风行之时，抓住时机，以供给同学发货包装用纸箱起步，将生意从校园内做到网上，已成为校园内最大的纸箱供应商，淘宝店"卖家之家"也升级为皇冠店，目前的月销售额能稳定在 10 万～20 万元之间，库存量有 20 万元，把杭州家里的别墅占了三间专门用来堆放存货，还雇请了三个客服人员帮忙打理发货等事宜，每月支付客服人员每人1700元工资，年底根据业绩还有分红。而他做到这些，也只是从2000元起步，用时仅一年时间。

在新闻媒体的宣传里，王佳荣是家境优越的富二代，是个沉迷网络世界的网络少年，但在淘宝创业的过程里却转变为创业明星。对此，王佳荣哭笑不得，他说自己离富二代还有一定差距，爱玩游戏但还没到痴迷的程度，媒体要这样宣传也可能是为了吸引读者的眼球。他说自己也是个普通的大学生，有点少年老成，也有点孩子气的天真，能够成功来自于不断的尝试与努力，同时也找到一个很好的市场切入点。

第一次创业的尝试

2008年4月，学校里组织"明日网商"淘宝网店大赛，学校里很多同学都参加了比赛，王佳荣也是其中的一个，他说，一开始也没想拿奖，只是觉得自己空闲时间多，试试看吧。开网店一点经验也没有，到底卖什么呢？王佳荣是杭州人，他想杭州的丝绸好啊，这么好的产品一定能卖得火。于是跟其他3个同学凑了2000元，在杭州进了货，放在网上开始销售。当他们自信满满地开始等着生意上门时，却发现他们的丝绸根本无人问津。后来才发现，因为没做好市场调查，盲目进货，他们进的货成本比较高，在淘宝网上没有价格优势，所以没人愿意买他们的产品。没办法只能散伙了，好在船小好调头，王佳荣把丝绸分成4等份，4个合伙人一人一份。就这样第一次尝试失败了。

虽然第一次创业尝试失败了，但这并没有挫败王佳荣的好胜心，反而更激起他想要做成这件事情的兴趣。丝绸不好卖，那到底卖什么好呢。在一次学生会干部会议上，他与另一个系的学生会干部讨论起了学校里淘宝创业的事情，聊着聊着突然一个灵感闯进了他的脑海里。"学校里学生创业搞得如火如荼，对纸箱的需求量肯定很大，何不做个纸箱供应商呢？"他把自己的想法说出来后，对方也觉得想法非常合理，这么大的市场就在眼皮子底下，不好好开发太可惜了。说干就干，两个各出了一千元，在义乌小商品市场进来了纸箱，并制作了名片在学校里的快递收货点发放，让同学们了解他们的服务内容。刚开始的时候生意真是不好做，因为不熟悉行情，第一批货进得价格有些偏高，压缩了利润。而且还要亲自送货上门，只要一个电话过来，不管对方要多少货，哪怕只是一个小纸箱，都要在10分钟之内送货上门。慢慢的，因为王佳荣做生意讲信誉，服务态度又好，而且产品质量也很过硬，慢慢地在学校里建立起了很好的口碑，纸箱的销路渐渐打开了，回头客越来越多。不到两个月，他已经基本上垄断了学校里的纸箱供应，同时新增了一些新产品，如封口胶带的供给。

思路决定出路，正是对市场的准确判断才让王佳荣能快速打开市场，走出属于自己的创业之路。发现商机，把握商机这也是王佳荣能脱颖而出的秘诀吧。王佳荣说，对市场商机的把握不是盲目的，不是想当然的。必须要大胆的假设，小心的求证。要摸着石头过河，不能光跟着感觉走。

转战网络市场

刚开始，货源的渠道还是义乌的一些生产厂家的积压产品，因为是处理品，价格自然便宜，但产品的规格并不能统一，那时进货常常要考虑哪些是同学们常用的产品规格，但有些需要还是难以满足。后来，王佳荣无意中发现邮政发货用纸箱产品规格全，有 12 个型号尺寸，基本能满足所有的包装需要，而且在销售时也好让客户理解产品的规格，于是王佳荣就开始卖这些标准尺寸的纸箱了。也开始联系相应厂家，争取拿到质优价廉的产品。

王佳荣说，选择供货商不能光挑便宜的，还要考虑供货商的诚信度。有些厂商就是靠以次充好，偷工减料来降低价格的。占了这种便宜无异于为自己埋下定时炸弹，为处理客户的投诉和中差评就得耗费大量的时间精力甚至金钱。所以王佳荣在选择供货商时，一开始定少量的货，觉得质量价格合适才大批进货，而成为稳定的供货商后也就不再更换了。那时，胶带供应商就换了好几次，最后才选了一家信用最好的。而有一个纸箱供应商因为不合理的价格，导致整个江浙市场打起了纸箱价格战，搅乱了市场，王佳荣就停止从该企业进货，虽然对方一再保证给他最低价格，但他依然中止了合作，因为王佳荣认为诚信还是最重要的企业精神，没有诚信作为基础，合作难以为继。

在学校里建立起自己稳定的供应渠道之后，基本上每个月有一万五的销售业绩，按理说，这样的业绩对于一个刚刚起步做生意的学生来说还是不俗的，可王佳荣并不满足，觉得校园的空间还是太小了，生意还是要做得更大一点。有了在校园里试水的经验，王佳荣觉得是时候把纸箱生意做到网络上。他将自己的网店更名为"卖家之家"，意指专业为所有淘宝卖家提供产品服务，满足卖家们在发货过程中需要的一切服务。

2008 年的那个暑假，原本会出去旅游散心的他潜下心来，专心打理自己的网店，每天都守在计算机前，整理店铺产品资料、和客户交流、接订单、发货，日复一日的重复着同样的内容，这在以前简直就是不可思议的事。9 月份开学后，他和原来班上淘宝比他做得好的同学做个比较，发现自己已完成了一次成功的超越，成就感油然而生。整整一个暑假的"闭关修炼"，王佳荣收获不小，他不但巩固了学校的市场，而且还把自己的业务拓展到了长三角一带，这期间，上海、浙江、安徽等地的客户与他建立了联系，这些客户的需求是学校学生需求的几倍甚至几十倍，在不知不觉当中，他一个人忙不过来了，开始聘请人员来帮忙打理。

2008 年 11 月，他联系到一家江苏纸箱厂，批发价是他见过的最低的，质量也不错。当提出订货要求的时候，对方厂家指出要 2 万个起订，手头现金不够了，于是他试着向父亲借钱。得知儿子要在网上"卖纸箱，父亲的头摇得像拨浪鼓，父亲只希望王佳荣能用心读书，毕业后找一份稳定的工作，最好能进政府机关当公务员。但王佳荣并没有放弃，他拿出在网上说服客户下单的功夫，列出种种关于创业的好处，父亲拗不过儿子，只好同意借钱给他。拿到从父亲那里借来的钱，再加上原有的积累八千多块，一次性从这家纸箱厂进货 2 万个，堆在自家的楼房里，堆满了整个房间，也就是从这时开始，王佳荣的纸箱生意完全做开了，每个星期的业务量稳定在 2.5 万～5 万之间。

两个难忘的订单

因为专业，所以信赖；因为信赖，所以简单。这是王佳荣网店里的标语。他说，这其实只是自己随意想到的几句话，只是想向卖家传递一个信息，专心做事让事情更简单，避免给卖家带来麻烦。所以在与客户交流的时候，王佳荣总是站在客户的角度想事情，帮他们分析，不厌其烦的介绍产品的规格型号，适用范围。客户们也觉得他值得信赖，交给他放心。

还是在 2008 年的暑假里，王佳荣把父亲厂子库存的一批印刷错误的纸箱放到网上去卖，一万多个纸箱，积压在仓库里好久也没处理掉。放在网上一段时间后，真有客户来询价了，这个湖北的客户在和王佳荣谈好价钱之后，就下单支付了，这个大订单一下子把王佳荣砸闷了。这么大的订单还是第一次碰到，又这么容易就谈下来了，会不会是个骗局。心里七上八下的，又不能放弃，只能等发货后再判断了。因为是大宗货物必须要走物流，在选择物流公司的时候也遇到了麻烦。客户家住的地方太偏僻，很多便宜的物流公司都不送货，大公司报价又太高，选了好几家才找到价格适中的。发了货之后，王佳荣还在思忖，客户会不会收到货以后，又说没收到，来申请退款。终于，两天后，客户确认收货，纸箱货款终于落袋为安。这下子王佳荣才真正兴奋起来，几天来的忙碌与担忧终于可以放下了，还让父亲也对他刮目相看，能把积压的货物卖了一万多元钱，儿子还真不简单呢。这个订单的成功坚定了王佳荣经营网店的信心。

另外一个订单是王佳荣的网店上四钻的时候碰到的，也是他目前最大的一个订单，有七千个纸箱，货款一万七千元。那是杭州一个卖女包的女店主，因为需要订制一批纸箱，在网上与王佳荣一直商谈。王佳荣就像对待普通客户一样，帮助她考虑选择用什么样的材料订做，制作的规格。那个女店主也是个刚毕业两年的大学生，也是第一次来"卖家之家"，下了单后，王佳荣问她，你怎么第一次就敢下这么大的订单，不怕被骗么。女店主说觉得王佳荣谈生意的时候能够帮自己考虑，不是那种只想赚钱的卖家，能让人信赖。那天两人聊了很久，下完单都是夜里十二点了，王佳荣兴奋得睡不着，赶紧打电话告诉自己的合伙人，自己接了个大订单。后来，这个女店主也成了"卖家之家"的老主顾，她还告诉王佳荣，自己有个同学也是做纸箱生意的，也曾经想帮她订做，可她还是觉得王佳荣做事负责让人放心，虽然价格稍微贵点但质量可靠。这也就是"因为信赖，所以简单"吧。

王佳荣的生意经

小小的纸箱子里也有大生意，这在王佳荣的创业故事里得到了明证。在王佳荣的眼里，纸箱子也有大学问。因为提倡简单的服务，王佳荣就要让客户对产品一目了然，于是在网店打理特别注意这些问题。他还特意花钱请人装修网上店铺，经过几次改版之后，现在的网店基本让他满意了。产品规格一目了然，分类也很清楚。按尺寸分类，按硬度分类，还有特殊规格的专区。客户可以根据自己的需要选择合适的产品。同时，在上传产品图片时，他也没有仅仅将纸箱的图片上传上去，而上传了一张自己站在纸箱上的图片，这样纸箱的承重力也一目了然了。后来，这样的图片很快被别的卖家模仿起来，都在自己的网店里应用起来，这让王佳荥还有点小小的自得，必竟自己是首创。

别人在网上销售的纸箱都是空白无字的，王佳荥还很费心思在自己销售的纸箱上印上一些话，比如"谢谢您的惠顾，请确认包装完整后再签收"，提醒收货的买家不要忘记验货，避免发生纠纷。比如"因为专业，所以信赖"，这样的话语是表明自己的优势，让人难忘。比如"B级10号纸箱"，这样的字眼是让客户一目了然，知道产品的规格型号，在多种型号混杂时格外有用，方便使用查找。这些小妙招都是王佳荥自己花心思琢磨出来的，看得出来，他对自己的生意格外上心。

"卖家之家"已是一家皇冠店，可好评率依然是100%，这也源自王佳荥对处理客户投诉的用心。因为自己销售的产品较为专一，在严把质量关之后，可能发生的投诉往往都是来自运输过程中的，因为各家物流快递公司的业务员素质良莠不齐，对此难以控制。所以在处理这一类中差评时，王佳荥总是主动与客户联系，耐心解释，取得客户的谅解，最终这些中差评都会被客户主动取消。还有一些属于恶意差评，这就需要向淘宝网申诉，同时加以举证来取消。比如一次王佳荥一次性得到客户八个差评，那人向王佳荥索要六百元来取消差评，王佳荥一口回绝，并将聊天记录和整件事情向淘宝网反映，在多次交涉后，淘宝网终于将八个差评全部取消了。

王佳荥的网上创业感悟

当被问到，你觉得开网店给你带来最大的改变是什么？王佳荥说，首先是人生阅历的增加，另外是对人生态度的端正，懂得要承担自己的责任。大学里学习到专业知识固然重要，但更重要的是学习怎么做人，要形成一个健康的世界观和养成良好的习惯。赚钱不赚钱，不是最重要的。人这一辈子，不是每个人都能取得所谓的成功的，绝大多数人，还是平凡的普通人。但做人做事，是一辈子的事。

这是一个创业大学生目前对人生的感悟，也是他踏实做人做事得来的经验，他没有对未来做过多豪言壮语式的构想，但凭着这份认真踏实与执著，相信他的故事会更加精彩。

（资料来源：浙江义乌工商学院梅沁芳）

【案例】杨甫刚——从600元起步到每月纯收入3万的学生

杨甫刚，义乌工商学院物流管理专业2006级学生，淘宝网三皇冠卖家。2009年4月3日，他应中央电视台《实话实说》栏目邀请，与学院院长贾少华老师及另外一名创业学生一起，赶赴北京录制专题节目。该节目在中央电视台新闻频道播出后，杨甫刚一夜成名，成为众多创业大学生心中的偶像。然后，杨甫刚今天所取得的成绩，并非一蹴而就，更不是完全依靠着运气。除了学校良好的创业氛围和积极地引导外，杨甫刚是靠着勤奋和坚持摸索着走过了一段坎坷的创业之路，从 600 元加一辆破旧自行车起步走到了目前每月纯收入 3 万元的辉煌。

两次失败的创业尝试后转战电子商务

从 600 元加一辆破旧自行车起步到每月纯收入 3 万元，从一个人独自打拼到雇请八名员工，学生老板杨甫刚仅用了不到两年时间。他在义乌工商学院内制造了一个小小的传奇，他也被学校当成典型人物，被隆重推介，成为学院里小师弟们竞相模仿的对象。走在义乌工商学院内，随便找到一个学生提起杨甫刚，都会得到这样的回答，"哦，知道，就是国贸系那个创业明星！"在网上，杨甫刚也很有名，因为媒体的报道，每天都有人慕名通过 QQ 或者阿里旺旺（淘宝网聊天工具）主动提出加入申请，当然无外乎是向他讨教经营方面的经验。虽然现在很多人谈论的是杨甫刚每月纯收入超过 3 万元，但他也是在经历失败之后才找到了一条适合自己的路。

2006 年 9 月，复读了两次的杨甫刚选择了义乌工商学院。进入大学之后，学习强度猛地降了下来，每天可自由支配的时间也多了起来。杨甫刚不喜欢运动，也不喜欢网络游戏，如何打发简直成了负担的课余时间，一时间让他颇感费神，每天除了上课就是躺在床上发呆。杨甫刚不打算让时间这样白白浪费掉，他想给自己找点事情做做。他的第一个想法是收易拉罐。有一天，下课之后照旧躺在床上发呆，忽然瞥到堆在墙角的几个易拉罐，他灵机一动，何不将寝室里的易拉罐收集起来，然后倒卖给校外收废品的人呢？于是他兴冲冲地跑出校外打听易拉罐收购价格，一角五分钱一个，于是他打算以五分钱的价格到各个寝室去收，然后卖出去，赚取差价。没想到，他的第一次创业居然给学校门卫给扼杀了，门卫说什么都不给放行，而且满脸鄙夷神情并冷嘲热讽，他发现这条路走不通，只好放弃了。首战告负，并没有打消他的积极性。第二次他选择推销袜子。但当他拿着袜子上门推销时，却发现得到的是白眼和非议，袜子没推销出去几双，冷言冷语听了不少，"闭门羹"也经常碰到，他又一次选择了放弃。

两次尝试均以失败而告终，这让杨甫刚暂时找不到方向。大一第二学期开学后，有些迷茫的杨甫刚得到了一位老师的指点，建议他在淘宝上开店。虽然他对开网店不是很了解，但一心想找点事情做的他还是决定尝试一下。就这样，他用自己当月的 600 元生活费，外加一辆旧自行车，开始了他在淘宝上的创业生涯。这一次尝试，一下让他干出名堂来。杨甫刚是从生活类小商品开始起步的。2007 年 4 月底一个没课的下午，杨甫刚在义乌小商品市场上选了 50 多款生活类小商品，拍好照片放在网店里，就这样他的网店开张了。之所以选择生活类小商品，他对此解释说："主要是考虑到义乌有一个全世界最大的小商品批发市场，货源充足，同时生活小商品也很有市场。"

虽然他的第一笔生意的利润只有五毛钱，虽然他刚开始的时候还只能骑着自行车去市场提货，但他靠着自己的勤奋和努力，硬是把网店的生意慢慢做火了，把网店的规模慢慢做大了。网店刚起步的时候，即使顾客买的东西很少，即使利润再不起眼，他也会正常发货，因为他觉得开店就是做人，做人有信誉才会得到别人的信任。正是基于这种朴素的经营理念，网店的好评率长时间保持了 100%。五个月后，看着寝室里塞满了货物，杨甫刚感觉到这片小天地已经无法满足自己的发展需求了，于是他悄悄地搬了出去，花了 6000 多元（年租金）在校外租了一间 50 平方米小房，作为自己的工作室和仓库。如今，杨甫刚已搬到了紧挨义乌工商学院的青岩刘村，该村与学院联合创办的"义乌淘宝城"的建设计划已得到有关政府部门的支持。"义乌淘宝城"初步规划 30 多万平方米，将形成电子商务、物流、仓储等业态，杨甫刚早早地就在那里抢占了地盘，又一次走在了前面。

嘟嘟靓妆小铺在危机中诞生

网店开张以后，随着业务量的扩大，为了应付越来越多的订单，他从老家浙江台州找来三个同学帮忙。但有时候友情在利益面前会变得很脆弱，当杨甫刚还在一心想扩大规模的时候，他的创业生涯遭遇一次真正的危机。有人提到了分钱，因为这笔钱已经累积到了十二万元之巨，这对几个涉世未深的年轻人来说，数字大得有些让人炫目。杨甫刚想借用这笔资金继续周转并扩大规模，但他的想法没有得到其他同学的认同，只能妥协分钱，大家的合作关系也随之土崩瓦解。失去了兄弟的支持，又要独自一个人打拼，他似乎又回到了起点。跟前两次尝试失败不同，这次同学之间的决裂一时间让他感到有些接受不了，兄弟间的情谊难道就这么脆弱吗？杨甫刚保留了网店。朋友建议他，网店的名字要好记，最好有叠音字，于是他给自己的网店取了一个很活泼的名字——嘟嘟靓妆小铺，并在经营策略上做出了调整，专攻化妆品市场。这样的转变，一不小心让他闯进了一条"高速路"。根据自己的观察发现，杨甫刚觉得还是化妆品市场潜力更大。他觉得化妆品市场永远有那么大，只要肯开发，总会有大把的机会在那里等着。他的判断是对的。从事化妆品销售之后，他的业务量稳步上升，最终稳定在每天一百多笔订单、每月二十多万元的销售额；网店的信用等级由一个皇冠，再到两个、三个，两皇冠"加冕"，仅用了不到半年时间。于是他又开始招聘雇员，从两个，到四个再到现在的八个，其间还搬过两次家，不断扩大规模。

嘟嘟靓妆小铺的创店时间是 2007 年 4 月 5 日，到 2009 年 7 月 25 日，卖家信用已经累计到 79697 个，是三皇冠的信用等级，共有宝贝 817 件，收藏人气为 14560。小铺已加入消费者保障服务，并加入了宁波商盟。商盟为小铺进行着免费的宣传，提高了小铺的知名度。随着杨甫刚的名字见于各大媒体，嘟嘟靓妆小铺的知名度不断提高，每天的销售量节节攀升。小铺客服中心就设了四个阿里旺旺，分别是"主号"、"胖嘟嘟"、"瘦嘟嘟"和"小嘟嘟"，让买家倍感有趣和亲切。

快速提高信用等级的"跑量"经营策略

信用等级对淘宝网店的卖家来说至关重要。当前，很多急功近利的卖家都利用刷信用的方式来提高店铺的信用等级。这种做法是不诚信的行为，也不可能让店铺长远发展下去。嘟嘟靓妆小铺的三皇冠可不是刷出来的，是实打实的信用和经营业绩。杨甫刚通过销售热销产品使自己网店的信用等级由一颗钻提高到一个皇冠，再提高到了三个皇冠。随着网店知名度的提高，生意自然会红火起来，这就是所谓的"跑量"策略，依靠薄利多销来获取利润，另外一个潜在的更重要的好处就是快速累积信用。但是，"跑量"也是要一笔一笔业务积累起来的，这其中就需要网店店主的勤奋、毅力和智慧。杨甫刚能在短时间内把信用等级做成三皇冠，靠的是勤奋的品格、对买家一视同仁的贴心服务和一些充满智慧的小技巧。

首先，最重要的是勤奋。在网店开张的第二天晚上，杨甫刚回到寝室打开计算机，发现已有一名上海客户下了订单。客户选购的只是一款小饰品，如果发货，除掉运费，他只能赚五角钱。为赚五角钱，杨甫刚要跑到市场商户那里取饰品，还要送到快递公司去。很多人会放弃这样的订单，但杨甫刚接了下来，这就成为了他的第一笔生意。在身边的同学们聊天、看电视、玩游戏的时候，杨甫刚都不为所动，依然勤奋地经营着自己的网店。很多人很惊奇杨甫刚为什么能在短时间内把自己的影响力做大，他自己却觉得一点都不难。他说："关键还是能不能耐得住寂寞，要把自己当成了大海中间的一块石头，不管海面上有多大的风浪，一直沉在海底。"没有持之以恒的勤奋的品格，淘宝网店的经营肯定将是三天打鱼、两天晒网，最终就会慢慢地消失掉。

其次，对待买家一律是贴心的服务，一视同仁。不管他们最后买不买东西，也不管他们买多少。在网店开业初期，既没有超高信誉度与其他的卖家抗衡，货物也没有其他钻石及皇冠卖家的多，这时唯一的优势就是比别人更好地对待顾客。只要有顾客上门询问，就拿出真诚和热心事实求是地回答顾客的问题。最好在商品上架前就要在网上搜索关于自己产品的功能介绍，所谓知己知彼百战百胜，要用尽量专业的知识为买家讲解，用诚意和优质的服务来打动买家。网店卖家经常会碰到一些只问问题而最后又没买东西的顾客。仔细想想，如果顾客没有兴趣，不是真正想买产品，又何苦费这么多口舌呢，无非是想对产品多了解一些，也或者想让掌柜给优惠一点吧。对这样的顾客，一定要拿出足够的耐心来对待。如果买家对本店商品提出不友善的建议，我们也要耐心解释，甚至感谢对方的建议。

最后，要不断从网店经营中摸索出一些小技巧。要快速提高网店销售量，必须能够找到适销对路的货，店主怎么知道哪些产品是当前最好卖的呢？为了找到这个答案，杨甫刚会夜以继日地泡在网上，不停地看不停地找。但他绝对不是浪费时间去乱找，他找的都是带"Hot"标记的热销产品，杨甫刚总结道，"一家店标了，另外一家店也标了，如果在第三家店也标了，那么说明这东西的确是畅销产品了。"曾让他一个月售出 7000多个的瑜伽垫，就是这样让他找出来的。

创业者的创业感想

杨甫刚认为自己创业的成功主要来自两个方面：一是勤奋；二是学校的教育理念。

杨甫刚是目前义乌工商学院所有创业学生中最为成功的一个，当然也是最为勤奋的一个。他自己也说自己经常只睡四五个小时，而其余的时间都泡在网上寻找商机。跟其他在校学生一样，最低的运营成本、最充裕的时间，加上青春无敌的精力，能够全天粘在计算机前就是他们的竞争力。而杨甫刚的勤奋，还在于他经营淘宝网店成功之后。目前，他正策划参与义乌工商学院国际贸易系供货平台的经营，把目光瞄向了淘宝卖家，同时利用紧邻义乌小商品市场的优势，把业务向全国其他高校扩展，向其他高校的淘宝创业学生批发货物。

除了自身的勤奋，学校的教育理念对杨甫刚的成功也有很大的影响。义乌工商学院"面向市场、面向学生、面向实践"的办学理念在教育教学实践中不断丰富和完善，对于学生创业能力的培养和创业冲动的践行发挥了关键性作用，并正在形成独特的校园创业文化和创业教育体系。随着义乌商学院从上之下的推崇创业，杨甫刚成为了该校创业的榜样，杨甫刚式的成功也成为了众多学弟学妹们竞相仿效的榜样。高等教育大众化以后肯定要有更多的大学生走自主创业的路。不可能有那么多工作岗位。而创业即能调动学生学习的积极性，还可以有效的解决学生毕业后的就业问题，甚至可以因此产生更多的就业需求。如杨甫刚，一个尚未毕业的大学生已身价近百万，不仅不去找工作，反而招聘了重点大学的学生为其打工。

学院院长贾少华的一个核心教育理念就是：多元化培养，人尽其才，因材施教。贾老师说，"从网上成功的小店主到现代企业家，他们还有很多东西需要学。"为更好地因材施教，帮助网上开店比较成功的学生为将来发展打下扎实的基础，义乌工商学院在2008年年底为他们办起了创业学院，开设了企业财务、企业管理、企业家心理素质等创业课程。对进入学院的学生，要求网店月收入不低于8000元，在淘宝网上的信用等级要达到四颗钻以上。杨甫刚就遇到了一个难题——团队管理，"有时候什么事都要亲力亲为，也会力不从心"，这些显然不是他勤劳肯干就能解决的。所以，现在生意再忙，学院的课程他一节也不敢落下，"起步要靠勤奋，将来发展还得靠真本事。"为了扩大自主创业率，培养百万富翁级学生，义乌商学院也在不断为开展电子商务业的学生提供便利条件。当前，义乌商学院已有数千平米的创业园，创业园里每个系都有一个创业工作室，除了免房租、水电、网络费用外，学校还专门配备了创业指导老师，时刻帮助学生解决各类问题。

（资料来源：浙江义乌工商学院季晓伟）

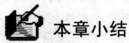 ## 本章小结

本章节通过介绍了创业机会的的含义、特征和创业机会识别的思路、过程和模型，让读者能正确识别和评估创业机会，并结合对市场环境、项目属性、创业者特质的判断，最终确定是否是一个好的创业机会。

技能训练

1. 如何识别创业机会
2. 创业机会识别的思路

 思考与练习

1. 简述创业机会是什么？
2. 创业机会的特征有哪些？
3. 创业机会识别的思路是什么？
4. 简述网上创业机会的识别过程。
5. 了解网上创业机会的识别模型。

第 5 章

创业项目计划书的撰写

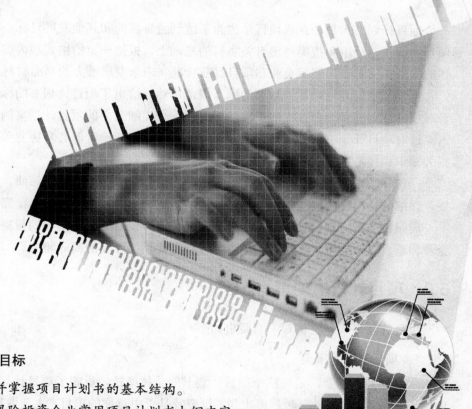

本章学习目标

1. 理解并掌握项目计划书的基本结构。
2. 了解风险投资企业常用项目计划书大纲内容。
3. 能够结合自己的项目写出符合规范的项目计划书。

　　小王是一个正在读大三的学生，在校学习的是电子商务专业，对电子商务有一定的了解。小王的父亲是一个传统的生意人，受父亲的熏陶，小王的骨子里也有不安分的因素，他希望自己也能像父亲一样拥有自己的事业。大三下学期了，看着身边的同学们不是在准备考研，考公务员，就是已经去联系实习单位，小王坐不住了。既然自己有创业的想法，那就赶紧行动起来吧，小王给自己鼓劲。自己是电子商务专业的，对电子商务有着独到的见解，也明白电子商务的发展前景十分广阔，况且自己也不想像父亲那样做个传统的生意人，那就从事网上创业吧。现在手头正好有一个合适的网上创业项目，是自己大展拳脚的时候了。可是项目虽然好，怎么实施呢？总得有个完整的计划吧。可是项目计划书自己也没写过，不清楚项目计划书的结构和内容书写要求，小王遇到了创业路上的第一个难题。

5.1　概述

　　项目计划书，是企业或项目单位为了达到融资目的和其他发展目标，在经过前期对项目的调研、分析和搜集整理有关资料的基础上，根据一定的格式和内容要求而编辑整理的一个向读者全面展示企业和项目目前状况、未来发展潜力的书面材料。

　　本章节主要介绍项目计划书的撰写规范，然后给出了项目计划书的标准大纲，让读者对项目计划书有一个大概的了解，接着以一个详细全面的项目计划案例，让读者由浅入深地对项目计划书进行学习。希望通过本章的学习，读者能够掌握有关项目计划书的相关知识和技巧。

　　一份好的项目计划书的特点是：有竞争力的项目、充分的市场调研，出色的计划概要，详细的资料说明、明确的行动方针、展示优秀团队、良好的财务预算。

　　需强调的是，项目计划书内容涉及商业秘密，仅对有投资意向的投资者公开。未经企业和项目单位同意，不得向第三方公开项目计划书涉及的商业秘密。

5.2　项目计划书的撰写

　　项目计划书一般结构和书写要求如下：

1. 项目计划书摘要

　　项目计划书摘要，是对整个项目计划书的总体概括，反映了项目计划书的全貌，是项目计划书的核心。从某种程度上说，投资者是否中意你的项目，主要取决于摘要部分。可以说没有好的摘要就没有投资。摘要主要说明以下内容。

　　（1）企业的基本情况：企业名称、成立时间、注册地区、注册资本，主要股东、股份比例，企业的宗旨、长远目标和发展战略，企业地点、电话、传真、联系人。

（2）项目描述：产品/服务介绍，产品技术水平，产品的新颖性、先进性和独特性，产品的竞争优势，研究资金投入、研发人员情况，生产方式，生产设备，质量保证，成本控制。

（3）市场及行业：市场发展现状和趋势，行业历史与前景，市场规模及增长趋势，行业竞争对手及本公司竞争优势，未来 3 年或 5 年市场销售预测。

（4）营销策略 ：在价格、促销、建立销售网络等各方面拟采取的策略及其可操作性和有效性，对销售人员的激励机制。

（5）管理体系：机构设置，核心管理团队介绍：姓名、性别、年龄、籍贯，学历/学位、毕业院校、行业从业年限、主要经历和经营业绩，人事计划等。

（6）财务分析：未来 3 年或 5 年的销售收入、利润、资产回报率等。

（7）融资说明：资金需求量、用途、使用计划，拟出让股份，投资者权利，退出方式。

（8）风险控制：项目实施可能出现的风险及防范控制措施。

2．项目介绍

1）项目介绍（产品/服务）

项目介绍主要包括下列内容：

（1）项目的名称、特征及性能用途和对客户的价值。

（2）市场是否存在同样的项目，如存在，与同行业其他企业同类项目的比较，项目的新颖性、先进性和独特性，如拥有的专利技术、商标注册、版权、配方、品牌、销售网络、许可证、专营权、特许权经营等。

（3）项目更新换代周期，项目处于生命周期的哪一段，更新换代计划及成本。

（4）项目的市场前景和竞争优势（包括性能、价格、服务等方面）。

（5）项目的技术改进。

（6）详细列明产品执行标准。

（7）项目研发资金投入、研发人员情况。

（8）项目的商务模式和赢利模式。

（9）项目建设方案。

2）产品的生产计划

产品的生产计划主要包括以下内容：

（1）产品生产制造方式：企业自建厂生产产品，还是委托生产或其他方式。

（2）企业自建厂情况厂，购买厂房还是租用厂房，厂房面积是多少，生产面积是多少，厂房地点在哪里，交通、运输、通信是否方便：

（3）现有生产设备情况：专用设备还是通用设备，先进程度如何，价值是多少，是否投保，最大生产能力是多少，能否满足产品销售增长的要求，如果需要增加设备，采购计划、采购周期及安装调试周期。

（4）如果设备操作需要特殊技能的员工，如何解决这一问题。

（5）简述产品的生产制造过程、工艺流程。

（6）如何保证主要原材料、元器件、配件以及关键零部件等生产必需品的进货渠道的稳定性、可靠性、质量及进货周期，列出 3 家主要供应商名单及联系电话。

（7）正常生产状态下，成品率、返修率、废品率控制在怎样的范围内，描述生产过程中产品的质量保证体系，以及关键质量检测设备。

（8）产品成本和生产成本如何控制，有怎样的具体措施。

（9）产品批量销售价格的制订，产品毛利润率是多少？纯利润率是多少？

3．市场分析

主要介绍产品或服务的市场情况。包括目标市场基本情况，市场的现状与规模、市场发展趋势，目标客户需求分析和购买力；企业所归属的行业领域的基本情况，以及企业在行业中的地位；与同类型企业进行对比分析，主要表现企业的核心竞争优势。

1）目标市场分析

目标市场分析应解决以下问题：

（1）目标市场基本情况：市场的现状、规模、未来发展趋势如何？

（2）你的细分市场是什么？

（3）你的目标顾客群是什么？目标客户需求和购买力如何？

（4）需求的大小能否给企业带来利润？企业 3 年或 5 年生产计划、收入和利润是多少？

（5）你拥有多大规模的市场？你的目标市场份额为多大？

（6）你的营销策略是什么？

2）行业分析

行业分析应解决以下问题：

（1）行业发展现状及趋势。

过去 3 年或 5 年全行业销售总额（必须注明资料来源），如表 5-1 所示为过去几年全行业销售情况表。

表 5-1　过去几年全行业销售情况表

（单位：万元）

年　份	前 5 年	前 4 年	前 3 年	前 2 年	前 1 年
销售收入					
销售增长率					

未来 3 年或 5 年全行业销售收入预测（必须注明资料来源），如表 5-2 所示为未来几年全行业销售收入预测表。

表 5-2　未来几年全行业销售收入预测表

（单位：万元）

年　份	后 1 年	后 2 年	后 3 年	后 4 年	后 5 年
销售收入					

（2）企业在行业中的地位。

（3）哪些行业的变化对项目利润、利润率影响较大，什么因素决定它的发展。

（4）环境对该行业的影响，特别是政策法规对行业的影响。

（5）进入该行业的技术、贸易等壁垒是什么？你将如何克服？

（6）行业规则有哪些。

3）竞争分析

竞争分析应解决以下问题：

（1）主要竞争对手有哪几家？竞争对手所占的市场份额、优势和劣势是什么？你的企业所占有的市场份额和优势以及面临的挑战是什么？如表 5-3 所示为企业与行业主要竞争对手比较表。

表 5-3　企业与行业主要竞争对手比较表

企业与行业内五个主要竞争对手的比较

竞 争 对 手	市 场 份 额	竞 争 优 势	竞 争 劣 势
本企业			

（2）本企业的进入会对竞争局面带来何种变化？企业的应对策略和措施有哪些？是否存在有利于企业发展的市场空间？

4．市场营销策略

（1）销售成本的构成及销售价格制订的依据。

（2）如果项目已经在市场上形成了竞争优势，请说明与哪些因素有关（如成本相同但销售价格低、成本低形成销售优势，以及产品性能、品牌、销售渠道优于竞争对手等）。

（3）建立销售网络、销售渠道和设立代理商、分销商方面的策略。

（4）广告宣传和其他促销的策略。

（5）产品销售价格的策略。

（6）建立营销机构和销售队伍方面的策略。

（7）售后服务的策略。

（8）对销售队伍采取的激励机制。

（9）市场营销中意外情况的应急对策。

5．管理体系

（1）企业准备今后各年陆续设置哪些机构，各机构的职责，各机构配备多少人员，企业共有多少全职员工、多少兼职员工、尚未有合适人选的关键职位，人员年收入情况。

用图表统计出来附在本计划中。

（2）介绍企业管理团队情况，管理团队优势与不足之处。

① 企业目前职工情况，如表 5-4 所示。

表 5-4　企业职工情况表

员工 人数	专科文化程度		大学本科		硕士（中级职称）		博士（高级职称）	
	人数	比例	人数	比例	人数	比例	人数	比例
管理 人员								
生产 工人								
总人数								

② 公司管理层情况，如表 5-5 所示为董事会成员名单。

表 5-5　董事会成员名单

序号	职　务	姓　名	工　作　单　位	学历或职称	联系电话
1	董 事 长				
2	副董事长				
3	董　事				
4	董　事				
5	董　事				
6	董　事				
7	董　事				
8	董　事				
9	董　事				

关键人物（董事长、总经理，技术开发、市场营销、财务负责人和其他主要负责人）的情况，如表 5-6 所示为关键人物简历表。

表 5-6　关键人物简历表

关键人物简历：

姓　名		性别		年龄		籍贯	
学历		学位		所学专业		专业职称	
毕业学校				户口所在地			
单位							
职务							
主要经历							
时　间	单　位		职　务			业　绩	

续表

所受教育			
时　　间	学　　校	专　　业	学　　历

③ 目前企业股东的名称及其出资情况和持股情况，如表 5-7 所示为企业股东出资与持股情况表。

表 5-7　企业股东出资与持股情况表

股东名称	出　资　额	出资形式	股份比例	联　系　人	联系电话
甲方					
乙方					
丙方					
丁方					

④ 企业是否通过国内外管理体系认证。

⑤ 人才战略与激励制度。

⑥ 是否与掌握公司关键技术及其他重要信息的人员签订竞业禁止协议，若有，说明协议主要内容。

⑦ 是否与每个雇员签订劳动用工合同。

⑧ 是否与相关员工签订公司技术秘密和商业秘密的保密合同。企业对知识产权、技术秘密和商业秘密的保护措施。

⑨ 是否为每位员工购买保险，说明保险险种。

⑩ 是否存在关联经营和家族管理问题。

⑪ 企业与董事会、董事、主要管理者和关键雇员之间是否有实际存在或潜在的利益冲突，如果有，说明解决办法。

⑫ 企业需要哪些外部支持，如何获得这些支持（聘请法律顾问、投资顾问、发展顾问、会计师事务所等中介机构）。

6．财务预算

财务预算包括以下三方面的内容：

1）收入预算

（1）产品形成规模销售时，毛利润率为百分之多少？纯利润率为百分之多少？

（2）未来 3～5 年的项目资产负债表、项目损益表、项目现金流量表、项目销售计划表和项目产品成本表（第一年每个月计算现金流量，共 12 个月，第二年每季度计算现金流量，共四个季度，第三、四、五年每年计算现金流量，共三年。），计算项目盈亏平衡点、投资回收期和投资回报率等。

注：每一项财务数据要有依据，要进行财务数据说明。

2）支出预算

（1）预计的投资数额。

（2）投资资金的支出安排及财务报告编制。

3）融资说明

（1）资金需求计划：为保证项目实施所需要的资金额、资金需求的时间性、资金用途和使用计划。

（2）融资方案：说明筹资资本结构安排，企业自身投入、投资方投入、对外借贷所占比例。希望让投资方参股本公司还是投资合作成立新公司，说明原因。如果有对外借贷，抵押，担保措施是什么。拟向投资方出让多少权益，依据是什么，如表 5-8 所示为目前资本结构表，如表 5-9 所示为本期资金到位后的资本结构表。

表 5-8　目前资本结构表

股 东 成 份	已投入资金	股 权 比 例
总　计		

表 5-9　本期资金到位后的资本结构表

股 东 成 份	投 入 资 金	股 权 比 例
总　计		

（3）预计未来 3 年或 5 年平均每年净资产收益率是多少？

（4）投资方可享有哪些监督和管理权力？

（5）如果企业没有实现项目发展计划，企业与管理层向投资方承担哪些责任？

（6）在与企业业务有关的税种和税率方面，企业享受哪些政府提供的优惠政策，如市场准入、减免税等方面的优惠政策。

（7）需要对投资方说明的其他情况。

7. 投资方资金退出方式

确定投资方以何种方式收回投资，具体的方式和执行时间。

投资方收回投资的方式：

股票上市：对企业上市的可能性做出分析，对上市的前提条件做出说明。

股权转让：投资方可以通过股权转让的方式收回投资。

股权回购：企业对实施股权回购计划应向投资方说明。

利润分红：投资方可以通过公司利润分红达到收回投资的目的，公司对实施股权利润分红计划应向投资者说明。

8. 风险分析

说明项目实施过程中可能遇到的风险及防范控制手段，包括政策风险、技术开发风险、市场风险、管理风险、生产风险、财务风险、汇率风险、投资风险、股票风险和对企业人员依赖的风险等。以上风险如适用，每项要单独叙述防范控制手段。

9. 项目实施

说明项目实施进度安排。

10. 其他说明

为补充本项目计划书内容，需要进一步说明的有关问题（如公司或公司主要管理人员和关键人员过去、现在是否卷入法律诉讼及仲裁事件中，对公司有何影响）。

请将产品彩页、公司宣传介绍册、证书等附后。清单如下：

- 企业应备资料清单
- 营业执照；
- 公司章程；
- 验资审计报告；
- 资信证明；
- 法人代码证书；
- 税务登记证；
- 财务报表（上年度、本年度、本月）；
- 专利证书、鉴定报告；
- 高新技术企业、高新技术项目证书。
- 其他表明企业特点的资料。

商业计划书

企业法律文件可以提供复印件，但需提供原件以备核实。项目计划书以及经过计算机文字处理的文件，要求提供电子文本。

以下是风险投资企业常用的项目计划书大纲，作为创业者撰写项目计划书时的参考：

风险投资企业常用的项目计划书大纲

一、概要

二、项目背景

三、市场分析

 3.1 发展状况（国内、国外）

 3.2 前景分析

 3.3 支持环境分析

 3.4 需求分析

 3.5 行业分析

 3.6 竞争分析

 3.7 面临挑战

四、商务模式介绍

五、赢利模式介绍

六、预期目标

 6.1 项目开发阶段进度安排

 6.2 项目的总体目标

  6.2.1 项目初期（1～3 年）

  6.2.3 项目长期（6～10 年）

七、管理体系

 7.1 企业性质

 7.2 组织机构设置原则

 7.3 组织形式

 7.4 部门职能

八、网站市场推广策略

 8.1 线上推广策略

  8.1.1 成长期推广策略

  8.1.2 增长期推广策略

  8.1.3 成熟期推广策略

 8.2 线下推广策略

九、预算财务

 9.1 收入预算

 9.2 支出预算

十、项目风险分析及对策

 10.1 风险分析

  10.1.1 外部风险

  10.1.2 内部风险

 10.2 风险对策

  10.2.1 外部风险对策

  10.2.2 内部风险对策

　　附件

一、项目工程进度

　　1.1 团队人员分工

　　1.2 项目进程

二、调查问卷

5.3　项目计划书案例

　　瑞昌山药网络销售平台项目计划书。

5.3.1　企业概况

　　瑞昌山药网络销售平台是一个建立在因特网上的，虚拟的交易市场。初期的软/硬件设施建设还在进行中，瑞昌山药网络销售平台集信息发布、浏览、交易与交互功能于一体，用户通过它可直接完成传统商贸运作中信息采集、市场调研、产品营销、技术咨询、行情分析、商贸洽谈等环节的工作，合理的网站结构及完善的网站功能，将会极大地满足商人和现代农民的需要。该网主要发布山药的最新价格和山药淡旺季的价格浮动情况、山药的供应、成交量和出售流向情况，全国著名农副产品集散地的山药供求信息及行情走势、中国农副产品深加工领域的最新行情、最新的国际供求信息、最新国内外农业新技术、新成果、新产品、中国土特产品大全等有关农业的信息。

　　本平台的宗旨是积极贯彻落实江西省关于将江西省建成沿海发达地区优质农副产品与绿色食品供应基地的战略，加快江西省农业产业化进程，引导农民应对中国加入 WTO 后的激烈竞争，实现江西省绿色食品产业在中部地区的崛起，而组建江西绿色食品集团股份有限公司。公司以江西优质农副产品和绿色食品为经营方向，统一品牌、统一产品生产加工标准，打造江西省绿色名牌，以名牌带动江西农副产品与绿色食品走向市场，最终解决江西省农产品流通瓶颈的问题。

　　本平台尚处于策划阶段。瑞昌山药网络销售平台法定经营形式是有限责任公司。

5.3.2　合作模式

　　针对瑞昌山药发展的现状，瑞昌山药网络销售平台采用了三种合作模式，商品供应商可以根据自己的情况进行选择，如表 5-10 所示为合作模式表。

表 5-10　合作模式表

模式	合　作　方　式	优　　势	劣　　势
模式一	在前台展示商品的同时也进入我们的仓储，我们负责物流并进行配送。	商户对商品有自己的定价权，可以自己设置促销、打折和在线销售策略。	对商户来说，扣点较高，我们会产生较大的库存问题。

续表

模　式	合　作　方　式	优　　势	劣　　势
模式二	企业有自己的仓储，但是由我们进行物流配送，由我们统一进行上门取货发货。	商户对市场变化能快速反应，不入我们的仓储物流，可以节省一些费用。	对商户来说，扣点较高，使用我们的服务，成本高于商户自营成本。
模式三	除了展示和收银（在线支付）由我们负责，其余服务如发货、退货、物流都由企业负责。	商户自主性强，能够有效应对市场变化、降低成本。	无法享受本平台的优惠。

1. 公司理念

公司奉行合作、诚信、创新的理念，全力做好农业电子商务。

2. 合作

国际化带来竞争全球化，农业电子商务不可避免地要面对来自同行业或者渠道经营商的竞争。面对愈发激烈的市场竞争，我们不仅要密切与战略合作伙伴的合作关系，更要与对手在公平竞争的基础上展开合作。这种合作，是共赢发展的合作、联合互补的合作，"竞合共赢"是平台谋求发展的永恒理念。

3. 诚信

坚持以人为本的理念，在诚信的基础上建立与用户、供应商和投资方等多方合作者之间最为融洽的合作关系。"诚"代表了合作关系中所坚持的诚意态度，而"信"则代表了以"信用"为根本的发展信条。

4. 创新

创新是发展的动力，电子商务发展能够取得今天的成绩，正是来自互联网技术的不断创新，商务模式的不断创新。我们要秉承创新的精神，不断开拓不断创新，争取在农业电子商务方面取得明显成效。

5.3.3　业务描述

1. 业务内容

瑞昌山药网络销售平台是一个建立在因特网上的虚拟的交易市场。初期的软/硬件设施正在建设中。江西山药网络销售平台集信息发布、浏览、交易和交互功能于一体，用户通过它可直接完成传统商贸运作中信息采集、市场调研、产品营销、技术咨询、行情分析和商贸洽谈等环节的工作，合理的网站结构及完善的网站功能，将会极大地满足商人和现代农民的需要。该网主要发布山药的最新价格和山药淡旺季的价格浮动情况，山药供应、成交量和出售流向情况，全国著名农副产品集散地的山药供求信息及行情走势，中国农副产品深加工领域的最新行情，最新的国际供求信息，最新国内外农业新技术新成果新产品和中国土特产品大全等有关的农业信息。

2．业务独特性

针对产品质量不清、产地分散和市场把握不准等原因给商人带来困境的现象，网站从买方市场出发，帮助商人正确把握及预测市场。

网站的大量信息是针对卖方市场普遍存在的诸如产品科技含量低、质量差、不能适销对路和滞销等问题而发布的，但卖方市场（农民）有相当一部分人可能不具备上网条件，所以除在网上发布最新的求购信息及最新科技成果外，还要通过其他形式（如打广告）加以弥补。

从信息量、信息面和信息价值的角度，实现目前网上山药信息工作的突破。

网站在向纯粹电子商务发展的同时，更力求从功能上满足传统商务向电子商务过渡时期商人的需要。

网站的市场运作是实施全省战略（将江西省建成沿海发达地区优质农副产品与绿色食品供应基地的战略，加快江西省农业产业化进程，实现江西省绿色食品产业在中部地区的崛起）的具体举措，我们将组建江西绿色食品集团股份有限公司，公司以江西优质农副产品和绿色食品为经营方向，统一品牌、统一产品生产加工标准，打造江西省绿色名牌，以名牌带动江西农副产品与绿色食品走向市场，最终解决江西省农产品流通瓶颈的问题。

市场开发采取"政府牵线、合作运营"体制。为紧密我们与各地的关系、提高工作质量、保证工作效率，在政府的帮助下，鼓励采用多种合作方式将所有对象纳入运行轨道内，通过明确责权、利益共享的办法实现各方面高效和务实的合作。

在资金短缺、人员少的情况下，我们可以充分调动农民合作的积极性使户与户合作、村与村合作、乡与乡合作进而扩展到县与县的合作，形成一个经济联合体，大量为第一批合作对象免费发布卖方信息，大量提供他们所需的一切信息。见成效后扩大合作范围。

网站结合江西省其他特色农产品基地，代理像板栗、蜜橘、土豆等食品。

3．开发本业务的初衷

用传统的商贸条件来配合电子商务的展开，建设一个能够适应当前传统商务向电子商务过渡时期的特色网站。

农民辛苦种植出来的山药要想变成商品，就要不辞辛苦地运到大的集散地，存储产品、租用摊位，吃不上喝不上地想办法卖出去。不然就要卖给中间商，价格可想而知。所以，农民售出产品的成本太高。我们建立江西山药网络销售平台，与所有网站不同的是网站交易市场与物理交易市场是一样的，是网上虚拟的交易市场，农民、商人可以不出家门就可进行市场交易。

江西是农业大省，农业资源丰富、特别是农产品的发展一直受国家政策的支持与鼓励，利用互联网高科技流通手段促进我省农产品发展是大势所趋。

当前有很多人对待电子商务的心态是希望互联网能带来更多商机，但出于安全考虑不愿在网上交割。针对这种心态，短时间内试图完全在网上实现商务活动各个环节，并不会得到更多用户的响应。本网的发展试图采取交易多元化或分割交易环节等途径，满足过渡时期多重用户的特殊需要。

本网站建设力求本土化，要利用起传统商贸环境中一切可利用的条件，以减轻投入成本。铁路干线京九线穿过江西，而京九线纵跨好几个省，我们将江西交通的优势与互联网网络技术相结合，促进农产品市场发展。

4．业务发展目标

做好本地山药上市前的质量、数量及当地价格等信息的发布，及时发布并帮助分析淡旺季本地市场的变化情况，使本网成为商人掌握产品购买价格及地理区域的最佳网站；提供国内其他网站山药的供需信息、不同地区间的价格差距及出售的主要流向，使网站成为反映中国山药信息最为丰富的网站，成为商人的好助手。

网站要不断完善电子商务功能，建设好网上虚拟的交易市场，使用户直接通过本网便能完成贸易过程中订单、谈判、认证和多种付款方式等交割过程需要的所有手续。

完善社区功能，使会员通过本网实现网上办公、网上资料查询、网上购物等需要。

5.3.4　产品与服务

1．产品介绍

瑞昌山药是一种多年生的蔓生作物，属薯芋科，是瑞昌县传统名产。瑞昌栽培山药有很长的历史，今年修撰的《瑞昌县志》记载了明代隆庆祝年间，山药就是瑞昌县重要药材之一。经过劳动人民长期栽培和良种选育，形成了瑞昌山药适应性广、产量高、品质优、耐贮性强、营养丰富和药用价值高等特点，成为省内享有盛誉的一种药、菜兼用的特产。瑞昌山药主要分布在瑞昌县的严坂、燕山和罗城山一带，经济价值很高，亩产 2000～3000kg，亩产值 4000 元左右，加工后可增值 3～5 倍，产值是种植普通粮食作物的 10～15 倍以上。近年来放宽农村经济政策，外地纷纷前来引种，种植面积正迅速扩大。

2．山药的营养分析

山药具有食用和医用价值，顺应现代人的追求健康的潮流，以山药为主打的菜品可谓当之无愧的首选之品。山药属高糖、无脂肪的有机食品，营养价值高，富含淀粉、多种维生素、钙、磷、氨基酸等，可煮食、炒食、红烧、油炸，也可加工成面、酒、系列饮料等。山药还具有药用价值。现代医学研究，山药的药用功能有补脾养胃，生津益肺，补肾涩精等，主治脾虚食少、久泻不止、肺虚咳喘、肾虚遗精、带下、尿频等症。山药富含黏蛋白、多巴胺、果胶、皂甙、甘露聚糖、植酸、糖蛋白、淀粉酶和典质等多种成分，具有预防心血管脂肪沉积、防止动脉硬化，增强肌体的消化及吸收功能等作用，是抑制肿瘤和放、化疗及术后体虚者的辅助药物，现已列入抗癌中草药大辞典。山药还可用于减少皮下脂肪堆积，能防止结缔组织萎缩，预防类风湿关节炎、硬皮病，还是助消化、降血糖的佳品。

3．瑞昌山药的特色

瑞昌山药有近 500 年的栽培历史，是瑞昌的传统特产，也是地方物种资源最为丰富、最具开发利用价值的物产之一。栽培的品种有瑞昌真山药、瑞昌红藤山药和瑞昌脚板薯。据原江西农业大学副教授、全国园艺学会理事蔡金辉 1996 年完成的国家自然科学基金课题《山药品种资源调查》表明，在全国 80 多个同类品种中，瑞昌山药品质最优，其外观形色、口感风味、营养成分及保健效果都处前列。

2001 年和 2002 年，瑞昌山药参加了上海、北京优质农产品展示展销会，获江西省优质参展产品奖。2002 年被江西省农业厅评为江西 20 个优质品牌农产品之一。2003 年瑞昌山药注册"独一支"品牌商标，并通过国家 A 级绿色食品验证，并制定了企业标准（Q/RCLY001-2003），规划建设了 0.5 万亩绿色食品生产基地。2006 年"独一支"牌商标被评为江西省"著名商标"和"江西名牌"，2007 年评为江西省名牌农产品， 2008 年获得国家 A 级绿色食品续证，注册了"瑞昌山药"证明商标，2009 年续评为江西省"著名商标"。2009 年 11 月 30 日，"瑞昌山药"获农业部"农产品地理标志"认证。

"独一支"牌瑞昌山药参展及所获荣誉（或奖项）情况如下：

（1）2004 年参加了江西省政府主办的江西省农业产业化成果展和上海市绿色食品展示展销会。

（2）2007 年参加了江西省政府主办的中国江西首届农业博览交易会，荣获"中国江西首届农业博览交易会畅销产品三等奖"；在江西第三届名优农产品（上海）展示展销会上荣获"江西第三届名优农产品（上海）展示展销会畅销产品银奖"。

（3）2008 年参加了国家商务部和江西省政府主办的中国绿色食品博览会，荣获"中国绿色食品博览会参展产品银奖"；在江西第四届名优农产品（上海）展示展销会上荣获"江西第四届名优农产品（上海）展示展销会畅销产品奖"。

4．服务简介

江西山药网络销售平台销售有限责任公司目前提供 3 种产品：瑞昌山药面、精品豪华包装瑞昌山药、精品散装瑞昌鲜山药。

5.3.5　市场营销

1．市场计划

1）计划概要

年度销售目标 50 万元。

2）营销状况

目前，山药的销售情况良好。据全国 17 家大型中药材专业市场调查显示，从 1999

年至今，食药两用的山药市场需求旺，价格连续 5 年攀升，一级品价格为 12 元。有关专家称，种植和开发山药及其系列产品，市场需求很旺、行情好、前景广、潜力大，是当前及今后几年农村农业结构调整、发展高效农业、加快农民脱贫致富的一条重要渠道。中国入世后销售渠道拓宽，各地抓住这个有利时机，加大开发山药及其系列产品，形成规模，实行产业化经营。山药不但畅销国内市场，还远销日本、韩国、东南亚和俄罗斯等国，港澳台市场也频频从内地进货，且数量较大，已供不应求。

采用新型的网络销售模式，产品面向国内外，在价格方面有特定的优势。因为回头客是我们的主打客户，所以我们特意在门户网站上开通了"秒杀"这一极具生命力的促销活动，固定每月两次，每次都力求规模巨大。建立网站后，产品市场容量更大，有很大的潜力，发展趋势普遍看好，所以销售不成问题。

3）营销目标

考虑到瑞昌山药初具规模，在市场上的基础比较薄弱，况且团队还比较年轻，品牌影响力更是需要巩固与拓展。因此，在营销过程中必须要非常清楚自身优势，并加以发挥达到极致，而且要找出我们的弱项加以克服，实现最大的价值；提高在线服务质量和服务水平，将服务理念贯穿到与客户交流的每个环节中，注重售前售中售后回访等各项服务。只要我们采用比较得当的市场策略，就可以挤进全国市场。

（1）山药及其衍生产品应以长远发展为目的，力求扎根江西，然后以中东部为据点，进军中原市场。

（2）跻身一流的山药及其衍生产品供给商，尽快成为知名品牌。

（3）以网上销售带动网下的销售和发展。

（4）市场销售近期目标：在很短的时间内使营销业绩快速成长，每年年底使自身产品成为行业内知名品牌，取代省内同水平产品的一部分市场。

（5）致力于发展分销市场，到 2011 年年底发展到 20 家分销业务合作伙伴。

（6）全力推进工作，使工作有高效率高收益、人员高薪资。

2．营销策略

1）产品的市场策略设计

深入理解产品的市场策略，根据公司的营销战略选择合适的产品市场策略。其中包括市场渗透、新市场开发、新产品开发以及多元化发展。

任何一种策略都会有风险，企业在选择过程中，通常需要面临多方面的艰难决策。其中主要依据：

（1）现有产品在现有市场上是否真的有增长潜力。

（2）公司能否快速适应进入新市场所面对的挑战。

（3）公司的新产品能否提升公司的竞争地位。

跟踪产品市场策略的实施效果并及时调整策略是必要的。通常而言，在某一特定时期，公司的营销战略应该保持相对稳定，公司产品的市场策略则应更加灵活，公司可以而且应当根据市场情况适当调整产品的市场策略，简言之，即随时可以调整才是最好的。

2）定价策略

企业定价策略分为以下几个环节：

企业需要明确定价的战略意图。

企业需要从消费者需求、产品成本和竞争对手的角度进行分析，在分析的基础上，企业需要确定具体的定价策略。

企业需要综合考虑定价过程中的一些特殊因素，比如是否开展促销等活动。

3）主动性价格调整策划

（1）战略性降价策划

在市场竞争过程中，市场会发生价格战，而且该种价格战还可能引发市场竞争格局的震动。对企业而言，价格战可能是一件好事，也可能是一件坏事。因此需要慎重对待，要考虑企业规模优势、资源禀赋优势、技术突破等因素，如果不是大企业，最好不要利用此种策略，因为成本巨大。

（2）策略性降价策划

① 促销性降价

② 回笼资金性降价

③ 待剥离产品的清仓性降价

3．自身的定价策略

（1）维持现有价格不变，并且增加其他服务。该策略常常应用于以下几种情况：

① 竞争对手的价格调整属于策略性行为。

② 竞争对手实施战略性提价。

③ 企业觉察到竞争对手在采取战略性价格调整策略。

（2）降价。如果竞争对手发起战略性降价行动，企业应当仔细评估自己的实力。如果企业在成本控制能力上并不明显输于竞争对手，那么采取降价手段作为回应就成为企业需要重点考虑的策略。

（3）提价。在竞争对手采取提价策略的过程中，企业也可以采取跟进并且提价的策略，采取被动性的提价策略同样见于以下几种情况：

① 竞争对手因为成本价格推动的原因提升产品的价格

② 竞争对手进行战略性提价而自身产品在性能上并不比竞争对手差

③ 竞争对手降价而自身的产品的质量优于竞争对手

（4）维持价格不变并提高产品价值。在竞争对手采取战略性降价行为的情况下，通过维持价格不变并提高产品价值的策略参与竞争，需要以强大的企业或者产品品牌作为基础，否则，这种策略常常并不被消费者认可。

4．市场联系

1）贸易展销会

贸易展会为人们提供了一个尝试新事物、发现新技术、了解竞争对手和市场动态的最佳机会。首先，贸易展会能让解决方案的供应商获得与客户、供应商和自己的竞争对手进行面对面交流的机会。其次，贸易展会能够有效地减小与购买设备、业务扩张和商业合作有关的风险，因为参观者能够在同一个地点比较所有他们感兴趣的产品，并轻松地做出购买决定。

对于山药产品，完全可以通过贸易展销会的形式来推销。关于展销会的主题，当然是以山药的营养价值入手，吸引众多女性客户。山药是一种非常理想的减肥健美食品，是一种高营养、低热量的食品，可以放心地多加食用而不会有发胖的后顾之忧，而且对于女士们还有丰胸的功效。五种山药吃法瘦身又丰胸：塑臂丰胸粥、美胸山药奶、山药苹果汁、山药芝麻糊、山药蜜茶。

2）广告宣传

网站宣传的方式一般多加入一些友情连接，让搜索引擎添加更多关于你网站的条数，如把顶级自助链的网站连接放在网页的醒目处，当别人点击时，网站宣传内容（关键字）自动添加入顶级自助链，并排在第一位。

当然还有其他更有效的方式，如在百度、google 等搜索引擎上投放关键词广告、邮件列表的方式宣传，投放电视杂志上的传统广告方式等。

3）新闻发布会

要想让瑞昌特色山药走出省去，最具效果的宣传方式莫过于召开新闻发布会了。

新闻发布会也是媒体所期待的。在全国性的媒体调查中发现，媒体获得新闻最重要的一个途径就是新闻发布会，几乎 100％的媒体将其列为最常参加的媒体活动。由于新闻发布会上人物、事件都比较集中，时效性又很强，且参加发布会免去了预约采访对象、采访时间的一些困扰。

5.3.6 财务预测

1. 资金计划

我们正在寻找 50 万元的投资资金，主要用于公司的创建和未来 2 年发展。

初期投资将用于网站硬件设备计算机、网络设备购置、安装费，信息采集、网页制作；数据库开发、软件开发费用、系统软件、网络服务软件购置费，行政开支、管理费用、人员培训费用、域名网络使用费用、维护费、人员工资费用、宣传费用（广告费）和其他周转资金。

资金使用计划见表 5-11。

表 5-11　资金使用计划表

序号	项　　目	费用（万元）
1	网站硬件设备计算机、网络设备购置、安装费	15
2	信息采集、网页制作	5

续表

序号	项　目	费用（万元）
3	数据库开发、软件开发费用、系统软件、网络服务软件购置费	5
4	行政开支、管理费用、人员培训费用、域名网络使用费用、维护费、人员工资费用、宣传费用（广告费）	15
5	其他周转资金	10
6	合　计	50

回报/偿还计划：

通过销售瑞昌山药以及平台服务收入方式产生的利润可在 3 年内偿还投资资金。

2．资产负债预计表

假设公司在 2011 年开始正式组建，如表 5-12 所示为资产负债预计表。

表 5-12　资产负债预计表

2010 年 12 月 31 日资产负债预计表

编制时间：2010 年 12 月 31 日　单位：元

资　产	期　末　数	负债和所有者权益	期　末　数
流动资产：		流动负债：	
货币资金	¥10 000.00	短期借款	¥30 000.00
短期投资		应付票据	
应收票据	¥15 000.00	应付账款	¥50 000.00
应收股息		应付工资	¥30 000.00
应收账款	¥20 000.00	应付福利费	
其他应收款		应付利润	
存货	¥350 000.00	应交税金	¥50 000.00
待摊费用		其他应交款	
一年内到期的长期债权投资		其他应付款	
其他流动资产		预提费用	
流动资产合计	¥395 000.00	一年内到期的长期负债	
长期投资		其他流动负债	
长期股权投资		流动负债合计	¥160 000.00
长期债权投资		长期负债：	
长期投资合计		长期借款	¥100 000.00
固定资产：		长期应付款	
固定资产原价	¥150 000.00	其他长期负债	
减：累计折旧	¥15 000.00		
固定资产净值		长期负债合计	¥100 000.00
工程物资			
在建工程		负债合计	
固定资产清理		所有者权益：	

资　　产	期　末　数	负债和所有者权益	期　末　数
固定资产合计	¥135 000.00	实收资本	
无形资产及其他资产：		资本公积	
无形资产		盈余公积	
长期待摊费用		法定公益金	
其他非流动资产		未分配利润	
非流动资产合计		所有者权益合计	¥300 000.00
资产合计	¥530 000.00	负债和所有者权益总计	¥530 000.00

注：因企业刚创建，期初数通通为零。

3．现金流量预计表：

如表 5-13 所示为现金流量预计表。

表 5-13　现金流量预计表

2011 年的现金流量预计表

项　　目	第一季度	第二季度	第三季度	第四季度
一、经营活动产生的现金流量：				
销售商品、提供劳务收到的现金	¥6 000.00	¥3 000.00	¥130 000.00	¥360 000.00
收到的税费返还				
收到的其他与经营活动有关的现金		¥2 000.00	¥3 000.00	¥5 000.00
现金流入小计	¥6 000.00	¥5 000.00	¥133 000.00	¥365 000.00
购买商品、接受劳务支付的现金	¥4 000.00	¥2 000.00	¥80 000.00	¥200 000.00
支付给职工以及为职工支付的现金	¥5 000.00	¥5 000.00	¥20 000.00	¥60 000.00
支付的各项税费	¥1 500.00	¥800.00	¥15 000.00	¥50 000.00
支付的其他与经营活动有关的现金	¥5 000.00	¥2 000.00	¥5 000.00	¥5 000.00
现金流出小计	¥15 500.00	¥9 800.00	¥120 000.00	¥315 000.00
经营活动产生的现金流量净额	（¥9 500.00）	（¥4 800.00）	¥13 000.00	¥50 000.00
二、投资活动产生的现金流量：				
收回投资所收到的现金				
取得投资收益所收到的现金				
现金流入小计				
购建固定资产、无形资产和其他长期资产所支付的现金	¥150 000.00			
投资所支付的现金				
支付的其他与投资活动有关的现金				
现金流出小计	¥150 000.00			
投资活动产生的现金流量净额	（¥150 000.00）			
三、筹资活动产生的现金流量：				
吸收投资所收到的现金	¥100 000.00	¥100 000.00	¥100 000.00	¥230 000.00
借款所收到的现金	¥50 000.00		¥50 000.00	¥220 000.00

续表

项　　目	第一季度	第二季度	第三季度	第四季度
收到的其他与筹资活动有关的现金	¥50 000.00	¥50 000.00		¥190,000.00
现金流入小计	¥200 000.00	¥150 000.00	¥150 000.00	¥640 000.00
偿还债务所支付的现金			¥50 000.00	¥130 000.00
分配股利、利润或偿付利息所支付的现金	¥1 500.00	¥1 500.00	¥1 500.00	¥82 000.00
支付的其他与筹资活动有关的现金	¥1 000.00	¥1 000.00	¥1 000.00	¥11 000.00
现金流出小计	¥2 500.00	¥2 500.00	¥52 500.00	¥223 000.00
筹资活动产生的现金流量净额	¥197 500.00	¥147 500.00	¥97 500.00	¥417 000.00
四、现金及现金等价物净增加额：	¥38 000.00	¥142 700.00	¥110 500.00	¥467 000.00

5.3.7　行业与环境分析

1．行业分析

20 世纪 90 年代以来，得益于互联网和网络经济的飞速发展，电子商务这种创新且高效的营销方式越来越受到人们的重视。电子商务具有低成本、高效率、开放性和不受空间地域限制等特点，对于解决中国目前农产品流通领域存在的流通半径小、流通成本高、中间环节多等问题无疑是一个巨大的契机。然而由于种种原因，中国目前真正成功的农业电子商务企业屈指可数，如表 5-14 所示为行业与环境分析表。

表 5-14　行业与环境分析表

政治环境（Political）	经济环境（Economic）
• 政府历来关注三农问题，大力扶持农业 • 近年来农业信息化建设越来越受到重视 • 中国正尝试从法律层面规范电子商务行业的物流并取得了初步成果，但仍存在很多问题	• 农业生产面临"小农户"与"大市场"的矛盾 • 由于农产品本身的特殊性，中国目前体系与支付体系均落后，但发展前景良好 • 农产品分级标准不能满足网上交易的需要
社会（social）	技术环境（technological）
• 社会信用缺失现象严重 • 企业对发展电子商务的必要性缺乏应有的认识 • 农村观念保守，对新事物接受能力较差 • 农业劳动力总体文化程度偏低	• 得益于互联网与信息技术的飞速发展，中国农村信息服务的"第一公里"与"最后一公里"问题正在得到逐步解决。现阶段已经达到了实施农业电子商务的必要条件，但仍存在地区发展不平衡等问题

2．政治环境

国家惠农政策：

2004 年中央一号文件提出了"以农民增收"为主题的农业政策；2005 年中央一号文件提出进一步加强农村工作，重申补农支农政策不变，"两减免"、"三补贴"力度加大，强调提高农业综合生产能力，重视发展农村教育、卫生等社会事业，积极推进城乡体制改革等；2006 年中央一号文件以推进社会主义新农村建设为主题，强调要加快建立以工促农、以城带乡的长效机制，进一步强化对"三农"的补贴政策，要加快发展农村社会事业，从机制上解决农民上学难、看病贵的问题。这一年中国"三农"政策中最富有标志性的事件是"全面取消农业税"；2007 年中央一号文件将关注焦点锁定在"积极发展现代农业"上；2008 年中央一号文件主题为"加强农业基础建设"；2009 年中央再次发布题为《关于 2009 年促进农业稳定发展农民持续增收的若干意见》的一号文件，这是中央从 2004 年以来连续第六年将一号文件的落脚点锁定于"三农"领域，拉开了新时期农业政策调整的序幕，体现了从最初的农业扶持工业的发展，到顺应工业反哺农业、城市支持农村的社会发展趋势。

金农工程是 1994 年 12 月由农业部牵头，国家计委、粮食局、中农办等部门配合实施的。目的是加速和推进农业和农村信息化，建立"农业综合管理和服务信息系统"。2006 年年底，农业部发布《"十一五"时期全国农业信息体系建设规划》，再次将"金农工程"建设列为工作重点。"十一五"时期末，"三电合一"信息平台服务覆盖面超过 2000 个县，受益农户超过 1.4 亿户，农业信息服务网络延伸到 90％以上的行政村，实现了"十一五"目标。金农工程的提出与建设，为中国农业电子商务的发展奠定了一定的基础。

电子商务立法：

中国政府一直积极推动电子商务的发展，2007 年 6 月底发布了《电子商务发展"十一五"规划》。根据《电子商务"十二五"规划》，预计到 2015 年，电子商务交易额将翻两番。"十二五"期间，电子商务被列入战略性新兴产业，作为新一代信息技术的分支，它将是下一阶段信息化建设的重心，对转变经济发展方式、促进产业转型升级将发挥重要作用。同时，中国一直在加紧电子商务立法的进程。1999 年修订了《合同法》，确立了电子合同的法律地位，2005 年通过了中国第一部真正意义的电子商务法律《中华人民共和国电子签名法》；同年 4 月，电子签名法的核心《电子认证服务管理办法》正式实施，2008 年 4 月商务部商业改革司制定了《网络购物服务规范》，2010 年 5 月国家工商行政管理总局制定了《网络商品交易及有关服务行为管理暂行办法》，2010 年 6 月中国人民银行制定了《非金融机构支付服务管理办法》。然而，同美国等发达国家相比，中国的电子商务法律体系显然还很不健全，总的看来，中国的电子商务立法任重而道远。

3. 经济环境

小农户与大市场：

中国作为全球人口第一的大国，拥有世界上最为庞大的农产品市场需求。然而与这种"大市场"对应的，却是落后的"小农户"生产方式。这种单家独户的生产经营方式已经越来越不能适应市场经济发展的需要，它不仅生产效率低下，难以形成规模效应，而且农户在面对瞬息万变的市场供求信息时，往往"两眼一抹黑"，造成生产结构调整不及时，供给与需求脱节。

物流配送：

国际上一般以物流成本占 GDP 比重来衡量一个国家的物流发展水平，从这个指标来看，中国的物流业的总体水平大约在发达国家 20 世纪 70 年代末 80 年代初的水平。表

5-15 所示为中美物流成本占 GDP 比例的比较表。

表 5-15　中美物流成本占 GDP 比例的比较表

	1996	1997	1998	1999	2000	2001	2002	2003	2004	2005	均值
中国	21.1	21.1	20.2	19.9	18.8	18.9	18.9	18.8	18.8	18.6	19.57
美国	10.3	10.2	10.1	9.9	10.1	9.5	8.7	8.5	8.6	8.6	9.45

来源：隽娟、中美物流成本的比较研究、北方经济、2007—10

中国的农产品物流目前仍以常温物流或自然物流为主，农产品在流通过程中损失很大，数据统计显示，中国水果蔬菜等农副产品在物流环节上的损失率在 25％～30％左右，而发达国家的损失率则控制在 5％以下。究其原因，主要在于三个方面。一是农产品流通的中间环节过多且运输半径小，大部分农产品一般会经过这样几个环节流通：生产者——产地市场——运销批发商——销售地市场零售商——消费者，运输过程中产品往往会经过多次装卸，无形中增加了损耗；二是农产品的储藏加工保鲜技术比较落后，绝大多数农产品是由产地以原始产品的形式销售，使得农产品在流通中耗损严重；三是物流企业整体信息化程度和水平很低，目前采用信息化系统进行管理的物流企业数量不多。

支付体系：

中国金融服务及其电子化水平相对比较落后，1993 年政府组织实施了"金卡工程"，它是以电子货币应用为重点启动的各类卡基应用系统工程。继人们熟悉的网上支付被越来越多的商家和消费者所认识和接受之后，电话支付、手机支付等全新的电子支付概念和应用层出不穷。然而，目前农业电子商务行业能真正实现在线洽谈并进行交易的网站凤毛麟角，大部分采用的仍是"网上购物、网下付款"的方式，这主要是因为大部分农民用户意识形态还比较传统，"眼看"、"手摸"、"耳听"、"口尝"的交易习惯难以立即改变。

农产品标准化：

农产品电子商务要求网上交易的农产品品质分级标准化、包装规格化以及产品编码化。其中对产品的质量分级描述相当重要。农产品的质量分级是根据农产品的质量标准将不同质量的农产品进行分级归类。中国 2004 年启动农产品分级标准的制定，制定了部分农产品分级行业标准。从数量上来看，制定的标准并不少，但这些标准所涵盖的农产品种类与全部农产品种类相比仍旧不足，而且这些标准主要以行业标准为主，国家标准数量较少，远不能满足发展农业电子商务的需要。

4. 社会环境

社会信用体系：

中国处于社会经济转型期，整个社会信用体系的不健全，使中国电子商务信用严重先天不足。整个社会的信用缺失成本低，一部分企业利用制度上的不健全反而先富起来，从而导致更多的企业只看重眼前利益，短期行为严重。电子商务交易中，虚假交易、合同诈骗、网上拍卖哄抬标价、侵犯消费者合法权益等各种违法违规行为屡屡发生，由此引发了电子商务的全方位信用危机。电子商务最让人担心的是诚信问题，具体表现在产品质量、售后服务及厂商信用得不到保障，以及网上提供的信息不可靠等。在现阶段，阿里巴巴网站和慧聪网在建立诚信机制方面已经远远领先其他电子商务网站，但真正适合农业行业的诚信体系还在探索和实践中。从阿里巴巴网站经常在线的农业会员不足1%，农业收费会员比例少的情况就可以说明。

企业对农业电子商务的认知度：

从2006年"农博网"评出的中国农业网站100强中，政府类和信息服务类网站较多，政府网站占到35%，科教媒体网站为13%，其他行业性和综合类网站中，仍有一部分是以提供信息咨询为核心服务内容。以行业网站为例，在32家行业网站中有8家是以提供信息服务为主。在2007年的百强网站中这种情况虽有所变化，但变化不大，仍就以信息服务为主。可以看出，大多数农业网站在提供真正意义上的电子商务服务方面显得比较保守，这主要是因为中国目前农业环境复杂，且没有比较成熟的农业电子商务模式可以借鉴。

用户的文化素质：

中国农村教育相对落后，农民文化素质偏低，特别是农村干部对计算机网络知识缺乏基本的认识，也在一定程度上限制了农业电子商务的深入开展。在电子商务应用上，企业和消费者的交易或消费习惯较为保守，更倾向于可见到实物的、体验式的消费，对于虚拟的网络购物（或交易）存有很多顾虑；另一方面，人与人之间的交往中"关系"发挥着重要作用，交易各方的法律意识不强。这一点在中国农业电子商务企业所面对的农民用户中尤为突出。据统计，能够通过互联网获取市场和技术信息的农村家庭比率不到0.8%，全体网民中农民只占1.6%，而且绝大部分是农业管理与技术人员。

5. 技术环境

中国互联网近年来发展迅猛，根据CNNIC发布的《第22次中国互联网络发展状况统计报告》显示，截至2008年6月底，中国互联网普及率达到19.1%，网民数量达到2.53亿人，已超越美国跃居世界第一位，比去年同期增长了9100万人；目前中国网站数量已达191.9万个，年增长率达46.3%。

在农业方面，自"金农工程"提出以来，中国农业信息网络逐步完善，全国31个省级农业部门，80地级和40%的县级农业部门都建立了局域网，全国41%的乡镇农村信息服务站有计算机并可以上网。农村信息管理和服务机构不断健全、队伍不断壮大。

另外，伴随着PC制造业的飞速发展，计算机等网络终端的价格越来越低，上网资费也越来越便宜。很多国际PC制造业巨头也越来越重视农村市场，例如联想集团曾联合AMD专门针对农村市场推出1499元计算机。现阶段一台能满足一般应用的个人计算机的价格大约只需不足2000元，农业电子商务"最后一公里"的问题正在逐步解决。总的来说，中国目前农村信息化正处在高速发展的快车道中。

5.3.8　网站建设

1．建设思路

建设瑞昌山药网络销售和交易平台，以拥有本行业最多的商户为目标。本着方便网络用户的原则，不断丰富网站交互功能及用户在农业流通过程中所需要的各项服务项目；借鉴和吸收国内外电子商务的成功经验，并结合目前中国农业的实情，突出其电子商务与传统贸易的典型结合。

2．网站建站功能定位

建立 B2C 农产品交易平台，在半年后实现网站赢利。瑞昌山药在江西省内有较强的知名度，如果可以打出自己的品牌，网站的内容就可以进一步地充实，可以吸引投资，扩大经营范围。

3．网站的规划

瑞昌山药网络销售平台是农业电子商务网站。电子商务策略上可以根据公司自己的经营文化和市场理念规划，吸收传统的经验办法，结合电子商务的特点，形成自己所需的全新的电子商务模式。

根据服务理念、服务内容形式的不同，规划建设不同的网页表达方式，在设计和创意方面体现我们的服务特色，做到既量身定做，又兼容并蓄。

我们的团队由业务人员和技术人员组成，培养农业网络专业的营销队伍；我们的服务模式是把传统的农业服务与网络服务结合起来，创造更有效更人性化的"贴心服务"。

4．系统基础平台的规划

江西山药电子商务应用系统能为企业达到如下目标：

提升企业的总体形象；

增加客户源；

降低企业的运营成本或提高营业额；

加快产品推向市场的速度；

改善保管和理赔服务管理的效率；

提高客户满意度和客户服务的质量；

帮助企业拓展新的市场。

5．瑞昌山药电子商务平台的建设

瑞昌山药电子商务平台以江西为中心，为本区域的农户提供电子商务服务，同时辐射周边省市。在瑞昌山药网络销售平台站的基础上，我们可以提供更好的交易服务，包括需求信息、价格信息和农资信息等。在流通链上，有农民、信息员、平台服务人员、配送人员和销售人员这五类人，他们分别扮演生产者、山药信息提供者、平台服务员、物流配送和销售人员的角色。通过四个环节构建了目前农业电子商务的主要模式，将产品的生产者、产品的需求以及创办产品的机构和个人联系在一起，在农村基层组织中，通过信息员收集农产品的需求信息提交到山药电子商务平台。江西山药电子商务平台直接面向市场，发布产品信息，销售产品，同时也接受市场的订单。通过电子商务平台接受订单需要建立完善的机制，降低农户危险，最重要的是保证农户的利益。

6. 瑞昌山药电子商务网站的结构

网站分为在线交易、产品信息、BBS、产品展示、行业动态、联系我们等部分。

7. 瑞昌山药电子商务网站风格

网站设计风格：以网站平台所属企业 CI 系统为基础。

网站属性：垂直型网站。

网站界面创意：确立 UI 规范。

网站 CI 设计：系统页面风格，标准的图标风格，图片风格，统一的构图布局，统一的色调、对比度、色阶。

网站导航/结构设计

网站架设：建立网站形象，针对电子商务网站所开发企业的发展方式及战略部署计划对网站进行规划。

网站信息布局：电子商务网站的主体信息结构及布局，它是总体网站的框架，所有的内容信息都会以此为依据进行布局，清晰明了的布局会使浏览者能方便快捷地取得所需信息。

网站页面制作先进技术应用

网站的内容必须生动活泼，网站的整体风格创意设计必须有特色，吸引浏览者停留。我们采用现今网络上最流行的 CSS，FLASH，Javascript 等技术进行网站的静态和动态页面设计，追求形式简洁实用、符合行业客户的浏览习惯、突出功能性和实用性。

5.3.9　风险分析

1. 政策风险

近年来，国家不断加大惠农强农政策、"金农工程"的实施力度，显示了国家对"三农"工作和农村信息化建设的重视，为中国农业电子商务的发展奠定了基础。同时国家有关部门也加快行业电子商务市场体系的建设，发展带动上下游电子商务的行业，支持第三方电子交易平台的发展。所以瑞昌山药电子商务平台建设不存在政策风险。

2. 信用风险

作为电子交易平台的最大风险来自于信用风险，为此我们在网站交易建立信用等级体系，在这个体系中，每一个自然人和法人，其信用都有完善的评价标准，根据这个标准，可以相应的赋予或者剥夺、宽松或者紧缩某些交易权限，可以降低或者提高其所需的保证金额度。我们在完善内部风险控制体系的同时，与金融机构银行合作，实现交易保证金监管。

3．同业竞争的风险

国内已经建立了一系列的土特产网站，但是那些网站都是做各种土特产，没有一个专业销售山药的销售平台。为此我们还需要采取以下措施控制风险：

建立先进的平台，使用先进的交易系统，提升核心技术竞争力。

建立江西瑞昌山药电子交易的营销体系，提高竞争者进入本行业的门槛。

尽早进入行业，发展行业客户，尽早形成规模，依靠规模取胜。

4．经营风险

山药做为土特产，其产量受到自然灾害和气候的影响，如果气候不好，导致产量不足，将会影响销售收入。加强和农民的联系，做好各项防灾工作，建立相关防灾体系。

5．电子交易系统技术风险

电子商务系统在技术、性能、稳定性、可靠性、安全性、内存撮合技术、数据备份技术、加密技术和互联网技术等方面都有极高的要求。如果系统设计不合理，系统硬件设备不匹配，软件系统不科学，则会产生技术风险。

为了确保系统的先进性，系统应采用多层体系结构和先进的计算机技术：如容错技术、RAID 技术、多媒体技术；采用先进的网络技术：如千兆技术、VLAN 技术、网络安全技术。使设计的网络具有超高速的网络通信速率，安全的数据传输机制，实现对计算机网络系统的有效管理与控制，有利于及时排除网络故障，及时调整和平衡网上信息流量。

为了确保系统的安全性，系统应采用操作权限、设备钥匙、密码控制、系统日程等手段，防止系统数据被窃取或篡改。

为了保证系统具有较高的物理安全性，将采取如下措施：采用高可靠的硬件产品；采用具有容错功能的服务器及网络设备，出现故障能够迅速恢复，并设应急措施；每台设备均考虑可离线应急操作，设备间具备相互替代能力；采用数据备份恢复、数据日志、故障处理，系统拥有故障对策功能；采用网络管理、系统运行控制等系统监控功能；对外采用多层防火墙技术，防止黑客入侵，数据传输采用加密手段，提高系统的安全保密程度；利用 CA 身份认证系统，确保网上交易的安全性。同时运用必要的法律手段加以保护，包括知识产权、版权和专利等。

避免技术风险的关键是选择合适的项目技术依托单位，该单位具有深厚的电子商务行业经验，能进行交易模式不断的创新，在电子商务的研究上能跟随电子交易业务的发展，为市场发展能提供后续长期的服务与技术支持、系统升级保证。

 本章小结

　　本章节具体介绍了项目计划书的作用、一般书写结构和每一结构的书写要求，还给出了风险投资企业常用的项目计划书大纲和一个实际的项目计划书案例，从而提高了创业者撰写项目计划书的指导性和可操作性，同时，还可供创业者进行项目规划时提供参考。

 技能训练

1. 请结合自己的创业项目，对项目计划书的结构进行设定。
2. 请结合自己的创业项目，对项目计划书的内容进行填充。

 思考与练习

1. 项目介绍应该包括哪些内容？
2. 目标市场分析应解决哪些问题？
3. 行业分析应解决哪些问题？
4. 财务预算包括哪些内容？
5. 投资者的退出方式有哪些？

第 6 章

B2C 电子商务网上
创业项目运作

本章学习目标

1. 掌握和了解 B2C 电子商务网上创业项目的运作。
2. 掌握市场调查和市场分析的主要内容。
3. 掌握电子商务网站项目的策划内容。
4. 掌握电子商务网站建设内容。
5. 掌握电子商务网站项目运营管理内容。

【引导性案例】

目前中国 B2C 电子商务市场发展得红红火火，各大企业激烈地竞争，使 B2C 市场迅速发展并日益完善，国内 B2C 市场发展持续看好。

看看箱包卖家麦包包这几年的发展速度：2008 年 380 万元，2009 年 4 千万元，2010 年冲击到 4 亿元，每年几乎以十倍的速度在飞速增长。以网上卖家电、数码、计算机、手机为主的 B2C 电子商务平台京东商城，连续 6 年做到 200%增长。在网上主销服饰的凡客诚品，2007 年成立以来，营业额涨了 3 倍，2010 年突破 20 亿人民币。

对于国内所有做电子商务的企业来说，最激动人心的一件事，莫过于 2010 年 10 月 26 日麦考林在美国纳斯达克成功上市，这是中国第一家 B2C 上市公司。而另一家著名电子商务公司当当网也于 2010 年 10 月 26 日在美国纽交所上市。

（资料来源：http://www.duledl.com/content.asp?id=70）

6.1　概述

在几年的发展中，以淘宝网为代表的 C2C 网店电子商务平台迅速崭露头角，C2C 平台开店的便捷使得小型个体卖家纷纷选择入驻，将开网店这种曾经那么遥远的梦想变得触手可及。网店购买的商品价格低，而且消费者通过网络在网上购物、在网上支付，由于这种模式节省了客户和企业的时间和空间，大大提高了交易效率，特别对于工作忙碌的上班族，这种模式可以为其节省宝贵的时间，因此，网上购物的消费者越来越多。请看这么一串数字：单日交易额 9.36 亿，每秒成交额超 1 万元；2 家店铺单日交易额超 2 千万，11 家店铺单日交易额超千万，20 家店铺过 500 万，总共 181 家店铺过百万，2100 万人集中疯抢。这是 2010 年 11 月 11 日淘宝商城在光棍节 5 折促销日所创下的惊人纪录。据淘宝网首席财务官张勇透露，这场大促销当天弄瘫了 4 家银行的网上交易系统。

但是从长远来看，在平台开店并不利于卖家的发展。商品的高度密集使得价格成为消费者考量的最重要条件，然而当商家开始在利益和质量两者之间选择时，他不得不选择利益。于是让无数卖家向往的开店平台，也成为假货、仿货泛滥的重灾区，这一点很多卖家深有感触。平台开店的扎堆式经营，从某种程度上来说类似于农村的集贸市场。有很多人愿意去，但多半是抱着"淘"便宜的心理去的。而顾客的这种心理也奠定了整个平台的格调。这样的环境对于品牌的建设是很不利的。有多少人到集贸市场卖品牌西服?有多少名牌产品是在路边兜售的?这个道理是一样的，这也是为什么淘宝网正努力推自己的淘宝商城，而淘宝商城实际上就是一个综合性的 B2C 商城，不过是将商城的柜台租给了许多不同的商家而已。

与平台开店的兴起相比，B2C 网上商城的飞跃更让人惊叹。B2C 是英文 Business-to-Consumer（商家对客户）的缩写，中文简称为"商对客"，这种模式的电子商务，一般企业以网络商业零售业为主，主要借助于互联网直接面向消费者开展在线销售产品和服务活动，即企业通过互联网为消费者提供一个新型的购物环境——网上商店，如麦考林、当当网、卓越亚马逊、凡客诚品、京东商城、她秀网、红孩子商城、斯翰宾尼男装等。B2C 电子商务的高速发展，一方面也得益于这些优秀的网店服务商的积极推动。

B2C 与 C2C 相比，优势在于网站卖的商品一般都是正品，商家信誉好；有完整的售后服务制度，售后服务好。创业者个人网上创业初期适合采用 C2C 模式开店，但随着事业的发展，团队壮大成为企业，其交易方式也转变为 B2C 模式。随着经济社会的发展，人们对于商品低价的追求将逐渐被质量和服务的追求以及对商品附加值的追求所替代，这些通过 C2C 平台开店往往很难实现，也将迫使平台卖家向 B2C 模式转型。加上 B2C 网店系统的便捷、高效、低成本的特点，大大降低了网商 B2C 建站的门槛，也帮助受困于 C2C 发展瓶颈和品牌建设问题的平台卖家找到了更合适的发展方向。分析人士也普遍认为，C2C 网店向 B2C 商城转型是未来电子商务发展的重要趋势之一。

本章节学习运作 B2C 电子商务网上创业项目所需要掌握的知识。重点介绍 B2C 项目的市场调查、市场分析、项目策划和网站建设以及网站运营管理等。

6.2　市场调查

市场调查是项目定位的先导。

市场调查是指通过一定的科学方法对市场的了解和把握，有目的地、有系统地在调查活动中收集、整理、分析市场信息，掌握市场发展变化的规律和趋势，为企业进行市场预测和决策提供可靠的数据和资料，从而帮助企业确立正确的发展战略。

市场调查的内容，主要包括市场环境调查，市场需求调查、市场供给调查、市场营销因素调查、市场竞争情况调查。

创业者在开办企业前，要认真进行市场调查，这有利于为做出正确的决策和调整策略提供客观依据；有利于准确的市场定位，更好的满足顾客的需要，增强竞争力；有利于发现市场机会，开拓新市场；有利于建立和完善市场营销信息系统，提高企业的经营水平。

下面重点从市场环境、市场需求、市场供给、市场竞争等方面介绍 B2C 网上创业项目的市场调查。

6.2.1　市场环境调查

市场环境调查，主要包括行业环境、政策法律环境、社会文化环境、科学技术环境和自然地理环境等。具体的调查内容是行业信息、国家的方针政策和法律法规、科技发展动态、文化传统、时尚潮流、气候和地理位置等各种影响创业项目的因素。

行业环境调查，主要了解项目所属行业发展状况、发展趋势、行业规则及行业管理措施，了解你所经营的项目在所属行业中的定位，从而更好的把握项目研发、推出的节奏，更好的确定项目关键利益点。行业信息是市场调查所必需掌握的第一项重要信息，进入一个新行业，应充分了解和掌握该行业信息。一般来说，行业信息主要包括市场购买力、增长率、赢利率、集中度、行业周期、技术水平、创新能力和主要参与企业及其类型等关键性指标。

政策法律环境调查，主要是了解国家政策和法律法规对市场、企业产生的影响，了解国家是鼓励还是限制你所开展的业务。当地政府是如何执行有关国家政策和法律法规的，对你的业务的影响。以及外国有关法律法规与政局变化、战争、罢工和暴乱等诸因素可能对市场、企业产生的影响。

社会文化环境调查，主要是了解社会的价值观念、信仰、兴趣、时尚、宗教、行为方式、社会群体及相互关系、生活习惯、文化传统和社会风俗等。社会文化环境不仅建立了人们日常行为的准则，也形成了不同国家和地区市场消费者态度和购买动机的取向模式。市场社会文化环境调查对企业经营也至关重要。

科技环境调查，主要是对国际国内新技术、新工艺、新材料的发展速度、变化趋势、应用和推广等情况进行调查。科学技术的发展，使商品的市场生命周期迅速缩短，生产的增长也越来越多地依赖科技的进步。以电子技术，信息技术，新材料技术，生物技术为主要特征的新技术革命，不断改造着传统产业，使产品的数量、质量、品种和规格有了新的飞跃，同时也使一批新兴产业建立和发展起来。科技的发展，新兴产业的出现，可能给某些企业带来新的市场机会，也可能给某些企业带来环境威胁。

市场环境调查主要解决如下问题：

（1）行业的发展状况，如行业规模、生产能力、增长率、赢利率、集中度、行业周期、技术水平和创新能力如何？主要参与的企业是哪些？用表格列出过去 3 年或 5 年全行业销售收入和销售增长率。

（2）行业的发展趋势如何？对未来 3 年或 5 年全行业销售收入进行预测。

（3）行业规则及行业管理措施有哪些？

（4）哪些行业的变化对项目利润、利润率影响较大，什么因素决定它的变化。

（5）你的产品或服务在所属行业所处的定位？发展前景如何？

（6）你的产品或服务采用什么商务模式和赢利模式？经营存在哪些问题？

（7）了解产品或服务的支持环境，特别是国家政策和法律法规对产品或服务有哪些影响？建立 B2C 网店的有关政策法规有哪些？需要办理哪些手续？

（8）进入该行业的技术、贸易等壁垒是什么？你将如何克服？

（9）你了解最新的电子商务网站建设技术吗？

6.2.2　市场需求调查

市场需求调查主要分为市场需求容量、消费者需求和消费行为调查三个部分。市场容量调查，主要是指你的目标市场现有和潜在的消费者数量的变化、收入水平、生活水平、购买力投向。消费者需求调查，主要包括消费者需求量调查、消费者收入调查、消费结构调查、消费者需求特征以及需求的变化调查，任何成功的产品或服务定位都必须建立在对消费者需求的深刻理解与把握。消费行为调查，是调查各阶层顾客的购买欲望、购买动机、购买数量、购买频率、购买时间、购买方式、购买习惯、购买地点、购买偏好和购买后对本企业产品和其他企业提供的同类产品的评价等情况。

市场需求调查主要解决如下问题：

（1）产品或服务的目标市场在哪里？目标市场的特点是什么？

（2）你了解你的目标客户集中在哪些人群？基本特点（年龄构成、教育情况、工作情况、收入情况、爱好、消费动机）是什么？区域分布如何？有什么 B2C 电子商务需求？常去哪些网站？

（3）目标客户群过去 3 年或 5 年的需求总量是多少？

（4）你的企业的产品或服务 3 年或 5 年的市场占有率是多少？发展趋势如何？会呈增长趋势吗？

（5）在未来五年到十年里你的企业有生存空间吗？

（6）消费者的构成、分布及消费需求的层次怎样？

（7）消费者现实需求和潜在需求的情况怎样？

（8）消费者收入水平处在什么区间，能接受的价格区间是多少？

（9）消费者的收入变化及其购买能力与投向？

（10）网站的用户群体的来源稳定吗？用户黏性怎么样？

（11）你的企业能提供其他企业无法提供的产品或服务吗？

6.2.3　市场供给调查

市场供给调查，主要调查产品或服务供给总量、供给变化趋势、市场占有率；供应企业的生产能力、生产资源、技术水平、生产布局与结构，消费者对产品或服务的质量、性能、价格、交货期、包装的意识、评价和要求；产品或服务的市场的寿命、有无新产品或服务来代替等。

市场供给调查主要解决如下问题：

（1）可以提供市场的产品或服务的总量、质量、功能、型号、品牌和价格等情况是怎样的？产品经过了相关认证吗？（如 ISO 质量体系认证）

（2）生产供应企业的生产能力、生产资源、技术水平、生产布局与结构怎样？

（3）物流配送方式选择及费用是否符合要求？

（4）产品或服务供给渠道的建设方式？

（5）包装及标识要求是什么？

（6）你知道产品或服务的季节性销售周期吗？

（7）产品或服务的市场寿命是多少？

（8）你可能会突然陷入存货过时的危机吗？

6.2.4　市场竞争情况调查

市场竞争情况调查，主要包括对竞争企业的调查和分析，了解竞争对手产品或服务所占的市场份额、优势和劣势是什么。了解同类企业的产品或服务质量、价格等方面的情况，他们采取了什么竞争策略和手段。通过调查做到知己知彼，通过调查帮助企业确定竞争策略。

市场竞争情况调查主要解决如下问题：

（1）主要竞争对手有哪几家？竞争对手所占的市场份额、优势和劣势是什么？你的企业所占有的市场份额和优势以及面临的挑战是什么？

（2）你了解竞争对手电子商务的战略、市场定位和所开展的主要网上业务吗？

（3）竞争对手网站的功能、信息结构和更新频率、设计风格如何？

（4）竞争对手的产品种类、质量、价格、品牌和特色是什么？服务质量和效率如何？

（5）竞争对手的供货渠道数量和对渠道的管控能力如何？库存量有多大？

（6）竞争对手的商务模式、赢利模式和网站运营效果如何？

（7）你的竞争对手是如何做广告的？促销手段有哪些？

（8）本企业的进入会对竞争局面带来何种变化？企业的应对策略和措施有哪些？是否存在有利于企业发展的市场空间？

6.3　市场分析

市场分析，是指通过市场调查，根据项目的市场环境、市场需求、市场供给、市场竞争情况等调查资料，对以下内容进行分析：市场的发展状况、发展趋势，目标客户、目标市场和市场规模，项目的前景、支持环境、客户群的需求行为、本企业所归属的行业的基本情况、企业在行业中的地位、市场竞争的情况、竞争对手是谁、竞争对手产品情况和竞争对手的产品与本企业的产品相比的相同点和不同点，然后再分析本企业相对于每个竞争对手所具有的竞争优势、面临的挑战等。

6.3.1　市场分析内容

（1）分析行业的发展状况、发展趋势，你的项目在行业中的定位、前景和环境支持。

（2）明确企业的目标市场在哪里，目标客户集中在哪些人群。

目标市场主要是根据产品定位或服务的内容来确定，即分析是哪些人最喜欢你的产品或服务。目标市场范围太大，会耗费大量的人力、物力和财力；如果目标市场太小，就难找到利润增长点。因此，确定合适的目标市场是十分重要的。

（3）将企业的目标市场细化为可供分析的分组，为分析目标市场的特点提供基础。

① 统计特性：主要是客户的性别、民族、职业和收入等。

② 地理特性：主要是客户所在的国家、地区、工作环境、生活环境、生活习惯、文化传统和社会风俗等。

③ 心理特性：主要是客户的价值观、信仰、兴趣、时尚、宗教、行为方式、社会群体及相互关系等。

④ 行为特性：主要是客户的上网情况、网上购买频率、网上购买欲望等。

（4）根据市场需求调查资料，分析目标客户的特点和电子商务的需求。

可使用很多方法，如将企业的客户资料和中国互联网信息中心（CNNIC）所做的统计报告进行比较，了解客户上网和网上购物的情况，以此衡量电子商务的基础。可以定期跟踪与分析 CNNIC 的统计报告，以了解网民的变化情况与网上购物的发展趋势，来确定电子商务市场的发展空间。

（5）分析 B2C 项目能给目标客户带来哪些好处。

（6）分析竞争对手数量、优势、弱点和你面临的挑战。

下面提供一个实体企业准备开设 B2C 网站进行的市场分析。

金缘婚典网站市场分析

1．公司简介

金缘婚典是新乡市一家具有现代时尚色彩的专业婚庆礼仪策划公司，是以婚庆礼仪业务为龙头，以创新意识和创作实力为核心的一家融婚庆礼仪、文艺演出、录音编辑、鲜花装饰、快送及电视短片的编导、拍摄、合成和制作为一体的文化艺术服务实体。十余年来，金缘婚典婚庆潜心打造中西合璧的婚庆事业，锐意创新，与时俱进，每场婚礼力求尽善尽美，受到社会各界盛赞美誉。

金缘婚典旗下汇聚一流的婚庆策划、金牌司仪、金奖摄像师和一流摄制、礼仪设施，为客户提供一条龙的婚礼服务。

金缘婚典婚庆旗下汇聚省内著名演艺人员，包括青年歌唱家、青年演奏家及舞蹈、戏剧、曲艺各艺术类的一线演员，拥有高级策划、撰稿、导演、专业音响师、灯光师和先进的设备。

金缘婚典追求艺术品位和文化氛围，特聘九位专家学者担任公司顾问团，包括著名教授、导演，为公司开拓发展、勇攀高峰、呕心沥血、献计出谋。

金缘婚典的宗旨是：诚信立根本、技艺求精深，服务必优秀、欢乐送万人。

2．婚庆行业发展状况分析

目前，以婚庆服务、婚纱摄影、婚礼用品、婚庆产品为代表的婚庆行业逐渐形成，随着人民群众物质和精神生活的不断提高，新婚人群对婚礼消费的需求从简单的温饱型要求逐步发展为个性化、多样化的特点。婚庆消费由单纯的餐饮推广到婚庆服务、婚礼用车、婚纱摄影、婚庆用品、婚礼服饰、珠宝首饰、家用电器、室内装饰、蜜月旅游、房地产、汽车等经济领域中诸多行业的诸多方面。同时消费者对婚庆行业的需求和期望值也在不断提高。据统计，2008 年时，全国登记结婚的有 1098 万对，2009 年增长到 1212 万对，增长 114 万对，因结婚产生的直接消费总额已超 6000 亿元人民币，除去购房，一般每对消费高于 10 万元以上。每年的黄金节假周，更是结婚高峰期。"世博年"上海 10 月 10 日共有 10150 对新人登记结婚，超过了"奥运婚"的 7189 对，创下了上海一天结婚登记人数的历史新高。

这种"结婚热"直接导致逐利者纷纷加入。婚庆相关的产品、服务已构成庞大的产业链，形成了一个产业——婚庆经济产业。截至目前，全国市场中与婚庆相关的产业链已达到 40 多个门类，如婚礼婚宴服务、婚纱设计、婚纱首饰、房地产、房屋装修、保险、金融和旅游业等。

3. 新乡市婚庆市场需求分析

据新乡市有关部门统计，新乡市每年结婚人口为 3 万多人，人均结婚服务类消费 3000 多元（如：摄像、照相、司仪、车辆、花卉、酒店布置、演出、乐队和婚礼咨询等）。中高等收入往上能达到人均 5000～10000 多元。而其他婚庆用品的消费在 3 万元～10 万元不等（如：喜糖、喜烟、喜酒、喜宴、礼品、喜字、喜帖、新房家具和珠宝等）。

目前，新乡市有婚庆公司 8 家，除金缘婚典之外，还有花天喜事、天顺人和、龙祥等其他婚庆公司。在这 8 家婚庆公司里，金缘婚典无论是舞台道具的丰富性、还是场景布置、司仪主持在新乡市都有较强的实力，但同时又面临更多的竞争事实。

可以看出，新乡市婚庆产业已经形成了一定的规模，但与发达地区相比，还有一定差距，亟待商家努力解决，这同时也为商家提供了发展的机遇。主要表现在两个方面：

（1）新乡市婚庆产业产品在各个专业领域市场细分日趋完善，由于婚庆消费的短时间、多品种、集中消费的特点，将婚庆产品及服务整合起来，形成一条龙服务，是一个急迫的课题。谁先完成这一课题，就会在婚庆产业抢得先机，取得竞争优势，甚至取得地区婚庆行业垄断地位。最有优势完成这一任务的，应当是在婚庆产业已经取得主导地位的如婚纱影楼、酒店等商家，但遗憾的是各商家还没有意识到这一商机。

（2）由于婚庆消费数额巨大，消费者在选择商家时十分谨慎。再加上婚庆消费时间集中，商家选择高价格策略，从而使消费者在心理上和消费行为上存在着一条鸿沟。如何使消费者和商家拉起手来，主要责任在于商家。一要采取针对性、创造性的对策，解决集中消费造成的经营困难；二要通过采取适当的价格战略、质量战略，铸造企业信誉。归根结底最终要搞品牌化战略，走品牌化道路。三是在塑造企业形象方面舍得投入，必须把企业价格、质量战略、企业信誉以及企业的品牌，通过最有效的途径告知消费者。

4. 构建电子商务网站的需求分析

目前，传统的婚庆方式已不能满足现在的年轻人，在线浏览、网上购物已成为一种新的时尚。对于人生一件大事的结婚来说，现在年轻人更有自己的想法，他们希望能够用最快捷的方式查找到自己所需要的婚礼资料及流程，能够有更多更酷的点子来装点自己的个性婚礼，不用出家门就能享受到购物的乐趣，以及有专业的婚庆公司全套的婚礼服务来打点一切，这已经成为现代年轻人的一种新的潮流，公司决定构建电子商务网站，目的是为了在互联网上寻求更大的发展空间，希望在互联网上有自己的对外窗口，能通过互联网上的这个窗口将业务向外拓展，吸引更多的新人，从而在激烈的竞争中取得良好的业绩。

建立在这些要求上，促使金缘必须建立一个商务网站，并利用自己的实力，力争将网站作为地区性的婚庆门户网站，其具体目的简述如下。

（1）树立金缘婚典的品牌形象，宣传金缘婚典。通过网站，可以采用图片、动画等手段，方便地对公司和公司的产品、服务进行宣传、推广，而实体店由于受面积限制，公司的宣传和展示受到影响。

（2）更大范围内说明公司提供的婚庆产品和婚庆服务的内容、特点和与众不同之处。

（3）可突破地域限制经营婚庆产品，扩大经营范围和规模，增加新客户。

（4）利用本公司婚庆产品丰富、种类齐全的综合优势，通过电子商务平台为顾客提供快捷、实用的电子交易模式。

（5）及时向顾客公布金缘婚典发展动态，特别推荐或优惠的产品和服务项目。

（6）拓展金缘婚典传统的管理、经营模式。

（7）吸引顾客，建立并保持顾客的忠诚度。同时通过网站，可以方便地了解客户需求，满足客户的特殊要求，提高客户的满意度。

（8）建立反馈体系，回答顾客各类问题，开展在线服务。

5．公司的目标市场

金缘婚典网站定位为地区性婚庆类的门户网站，让消费者在网站上可以享受到婚庆产品的"一站式服务"和婚庆的"一条龙"服务，它提供的婚庆产品和婚庆服务是传统婚庆产业在业务上和营销手段上的延伸。

目前网络市场上，能够提供成熟的婚庆产品和周到的婚庆服务的网站还很少，新乡市更是没有。婚庆类市场区域性较强，金缘婚典要立足于做好新乡市婚庆门户网站，面向河南、放眼全国，金缘婚典的目标市场主要是大众型消费群体。

6．与其他同类网站的比较分析

（1）与王婆喜铺的比较，如表 6-1 所示。

表 6-1　与王婆喜铺的比较

婚庆用品比较	王 婆 喜 铺	金 缘 婚 典
目标市场定位	中高档收入的消费群体	大众型消费群体
产品经营方式	自主开发品牌经营	品牌代理

婚庆用品比较	王 婆 喜 铺	金 缘 婚 典
婚庆产品	中式文化产品	大众婚庆用品
主要销售区域	上海	新乡市
交易模式	B2C、B2B 模式	B2C、B2B 模式
内容增值服务	很少	较多

需要说明的是，王婆喜铺只做面向个人用户婚庆产口（B2C），面向婚庆公司的产品（B2B）仅提供中式服装。

（2）与"花嫁喜铺"的比较。

"花嫁喜铺"是一家提供全套婚庆服务的专业公司，集策划、设计、制作为一体。现有南昌路本部、武宁店、海宁店、浦东店、徐汇店和大柏树店等六家门店，服务网络遍布上海市。

花嫁喜铺与金缘婚典定位都属于婚庆类综合门户网站，都是既提供婚庆类产品，又提供婚庆类服务。但从二者的网站上看，花嫁喜铺的网站上更多的是女性用品的展示，婚庆主题的产品和服务都相对较少。花嫁喜铺只做面向个人用户的婚庆产品（B2C），不做面向婚庆公司的产品（B2B）。

（3）与宁夏婚庆网比较。

"宁夏婚庆网"是由银川迅雷网络科技有限公司自主开发的公益性网站。宁夏婚庆网针对准备结婚的新人们的所有需求，整理出一整套的服务资源体系。以银川地区为试点，通过对婚庆公司、酒店、婚纱摄影、金店、房地产、家装、美容美体、家政服务、婚庆用品等一系列相关行业进行了走访调查，对结婚的整个流程进行了细致准确的分析，宁夏婚庆网将为结婚新人提供最权威、最前沿、最实用的信息资源，这些都值得金缘婚典借鉴。同样，宁夏婚庆网只做面向个人用户的婚庆产品（B2C），不做面向婚庆公司的产品（B2B）。

7. 金缘婚典的竞争优势

（1）价格优势：金缘婚典由厂家直接供货，保证了价格方面的优势。

（2）产品优势：对顾客不满意的产品保证退换货，而且可以采用货到付款的方式。

（3）售后服务优势：没有达到顾客满意的效果，可以不退押金，或按一定比例扣除押金。

（4）在客户服务方面的优势：金缘婚典设立咨询热线电话，同时设立客服中心。

（5）"洽谈通"：顾客可以在线进行产品、服务、婚礼咨询等各方面的问题。

（6）网上婚礼业务：个人网上婚礼是在互联网上免费为新人建立一个婚礼主页，提供多种风格的网络模板，供新人登载婚纱照、发布爱情宣言、讲述爱情故事等。

（资料来源：http://www.2033586.com/index.asp）

6.3.2　项目定位

市场分析的主要目的是要准确进行项目定位。一般 B2C 网店以商业零售业为主，下面介绍目前 B2C 业主和他们销售的产品的有关情况，供创业者对自己 B2C 项目定位时参考。

目前，国内的 B2C 网上零售看似很火，其实仔细分析起来，想进入并做好，或者说大规模赢利，也不是一件容易的事情。那什么样的网店或者说什么样的产品才能很好的做好网上零售呢？应该选择哪种模式来运作呢？仔细分析一下，目前大致有以下几种情况：

1．自己本身就是传统零售商

传统的零售商以其强大的品牌优势和受众群体建立网店，实现传统到电子商务的完美整合，比如苏宁、国美和大中电器。

2．自有品牌产品

已经有自己品牌的产品，搭建网上销售平台，自然也是水到渠成。比如海尔、天福茗茶和诺基亚。这种类型比较适合自己有产品的生产型企业，通过建立电子商务平台，实现网上网下的营销互补，也就是自产自销。

3．代理品牌产品

自己本身没有产品，通过代理品牌产品来进行网上销售，核心工作内容体现在产品的行业定位和平台的营销推广，比如京东、新蛋和 D1优尚，所销售的都是品牌产品。创业者可根据自身的资源优势进行行业选择，因为品牌产品本身的客户认知度比较大，所以营销推广以及售后等成为重中之重。

4．通过平台品牌带动其他产品

依托自己平台的强大品牌，代理产品，依托平台的品牌性进行产品销售。比如当当、卓越，早期他们都是以卖书为主，现在也都成为了综合性的购物平台，这种类型的网站平台需要风投的介入，也就是得很有银子去砸才行，直到把品牌砸得很响。

5．研发产品，建立平台，打造产品和平台的品牌性。

通过自身资源和实力研发产品和平台，打造自身的品牌，需要有足够的经济实力，因为从产品的设计研发到平台开发再到市场营销，整个流程都是自己在创造。这种零售利润相对比较大，不过投入的精力也最大。比如凡客、马萨玛索和 Justyle。

6．利基产品

虽无产品品牌和平台优势，但是产品具有稀缺性，用户群体有超强的针对性。做这种产品需要很好的市场眼光和进货渠道，比如一些保健品或者特殊药品。诸如治疗脱发的产品、丰胸类的产品。

7．低价产品

没有平台和产品影响力，却有超低的价格诱惑。比如淘宝网上的店铺，大部分都是以低价赢得客户。不过这种类型利润也相对比较少，比较适合个人去做。

以上介绍了七种网店的情况，创业者想要真正做好自己的网店，应根据自己资源优势，寻找适合自己创建网店的路子，才有可能在电子商务领域赢得立足之地。

6.4　电子商务网站项目策划

在前期进行了市场调查和市场分析后，接下来就是对项目进行策划，运作一个 B2C 电子商务创业项目。项目策划非常重要，尤其对初创企业来讲。项目策划的重要作用主要体现在以下 7 点：

（1）找准项目定位；

（2）明确企业发展目标；

（3）提高企业决策质量；

（4）规范企业运作；

（5）提高企业发展速度；

（6）节约企业资源；

（7）促进企业竞争。

电子商务创业项目策划的主要内容：

（1）项目概述；

（2）项目市场分析；

（3）项目可行性分析；

（4）项目总体规划；

（5）网站建设方案；

（6）项目实施方案；

（7）项目运营管理；

（8）项目预算；

（9）项目评估。

6.5　电子商务网站项目建设

在互联网上建立电子商务网站是目前电子商务最基本的实现形式。

电子商务网站是 B2C 电子商务项目最基础的建设，主要对整个网络平台进行设计和搭建。下面重点介绍电子商务平台设计。

一个 B2C 电子商务平台设计由应用系统功能设计、用户体验设计和系统构架设计三部分组成，缺少任何一部分都不能成为一个成功的电子商务平台。

1. 应用系统功能设计。

网站是顾客和商家进行交易互动的平台，要使这个互动功能变得更加顺畅，让商家吸引并留住更多的客户，所以，网站的功能设计要满足商家的商业规划和对顾客购买决策提供相应帮助。网站的实用性和所提供的客户支持功能是电子商务项目成功的关键。应用系统功能的设计决定了整个系统的规模和用户体验、系统构架的设计和导向。

2. 用户体验设计。

通过建立人机界面良好的交互，建立一种良好的用户体验，这样才能获得用户的信任和方便用户购买商品，从而提高用户在线购物的可能性。比方说网站 VI 形象、网站导航、栏目版块、购物流程、产品展示、支付方式、服务信息和售后保障等，都会对用户体验产生很多影响。

3. 系统构架设计。

保证整个系统稳定、高效、安全，并且可以方便扩展的基础支持。这里的系统构架包括了软件和硬件两方面。

6.5.1　应用系统功能设计

1. B2C 电子商务网站的主要功能模块

B2C 电子商务网站可分为前台和后台两部分，前台面向客户购物，后台面向网店管理。

1）前台功能

（1）客户注册和登录。供客户注册为网店会员，以便登录网站购物。注册信息包括用户名、密码、真实姓名、联系电话、邮件地址和送货地址等内容。客户在下订单前必须先登录系统。

（2）商品信息查询。供客户在网上商店查询商品信息。客户可使用分类查询和关键字查询两种方式。

（3）购物车功能。供客户选定或修改要购买的商品及数量。

（4）订单功能。生成购物订单，供客户确认购物内容，提交订单并进入结算系统。客户提交订单后可在网店查询该订单的处理过程。

（5）结账功能。供客户选择具体的支付方式进行结算。支付方式通常包括货到付款、银行卡支付、电子钱包支付及邮局汇款等方式，对于网上支付方式应能连接到网上银行并完成支付流程。

2）后台功能需求

（1）会员管理功能。供商店的系统管理员管理系统注册会员的信息。

（2）订单管理功能。供商店工作人员处理用户提交的购物订单，包括订单受理、发货审批、配送管理和退货处理等内容。

（3）销售统计功能。供商店工作人员以商品类别、商品名称、销售时间和销售金额等多种组合方式查询商店的销售情况，进行销售统计分析，并打印相应的统计报表。

（4）商店管理功能。供网店工作人员管理整个商店的销售商品信息，这些信息包括商品分类、商品名称、商品简介和商品价格等内容。

（5）用户管理功能。供商店的工作人员系统管理账户及其操作权限。

3）电子商务网站功能设计要注意的因素

电子商务不是仅做一个网站和做点推广那么简单，要有流量、有转化、有稳定的持续增长的客户群、有效益，才算成功，所以，在电子商务网站功能设计中要注意下面几个因素。

（1）客户浏览路径。

据权威网站分析统计，客户浏览网站每多一个步骤就要减少大概 20%的流量，当一个浏览者进入一个网站时，当他想找某样商品时，3 个动作能完成的，绝不能安排 4 个动作，所以电子商务网站的访问路径设计非常重要，人们都有逛商场或者进一个陌生飞机场的体验，当想找某一样商品或找入口、出口时，应该能体会到导航的重要性和楼梯、走廊、过道等设置的重要性，一个好的商场设计会让消费者开心而来，满意而归，其实电子商务网站也是一样的。所以在设计电子商务网站功能时要不断地切身体验，不断地改进不足，提高客户的浏览体验，这样才能留住客户，提高订单量。

（2）内容交叉。

当一个客户浏览一个网页，看完了自己想要的东西后，他可能会关闭窗口离开网站，如果在每个页面都增加一些相关的信息，这样可以提高客户的"黏度"。例如，相关商品、产品知识、销售排行和本周促销等。

（3）购买流程设计。

很多企业在开始设计网站的时候会把网站想得很全想得很多，但是实际实施起来却不是那么回事，考虑得越多、越复杂，流程设计、会员注册信息等越多，客户会觉得越麻烦，结果就可能放弃购物，所以在做购买流程设计时，要把该减的东西都减掉。第一步越简单越好，当填写完购物所必需的信息后就可以购物了，至于其他的信息，客户想补充就补充，不补充也不影响购物。再就是多些让消费者方便的购买方式，比如电话订购、QQ 在线咨询购买和 E-mail 订购，客户方便了，就自然会认可你的商品。

（4）产品的标题描述图片。

产品标题要体现该产品的优点、重点，言简意赅，标题不能太长；描述很重要，要把客户关心的、产品核心的信息按照从重到轻的顺序，自上而下排列，尽可能多地把产品信息、购买流程、支付和物流等信息描述出来；要图文并茂，因为大多数人喜欢看图片，不喜欢看文字，图片要清晰，拍图片时多角度拍摄，然后选一张最好的，既要体现产品的优势，又要看得清晰。

6.5.2　用户体验设计

1．什么是用户体验

百度百科中对"用户体验"的描述是这样的。用户体验（User Experience），是一种纯主观的、在用户使用一个产品（服务）的过程中建立起来的心理感受。因为它是纯主观的，就带有一定的不确定因素。个体差异也决定了每个用户的真实体验，是无法通过其他途径来完全模拟或再现的。但是对于一个界定明确的用户群体来讲，其用户体验的共性是能够经由良好设计的实验来认识到。

以上关于用户营销的描述，与目前市场营销领域中的新兴营销理论"体验营销"在精髓上是一脉相承的。体验营销是指企业通过采用让目标顾客观摩、聆听、尝试、试用等方式，使其亲身体验企业提供的产品或服务，让顾客实际感知产品或服务的品质或性能，从而促使顾客认知、喜好并购买的一种营销方式。用户体验其实很大程度上就是一种体验营销。

网站用户体验，主要是来自浏览者和人机界面的交互过程。电子商务网站的设计，正面临一系列的挑战，其中最主要的挑战就是如何建立一种用户体验，来提高用户在线购物的可能性，达到 B2C 网站的最终目的——产生有效订单。

B2C 网站的"用户体验"工作由技术创新体验、功能设计体验、知觉体验、思维体验、关联体验和情感体验组成。如何有效地提高 B2C 企业的用户体验水平，是 B2C 企业发展的关键问题。

目前，国内 B2C 网站日益增多，各种产品和垂直类目也渐渐增多，一个成功的 B2C 企业，一定要将传统行业擅长的产品质量、价格、物流、售后服务和互联网方面的网站技术、页面设计、数据处理、网站性能质量和用户体验紧密结合，优势互补。

2．在线用户体验设计原则

1）在线用户体验设计原则

B2C 企业的营销平台和载体是网站，所以网站的功能、页面和服务体验是重中之重。在做用户体验设计时，网站设计人员必须权衡各种需求，针对用户角色特性设计出符合代码运行逻辑及可用性需求的页面优化方案。

（1）注册步骤要简便。不提倡做太多过于烦琐的注册表单。在最初的注册时能简便就简便，我们提倡 30 秒注册。对于其他不太重要的注册信息，可以在用户账户里随后补充提交。在用户名上提倡电子邮件注册法，这对未来开展邮件服务有很多好处。

（2）订购功能和流程要方便。订购流程一定要简便、容易、快速，冗繁的订购会让人有放弃的冲动。网站应该提供注册订购和免注册订购两种模式。

在查看商品、比较商品、订购流程（注册，不注册）、折扣单品折后差价计算、购物车商品、金额统计和订单的取消与转化等方面要简洁实用。

（3）页面层级要简化。最好三步之内能轻易到达，看到自己最想看到的商品信息内容。消费者找来找去找不到自己想看到的内容，对企业来说不是件好事，因为消费者是没有耐心的。

（4）页面浏览速度要快要稳。页面的浏览速度和图片打开速度能更为直接地影响访问者对网站的第一印象。电子商务网站做的越大就越要注意用户体验，想想每天上亿次的访问，一旦出现 BUG 所带来的损失是不可估量的。网上 B2C 时尚零售店的麦考林曾经出现过一次在线交易故障，由于没能够及时报警，导致两个小时内全国各大城市用户无法交易，致使日交易额锐减 40%，预计损失高达 300 多万。

（5）页面要简洁大方，符合消费受众对象的审美要求。比如时尚服装网购就要符合当代青年对审美的要求，对潮流的追求。

（6）商品介绍要图文并茂，并提供丰富的体验功能。提供尽可能多的商品及其细节图片信息。现在很多 B2C 都有专业的摄影师和模特为其提供专业图片服务。

（7）ERP 建设。针对网站内部的用户体验建设能大大加快工作效率和订单处理速度，从而为更好地服务客户而赢得时间。

（8）网站交互性建设：要重视咨询、留言、反馈、建议和订单发送提醒等互动内容的建设。

（9）客户管理账户功能的使用。积分、级别、优惠程度、订单的取消与附加、促销提醒和优惠券等功能对于消费者的二次购买能产生很好的推动作用。

2）线下服务体验设计原则

（1）快捷、高效的商品配送服务。快捷高效的商品配送服务能让消费者对 B2C 企业产生良好的印象，对于企业满意度和信誉度的建设意义重大。因为 B2C 营销模式是与消费者空间物理隔绝为前提的，所以配送工作至关重要。配送工作整合建设直接影响消费者的心理感受，从而对网站的发展产生重要的影响，也一直是 B2C 网站的重要建设环节之一。因此要对配送时间、配送区域、配送的过程、产品配送包装和配送效率等工作做科学合理的把握。对于自建物流的公司还要对配送礼仪、配送上门服务的细则进行策划和安排。确保从订购到完成配送的每一个环节在不出差错的基础上有所创新，并给消费者留下专业、高效和快速的印象。

（2）加强个性化服务建设。根据 B2C 产品和自身设计的特色，设计各种不同的个性服务，来提升企业的用户体验水平。比如提供礼品包装、饰品和提供刻字服务等。个性化用户体验的发展，是 B2C 网站特色建设的重要工作。正是因为有了独具特色的服务，才使自己的网站有别于其他的网站。

（3）提供各种优质的服务。设计购买咨询、退款申请、商品或服务投诉、商品返修、商品更换和违规举报等服务，为网站营造出一种值得信赖的购物氛围。

（4）多渠道的支付手段。网站中支付方式的便捷程度很大程度上影响着订单的成交比例。

3. 产品质量体验体系的构建

很多人认为在网上购买的产品，价格虽然相对便宜，但是质量不可靠。这种印象和看法对电子商务产业的发展产生过不好的影响。因此产品质量体验体系的构建是用户体验里一项重要的工作。

很多电子商务企业对商品进行了很好的包装，对原料、生产商、工艺、产品风格、品牌和服装面料进行了细致的说明。很多服装网购企业在宣传产品时就特别指出其独特、优质的面料。比如埃及长绒、纯新美利奴羊毛、纯棉、高支棉、羊羔毛领和翻绒牛皮等。

产品质量体系构建主要工作包括：

（1）对产品原料、面料和材料的介绍。

（2）对产品生产加工工艺的介绍。

（3）对过硬的生产技术和工艺的介绍。

（4）对强大生产背景的介绍。

（5）对专业设计团队的介绍。

（6）强调专业质量保证，"假一赔十"、"验货上门"和"30 天退换货服务"等。

4. 品牌体验塑造

B2C 企业应该高度重视品牌建设。品牌体验的塑造主要包括：

（1）市场调研工作：包括深入了解消费者的消费习惯，研究针对消费者的审美习惯、行为方式、购买方式、购买动机，产品和市场的竞争情况、产品的优势和劣势等。

（2）网店平台与产品命名策略：走国际化的路线是目前一些 B2C 网店的一个重要的品牌包装策略。VANCL、梦芭莎、MASA MASO 均为此类型，他们尽力把自己的网店和产品包装成符合时尚潮流的国际化品牌形象。

（3）品牌定位与核心概念塑造：品牌定位是指企业在市场定位和产品定位的基础上，对特定的品牌在文化取向及个性差异上的商业性决策，它是建立品牌形象的过程和结果。

网店平台品牌和产品品牌定位是一项复杂谨慎的营销策划工作。网店平台定位的精准与否直接关系到企业的未来命运。比如某热门网站就把自己定位成"互联网时尚生活品牌"，而另外一家则定位成"中国女性内衣直销第一品牌"。

建立用户心目中的第一品牌、第一印象，让一种概念成为默认的选择。比如，买书去当当、买母婴到红孩子、买 3C 产品到京东。

中国的电子商务产业已经摒弃了早期的单纯产品阶段，开始进入品牌竞争阶段。

（4）产品线的规划：时下热门的 B2C 网购企业们，已经按捺不住单一产品线操作带来的惊喜，开始向多元化发展了。某昔日男式衬衣 B2C 网站，现在已经发展到 5 大产品线了。是好是坏，拭目以待。

（5）视觉识别系统（VI）：VI 设计实现这一目的。对内征得员工的认同感，归属感，加强企业凝聚力，对外树立企业的整体形象，资源整合，有控制地将企业的信息传达给受众，通过视觉符码，不断地强化受众的意识，从而获得品牌认同。

（6）品牌整合传播策略：在主流网络平台大量投放广告，借助别人的力量提升自己的品牌形象，使品牌形象深入人心。还包括各种商业、技术方面的营销推广工作。

5. 促销体验设计

促销，永远是扩大销量的最好办法，不论现在还是将来。策划和设计丰富多彩的促销活动是 B2C 企业进行品牌宣传和放大销量的绝好手段。目前 B2C 主要用到的促销手段包括：

限时抢购：在某一段时间内，全部或部分商品优惠出售。

秒杀活动：规则比较多，有兴趣的朋友找资料了解一下。

针对各种节日的促销：比如圣诞节快到了，网站可以开展"圣诞折上折，越买越便宜"之类的活动。各种各样的节日有很多，都值得研究和设计。

试用体验装：提供免费的产品试用服务。

限时免运费促销：某个时段，购满一定金额商品，免运费。

会员价格：成为企业会员，享受优惠折扣价格。

买赠活动：比如"买男式衬衫，送吉列威锋"，会让消费者感觉很实惠。

满多少送多少：比如"满 700 元即送真皮手套"之类。

DM 广告直投：把产品目录邮寄给消费者。

这样的活动有很多，都是很好的促销体验活动。丰富的促销活动，一方面增加了网站的销量，另外也活跃了网站的气氛。

6. 售后服务体验建设

商品出售并配送出去了，不代表销售已经结束，更重要的是我们要通过这次购买扩大宣传、并达成二次购买意向。因此售后服务是极为重要的。

目前，退货率高是很多电子商务企业头疼的难题，同时直接影响二次订购。

要积极地进行售后服务探索与实践。几乎所有的 B2C 企业都有专门的售后服务部门，但是电子商务的空间隔离特点也决定了 B2C 售后服务不太好做。很多电子商务企业也针对自己企业的特点进行了积极的探索和实践。比如京东商城就在一些重点城市开设商品自取点，从而降低流通过程中的商品破损现象。而一些企业也公开宣布"30 天免费退换货服务"，有的公司甚至专门在物流公司设立机构专门处理此类事情。因此，我们说售后服务已经成为制约 B2C 网站的瓶颈。如何有效地提高售后服务的工作水平，是广大B2C 企业的重要工作内容。

通过以上的阐述，我们对用户体验建设工作有了初步的认识。在具体工作时间中，B2C 企业应该积极探索、勇于实践，以创新的姿态开拓出光明的 B2C 之路。

6.5.3　系统构架设计

1. 系统构架设计必须遵循的原则：

1）先进性

设计方案要立足先进技术，采用最新科技水平，使项目具备国内乃至国际领先的地位。应用系统方面推荐采用 MICROSOFT 公司的 WINDOWS2003 平台，利用 MICROSOFT 公司在该领域的经验，为商城网站的成功实施提供一个可靠的基础。服务器方面采用 DELL 的专业高端服务器产品以满足大访问量的要求。这些技术都是当今国际上领先成熟的技术。

2）成熟性

MICROSOFT 公司提供的产品都经过市场的考验，尤其在便捷性、扩展性以及操作性方面，更是占据了绝对的优势，近两年来，在电子商务平台的市场份额上，MICROSOFT 的产品始终保持领先优势。

3）安全性

保证数据不被非法入侵者破坏和盗用，并保证数据的一致性。对欺诈行为采取多种检查和处理手段。

4）可靠性/稳定性

采用故障检查、告警和处理机制，保证数据不因意外情况丢失或损坏；采用灵活的任务调度机制实现负载均衡，防止"瓶颈"产生，在任何情况下都保持可预见的输出。

5）可扩展性/可伸缩性

采用组件化设计原则，用户可以选择需要的组件构成不同规模的应用系统；新功能、新业务的增加能够在不影响系统运行的情况下实现。

6）集成性

软/硬件系统之间可以方便的实现集成。这使用户无需花费过多的精力从事于系统平台的集成，而将精力集中到应用软件的开发和推广中，从时间和进度上促进项目的成功。集成的应用系统降低了系统维护的难度和要求，方便用户日后的应用和管理。

7）易操作、易管理性

良好的用户操作界面、完备的帮助信息。系统参数的维护与管理通过操作界面实现。

8）标准性和开放性

系统使用的产品，从网络协议到操作系统，应全部遵循通用的国际或行业标准。

9）准确性

提供多种核查或稽查手段，保证系统的准确性。

10）可回退性

某一功能执行完后可以回退到原先的状态。如果系统不具有可回退性，将给系统的安全性和可操作性带来很大的麻烦。

2．系统构架硬件设计需考虑的问题

1）硬件配置

对硬件系统的配置，主要考虑了以下几个方面：

（1）高度的可靠性。为保证主机、操作系统、网络、数据库和应用软件等系统 7×24 小时平稳运行，最大限度减少停机时间，采取了以下措施：

采用高可用性的主机结构；

采用冗余磁盘阵列 RAID 技术，如 RAID5/1/7/0+1 等（可选）；

采用网络备份。

（2）主机系统的先进性和高扩展性，以满足业务近期、中期甚至长期时间范围数据快速增长的需要；选用成熟的并行处理技术，以保证整个主机系统的高性能和高处理能力，保证在大数据量情况下系统处理实时性的苛刻要求。

（3）易维护和易管理，以减少中心的日常管理和维护工作量，便于性能调节和故障排除。

（4）高度的安全性，严格控制并规范对系统敏感资源的访问和广域网传输中数据的安全。同时可考虑购买专门的防火墙产品，如 Cisco 公司的硬件防火墙产品 PIX，它具有 IP 包转发、过滤速度快、吞吐量大等特点。利用该产品，可以屏蔽内部网络结构，封档部分端口或 IP 地址的网络 IP 包。由此来保证系统的安全，是企业级用户的最佳选择。软件方面如 CheckPoint 公司的防火墙产品。CheckPoint 是全球销量最大的软件防火墙产品，它同样具有屏蔽内部网络结构，封档部分端口或 IP 地址的网络 IP 包的功能。由于它用软件实现该功能，速度较慢，但是配置和使用相对灵活，用户可以使用该产品，可以在较小的投资下，保证系统的安全。

2）系统容量

（1）文字容量（如产品档案、资料、新闻等）：按照每份资料及档案 50KB，每天 1000 份，存储二年时间计算：50KB×1000×30×12×2=36000000KB≈35GB。

（2）图形容量：按照每张图片 200KB，每天 500 张，存储二年时间计算：200KB×500×30×12×2=72000000KB≈68.8GB。

（3）音频容量：按 MP3 格式计算，每首 MP3 容量 5MB，存储 4000 首计算：5MB×4000=20000MB≈19.5GB。

（4）视频容量：50GB。

（5）其他：10GB。

总计：35GB+68.8GB+19.5GB+50GB+10GB=133.3GB

采用 RAID 技术后，容量需要适当增加。

结论：根据以上数据，我们建议一期采用 3 台服务器。其中 1 台作为数据库服务器，一台作为静态页面服务器，还有一台作为系统平台服务器。同时为考虑以后扩展性应考虑购买一个 100 兆带宽的双线机柜，以确保南北方用户都能快速访问。

6.5.4　系统安全

严格控制并规范对系统敏感资源的访问和广域网传输中数据的安全，是电子商务网站建设的基本要求。

1．系统安全可靠性设计

（1）处理机冗余、安全性：要求主机的配置至少保证冗余备份，不能因单台主机的故障引起全网处理的瘫痪。因此，可采用具有内部容错或外部容错能力的主机，或采用 Windows DNA 群构架。

（2）网络冗余、安全性：要求主交换机的配置至少保证冗余备份，不能因一台主交换机的故障引起全网通信瘫痪。因此可采用具有内部容错或外部容错能力的交换机，因此采用双交换机互为备份容错。

（3）数据安全性：保证专用数据不会随便被无权用户获取。采用对专用数据进行加密，对数据实施访问保护措施。

2．安全措施

常用的安全措施有以下几种：

（1）防火墙。防火墙可分为网络层和应用层网关，可根据规则过滤或代理应用数据包，防止非法网络活动。

（2）通信对方鉴别。参与通信的一方可以检验对方的身份，鉴别其真伪和访问权限。如果对方是无权用户，连接建立过程就会被拒绝。这个措施有两种选择：一是单方鉴别，即只有一方检验另一方的身份，反之则不检验；另一种是互相鉴别，即通信双方都要检验对方的身份。这样做可以避免通信一方被中途"调包"。

（3）数据发方鉴别。为了防止欺骗数据的侵入，接收方必须鉴别发送数据方的身份，防止内部人员故意破坏。

（4）访问控制。它是防止用户或应用进程使用网络或网络的一部分资源，如禁止某些用户访问特定的局域网、城域网和广域网等。只有有权用户才能进入网络选择和使用网络资源。

（5）数据保护。保证专用数据不会随便被无权用户获取。采取的措施如数据加密、访问控制等。

（6）业务流分析保护。它是屏蔽各种业务流的出现频度、信息长度和信息源等信息，是一种端至端的加密措施，防止业务数据被非相关人员截获。

（7）保证数据的完整性。这项措施提供的保护是针对信息字段的删改、篡改、插入、和重复等恶意侵入行为的，一般是通过校验的方法来实现。

（8）发方和收方确认。这项措施用发送确认信息方法表示对发送数据或收方接收数据的承认，避免不承认发送数据或不承认接收过数据等而引起的争议。

3. 安全技术

（1）加密编码技术。既可以用秘密密钥，也可以用公开密钥。如 DES（Data Encryption Standard），也可以在数据链路层一级加密，也可以在端至端一级加密。

（2）数据签名技术。用特殊的数字代码表示不可否认也不可伪造的身份。

（3）散列技术。利用散列（Hash）函数对报文进行压缩和扩展以达到加密和解密的目的。

（4）身份鉴别技术。利用用户或通信一方的唯一性属性或行为特性进行判别，最简单的是口令识别，或专门的硬件识别。

（5）自动回叫技术。传送口令时使用公开的地址或号码，而验证了口令以后自动中断连接，并用非公开的地址或号码与用户建立连接，增加连接的隐蔽性。

6.6　电子商务网站项目运营管理

6.6.1　电子商务项目运营管理内容

电子商务项目投入运行后，面临一个运营管理问题。

传统的商务运营管理内容包括很多方面，如组织管理、质量管理、财务管理、营销管理、采购管理、供应链管理、库存管理、人力资源管理和客户管理等。

电子商务是在传统的商务活动中发展和成熟起来的，它的运营管理内容也必然同传统商务具有很多共性的地方。因此，对于 B2C 电子商务的运营管理，其内容与传统的运营管理大致相同，但由于电子商务是通过网络技术实现运营管理活动，所以还增加了一些新的特有的运营管理内容和新的管理技术手段。也就是说电子商务网站运营管理，是传统的商务运营管理和网络技术相结合的一种运营管理。

一方面，电子商务可以运用传统的运营管理模式，进行组织管理、质量管理、财务管理、营销管理、采购管理、库存管理、人力资源管理和客户管理等方面的管理，但其中一些管理由于运用了网络技术手段，管理具有新特点，也更高效。举一个具体的例子加以说明，对顾客购物的特点进行跟踪调查并做分析研究，这是传统商家经常采用而且行之有效的一种运营办法。他们具体的操作方式大多是请顾客填写相应的问卷表格等。当然，并不是所有顾客都对此感到很乐意，对于那些不太愿意合作的顾客而言，填写问卷表格是一件很烦琐的事情。那么，在 B2C 电子商务网站中进行这样的跟踪调查和分析研究就更高效。例如，让系统自动生成日志文件就可以非常轻松地完成这样的原始数据调查。日志文件可以提供关于顾客购物和网络冲浪的有价值的信息，它会告诉我们顾客是如何发现本网站的，他们访问了本网站上的哪些页面以及买了哪些东西等，如果知道了顾客的这些反应和顾客的倾向，就可以分析产生这种反应或倾向的原因。更重要的是还可以迅速通过调整市场和网站设计对此进行改善。比如，为什么出现许多用户在点击某页之后就停止了呢？或许那一页的设计上有问题，需要简化、重写甚至重新定位，以使顾客满意，使他们更方便地到达网站的关键部分并乐意在网站上停留更长的时间和购买更多的东西。日志文件还可以提供哪个广告产生最多的订单。直接邮件方式为你的网站带来了各种访问者，但是他们却几乎什么都没买，通过分析和比较，究竟哪种方式是最值得的，它们各自为网站赚了多少钱和花了多少钱。日志文件提供的信息是非常有价值的，是我们调整网站运营策略的依据，通过认真跟踪日志文件中包含的数据，可以总结出适合自己网站特点的运营管理策略，提高运营管理水平。

另一方面，电子商务新增加的运营管理内容有网站的系统管理，包括硬件管理、软件管理、数据管理、信息管理和网站推广管理。

就目前中国的互联网发展趋势看，网站的运营管理势必融入企业的整体经营体系中，使网络与传统的商务运营机制有机结合，这样才能发挥网站及网络营销的商业潜力。

6.6.2　电子商务项目运营管理要素

网站要运营成功，需要具备以下要素：

定位：首先网站第一目的是赢利，所以网站第一件事是要找准市场，定好位，还要有清晰的赢利模式，所以网站架设前的市场分析和投资收益分析是必不可少的。你的市场是什么?你如何赢利?这个作为网站运营者一定要非常清楚。从网站的整体建设来说，网站本身功能与用户体验相当重要。网站的建设要符合 B2C 的定位和市场需求，要做好调查分析和策划，根据实际做出建设方案。建设方案中要体现技术优化点。网站方案实施过程要做好美工和布局，做到良好的体验。这一步相当于实体店的店面建设和装修。

目标：要确定网站运营目标。电子商务类网站运营的目标有销售额的目标、会员产生订单的数量等。网站运营的目标设置还有独立 IP 访问数、网站的排名情况、网站拥有的注册会员数量、活跃会员量、日均新增会员数量、会员贡献内容量、合作伙伴数量、运营渠道数量和关键词在搜索引擎的收录情况等。要制定目标实现的时间，合理的计划并预估可能完成目标的阶段，以及对风险控制所保留的操控环节。时间的计划一定具备周期原则，整体的时间设定，依据年、季、月、周、日拆分的时间设定，为实现某个目标从而进入下一目标环节的时间设定等。

团队：市场找到了，赢利模式确定了，结下来就是团队的搭建，如何打造一个高效的网站运营团队是非常重要的，需要多少人，都需要什么样的人这都是根据你的网站的内容来确定的。如何以最少的成本去运营网站是网站主最需要考虑的事情，即使有了风险投资，也要慎重使用。现在已经不是个人英雄年代，任何事情都是需要团队来完成的，但团队并不意味着人越多越好，应该搭建一个精干有效的团队。制订计划的时候一定要考虑到团队成员间的协调工作与信息共享，要充分掌握好各计划时间段团队成员间的工作进展情况，不定期的召开团队成员运营工作会议是更好地达到目标的方法之一。

服务：网站要赢利肯定需要让客户接受网站并产生价值，所以网站一定要做好推广，做好内容，做好服务。你的网站必须要有你自己独特的东西，否则，用户凭什么能记住你的网站，登录你的网站。要有良好的 SEO 优化，才能保证后期推广取得良好的效果。

做好网站的体验，之后就是在网站实现良好的优化，提高网站域名的 PR 值、搜索引擎收录、链接和关键字等。

发展：网站经营团队搭建好了，网站也做好了，推广也做得不错，也获得了客户的认可，那么你就要考虑发展的问题了，你的网站不可能一下子做得很大，所以起步的时候你都是按照你的能力来规划网站的规模的，但是网站的规模总是会变的，要么变小直到网站死掉。要么变大，当网站规模变大时，那么你就要考虑整个团队的建设和管理的问题了，尽量打造高效的团队，而不要盲目去扩充团队的规模。

创新：网站稳定经营一段时间以后，网站主就必须考虑如何创新了。因为很多人发现了你的网站，知道这种网站能赚钱，并且很多人在疯狂地模仿你（互联网模仿的速度是最快的），所以你一直要保持你独特的方式——别人没办法快速模仿的方式去做。创新可能会导致死亡，因为开发和培育一个新的市场和模式都是需要时间的，如果你耗不过这个时间你就会死掉，但不创新肯定会死，与其等死不如勇敢地去挑战创新。

稳定：网站的运营一定要稳定，如果客户经常打不开你的网站，那么你所有的努力都会前功尽弃。要进行搜索引擎优化（SEO）工作，根据网站建设各项基本要素选择适合搜索引擎的检索原则，通过了解各类搜索引擎如何抓取互联网页面、如何进行索引以及如何确定其对某一特定关键词的搜索结果排名等技术，来对网页内容进行相关的优化，从而使搜索引擎收录尽可能多的网页，并使其在搜索引擎自然检索结果中排名靠前，使其符合用户浏览习惯，在不损害用户体验的情况下提高搜索引擎排名，从而提高网站访问量，达到网站推广的目的，提升网站的销售能力。要选择有着多年网站设计与运营的专业网络公司作为网站运营合作伙伴更加可靠。

📖 【案例】 B2C 网店在线销售平台策划方案

1．网店的定位

（1）企业以自有域名在互联网开设的集销售、服务、资讯为一体化的电子商务平台。

（2）企业依托此网站开展综合性的网络营销活动，推广网站，树立品牌。

（3）与企业 CRM、物流、ERP 等软件系统建立起良好的数据/应用集成接口。

2．B2C 网店在线销售平台的商业价值分析

（1）产品展示：7×24 小时永不关门的产品展示平台，文字、图片、多媒体和在线试用等展示手段。

（2）销售服务：提供自助式的订单填写向导，历史订单追溯，在线比价等多种销售服务。增加了销售服务水平，同时降低了销售服务的人力成本。

（3）售后服务：保留历史账单有助于加强顾客的消费体验。在网站上提供本公司相关产品的有关知识、选购指南等。使用说明等帮助消费者使用本企业的产品。

（4）提升品牌价值：在订单、投诉、购买指南等方面细致的体验有助于培养顾客的品牌忠诚度。

3. 网站的基本功能框架

1）产品展示

采用多种展开方式展示产品资料。多级产品目录区，产品资料图片列表区，推荐产品（大图）、商品搜索、热销商品排行榜、产品详细资料页的显示产品大图、详细文字介绍、规格型号价格等多种属性，侧视图/外包装图（可选）、产品的评论、产品投票评分、总浏览次数统计、相关产品链接和本类别产品的销售排行榜。

2）会员中心

提供给会员注册、登录和会员修改密码等基本功能。会员中心汇集了会员在本网站上所能做的所有操作功能，包括：

创建订单

查询已提交订单的处理状态

查询历史订单

查询交易流水

查询当前账户余额

在线付款（充值）

维护会员信息（多个送货地址，联系方式，密码）

查询商品历史

处理收藏夹的商品内容

阅读站内所发文章（论坛发帖）的回复信息

3）订单服务

强调订单服务将淡化 B2B 与 B2C 之间的差异，我们在此强调的订单服务，不仅是针对一次性购买行为的零售消费者，也包括有重复购买行为的成熟消费者。它们的差异在于零售消费者是在"逛商铺"，从货架上把货品放进购物车。订单服务的重点在于页面浏览的舒适性。对于重复购买行为的，例如一个汽车零件的零售商向批发商提交的订单，他的订单填写方式是直接在订单上输入货品编码和数量，而且一张订单上包含多个商品。

在前一种方式下，订单通常叫做"购物车"，在后一种方式下，下单者直接在订单的界面上操作，输入一个商品的编号，回车，系统找出这个编号所对应的商品，如果找到的商品不是唯一的，则列出这些商品让下单者选择。下单者在填写完货品数量后，系统自动计算订单的总价格。

在前一种购物车模式下，商品的价格几乎是固定的。折扣的情况通常是购物满一定的数额送一定的数额，或者是给予赠品。在后一种模式下，很可能每个顾客的价格折扣是通过一对一谈判获得的。这时系统的后台还需要对商品价格进行相应的设置。

顾客填写完订单之后，提交订单。然后顾客开始关注订单的处理过程。首先是厂商对订单的内容进行确认，然后对这张订单的款项进行确认，然后是对商品交付的确认（在 B2C 的领域，不考虑欠货、欠款等情况）。在完成货品交付之后，这张订单成为历史订单，供查询、统计和参考。

4）会员购物流程

如图 6-1 所示为会员购物流程图。

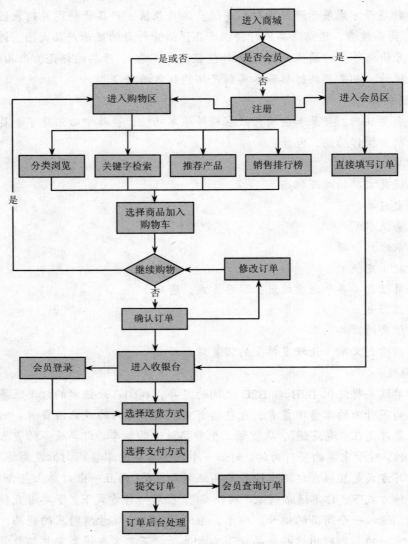

图 6-1 会员购物流程图

5）非会员购物流程

非会员购物是会员购物的简化流程。非会员可在非会员商品区浏览商品、加入产品到购物车。然后去收银台结算。与会员购物在结算上的差别是必须在收银台填写送货地址、付款方式等信息。非会员购物不能享受会员功能，例如商品收藏夹、订单查询等功能。

6）会员管理

会员的审核与账号清理功能。

会员密码查询与更改。

会员预付款充值。

会员消费扣款（从预付款中扣除费用）。

7）产品管理

产品类别定义，大类、小类、子分类的定义。

产品资料上传、图片上传、删除。

管理推荐产品。

设置产品的属性、关联产品。

设置产品的排名。

管理产品的评论。

8）价格管理

定义价格级别（非会员价，会员价，金牌会员价等）。

产品价格设置。

促销规则定义（数量折扣，捆绑销售，赠品等）。

9）新闻阅读

在前台按需创建多个文章资讯分类，前台显示每类资讯的前 N 条，点击后打开新闻阅读页面。点击"全部新闻"进入资讯频道显示该分类所有文章目录，同时列出其他分类的导航。

10）文章管理

文章分类目录的维护，自定义资讯的分类。

文章内容管理：上传、修改、删除、推荐、置顶，文章移动等。

11）订单管理

顾客在前台提交了订单之后，可以在其会员口内查询订单的处理进程，网上商城系统的后台订单处理包括订单审核、财务处理、物流处理等内容。

商城订单管理流程如图 6-2 所示。

12）在线支付接口

集成与第三方支付网关，可以接受所有银联卡、信用卡（如 VISA、MASTER、AMEX 等）的在线支付。

13）销售统计分析

为网站的运营团队提供详尽的分析报表。为经营者的广告投放、网站阵列方式做出指导依据。

日、周、月、季营收（销售、预售、实收）报表

商品销售报表（汇总/明细）

商品类别销售报表（汇总/明细）

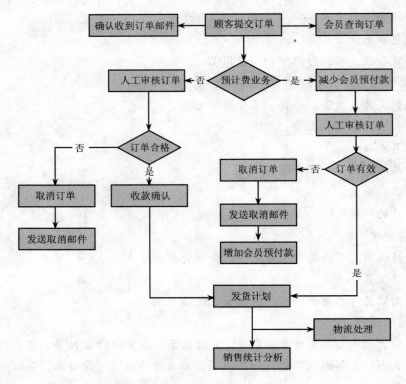

图 6-2　商城订单管理流程图

14）网站统计分析

对来访者 IP、地区、来访时间进行跟踪统计，提供图形化的统计分析工具，对本站内的商品访问进行统计。

15）站点管理

优秀的网上商城绝非一成不变。应该能够根据市场需求进行相应的改进。B2C 商城站点管理解决方案如下：

站点结构管理：网站的主导航栏的设置、网页布局的设置，均可按要求重新设置。

站点样式管理：网站的主体风格、色彩搭配、图片等因素均可按要求调整。

站点数据管理：数据的安全备份与恢复。

站点安全管理：严密的权限策略，操作员权限配置。

4．采用的技术说明

软件架构：网站采用星网公司自主版权的"S2 Framework"核心框架技术，该框架符合.NET 技术规范。数据库采用 MS SQL Server 系列数据库。

S2 Framework 的技术特色：

（1）坚固的多层体系结构，功能稳定，程序高效，能满足复杂功能与应用的场合，抵御巨大流量的考验。

（2）扩展性强，全面采用面向对象建模、设计，满足功能的变化与升级。

（3）开发周期短，S2 Framework 是星网公司软件开发的标准平台，适应快速地定制行业应用。比采用传统方法开发的效率要高 50%～80%。

（4）投资有保障，微软的.NET 技术体系是未来技术发展的主流。

5．网店的营销与推广

在成功制作的前提下，成功地策划与推广网站。保证推出一个网站即成功一个网站。综合采用多种手段，在短期内树立网站的领导地位，圈定一大批行业内的忠实用户。

推广的方法有很多：

（1）购买链接广告与搜索引擎关键字广告。

（2）与相关网站交换链接。

（3）搜索引擎排名优化（SEO），网站的主要内容在主要搜索引擎内获得好的排名。

（4）网下的推广活动。

S2.SHOP　网上商城/店铺系统针对网络营销这些要求提供了技术上的准备和相应功能的支持。

（资料来源：百度文库：B2C 在线销售平台解决方案 http://wenku.baidu.com/view/ e42aae80d4d8d15abe234e2d.html）

本章小结

本章节详细介绍了 B2C 电子商务网上创业项目运作的主要内容，包括市场调查、市场分析、项目策划、项目建设以及项目运营管理等。本章内容由浅入深，一步步说明了 B2C 网上创业项目运作所需要掌握的知识。

技能训练

1．通过市场调查，当前互联网上最畅销的产品有哪些，这些产品都有哪些相同的特征。

2．以自己身边的一家企业为例，掌握电子商务项目策划的内容和基本过程。

3．以一家传统企业为案例，为其开展电子商务，请你为其设计并规划一个电子商务系统项目。

4．参观一家电子商务企业，掌握电子商务企业项目管理的主要内容。

思考与练习

1．简述市场调查和市场分析的实施步骤。

2. 简述网上创业项目策划包含的主要内容。

3. 一个优秀的 B2C 电子商务平台由哪些部分组成？各个系统的功能分别是什么？

4. 什么是用户体验？

5. 网站的常用安全保护措施有哪些？

6. 简述网站运营管理的要素。

第 7 章

网上店铺的创建与管理

本章学习目标

1. 能够独立的完成网上店铺的创建工作。
2. 熟练掌握支付宝，阿里旺旺等软件以及网上银行的使用。
3. 初步掌握一些网上店铺的经营管理知识，比如网店的经营战略、成本管理，营销管理，品牌管理以及客户关系管理等。

【引导性案例】

大学生淘宝开店

网上开店创业，在今天已经算不上是新鲜事物，进入门槛低、营运成本低，信息发布面广，大学生们自然也敏感地嗅出了网上开店创业的这些优势。据统计，目前已有不少在校大学生投入了"网上经商"的行列，张罗着在网上开个小店，进货、发货，热热闹闹地盘算起了自己的"小生意经"。对于网上开店创业，他们是怎么看待的？且先听听他们的声音。

创业者：Kylie、Wain

淘宝开店是梦想的开始

Kylie 与 Wain 是一对大学生情侣。去年夏天，从没体验过网购的 Kylie 被淘宝的广告吸引着尝试在淘宝买了两个手机套。

那次偶然的体验成了 Kylie 与 Wain 在淘宝开店的契机，因为没有任何的费用负担，比较容易做决定，一个月的筹备之后，两人取名为 "Kylie 和 Wain 的精致生活馆·爱情篇"的小店开张了。

"那天突然意识到，我们在淘宝迈出了成就梦想的第一步！作为一家网店的店主，从某种程度上说，我们可以称为是商人了，这是我们一直以来的梦想。"Kylie 回忆说。

Kylie 与 Wain 是一对幸运儿，"开店后的第二天，我们就有了第一笔生意，开店到第 4 个月的时候，我们就发现比较适合的主营项目，因为有比较好的货源。"Kylie 告诉笔者，到现在 Kylie 与 Wain 的店铺已开了快 9 个月，经过不懈的努力，他们终于成了钻石卖家。"感谢淘宝为我们提供了一个这么好的平台，作为有梦想的大学生，我们可以没有任何负担地在这里实践，为了一种体验，为了积累经验，为了实现我们的理想打牢基础。在淘宝开店这个过程中，我们体会创业的艰辛、挫折的痛苦、收获的幸福、成功的感动。"

Kylie 与 Wain 说，作为大学生，学习还是最主要的，但也不会放弃认真经营在淘宝的店铺。我们在淘宝网上的店铺是梦想的起点，我们不会忘记"淘宝"——梦开始的地方！

你是不是很羡慕他们能够拥有自己的淘宝店呢？你是不是也想在淘宝开始自己的梦想之旅呢？接下来我们就为你一一讲解淘宝开店的要诀吧！

（资料来源：http://wenku.baidu.com/view/58aca0d9ad51f01dc281f1ce.html）

【案例】　　　网上饰品店的创业女生

陈孜是义乌工商学院 2006 级学生，该学院首批 30 名创业学院学员之一，获"邮政EMS 杯淘宝网店大赛校园淘宝之星奖"。2007—2008 学年期间，陈孜开始在淘宝网经营自己的淘宝网店，经过不懈努力，目前网店的信誉达到了五钻的等级。"认真地付出一定是会有回报的！"，陈孜以其特别的开店经历，不断地从中提炼经验，走向成功。其人生格言是：吃得苦中苦，方为人上人！

由网购引发的网店创业

陈孜经营的是销售时尚饰品的淘宝网店，从 2007 年到 2008 年这一年时间内，店铺就有了四钻的业绩，这样的成绩在开网店创业的女生中算得上是佼佼者。她是先从网上买东西开始转而在网上卖东西的，这一切都出于兴趣。

陈孜的家在台州路桥，父亲经营一家洁具用品厂，母亲则是一名公务员。高中阶段，陈孜是住校生，学习比较忙，没什么时间逛街。那时候网购还是新鲜事，她听同学说可以在网上买衣服，感到很新奇，周末回家时就上网搜索了一番。"当时家里管得严，每次只能上半个小时网，这点时间都被我用来网购，向掌柜问东问西。"虽然陈孜只买过两次衣服，但是却无意间点击了网店开铺流程，注册了时尚超市这家网店。

2007 年年初开始，陈孜身边有不少同学开始经营网店，陈孜才想起自己早已注册的这家网店。当时开网店的同学中做得最多的是经营化妆品和家居用品，但是陈孜对这些不太感兴趣，她决定从自己感兴趣的服饰、饰品做起。起初，陈孜出售的大多数是韩剧款式的饰品，但是由于网上类似的产品太多，她的店规模小，价格也没有优势，生意并不好。有心的陈孜开始在网络上搜索，找出各种最流行的饰品图片以及模特图片，再按照样子去国际商贸城淘到网店卖。紧跟潮流，甚至比流行还快半拍，她的网店渐渐火了起来。在她的时尚超市里，卖得最火的是亚克力质地的手镯，2008 年 3 月曾经创造一个月近 300 件的销量。临近毕业，除了准备毕业论文外，陈孜的大部分时间都耗在网上，每天浏览各个时尚网站和论坛，凭着自己的时尚感觉找出会热卖的款式。最近，她开始卖自己 DIY 的手链和项链。为此，她还添置了专门的设备——几把钳子，把买回来的各种规格的金属链，装饰上皮绳，改造成欧美流行的手链和项链，也在网上接受预订，挺受欢迎。在义乌市稠州西路陈孜租来的小公寓里，堆满了各种款式、颜色的手镯、项链，七八个包装好的小纸箱整齐地码在一起，让本来不大的公寓更显得拥挤了。

在义乌工商学院的同学中有不少网店做得成功的例子，大多是经营化妆品，做饰品和服饰的不多，这其中又有不少半途而废了，陈孜却一直坚持了下来。随着开淘宝网店的人越来越多，竞争也越来越激烈，她的生意冷清了很多，每周的交易量只有高峰期的30%左右，但是她还是天天盯着计算机等生意，想着各种办法促销商品。影响她继续经营网店的因素还有很多，主要是父母的意见和淘宝店主的生活方式。现在大学毕业了，母亲希望她去考公务员，父亲鼓励她经商，她自己则想把网店继续开下去。另外，开网店让活泼好动的她只得做"宅女"——每天守着计算机，有时会让她颇感无趣。好在通过开网店，也结交了不少志同道合的好朋友，也算苦中有乐。陈孜能肯定的是只要自己对网店还有兴趣，就要坚持做下去。起初她开这家网店就是因为兴趣，看到各种款式的货品，就要自己好好欣赏一番，差不多是一个一个亲自挑选，如果不是出于兴趣，每天对着这些货品，很容易就会审美疲劳。如今，陈孜的时尚超市网店已是五钻的业绩，正在热烈冲皇冠中，一派红红火火的气象。

时尚超市

时尚超市的创店时间是 2005 年，这个时候的陈孜还在读高中，是她刚刚接触网购时随意点击了注册网店的流程，就注册而来的。截止 2009 年 7 月底，时尚超市的买家信用已累积到 7259 个，是五钻的信用等级，正在全力冲皇冠中。店铺共有上架宝贝 401 件，兼营批发与零售，背靠义乌小商品市场，做起批发来也容易很多。打开时尚超市网店的网页，各种各样、琳琅满目的饰品扑面而来，项链、手链、发带和耳环等应有尽有。首页左边做好了货物的分类，可以依照顾客自己的兴趣进行挑选，整个网店就是不折不扣的"时尚超市"了。

经营饰品店与经营其他类型的商店不同，因为饰品不是人们的必需品，是属于可有可无的附属品，所以销售的难度比其他商品都要大。时尚超市也经历了起起落落，从开店初期的红火，到一段时间的相对冷清，到现在基本稳定了下来。时尚超市的优势在于紧随潮流的款式和较低的价格。做饰品必须要注意流行趋势，时刻注意当前饰品的走势，在款式上先取胜。因为你卖给客户的不是饰品本身，而是饰品能给客户带来的期望，让顾客想像她带上这件饰品后是多么的美丽、时尚、有魅力、有品位。由于陈孜本身对饰品充满着浓厚的兴趣，对流行款式的把握自然不在话下，"现在是信息社会，各种渠道的信息只要你想要就一定可以找得到。"最近一期的时尚杂志出了哪些新款饰品，现在热播的电视剧里女主角带的是什么饰品，这些陈孜都要去了解，并要迅速找到货源把它放到自己的店铺里。低价是时尚超市的另一个优势，这是基于顾客网上饰品的消费心理的。时尚超市首页上的货物的价格一般都在十元左右，二三十元的都很少。以中国目前的消费水平、消费观念来看，大部分人还是很难在网上接受高价饰品的，一般只是为了饰品的新意，不会有长期持有的打算。要买高档的饰品，也会选择商场和专卖店等实体店。

时尚超市的劣势在于货物的照片。饰品需要漂亮好看的图片来吸引顾客眼球，时尚超市目前大多数照片用的都是杂志上的图片，有些饰品还配有模特，这样容易给顾客造成期望过高的错觉，因为模特拍出来太好看，所以和很多买家想象上差距太大，容易得到中差评。陈孜正努力学习摄影和照片处理技术，尽量用实物来进行拍摄。

让自己的饰品网店脱颖而出

经营饰品的淘宝网店越来越多，如何让自己的饰品网店能在千万家类似的网店中很快脱颖而出呢？陈孜认为，有货源的保证只能让你的网店开起来，而要脱颖而出则要做好推广工作。对于大多数开网店的人，在店铺没有开起来之前，最关心的问题就是如何把网店尽快开起来并且装修好。可是一旦店铺开起来之后，多数店主会为店铺流量而伤透脑筋。网店的推广应该算作一个系统工程，应该考虑诸多方面的问题。陈孜的时尚超市在推广时结合饰品网店的特点，主要注意三点：明确店铺的目标市场，做到有的放矢；

做好广告；利用一些网络资源和技巧。

如今，在淘宝网上大大小小饰品店有近万家。种类繁多，质地上分金饰、银饰、翡翠和宝石等，还有一类走地方特色路线，如专门出售云南的银头饰、西藏的颈上、腰上饰品等。不同类型的饰品，其利润也厚薄不等。总结起来主要可以分为两大类：一个是大众类，一个是民族特色类。对饰品的定位和选择是进行有效推广的前提。当决定开一个饰品店之后，首先要确定走什么样的路线。选择货物要因地制宜，一般只有稳定货源的才能做，把目标客户群体锁定在自己货源对应的客户群体。陈孜根据义乌小商品市场的特点，选择了大众类，目标明确后一直朝这个方向努力。尽量在品种上做到齐全，包括吊坠、耳环、手链和戒指等，让买家有足够的挑选余地，缺货就及时补充。

为自己的淘宝网店做广告有很多方法，但需要精心选择和筹划，否则可能达不到应有的效果甚至反而产生负面效果。在生意冷清下来的那段时期，陈孜为了促销，在淘宝网上花钱做起了广告。通过广告链接成交的概率比较高，只是每件要缴纳一元多的利润，虽然效果不错，但生意还是没太大起色。于是她又想方设法采取了其他方式的广告。陈孜跟其他卖家一样，开始在各大论坛发帖。在淘宝社区等一些非常活跃的论坛里发帖，多发表一些对大家有帮助的帖子，介绍些自己的经验和技巧，写一些心得和感触，在帖子里非常贴切地描述下自己网店提供产品和优势等。另外，还可以参加淘宝社区活动，多参加一些商品推荐活动，陈孜还主动寻找一些跟自己经营产品互补、相关的网店来交换友情链接，互相带来顾客，达到共赢的目标。还有就是通过 QQ 等聊天工具，群发器软件，发电子邮件等广告方法。不过还有一些广告方式，在尝试过后被陈孜抛弃了，比如用阿里向潜在的顾客发广告。现在很多顾客很排斥这种铺天盖地的广告，一打开旺旺就不停地有消息过来，使他们很烦，一旦看到广告就直接加到黑名单里。

最后，要尽量学习利用身边的网络资源和网络技巧。在淘宝上卖东西，关键词很重要。陈孜除了在淘宝首页收集关键词外，还利用百度、谷歌等搜索网站搜一下，寻找一些相关关键词，然后把这些热门关键词合理地分布在商品标题中。

创业者的创业感想

经过两年多来踏踏实实的创业，网店生意红火过也冷清过，陈孜迷茫过也激情澎湃过。总结自己的创业感想，陈孜认为兴趣和经商头脑是淘宝网店长盛不衰的两大要素。时尚超市的创店来自于陈孜对网购的兴趣，继而转化为对网店的兴趣。在网上经营饰品也来自她对饰品的兴趣。经营淘宝网店有时是很枯燥的，尤其是在生意冷清的时候，很容易怀疑自己，渐渐地放弃掉。正是对饰品网店保持着浓厚的兴趣，使陈孜坚持下来，而且不断出现一些亮点。比如，DIY 的手链和项链。也正是这份兴趣，使陈孜网店里的饰品总是能把握住潮流，长期受到买家的欢迎。在义乌工商学院，身边很多同学都放弃了自己原先的产品，倒向了以杨甫刚为典范的化妆品，但是陈孜还是经营着饰品，因为她对饰品感兴趣。除了兴趣，经营网店就像经营实体店一样，需要卖家的经商头脑。经商头脑不是与生俱来的，也没办法完全从书本中学习到，主要还是靠卖家在创业实践中不断地摸索和总结，而在网店创业中得到的经商头脑，也可以延用到其他生意中，就算今后不经营网店了，仍然有用，这是一笔人生的财富。

陈孜在经营网店中很善于向其他成功的卖家学习。杨甫刚在销售货物时会在每个包裹里附一张发货单，方便对方收货时核对，还会随机赠送一些小礼品，这体现了他的周到和精明。陈孜把这个方法借鉴了过来，她印制了一些自己小店的特色名片，放到商品包裹里面，并写上些让人舒心的话，效果也很不错。而陈孜在很多方面也表现出她胜人一筹的地方。杨甫刚原先也经营饰品，后来多次改变经营方向，从家居用品直到现在的化妆品。他认为，找准经营方向是开网店的关键，化妆品是快速消费品，客户的黏性更大，只要对你满意，就会成为回头客，而且还会推荐朋友们来买，饰品和家居用品，回头客就要少得多。而陈孜是认准了饰品的，这使她必须比经营化妆品的杨甫刚们更加会留住顾客，更加懂得如何与顾客打交道。

在争取更多的新客户和留住更多的老客户上，陈孜有自己的一套。面对新客户要更加热心、诚心、耐心，对自己的商品一定要熟悉，客户提问要快速回答，帮忙解决他们的疑问，要耐心地讲解，不要嫌烦，做到专业。即便客户不购买也不要生气，换个角度想想，或许这次她不买，但是你的态度好，她还是会继续关注你的店。作为一个网店卖家，陈孜极少说"哦"这个字，因为这个字会让人觉得敷衍和不耐烦。任何时候都要言出必行，答应客户的事情一定要办到，不要让客户失望。陈孜每天尽量延长在线的时间，并保持长期在线，每天要关注店里商品的变化。尤其是在节假日，节假日可作为饰品生意的一个增长点，饰品店要充分利用好节假日来增加自己的客户数量和营业收入。争取更多的新客户是一种"马太效应"，来的人越多越是能吸引更多的人来，买的人越多也越能吸引更多的人来买。

争取更多新客户的同时，要留住更多的老客户。陈孜懂得80/20法则，80%的业务是来自20%的客户的，没有客户的重复购买，饰品店就很难维持下去。所以，饰品网店首先要非常注意售后服务。在网上的照片看着好，拿到手之后却发觉款式不喜欢，饰品在这种状况上的概率要比其他产品高。当客户买回去的饰品有质量问题或者不喜欢了想要换时，陈孜此时的态度要比客户刚来买的时候态度还要好。要减少饰品照片与实际货物之间的差别，就要靠卖家的描述了，所以，作为饰品卖家，要做到诚恳、诚实和诚信，要客观地描述自己的商品，不要以次充好。另外，要做好客户的跟踪管理工作。陈孜每天都非常认真地做着销售统计，这样，不仅可以随时查询到每笔销售记录的具体情况和每个客户的相关信息，做好每个订单的跟踪，发现问题及时与买家联系，与买家一起解决问题，同时，认真管理好自己的客户，熟悉客户，这样一旦有客户向她提出问题，她就能很快反应过来他是谁，根据客户的特点做好服务工作，用自己的诚信和优质的服务和客户建立起良好的关系。

（浙江义乌工商学院季晓伟）

7.1　网上店铺的创建

7.1.1　硬件准备

在开店之前，要准备一些开网店必备的设备和器材，包括计算机、相关、笔记本几项内容。

1．计算机

要准备一台计算机，配置不用很高，因为开网店不需要运行很大的软件，对计算机处理器和显卡的要求都不是很高，也不会占用很大的内存。但是要求能够上网，并且要求有足够的带宽，保证网页浏览的流畅性。

2．相机

相机也是开网店必备的器材。不同于实体店，网上商店里顾客对商品的认知主要来自商品的图片和店主对商品的介绍。商品图片往往决定了买家对商品的第一印象，因此，一台合适的照相机就显得非常重要。现在根据拍摄需求把相机分为三个级别，供读者参考。

1）初级：全自动数码相机

特点：小巧轻便，携带方便，照片质量一般，能满足基本拍摄需求，适合商品数量不多，把淘宝作为兼职的店主。

相机必备参数：微距小于 5cm；白平衡、曝光补偿功能；300 万像素以上（淘宝店铺要求照片大小在 120KB 以内，500×500 像素）。价格在 500～1000 元之间。

2）中级：带手动功能数码相机

特点：小巧轻便，携带方便，手动功能有助于提升拍摄质量，成像质量较好，适合大多数淘宝卖家选用。

相机必备参数：微距小于 5cm；白平衡、曝光补偿功能；800 万像素以上；手动功能。

推荐型号：如图 7-1 所示的佳能 IXUS80IS，如图 7-2 所示的佳能 A590IS，如图 7-3 所示的索尼 DSC-W130，如图 7-4 所示的三星 NV106HD，这几种型号的价格都在 1500～2000 元之间。

图 7-1　佳能 IXUS80IS

图 7-2　佳能 A590IS

图 7-3　索尼 DSC-W130

图 7-4　三星 NV106HD

3）准专业机型：全手动功能相机

特点：有外接闪关灯功能，可接外置闪光灯，拍出来感觉颜色清晰，背景高亮，拍出来的照片非常真实，适合数码计算机类产品、服装和真人模特等拍照，建议准备专职淘宝网店的店主选用。

相机必备参数：微距小于 5cm；白平衡、曝光补偿功能；1000 万像素以上；手动功能；带外接闪光灯功能。

推荐型号：如图 7-5 所示的佳能 SX10 IS，如图 7-6 所示的尼康 COOLPIX P80，价格在 2500～4000 之间。

图 7-5　佳能 SX10 IS

图 7-6　尼康 COOLPIX P80

4）产生机型：单反相机

最专业的就是可拆卸镜头的单反相机，他们的价格非常昂贵，动辄几万、几十万，有的光镜头就几万元。

购买什么档次的相机，要看个人情况而定，如果你是准备长期专职淘宝卖家，那么建议你最好一步到位，选择比较专业的相机。那样照出来的照片比较美观、清晰，能够给买家一个良好的第一印象，从而提升网店的竞争力。如果你只是准备做淘宝兼职卖家，则可能不需要太高档的相机，买个低档次的相机也就够用了。

3．笔记本

这里的笔记本不是指笔记本计算机，是用来记录信息的本子，记录淘宝的注册密码、支付宝密码、网银密码和网银支付密码等一系列密码。也可以用来记录网店的交易情况和客户信息或客户要求。

另外，如果是准备卖服装和鞋类产品的店家，还应该准备以下物件：

（1）量衣专用皮尺：用来量服装的衣长、胸围、袖长等尺寸，方便顾客参考。

（2）靴撑：这是卖鞋的店主必备的物件，用鞋撑撑住的鞋子，才能拍出最好的效果。

当然，出售不同的商品，需要准备的具体器材也是不同的，应该根据不同的情况自行准备。

7.1.2　软件准备

1．计算机杀毒软件

杀毒软件能够降低计算机被盗号木马入侵的概率，从而对网上交易起到一定保护的作用，店家可以选择使用免费或收费的杀毒软件。

1）免费杀毒软件

目前比较好的免费杀毒软件首选 360 杀毒，它打出的是永久免费的旗号，而且性能卓越，杀毒率很高，速度也快。适合交易量不是很大的业余淘宝卖家使用。其他的免费杀毒软件有金山毒霸、瑞星、诺顿等，虽然不是永久免费，但也有比较长的免费试用期限。

2）收费杀毒软件

收费杀毒软件一般有杀毒率高误杀率低的特点，性能更为卓越，对计算机的保护更为严密，可以说是专业淘宝卖家的首选。比较著名的有：诺顿网络安全特警、诺顿、金山毒霸、卡巴斯基、瑞星等。店主可以依据自己的喜好进行选择。

2．阿里旺旺聊天软件

阿里旺旺聊天软件是淘宝网专门开发的用于买家和卖家之间进行讨价还价和互相联络的工具，类似于 QQ 的聊天软件，可以保存聊天记录，便于以后需要时查询。阿里旺旺聊天软件安装步骤如下：

第一步：打开淘宝网首页（http://www.taobao.com）。点击左侧"淘宝服务"中的"阿里旺旺"链接，如图 7-7 所示。

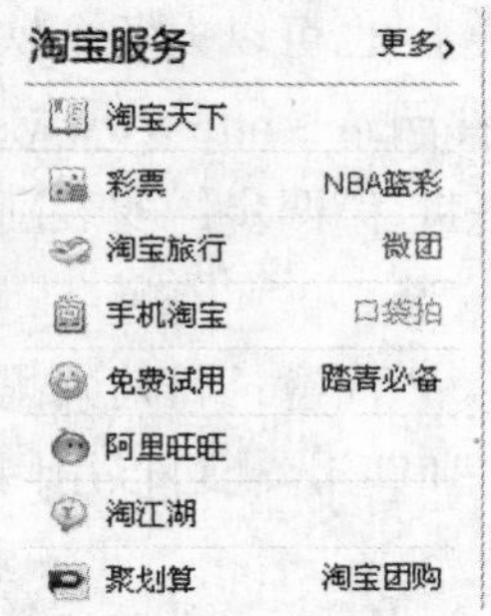

第二步：选择软件版本。点击此处链接后，将进入软件版本选择页面，如图 7-8 所示。

图 7-7　阿里旺旺链接图

图 7-8　阿里旺旺版本选择页面图

第三步：点击下载。选择你所需要的阿里旺旺版本后，将进入下载页面，如图 7-9 所示。

图 7-9　阿里旺旺下载页面图

以上两个版本只是在功能方面有些区别。用任何一个版本都可以完成买卖操作，只是卖家专用版对于卖家更实用，可以对任何人发起聊天，而买家专用版可以阻止广告信息，对于买家有好处。

点击图中的"下载阿里旺旺卖家专用版"按钮之后，则会自动启动系统默认的下载工具进行下载。稍微等待之后，阿里旺旺软件安装包就下载好了。

也可以去各个软件下载站中下载。比如多特软件站（http://www.duote.com），天空软件园站（http://www.skycn.com）等。

第四步：安装阿里旺旺软件。双击运行下载的阿里旺旺安装包，按照提示即可进行安装。

注意：目前阿里旺旺已经推出了阿里旺旺网页版，这意味着现在不需要下载安装阿里旺旺，也可以用网页版版的阿里旺旺与买家进行交流了。如图 7-10 所示。

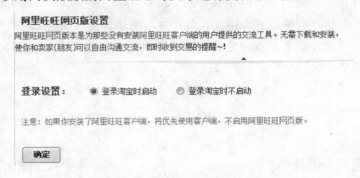

图 7-10　阿里旺旺网页版设置图

随着淘宝网功能的不断完善和改进，我们的网上交易也将会越来越便捷，这是毋庸置疑的。

3．淘宝助理 V4.3 Beta1 软件

淘宝助理是一款免费客户端工具软件，它可以不登录淘宝网就能直接编辑宝贝信息（即商品信息），快捷批量上传宝贝。淘宝助理也是上传和管理宝贝的一个店铺管理工具。

1）淘宝助理经典功能

（1）快速创建新宝贝。

淘宝助理让你能够轻松简单地创建新宝贝，你既可以全新创建一个宝贝，也可以从你自定的模板创建宝贝。只需以下几个步骤：① 提供宝贝基本信息，包括类目、属性、名称、价格和邮费等。② 提供宝贝描述信息：以 HTML 的形式，图文并茂地提供对宝贝的详细描述。③ 还可以提供宝贝的销售属性，例如尺码和颜色等组合信息。

（2）宝贝模板。

为了更快的创建宝贝，可以新建若干模板，将常用的宝贝信息保存起来，以后新建宝贝时，就可以从这些模板中创建，不再填写这些常用的信息，省去大量的时间。

（3）下载宝贝。

可以把已经发布到淘宝网站上的宝贝下载下来，供修改或复制。只需选择要下载的条件，就能立刻批量地下载到本地。

（4）编辑宝贝。

可以方便地逐一编辑现有的宝贝，无论该宝贝是否已经发布到淘宝网站上。对于已经发布的宝贝，编辑完成后上传就会更新网站上的宝贝信息。

（5）批量编辑宝贝。

批量编辑宝贝非常强大的功能，可以灵活而快捷地一次性编辑大量的宝贝，例如批量修改 100 件宝贝的标题，为这些标题增加相同的前缀，或者替换这些标题中的特定文字。又例如批量修改多件商品的价格，均打 95 折等。

（6）批量上传。

当新建或修改了若干宝贝以后，可以一次性地将它们全都上传到淘宝网站上，新建的宝贝将作为新宝贝出现在你的店铺中，而修改的宝贝将更新现有店铺中的宝贝的信息。

（7）导出和导入到 CSV 文件。

如果觉得我们提供的编辑功能还不能满足你的一些特殊编辑需要，还可以将宝贝批量导出成标准的 CSV 文件格式，这样，可以使用微软的 Excel 或者其他编辑工具，甚至是自己开发的软件来批量处理这些宝贝信息，处理完成后还可以导回到淘宝助理中。

（8）备份和恢复宝贝。

为了保护数据在发生意外时不丢失，可以将宝贝数据导出到一个备份文件保存到安全的地方，在需要的时候，如磁盘损坏后，可以将这些宝贝数据原封不动地重新恢复到淘宝助理中。

2）淘宝助理 V4.3 Beta1 功能。

淘宝助理 V4.3 Beta1 新增功能宝贝描述，支持本地图片和宝贝视频，本地图片上传宝贝时自动将本地图片上传到您的图片空间，让本地图片从更多的角度展现宝贝，让宝贝更加真实，在宝贝描述中尽情展现，同时，减少了手动添加第三方网站图片链接的操作，从而减少了手动操作的麻烦，节约了宝贵的时间。要使用此功能，需要先开通图片空间和视频功能。

但是店铺需要有两颗心的信用度才能下载安装淘宝助理。淘宝助理 V4.3 Beta1 具体功能如下：

（1）离线管理、轻松编辑商品信息。

（2）快速创建新宝贝，还可以通过模板，数秒钟就建立新的宝贝。

（3）批量编辑宝贝信息，节省宝贵的时间。

（4）通过下载，轻松修改已经发布的宝贝。

（5）修改后批量上传，无需人工操作。

（6）批量打印快递单、发货单，省下大量人工填写工作，还可以自定义打印模板。

（7）批量发货，减少手工操作，针对某些快递单还能自动填写运单号。

（8）批量好评，减少手工操作，方便你通过好评进行营销。

（9）图片搬家，提供简单的操作，帮您将宝贝描述中的图片自动迁移到淘宝图片空间。

（10）支持本地图片，上传宝贝时自动将本地图片上传图片空间，让本地图片在宝贝描述中尽情展现。

（11）支持视频、flash，炫出你的宝贝，让宝贝动起来。

（12）批量编辑宝贝，对宝贝描述、类目和属性全新改版，节省更多的宝贵时间。

（13）交易管理批量编辑，批量编辑物流公司和运单号，减少手工操作。

（14）导入导出 CSV 格式，让你更自由的编辑库存宝贝、出售中宝贝、线上仓库中宝贝的商品信息。

（15）数据库修复，最大化地修复受损数据库。

既然淘宝助理有那么多的优点，那么接下来就下载并使用它吧，让它来帮助你打理店铺，一定会帮你节省大量的时间。

软件安装步骤如下：

第一步：打开淘宝首页，点击左侧"淘宝服务"中的"更多"选项，如图 7-11 所示。在下一页中找到"淘宝助理"链接，如图 7-12 所示。

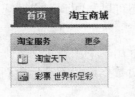

图 7-11　淘宝服务　　　　　　　　　　　图 7-12　找到淘宝助理

第二步：进入下载页面，如图 7-13 所示。

第三步：点击下载。点击页面中的"立刻下载"，并且将淘宝助理安装包存放到合适的位置。

图 7-13　淘宝助理下载页面图

第四步：双击运行淘宝助理安装包，按照指示即可完成淘宝助理的安装。

至此，创建网上商店的最基本的软件就已经安装好了。在今后的网店经营过程中，您可以根据自己的需要安装其他的辅助软件，可以在淘宝服务中进行下载安装，也可以使用第三方的辅助软件，以达到方便网店管理的目的。

7.1.3　淘宝网注册

本节主要介绍如何注册成为淘宝会员，这是给那些对计算机操作不熟悉的读者而准备的。如果你已经是淘宝会员，那么你可以跳过本节。

1. 注册电子邮箱

开通网上店铺，首先需要注册一个邮箱，主要是为了给以后注册淘宝会员做准备。电子邮箱的选择有很多，如网易的 163、126 邮箱，新浪提供的@sina.com 邮箱，gmail邮箱等。现在以注册雅虎邮箱为例，简单介绍一下注册邮箱的步骤。

首先进入中国雅虎首页，找到"邮箱"链接，如图 7-14 所示，点击"邮箱"链接后进入登录窗口界面，如图 7-15 所示，再点击"立即注册"按钮。

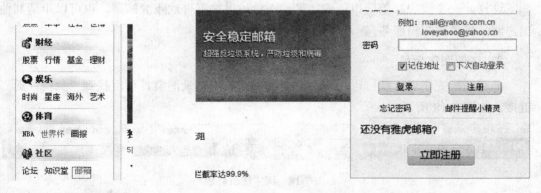

图 7-14　邮箱链接　　　　　　　　　　　　　　图 7-15　登录、注册页面

接下来进入免费注册邮箱的页面，如图 7-16 所示。根据提示填写相关信息，如果注册成功会出现一个申请成功的提示页面，如图 7-17 所示。

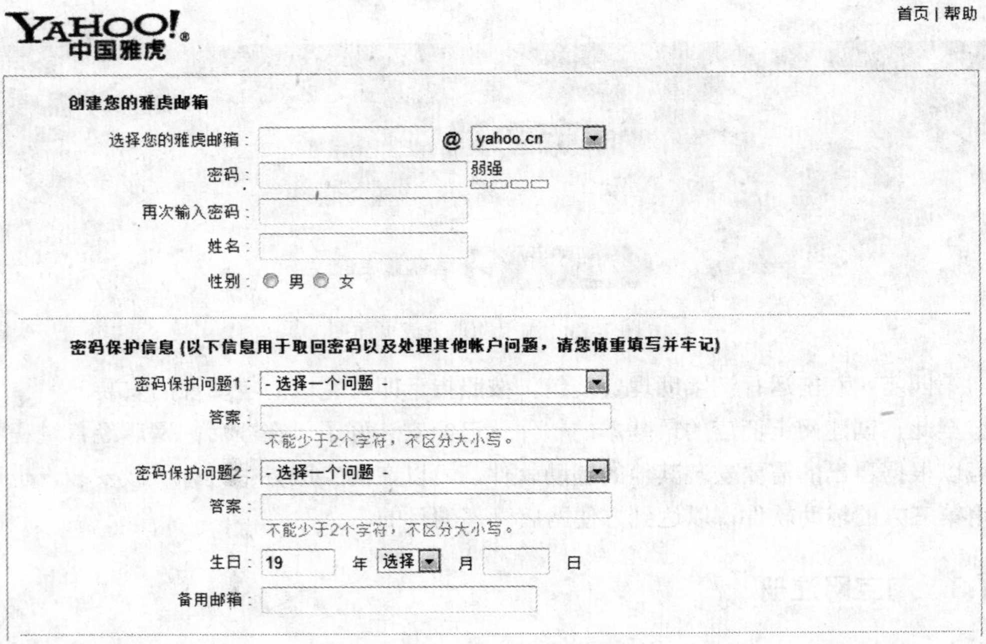

图 7-16　填写注册信息页面

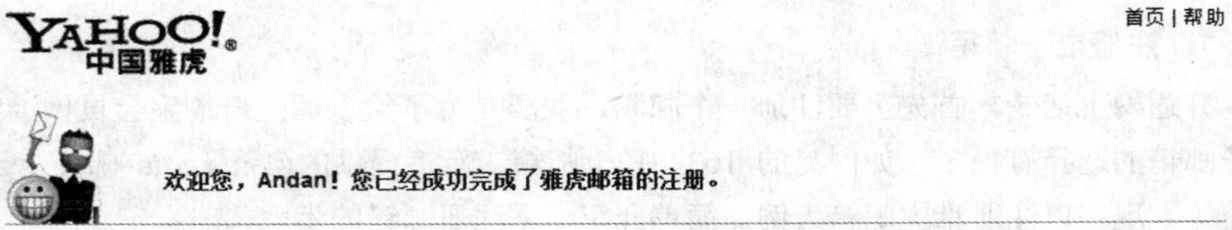

图 7-17　注册成功提示

这样，一个雅虎邮箱就申请成功了。当然如果你不喜欢雅虎邮箱，也可以申请其他门户网站提供的邮箱服务。

2．注册淘宝会员

邮箱注册完毕后，就可以注册淘宝会员了。首先登录淘宝首页，找到"免费注册"链接，如图 7-18 所示。

图 7-18　淘宝注册链接

点击"免费注册"链接，进入注册页面，如图 7-19 所示。从图中可以看出有两种注册方法可供选择，分别是手机号码注册和邮箱注册。

图 7-19　注册页面

下面对两种注册方式进行介绍。

1）手机号码注册

如果选择手机号码注册，那么就单击"手机号码注册"下面的"点击进入"按钮，进入手机注册页面。正确输入手机号码、会员名和验证码，单击"同意以下协议，提交注册"按钮，如图 7-20 所示。

图 7-20　手机注册页面

此时你的手机会收到一条激活信息，按照激活信息描述，将手机验证码输入到输入校验码页面，输入后单击"下一步"按钮，手机注册淘宝的工作就完成了。

2）邮箱注册

如果选择邮箱注册，则点击"邮箱注册"下面的"点击进入"按钮，进入邮箱注册页面。

接下来填写注册信息，如图 7-21 所示。

正确填写完注册信息后，点击"同意以下服务条款，提交注册信息"。此时系统将发送激活信到你的邮箱中，如图 7-22 所示。

图 7-21　填写邮箱注册信息

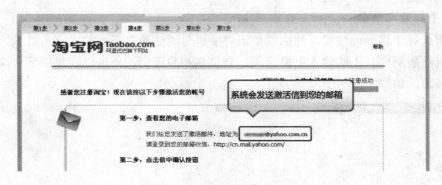

图 7-22　系统发送激活信

接下来要做的是登录你刚才申请的邮箱，对你的账户进行激活。如图 7-23 所示。

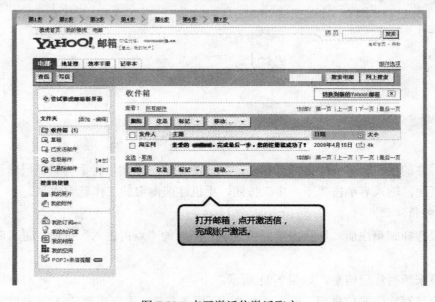

图 7-23　点开激活信激活账户

接下来确认邮箱，如图 7-24 所示。

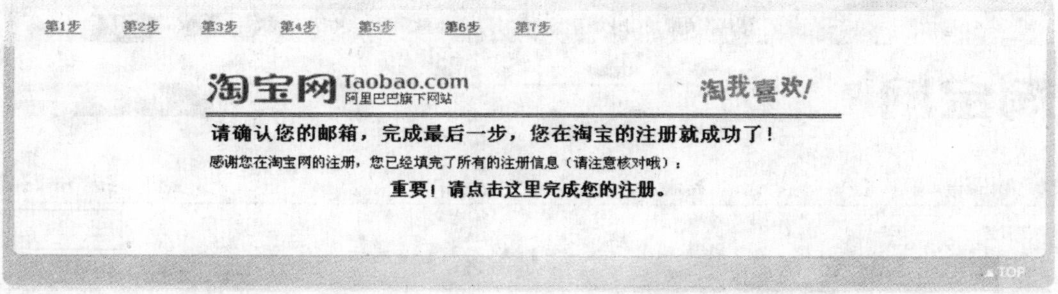

图 7-24　确认邮箱

成功激活账户，如图 7-25 所示。

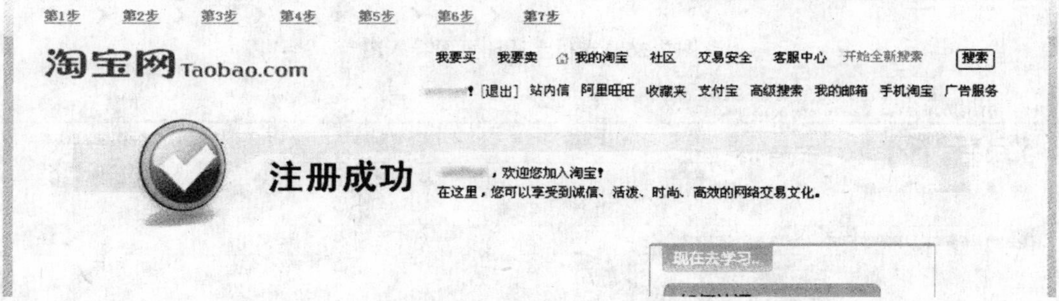

图 7-25　注册成功

此时进入邮箱后，会收到来自淘宝网的确认信，直接点击信中的"确认"按钮，即可以会员的身份登录淘宝网。这样，你就正式成为淘宝网的会员了。

7.1.4　支付宝注册

对于网络购物，我们最担心的就是付款问题了，在不是面对面进行交易的情况下，怎么才能没有顾虑的付款给一个陌生人呢？这时候我们就要知道并学会使用淘宝非常安全的第三方支付平台"支付宝"，通过这个平台，买方和卖方可以安全便捷地进行交易。

那么如何开通支付宝账户呢？开通支付宝账户就是支付宝认证过程，支付宝认证分为申请认证和通过认证两个部分，下面让我们进入支付宝认证页面。

首先登录淘宝网首页，如图 7-26 所示，找到"免费开店"链接。

在上图中点击"免费开店"链接，出现如图 7-27 所示的页面。

图 7-26　支付宝认证页面导入图

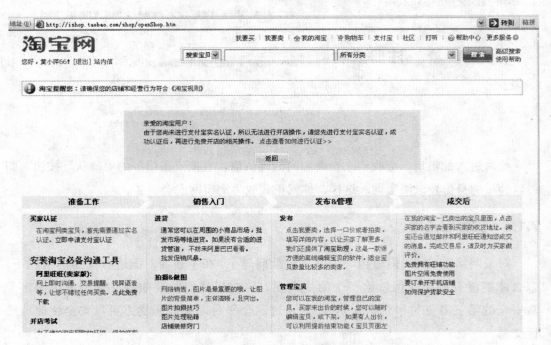

图 7-27　支付宝认证过渡页面图

在图 7-27 中点击"查看如何进行认证"后，进入支付宝认证页面，如图 7-28 所示。下面分别介绍申请认证和通过认证。

1．申请认证

在上图中点击"申请认证"或"我的淘宝"，开始申请支付宝个人实名认证，共八个步骤。其中，要选择认证方式，有两种认证方式，一是在线开通支付宝卡通完成实名认证，一些银行支持在线签约卡通。二是通过确认银行汇款金额进行实名认证。如果你选择后者，当填写好个人信息和银行信息，点击"确认信息并提交"即可提交认证申请。

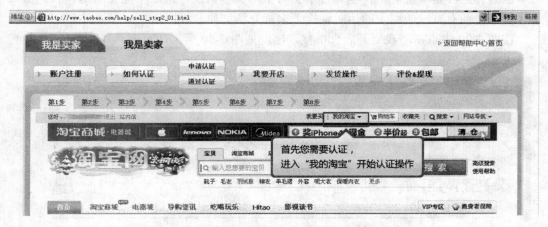

图 7-28　支付宝认证页面图

2．通过认证

认证申请提交成功后，支付宝会在 1 至 2 天内给银行汇入一笔 1 元以下的确认金额，就可进行通过认证操作。在图 7-28 中点击"通过认证"，出现如图 7-29 所示的页面，开始进行支付宝通过认证，共五个步骤。

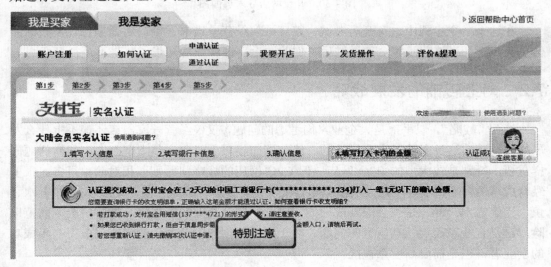

图 7-29　支付宝通过认证图

当你按系统提示输入银行汇款金额并且提交的信息通过了审核，你就完成了支付宝通过认证。

经过以上申请认证和通过认证步骤，你的支付宝也就申请成功了。

7.1.5　网店开设

虽然你已经是淘宝会员，也通过了支付宝的实名认证，但还不能在网上开店。那么怎么样才能拥有自己的网上商店呢，接下来就介绍如何开设网店。

在图 7-29 中点击"我要开店"链接，出现如图 7-30 所示的页面，"我要开店"共有 12 个步骤。

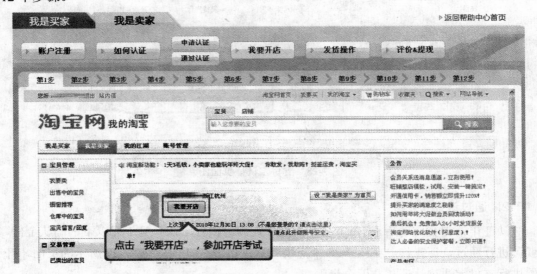

图 7-30　开设网店导入页面图

在这十二个步骤中，有开店考试、签订诚信经营承诺书、填写店铺信息、发布商品信息等步骤，当这些步骤全部通过后，你的网上店铺就成功开张了！是不是很开心呢！

7.2　网上店铺的发展战略

谈到"战略"，似乎都是大企业家们考虑的问题，仅仅经营一家网店还谈不上什么发展战略，其实这种想法是十分错误的。经营网店相对于经营实体大型企业，战略问题同样重要，特别是较大型的 B2C 网店，但 C2C 网店的战略问题则要相对简单得多。很多经营成功的网店，实际上是发展战略做得比较好。抛开"战略"谈"经营"，就像无水之鱼、无土之木一样，是不会取得成功的。因此，制定企业发展战略，把握机会，防范风险，这是企业家需要认真研究的问题，对于刚步入创业行业的创业者或已取得初步成功的创业者，也是需要高度重视的。

7.2.1　企业战略

1. 企业战略的概念

企业战略是指企业根据环境的变化、本身的资源和实力，为谋求生存和不断发展，选择适合的经营领域和产品，确立长远目标并对实现目标的轨迹作出的总体性、长远性和指导性谋划。随着世界经济全球化和一体化进程的加快和随之而来的国际竞争的加剧，对企业战略的要求越来越高，企业要通过战略谋化和具体实践操作，形成自己的核心竞争力，并通过差异化在竞争中取胜。

2．企业战略的特征

企业战略具有指导性、全局性、稳定性、竞争性、系统性和风险性六大主要特征。

1）指导性

企业战略确定了企业的长远目标、发展方向、发展重点，明确了企业的经营方针和行动指南，并谋划了实现目标的重大措施和基本步骤，在企业经营管理活动中起着导向的作用，具有行动纲领的意义，它必须通过展开、分解和落实等过程，才能变为具体的行动计划。

2）全局性

企业战略立足于未来，通过对国际、国家的政治、经济、文化及行业等经营环境的深入分析，结合自身资源，站在全局管理高度，对企业的长远发展轨迹进行了全面的规划。

3）稳定性

企业战略规定了企业的发展目标，只要战略实施的环境未发生重大变化，即使有些变化，也是预料之中的，那么企业经营战略中所确定的战略目标、战略方针、战略重点、战略步骤等应保持相对稳定，不应该朝令夕改，具有长效的稳定性。但在处理具体问题、不影响全局的情况下，也应该有一定的灵活性。

4）竞争性

竞争是市场经济不可回避的现实，也正是因为有了竞争才确立了"战略"在经营管理中的主导地位。面对竞争，企业战略需要进行内外环境分析，明确自身的资源优势，通过设计适用的经营模式，形成特色经营，增强企业的对抗性和战斗力，推动企业长远、健康的发展。企业战略是关于企业在激烈的竞争中如何与竞争对手抗衡的行动方案，同时也是抓住机遇、迎接挑战的行动方案。

5）系统性

立足长远发展，企业战略确立了远景目标，并需围绕远景目标设立阶段目标及各阶段目标实现的经营策略，以构成一个环环相扣的战略目标体系。同时，根据组织关系，企业战略需由企业总体战略、职能部门战略二个层级构成一体。

6）风险性

企业做出任何一项决策都存在风险，战略决策也不例外。市场研究深入，行业发展趋势预测准确，设立的远景目标客观，各战略阶段人、财、物等资源调配得当，战略形态选择科学，制定的战略就能引导企业健康、快速的发展。反之，仅凭个人主观判断市场，设立目标过于理想或对行业的发展趋势预测偏差，制定的战略就会产生管理误导，甚至给企业带来破产的风险。

3. 企业总体战略和企业职能战略

如果企业规模较大，那么，企业战略是一个复杂的系统，可以分为不同的层次，一般来说，企业战略包括两个层次：第一个层次是企业总体战略；第二个层次是企业职能战略（又称子战略）。企业各层次战略都要充分调动企业内部的一切资源优势，同时把计划、组织、领导、协调和控制等各种管理功能综合运用起来，发挥企业总体优势，以实现企业战略目标。

1）企业总体战略

企业总体战略是企业战略的总纲，是企业最高管理层指导和控制企业的一切行为的最高行动纲领。企业总体战略的主要内容包括企业战略决策的一系列最基本的因素，它强调两方面的因素：

（1）我们应该做什么业务。即确定企业的性质、宗旨和企业经营方针、投资规模、经营方向和远景目标等战略要素，是战略的核心。这些要素不仅决定着企业的经营状况，而且还能决定企业在外部市场环境中的地位，因而是企业生存和发展的基本问题。

（2）我们如何发展这些业务。即以最有利于提高企业整体绩效为资源的需要，合理配置资源。

企业总体战略包括发展战略、品牌战略、竞争战略和资源开发战略等。

制定企业战略，要清楚了解企业所处的发展阶段的组织特点，处于不同发展阶段的企业，其组织形式和管理方式具有显著不同的特点，其战略的出发点不同，可供选择的空间不同。不同发展阶段的企业组织特点如下：

① 企业在创始阶段的成功关键在于创新，企业需要及时、准确地把握市场机会并能获得资金和生产要素，高效地完成内部转换工作，向社会提供符合市场需求的产品或服务，并形成可持续经营的业务。这一阶段的企业组织形式较为灵活，但往往管理制度不健全。

② 当企业处于稳定发展阶段，其战略的关键是保持持续增长和发展，战略管理的重点则是内部控制，提升财务管理、资产管理尤其是重点资源的管理水平，形成协调完善的企业运转机制，提高资源转换效率，更多地积累企业无形资产。

③ 企业处于战略转型阶段，则需要进行强有力的风险和危机管理，加快转型的进程，战略管理的重点是寻求更好的投资机会，以提高资产的利用效率。

2）企业职能战略

职能部门战略是指企业各职能部门为贯彻、实施和支持企业总体战略，侧重分工协作，对本部门的长远目标、资源调配等战略支持保障体系进行的总体性谋划。企业职能与总体战略的关系是从属关系，即职能战略是总体战略的组成部分，是从属于总体战略的。当然与企业总体战略相比较，企业职能也有自己的特点，即更为详细、具体和具有可操作性。职能战略是由一系列详细的方案计划构成的，涉及企业经营管理的所有领域，一般包括投资战略、技术开发战略、生产战略、营销战略和人力资源开发战略等，下面重点阐述投资战略、市场营销战略、人力资源战略。

（1）投资战略。企业投资战略是指根据企业总体战略要求，为维持和扩大生产经营规模，对有关投资活动所作的全局性谋划。它是将有限的企业投资资金，根据企业战略目标评价、比较、选择投资方案或项目，获取最佳的投资效果所作的选择。企业投资战略是企业总体战略中较高层次的综合性子战略，是企业战略的实用化和货币表现，并影响其他子战略。

企业的投资也有两种基本战略，即创新发展型投资战略和稳定发展型投资战略。企业投资有三大基本选择，即投资战略类型选择、投资时机选择、投资规模选择和综合选择（投资项目的优化组合）。

① 投资战略类型的选择：企业投资战略类型（投资策略）依赖于企业在竞争中的强弱、市场时机和市场占有率这 3 个因素。

② 投资时机选择：经营成功的企业投资一般是将多种产品分布在寿命周期的不同阶段进行组合，主要模式有如下 4 种。

a. 投资侧重于导入期产品，兼顾成长期和成熟期，这是一种颇具开发实力且创新意识强的企业通常选择的模式，是一种为获得领先地位而勇于承担风险的投资策略。

b. 投资侧重于成长期和成熟期，几乎放弃导入期和衰退期，这是一种实力不足而力求稳妥快速赢利的企业通常选择的模式，是一种重视赢利而回避风险的投资策略。

c. 投资均衡分布于导入期、成长期、成熟期和衰退期 4 个阶段，这是一种综合实力极强而且跨行业生产多种产品的企业通常选择的模式，是一种选择多元化经营战略，谋求企业总体利益最大的策略。

d. 投资侧重于导入期和成长期而放弃成熟期、衰退期，多见于开发能力强而生产能力弱的企业。

不同的企业可以根据自身特点和经营总战略选择上述 4 种投资组合之一或某一模式的变形。

③ 投资规模选择：投资规模选择包括单个投资项目的规模选择和企业总体投资规模的确定。三个因素决定了企业投资规模，一是物质技术条件决定企业能够达到的规模；二是社会需求决定投资项目需要达到的规模；三是经济效益决定投资项目实际达到的规模。

（2）市场营销战略。市场营销是指企业为满足消费者或用户的需求而提供产品或服务的整体营销活动。

市场营销战略是指企业在现代市场营销观念下，为实现其经营目标，对一定时期内市场营销发展的总体设想和规划。它是基于企业既定的战略目标，向市场转化过程中必须要关注的客户需求的确定、市场机会的分析，自身优势的分析、自身劣势的反思、市场竞争因素的考虑、可能存在的问题预测、团队的培养和提升等综合因素，最终确定出市场营销战略，作为指导企业将既定战略向市场转化的方向和准则。

① 制定市场营销战略的条件。经营理念、方针、企业战略和市场营销目标等是企业制定市场营销战略的前提条件，是必须适应或服从的。一般是既定的，像市场营销目标也许尚未定好，但在市场营销战略的制定过程中首先要确定的就是市场营销目标。确定目标时必须考虑与整体战略的联系，使目标与企业的目的以及企业理念中所明确的、对市场和顾客的姿态相适应。

市场营销目标应包括：一是量的目标，如销售量、利润额、市场占有率等；二是质的目标：如提高企业形象、知名度、获得顾客等；三是其他目标，如市场开拓，新产品的开发、销售，现有产品的促销等。

② 市场营销战略的制定。市场营销战略的制定和实施程序：市场细分、选定目标市场、市场营销组合、实施市场营销计划。

a. 市场细分

市场不是单一、拥有同质需求的顾客，而是多样、异质的团体，所以市场细分能发现新的市场机会，也能更好地满足市场需求；既能更充分地发挥企业优势、又能为企业选定目标市场提供条件，奠定基础。市场细分要按照一定的标准（人口、地理、心理和购买行为等因素）进行，细分后的市场还要按一定的原则（如可测定性、可接近性、可赢利性等）来检测是否有效。市场细分的好坏将决定着市场营销战略的命运。

b. 目标市场的选定

目标市场的选定和市场营销的组合是市场营销战略的两个相互联系的核心部分。选定目标市场就是在上述细分的市场中决定企业要进入的市场，回答顾客是谁，产品向谁诉求的问题。即使是一个规模巨大的企业也难以满足所有的市场。但中国不少企业恨不得一口吞下所有的市场，结果适得其反。有的企业不知道自己的产品是什么，向消费者诉求什么，如新上市的一种酱油，据该公司介绍，它既是酱油，又可顶替味精，还是一种保健品，具有保健功能。这究竟是什么，也许谁都会感到疑惑不解。总之，一是企业必须有明确的目标市场；二是对于一种产品必须有明确的诉求，有明确的消费群体；三是要抓住主要矛盾，突出重点，即不要向谁都诉求，也不要什么都诉求。

c. 市场营销组合

目标市场一旦明确，就要考虑如何进入该市场，并满足其市场需求的问题，那就是有机地组合产品、价格、渠道、促销等因素，但千万不是几种组合因素的简单相加，企业在进行营销组合时必须考虑以下几点。

a. 要通过调查国内优秀企业来了解它们一般进行的营销组合。

b. 突出与竞争公司有差异的独特之处，充分发挥本公司优势的有利性。

c. 营销组合是企业可以控制的，企业可以通过控制各组合来控制整个营销组合。

d．营销组合是一个系统工程，由多层分系统构成。

e．营销组合因素必须相互协调，根据不同的产品，制定不同的价格，选择不同的渠道，采取不同的促销手段。

f．营销组合不是静态，而是动态的。产品生命周期分为四个阶段，当产品生命周期所处阶段发生变化时，其他组合因素也随之变化。就拿广告来说，导入期为通告广告；成长期为劝说广告；成熟期为提示广告。

g．在产品、价格、渠道、促销四种主要的组合因素中到底哪种最重要，这会因行业、业态不同而异，但一般来说，其中受到高度重视的是产品。企业提供的产品是否是市场所需产品，是否能满足消费者需求，解决消费者所要解决的问题，提供消费者希望获取的利益，这才是产品的关键所在。只有让消费者满意，消费者才会认可你的产品，接受你的产品。可是，中国不少企业不是以市场为导向，而还是停留在产品观念或推销观念上，所以造成了产品的大量积压。

一个企业的销售额下降，市场占有率下跌，其原因不是推销人员努力不够，而有必要把销售可能的一些条件都考虑到产品中去。要解决销售问题，还是应该首先解决产品问题。例如日本的朝日啤酒公司，其市场占有率连年下跌，在 1985 年跌到了 9.6%，为扭转下跌不止的局面，1985 年进行了大规模的消费者嗜好·口味调查，并根据调查结果研究开发了新产品。这种新产品投放市场的当年，销售额猛增，市场占有率止跌回升，到 1989 年就上升到了 25%，排名行业第二。

③ 实施市场营销计划.市场营销计划是为实施市场营销战略而制定的计划。战略制定好后要有组织、有计划、有步骤地进行实施。具体内容包括组织及人员配置、运作方式、步骤及日程、费用预算等。

④ 人力资源战略。人力资源战略是指科学地分析预测组织在未来环境变化中人力资源的供给与需求状况，制定必要的人力资源获取、利用、保持和开发策略，确保组织在需要的时间和需要的岗位上，对人力资源在数量上和质量上的需求，使组织和个人获得不断的发展与利益。

人力资源战略是企业战略的核心。目前的企业竞争中，人才是企业的核心资源，企业的发展取决于企业战略决策的制定，企业的战略决策基于企业的发展目标和行动方案的制定，而最终起决定作用的还是企业对高素质人才的拥有量。有效地利用与企业发展战略相适应的管理和专业技术人才，最大限度地发掘他们的才能，可以推动企业战略的实施，促进企业的飞跃发展。

人力资源战略基本问题有三个：一是基于企业战略的需要，企业需要多少人力，要重点获得并储备哪些人才资源，如何平衡各种人才资源的比例关系以确保经营有序正常地进行，二是基于企业战略的实现需要，员工应该具备什么样的核心专长与技能，三是企业将如何利用现有人力资源的能力，采取什么政策处理好员工关系，激活企业现有人力资源的潜能，提高现有员工的士气。

这里简述一下企业集团人力资源战略。一般来讲，集团总部（母公司）与下属企业（子公司）的管理职能分工不同，企业集团总部负责整个集团战略目标与发展规划的制订，集团政策、制度的制定与实施监督，集团整体经营状况的宏观调节与控制，各下属单位经营管理策略的审核与协调，以及集团对外合作与发展等。而下属企业一般是以业务为核心，为集团公司提供决策信息支持，同时接受集团公司的指导与监督。母子公司的这种管理模式，决定了集团人力资源战略规划是由总部公司和下属各级企业多个层次的人力资源规划组成，各层次具备不同的特点和内容。在企业集团管理模式下，人力资源战略规划应当实现如下目标：

a. 根据企业集团战略目标，确定人力资源发展战略。

b. 深入分析企业人力资源面临的内外部环境，发现问题和潜在风险，提出应对措施。

c. 合理预测企业中长期人力资源需求和供给，规划和控制各业务板块人力资源发展规模。

d. 规划核心人才职业生涯发展，打造企业核心人才竞争优势。

e. 规划重点专业/技术/技能操作领域员工队伍发展，提高员工综合素质。

f. 提出人力资源管理政策和制度的改进建议，提升整体管理水平。

企业创业初期，企业规模小，企业战略制定较大企业简单得多，但制定企业战略的思路、方法和手段大致是一样的，都要考虑企业发展的中、长期目标的确立，要考虑采取措施应对投资、项目、技术和管理等风险问题。

7.2.2　网店发展的战略思维

企业发展战略涉及的问题比较多，如果是 B2C 网店，特别是大型的 B2C 网店，以上介绍的企业战略知识完全适用。但对 C2C 网店来说，由于经营规模小，网店创建初期的发展战略比较简单。不管是 B2C 网店还是 C2C 网店，网店要发展，关键是管理者要有战略思维，你的店如何不断发展壮大，是企业管理者需要认真思考的一个重要问题。通俗来说，网店发展战略实际上就是考虑和解决三个问题：做什么，在哪做，如何做。

1. 考虑做什么

开店之前首先要选择经营定位，这是开店成功的关键，是整个经营战略的核心。

假设，你准备开一家服装零售网店。服装零售行业进入门槛比较低，因此竞争也比较激烈，要想在这个行业里立足，标新立异的经营定位是制胜的重要砝码。无论对于新手还是老手，经营定位都不是一件十分容易的事情，选择正确的经营定位，完全取决于自己对服装行业和当地服装市场的充分调查分析，假如不了解市场状况，就无法正确做出战略决策。计划开店前充分的市场调研是不可缺少的，一是对当地的服装市场进行调查和分析；二是对国内服装行业和服装市场的现状进行详尽的了解；三是对市场上的服装品牌和厂家的情况进行了解；四是对当地人均经济收入和消费水平进行了解。这些都是必要的准备工作，经营定位的正确选择取决于对服装市场的了解程度。贸然进入一个自己不熟悉的行业，或者选择一个没有发展前途的品牌，都是导致经营失败的主要原因。

资金状况是影响店铺经营定位的另外一个重要因素。如果资金充足，可以选择开一家品牌专卖店；如果资金有限，也可以考虑开一家有特色的散货店。选择品牌专卖就要对目标品牌进行详细的了解，现在市场上的服装品牌多如牛毛，每年都要淘汰一大批品牌，同时又会诞生一批新品牌，特别是那些市场份额不高的新品牌，要慎重选择，一定要对生产厂家的情况进行详细调查了解，千万不要被厂家或代理商的"花言巧语"给蒙蔽了。选择高端品牌，虽然生产厂商的实力很强，品牌知名度也比较高，但可能由于价格过高，会让大部分普通消费者望而却步，通常也需要一定的前期市场培养，假如不是有很强的资金实力，还是尽量避免选择高端品牌。在资金有限的情况下，选择开一家有特色的散货店，经营多个三四线品牌也不失一种大胆创新的经营战略。在考虑这种定位时，一定要在"特色"上下功夫，所谓的特色，其中之一就是要考虑差异化经营，做那些专卖店没有做的，或者做不到的。例如，开一家品牌服装折扣店，专门从各个品牌代理商那里拿到库存或过季的商品，以低价销售给想穿名牌又不愿意掏高价的一部分消费者。做这类店铺的关键有两点：一是不要经营假冒商品，要保障所售品牌为真品；二是要注重一定的店铺装修和商品陈列，让消费者感觉到物有所值，千万不要像处理积压品一样堆得满屋都是。

2．考虑在哪做

这实际就是网上店铺在哪个购物网站上开的问题，决定了做什么之后，下一步就是要考虑在哪个购物网站上开店，由于淘宝是本书内容的载体，因此我们还是以淘宝网作为开店的首选网站。当然，读者可以根据自身的具体情况进行选择。

3．考虑如何做

店铺开张以后，接下来要做的工作就是经营了，"如何做"是每一个网店经营者始终都要考虑的问题。

"如何做"取决于网店发展的阶段和规模，网店发展的不同阶段、不同规模必须要有不同的发展主题，需要不同的能力结构和行为模式。随着网店业务的不断发展，店铺营销策略、人力资源管理、品牌塑造和客户关系管理等都是网店发展战略必须考虑的重要问题，网店应该根据网店的发展阶段制定不同的发展战略。网店的发展阶段要根据每个行业特点划分，不同的行业发展战略也不同。

网店发展一般分为四个阶段：初创阶段、成长阶段、成熟阶段和停滞阶段，每个阶段要做什么，什么时候塑造品牌，什么时候转型、什么时候突破等，都必须从长考虑。

（1）网店初创阶段的发展战略。这一阶段的营销策略十分重要，以做足宣传、提高网店的流量为主。

相当一部分店铺的经营者在开店后只是"守株待兔"，坐等客户上门，这种"靠天收成"的经营方式是最终导致网店经营失败的主要原因。俗话说，生意做得好，讲究得是心思。要想经营好网店，除了经营定位正确，店铺网站选择合理以外，营销策略是十分重要的，通常从以下三个方面策划：

① 提高知名度。新店开店知名度不高，很多客户不知道，这就面临一个宣传问题，创业初期的广告投入是必要的。面对客户群做出推广方案，广告投放的要点在于选择目标消费群体最为关注或最为集中的媒介，并在一定时间内进行持续宣传。比如，可以根据客户群体的特性选择此群体集中的网站和社区进行广告投放。网上广告的优势在于能抓住特定群体进行直接营销，目前有很多广告投放方式，文字、图片和视频等。

② 提高网店客流量。加强网店内的宣传，美化产品图片、详细说明产品，给买家一个好的印象；采取论坛推广、邮件推广、SNS推广和实时聊天工具推广，写好帖、回好帖，努力发一些能够得到精华帖推荐的帖；积极参加淘宝社区的各种活动，很多买家都是被活动吸引来的；积极争取淘宝推荐位，上了推荐位，生意是翻好几番；申请周末疯狂购，虽然不赚钱，但是增加客户；要深刻了解自己的客户群的消费行为，哪些人可能成为你的潜在客户，然后有针对性地选择友情连接。淘宝网中最多可添加35个友情链接，与人气较旺的店铺进行链接交换，可以大大增加大家的网站流量。做链接也要讲技巧的，比如应该尽量找购买群体相同的店铺，尽量找同行但不同类的商品，比如，你是卖化妆品的，客户主要是MM，友情连接就选择卖服装和饰品的店，这些店MM常去，然后如果想买护肤品的话说不定就逛到你店里了。同时，要特别注意你的链接伙伴是否有诚信，它将直接影响到你的声誉；去求购区域看信息，联系买家；在自己的店铺里找买家，在那些拍下不买的客户中，你应该试着去联系这些客户，问问他们有什么顾虑不买；店铺地址很有用，可以多发给好友，发的越多越好；利用好支付宝的相关功能，比如给买家发些红包什么的，激发买家的购买欲望；沟通、服务和诚信是关键，尽心尽力地去对待你的客户。

三是要增加回头客。不仅要销售好的商品，提供好的服务，而且还要与客户之间建立良好的感情纽带。要管理好客户关系，巩固现有的客户，让他们成为你的永久客户，并通过你的好的服务和产品带来源源不断的回头客，成功的店铺在这方面都做得比较好，例如，建立客户档案，定期进行沟通和联系，推荐新的商品和新的促销信息，并且要为每一个客户建立个性消费档案，优秀的服务人员能够记住每一个老客户不同的消费习惯。在客户生日、结婚纪念日和孩子生日之际寄去一张小小的贺卡，甚至发出一条祝贺短信，都能让你的客户倍感亲切，从而增加客户对店铺的好感，大大提高他们光顾店铺的概率。

（2）网店成长阶段的发展战略。这一阶段客流量大了、库存量大了、员工多了、经营规模大了，是利润不断增长的阶段。网店店主起初为了尽快使小店有利润，通常都是一个人开店，或者夫妻俩开店，这样的利益没有争吵，效率高。但是小店要想得到大的发展，就必须要和他人合作，要和一些有共同理念的人共同奋斗。因此网店店主开始组建团队，相互合作，资源整合，风险共担，利益共享。随着网店的发展，员工会越来越多，十几人、几十人，上百人。在网店发展的过程中，个体经营转变为企业经营，C2C网店转变为 B2C 网店。这一阶段，要重视制定企业发展战略，包括制定投资战略、营销战略和人力资源战略等。比如，人力资源战略要确定企业需要多少人力，重点获得并储备哪些人才资源，员工应该具备什么样的核心专长与技能。对于网店来说，对一线员工的选择和培训，应满足对客户服务的要求：一是打字快，最快的要求达到每分钟 180 字，这样和客户在网上交流就会顺畅并节省时间；二是对业务十分了解，能很好的对客户介绍网店的产品或服务；三是要求服务好客户的标准不是无限制地陪同客户泡旺旺，而是简洁服务而达到客户满意。这样的服务管理，能有效降低每单生意的交易成本，从而使网上销售队伍有能力每天接更多的单子，有效提高销售额。

（3）网店成熟阶段的发展战略。这一时期需要特别注重通过品牌管理、客户关系管理来促进企业发展。这里重点介绍如何和客户保持良好的关系，提高客户黏性。什么是客户黏性？是指一个公司保持并吸引客户更多光顾的能力。客户黏性来自于客户满意度，客户是企业最重要的财富，是使企业得以生存下去的关键所在，所以必须千方百计地获得客户的青睐，而对客户黏性管理的强弱或高低则决定了企业的发展。作为企业的管理者要记住这么一条：客户是你最优秀的推销员。那么如何提高客户黏性？具体考虑以下三点。

① 满足并超越客户的期望。一个客户购买你的产品，一定是你的产品符合他的需求，比如，如客户购买麦当劳的汉堡、星巴克的咖啡，是因为汉堡和咖啡的质量、口感满足了客户的期望。但在满足客户期望的同时，假设麦当劳不能对他们的儿童客户提供一个欢乐游戏的场所，星巴克不能对他的客户提供一个心灵放松和憩息的氛围，也就是说客户如果不能获得超越你产品本身期望的实现，麦当劳和星巴克也就很难赢得那么多的回头客。又比如，柠檬绿茶是中国做得很好的一家网店，大约一天的平均人流是 2 万，世界上著名的大卖场家乐福在中国的门市，大约一天的平均人流是 1.1 万。家乐福的人流虽少于柠檬绿茶，但人流中实现实际购买的占 98%，并且每人会是多物采购，而柠檬绿茶的实际购买者是人流的 5%，并且多数是单物购买。原因是家乐福有足够数量的商品陈列，有足够数量的供应商的支持，但是柠檬绿茶目前还不能够做到。从柠檬绿茶搜集到的一些资料表明，它的客户对它已经有很好的忠诚度，但柠檬绿茶对它的客户尚缺少需求满足。柠檬绿茶网店希望今后将商品种类再扩大，衍生许多白领女性喜欢的商品，逐步扩大自己的经营范围，让客户真正感觉销售中的物超所值，不断为客户提供越来越多物美价廉的商品，让客户可以实现一站式购物，就像逛大卖场一样，把自己喜欢的、需要的物品一起打包回家，既方便快捷、又节省运费。

② 让客户感觉到你珍惜与他们的关系。珍惜与客户的关系，绝不是停留在嘴上说说而已，关键是你要用行动体现出来。比如一些网店购物的积分奖励，表面上看来只是一种营销手段，但实质上它揭示的是这些网店对客户的一种珍惜与重视，他们唯恐你落入竞争对手的怀抱，所以用这种温情脉脉的形式将你"套牢"，让你时时感觉到他们的存

在，在获得珍惜的同时，客户也必定会投桃报李，与他们的关系也会变得更加坚固且持久。

③ 及时并慎重处理好每一例客户投诉。再声名显赫的企业也难免会遭遇到客户投诉。首先你要正确看待投诉，投诉并没有好坏之分，你应当把投诉视为改善自己产品或服务质量的宝贵机会；其次不要延缓处理投诉，因为第一时间处理投诉才是你的英明选择，这样不会使客户离你而去；一定要慎重处理投诉，提高应对投诉的能力，要控制事态发展成难以收场的局面。

（4）网店停滞阶段的发展战略。这一阶段企业经营业绩不增长甚至下滑，在这一阶段，企业要做一个全力突破，进一步做大做强。目前，中国的一些企业要做大做强，面临着战略与文化双重困境。企业要想做大，那么就应该战略转型。要通过战略转型与文化建设解决企业"突破问题"，度过企业的"停滞期"。中国不少企业由于很好地解决了战略转型问题，从而为企业开创了新的发展空间。比如，目前一些零售实体企业为进一步做大，实施了新的发展战略，设立了 B2C 网店，如王府井百货、西单商场等知名的实体零售企业都设立了自己的网店，在更大的市场范围内销售商品。海尔为了企业的进一步发展，不仅设立了 B2C 网店，还实施"走出去战略"，使自己成长为跨国企业。但是，企业真正实现做强，则必须面对企业文化转型问题，中国的企业最根本的问题就是做大了，而不知道自己怎么做强，归根结底就是我们的企业最缺的就是文化。现代企业是西方两百年工业革命的产物，而这 200 年兴盛的表面背后，有着强大的文化动力做支撑。日本政府在总结明治维新时期为什么能够得到迅速发展的经验时，曾经公布一本白皮书，其中有一段话发人深省："日本经济发展的三要素：第一是精神，第二是法规，第三是资本。这三个要素的比重是，精神占 50%，法规占 40%，资本占 10%。"这足以说明资本不是关键因素，文化才是最主要的，文化是软实力。一个企业要在 21 世纪的竞争中立于不败之地，也必须要有深厚的企业文化做底蕴。企业要想做强，就必须正视企业文化建设问题，也就是说，企业要制定和实施好企业文化战略。

7.3　网上店铺的 CI 策划

这一节我们来讲一下网店的 CI 策划。CI 策划是企业管理中的一个重要内容，为了树立网店的良好形象，展示网店积极进取的文化，增强网店对消费者的影响，促进网店更好的发展，网店店主也要对自己的网店进行 CI 策划。

7.3.1　CI 的概念

CI 是英文 Corporate Identity（或 Corporate Image）的缩写。中文的意思为组织识别（或组织形象）。CI 策划亦称 CIS 导入，是企业根据实际需要有目的的进行形象塑造和宣传的系统工程。企业导入 CIS 的目的，是通过策划、制定和传播出自己的理念识别（亦称 MI）、行为规范（亦称 BI）、视觉识别系统（亦称 VI），塑造良好的企业形象，促进企业在市场中进行有效的品牌运作，提高企业的市场竞争力，在市场中赢得显著而长久的竞争优势。

7.3.2　CI 策划的特点和作用

CI 策划 20 世纪 50 年代起源于美国，导入 CI 策划并取得巨大成功的第一家企业为著名的 IBM 公司。随后 CI 策划以极快的速度普及到欧洲和日本，80 年代传入中国，伴随着经济的蓬勃发展，CI 在中国的发展也非常迅猛，造就了一系列中国的名牌产品和企业，如飞亚达表、康佳彩电、联想计算机、长虹彩电、中国石化和中国银行等。CI 被越来越多的企业所认知，并成为她们为塑造名牌、拓展市场的有力武器。 CI 策划，作为完整的统一的企业形象塑造方法，对企业进行整体策划，帮助企业创造富有个性和感染力的全新的企业形象，使企业由显层标识到深层理念都发生积极的转变。这些转变是由 CI 本身所具有的特点所决定的。CI 具有以下特点：

形象化。CI 通过专门设计的识别系统，将企业生产、经营和管理的特征集中设计在企业象征图案等标识上，便于接受、识别和记忆，对于社会公众具有很强的感染力和冲击力。其标识和整个识别系统无论在什么地方出现，马上就会使人联想到该企业，以及企业的产品和技术。如广州太阳神集团的象征图案，红色圆形和黑色三角为基本定位，圆形是太阳的象征，代表光明、温暖、生机和希望的企业经营宗旨，以及代表健康、向上的商品功能；三角形放置呈向上趋势，象征"人"字造型，显现出企业向上升腾的意境和以"人"为中心的服务及经营理念；以红、黑、白三种色彩组成强烈的色彩反差，体现企业不甘现状、奋力创新的整体心态。

个性化。CI 策划的基本出发点是依据企业性质、特点进行个性化的塑造。这不仅体现在企业的产品、经营宗旨、企业风格上，而且表现在企业的商标、广告、色彩和招牌上。个性化的形象识别系统具有更强烈的表现力，使人过目不忘，在感官和心理上引起长久的记忆、联想和共鸣，从而达到更佳的形象效果。如我国著名的李宁运动服装有限公司的企业标识，以英文大写字母"L"和"N"为定位，这是由汉语拼音"LI　NING"每个字的第一个大写字母"L"和"N"的变形构成，还抽象了李宁原创的"李宁交叉"动作，又以"人"字形来诠释运动价值观。这个标识象征运动、跨越、腾飞的体育形象和面对机遇、迎接挑战、超越自我的进取精神，使李宁运动服装系列一举走红，产生强烈的名牌效应。

系统性。CI 包括三个部分：理念识别（MI），它是企业精神成果的识别系统，包括企业精神、价值观念、企业目标、经营哲学和企业作风等；行为识别（BI），它是企业行为规范的识别系统，包括行为准则、制度规范、工作标准、员工教育、服务态度、岗位敬业、工作环境、经济效益、研究开发、公共关系和文化活动等；视觉识别系统（VI），它是企业形象的、富有感染力的识别系统，包括企业名称、企业品牌标志、标准字、标准色、企业象征图案、企业口号、服饰、吉祥物，以及事务用品、办公用具、建筑外观、交通工具、包装、展示和广告等。这三部分把企业的生产、经营、管理有机地联系起来，形成完整的企业形象系统。它既是企业文化的形象化整体再现，也是企业全面参与并赢得市场竞争的战略性系统工程。

传播性。CI 的目的在于让更多的人了解企业。它借助各种媒体如广播、电视、报纸和刊物等进行信息传播，使企业在消费者中引起反响，并得到社会公众的认同。

CI 的上述特点，比较完整地体现了 CI 的意义与价值，可以说是目前企业形象塑造的最为理想的方法。

7.3.3　CI 策划的意义

CI 策划作为塑造企业形象的系统工程，不论对提高企业整体素质，还是对外扩大企业影响，都具有重要作用。

（1）企业导入 CI 系统，塑造良好的企业形象，可以促进企业在市场中进行有效的品牌运作，从而提高企业的市场竞争力。

（2）有利于企业凝聚人心，形成工作合力。有人把 CI 的理念识别（MI）比做企业的"心"，把行为识别（BI）比做企业的"手"。这就是说，理念识别犹如企业的"心脏"，它反映着企业精神、价值观念和经营哲学等精神文化现象，是企业识别系统的原动力，指导着企业内部方针政策、行为规范、企业管理和人员素质；行为识别系统则犹如企业的"手"，是执行系统，它具体实施理念识别系统的内容，将企业精神、价值观念和经营哲学等变成全体职工的一致行为，进而有效地加强企业管理，提高企业整体素质。这就是说 CI 的导入，可以凝聚人心，有效地使企业集团中各部门、各下属机构之间相互沟通与认同、相互协作与支持，形成合力，同时有助于提高企业管理水平。

（3）有利于社会公众的认同，促进企业有效应对社会各个方面的问题。一个企业应有良好的产品和技术。CI 策划把产品以独特的设计和鲜明的视觉形象展现在公众面前，使社会公众对企业产品产生好感和认同，从而有效地提高企业产品在广大消费者心目中的地位。

（4）有利于增强股东的投资信心，扩大社会资金来源。成功的 CI 策划可以增强投资者的安全感和信任感，提高企业的融资能力。

（5）有利于吸引优秀的人才，进一步增强企业自身的素质和竞争力。

（6）有利于构建富有个性、积极进取的企业文化。企业文化是企业发展的重要推动力，对企业的现在和未来都具有重大影响。CI 策划是企业文化建设的重要组成部分，它的作用突出地反映在塑造具有独特个性的企业形象上，因此它不但可以丰富企业文化的内容，给企业文化建设带来新的生机，而且可以促使企业文化建设发展到更新更高的层次。

7.3.4　CI 系统的构成

CI 系统是由理念识别（Mind Identity　简称 MI）、行为识别（Behaviour Identity　简称 BI）和视觉识别（Visual Identity　简称　VI）三方面所构成。

1．理念识别

理念识别是确立企业独具特色的经营理念，是企业生产经营过程中设计、科研、生产、营销、服务和管理等经营理念的识别系统。是企业对当前和未来一个时期的经营目标、经营思想、营销方式和营销形态所作的总体规划和界定，主要包括：企业精神、企业价值观、企业信条、经营宗旨、经营方针、市场定位、产业构成、组织体制、社会责任和发展规划等。属于企业文化的意识形态范畴。

2．行为识别

行为识别是企业实际经营理念与创造企业文化的准则，对企业运作方式所作的统一规划而形成的动态识别形态。它是以经营理念为基本出发点，对内是建立完善的组织制度、管理规范、职员教育、行为规范和福利制度；对外则是开拓市场调查、进行产品开发，透过社会公益文化活动、公共关系和营销活动等方式来传达企业理念，以获得社会公众对企业识别认同的形式。

3．视觉识别

视觉识别是以企业标志、标准字体、标准色彩为核心展开的完整的视觉传达体系，是将企业理念、文化特质、服务内容和企业规范等抽象语意转换为具体符号的概念，塑造出独特的企业形象。视觉识别系统分为基本要素系统和应用要素系统两方面。基本要素系统主要包括：企业名称、企业标志、标准字、标准色、象征图案、宣传口语和市场行销报告书等。应用系统主要包括：办公事务用品、生产设备、建筑环境、产品包装、广告媒体、交通工具、衣着制服、旗帜、招牌、标识牌、橱窗和陈列展示等。视觉识别（VI）在 CI 系统中最具有传播力和感染力，最容易被社会大众所接受，据有主导的地位。

7.3.5　CI 设计的原则

CI 设计的基本原则是进行 CI 策划设计必须把握同一性、差异性、民族性和有效性等基本原则。

1．同一性

同一性原则的运用能使社会大众对特定的企业形象有一个统一完整的认识，不会因为企业形象的识别要素的不统一而产生识别上的障碍，增强了形象的传播力。为了达成企业形象对外传播的一致性与一贯性，从企业理念到视觉要素予以标准化，应该采用统一设计和统一大众传播，用完美的视觉一体化设计，将信息与认识个性化、明晰化、有序化，把各种形式传播媒体上的形象统一，创造能储存与传播的统一的企业理念与视觉形象，并坚持长期一贯的运用，不轻易进行变动，这样才能集中与强化企业形象，使信息传播更为迅速有效，给社会大众留下强烈的印象与影响力。

要达成同一性，实现 CI 设计的标准化导向，必须采用简化、统一、系列、组合和通用等手法对企业形象进行综合的整形。

简化：对设计内容进行提炼，使组织系统在满足推广需要前提下尽可能条理清晰，层次简明，优化系统结构。如 VI 系统中，构成元素的组合结构必须化繁为简，有利于标准的施行。

统一：为了使信息传递具有一致性和便于社会大众接受，提升传播效果，应该把品牌和企业形象不统一的因素加以调整。企业名称、品牌和商标名称应尽可能地统一，给人以唯一的视听印象。

系列：对设计对象组合要素的参数、形式、尺寸和结构进行合理的安排与规划。如对企业形象战略中的广告、包装系统等进行系列化的处理，使其具有家族式的特征和鲜明的识别感。

组合：将设计基本要素组合成通用较强的单元，如在 VI 基础系统中将标志、标准字或象征图形、企业造型等组合成不同的形式单元，可灵活运用于不同的应用系统，也可以规定一些禁止组合规范，以保证传播的同一性。

通用：即指设计上必须具有良好的适合性。如标志不会因缩小、放大产生视觉上的偏差，线条之间的比例必须适度，如果太密缩小后就会并为一片，要保证大到户外广告，小到名片均有良好的识别效果。

2. 差异性

企业形象为了能获得社会大众的认同，必须是个性化的、与众不同的，因此差异性的原则十分重要。

差异性首先表现在不同行业的区分，因为，在社会大众心目中，不同行业的企业与机构均有其行业的形象特征，如化妆品企业与机械工业企业的企业形象特征应是截然不同的。在设计时必须突出行业特点，才能使其与其他行业有不同的形象特征，有利于识别认同。其次必须突出与同行业其他企业的差别，才能独具风采，脱颖而出。

日本享誉世界的五大名牌电器企业：索尼、松下、东芝、三洋、日立，其企业形象均别具一格，十分个性化，有效地获得了消费大众的认同，在竞争激烈的世界家电市场上独树一帜。

3. 民族性

企业形象的塑造与传播应该依据不同的民族文化，美、日等许多企业的崛起和成功，民族文化是其根本的驱动力。美国企业文化研究专家秋尔和肯尼迪指出："一个强大的文化几乎是美国企业持续成功的驱动力。"驰名于世的"麦当劳"和"肯德基"独具特色的企业形象，展现的就是美国生活方式的快餐文化。

塑造能跻身于世界之林的中国企业形象，必须弘扬中华民族的文化优势，灿烂的中华民族文化是我们取之不尽用之不竭的源泉，有许多我们值得吸收的精华，有助于我们创造中华民族特色的企业形象。

4．有效性

有效性是指企业经策划与设计的 CI 计划能得以有效的推行运用，CI 是解决问题的方法，不是企业的装扮物，因此能够操作和便于操作，其可操作性是一个十分重要的问题。

7.3.6　CI 设计的规划过程

CI 设计规划与实施导入是一种循序渐进的计划性作业。综合国内企业导入 CI 的经验。其作业流程大致可分为下列五个阶段。

1）企业实态调查阶段

把握公司的现况、外界认知和设计现况，并从中确认企业实际的形象认知状况。

2）形象概念确立阶段

以调查结果为基础，分析企业内部、外界认知、市场环境于各种设计系统的问题，来拟定公司的定位与应有形象的基本概念，作为 CI 设计规划的原则依据。

3）设计作业展开阶段

根据企业的基本形象概念，转变成具体可见的信息。并经过精致作业于测试调查，确定完整并符合企业的识别系统。

4）完成于导入阶段

重点在于排定导入实施项目的优先顺序、策划企业的广告活动以及筹组 CI。

7.3.7　企业 CI 设计欣赏

下面，请欣赏上海广电集团的 CI 设计，分别如图 7-31、图 7-32、图 7-33 所示。

标志图形的创意设计源自对 SVA 名称及内涵的视觉再现与诠释；图形的形态通过对英文字体笔画的有机分割和色彩的运用，赋予视觉上更丰富的想象空间。

图 7-31　上海广电集团的厂标图案

深蓝色象征了智慧、专业、科技稳健和可靠感，其整体造型犹如一艘海面上扬帆远航的巨轮，微感倾斜的图形字体，在稳健中蕴涵动力和速度感，表达了 SVA 这艘科技产业的巨轮正全速驶向未来。

图 7-32　标准色、辅助色图　　　　　　　　　　图 7-33　标志标准字组合图

7.3.8　网上店铺 CI 策划的重点

网上创业者可以根据以上介绍的 CI 设计知识，借鉴有关企业的 CI 设计方案，给自己的网店进行 CI 设计，不过这需要一定的美工基础和审美能力。当然，可以聘请专业的 CI 设计人员对你的网店进行 CI 设计。这里给你几点意见作为参考：

（1）依据网店性质、特点进行个性化的塑造。要使这种个性化的塑造易于接受、识别和记忆，具有强烈的表现力，与众不同，使人过目不忘。

（2）打造网店的 CI 识别系统。前面已经介绍，CI 识别系统包括理念、视觉、行为三个识别部分。网店的理念识别：要树立自己的经营理念、网店行为规范；网店的视觉识别：打造自己网店独特的名称、网店标志性图案、标准色、标准字、包装和广告等视觉识别标准；网店的行为识别：使用自己的服务语言、服务动作等。

（3）通过网店装修、网店推广手段（论坛、发贴、QQ 等）、销售过程和售后服务等多种渠道进行网店信息传播，使网店在消费者中引起注意。

7.4　网上店铺的成本管理

7.4.1　成本管理概念

成本管理，是指企业生产经营过程中各项成本核算、成本分析、成本决策和成本控制等一系列科学管理行为的总称。成本管理一般包括成本预测、成本决策、成本计划、成本核算、成本控制、成本分析和成本考核等职能。

7.4.2　成本管理的目的

成本管理的目的是充分动员和组织企业全体人员，在保证产品质量的前提下，对企业生产经营过程的各个环节进行科学合理的管理，力求以最少生产耗费取得最大的生产成果。成本管理是企业管理的一个重要组成部分，它对于促进增产节支、加强经济核算，改进企业管理，提高企业整体成本管理水平具有重大意义。

7.4.3　成本管理的作用

1．降低成本

在任何设定的条件下，只要影响利润变化的其他因素不因成本的变动而发生变化，降低成本始终是第一位的。如前所述，降低成本以两种方式实现：

第一，在既定的经济规模、技术条件、质量标准条件下，通过降低消耗、提高劳动生产率、合理的组织管理等措施降低成本。通常，这种意义上的成本降低属于日常企业成本管理的内容。

第二，改变成本发生的基础条件。成本发生的基础条件是企业可利用的经济资源的性质及其相互之间的联系方式。这些资源包括劳动资料的技术性能、劳动对象的质量标准、劳动者的素质和技能、产品的技术标准、产品工艺过程的复杂程度、企业规模的大小、企业的组织结构、企业的职能分工、企业的管理制度、企业文化和企业外部协作关系等诸多方面。这些因素的性质及其相互之间的联系方式构成了成本发生的基础条件，是影响成本的深层次因素。在特定的条件下，当成本降低到这些条件许可的极限时，进一步降低成本的努力可能收效甚微。例如产品成本中的材料成本，在既定的技术条件和材料条件下，生产单位产品材料消耗量有一个最低标准，当实际消耗接近这一标准时，进一步的努力也难以使材料成本进一步降低。由于既定的条件限定了成本降低的最低限度，进一步的成本降低只有改变成本发生的基础条件，如通过采用新的技术设备、新的工艺过程、新的产品设计和新的材料等，使影响成本的结构性因素得到改善，为成本的进一步降低提供新的前提，使原来难以降低的成本在新的基础上进一步降低。

2．增加利润

降低成本可以增加企业的利润，但在某些情况下，具有战略意义的议题是如何通过增加成本以获取其他的竞争利益。当成本变动与其他相关因素的变动相互关联时，如何在成本降低与生产经营需要之间做出权衡取舍，是企业成本管理无法回避的困难选择。单纯以成本的高低为标准容易形成误区。成本的变动往往与诸方面的因素相关联，成本管理不能仅仅只着眼于成本本身，而要利用成本、质量、价格、销量等因素之间的相互关系，支持企业为维系质量、调整价格和扩大市场份额等对成本的需要，使企业能够最大限度地获得利润。

3．配合企业取得竞争优势

在激烈的市场竞争环境下，企业为了取得竞争优势，往往要采取诸多的战略措施，这些战略措施通常需要成本管理予以配合。采用成本领先战略的企业要通过强化企业成本管理不遗余力地降低成本。战略的选择与实施是企业的根本利益之所在，其需要高于一切，成本管理要配合企业为实施各种战略对成本及成本管理的需要，在实施企业战略的过程中引导企业走向成本最低化。

4．提高资源利用效率

在资源限制条件下，通过企业成本管理提高资源的利用效率，使有限的经济资源生产出更多的产品、创造出更多的价值，达到节约增产的目的，也是企业成本管理的重要目标。这一原理对于存在瓶颈环节的企业同样具有参考价值。当企业的薄弱环节成为制约企业成本的重要因素，提高瓶颈资源的利用效率成为企业成本管理过程需要重点关注的问题之一。企业可以利用成本的代偿性特征，通过增加其他方面的成本以节约受限制资源或瓶颈资源，使受限制资源的边际收益最大化，从而提高企业的产出水平。

7.4.4　现代成本管理的五大理论

1．作业成本管理

20 世纪 70 年代初，早期的经济学家乔治·斯拖布思（G.T. Staubus）教授首次提出了作业和作业会计的概念，但是当时未引起人们的足够重视。80 年代以后，随着生产自动化程度的提高，人们认识到传统的成本核算方法已经越来越不适应生产实际。哈佛商学院的 Rober Kaplan 和 Robin Cooper 两位教授发展了乔治·斯托布思（G.T. Staubus）的思想，在分析了传统成本会计的弊端后，于 1988 年提出了以作业成本计算方法。这种方法可以将企业 发生的各种费用通过成本动因更为精确地分摊到产品成本中，从而为企业决策者提供更为准确的产品成本信息。

作业成本计算是作业成本管理的基础。作业成本管理使用作业成本的信息，其目的不仅要使所销售的产品和服务合理化，更重要的是明确改变作业与过程以提高生产力。它将成本管理的重心深入到供应链作业层次，尽可能消除"非增值作业"，改进"增值作业"，优化"作业链"和"价值链"，从成本优化的角度改造作业和重组作业流程；并且对供应链中的各项作业进行成本效益分析，确定关键作业点，对关键作业点进行重点控制。应该说作业成本管理的出现使人们眼前一亮，它突破了传统的人们对于成本的种种认识，并为管理者拓展了企业降低成本的途径。

2．战略成本管理

20 世纪 80 年代初由英国学者西蒙斯（Simmonds）提出了战略成本管理的概念，他认为战略成本管理是"用于构建与监督企业战略的有关企业及其竞争对手的管理会计数据的提供与分析"。美国会计学者威尔逊（Wilson）将战略成本管理定义为："是明确强调战略问题和所关注重点的一种管理会计方法。它通过运用财务信息来发展卓越的战略，以取得持久的竞争优势，从而拓展了管理会计的范围"。

战略成本管理是将企业的成本管理与该企业的战略相结合，从战略的高度对企业及其关联企业的各项成本行为，成本结构实施全面了解、分析和控制，从而为企业战略管理提供决策信息，提高企业竞争优势。区别于传统的成本管理模式，战略成本管理的特点主要体现在：成本 内容 不断拓展，企业更多关注的是所处环境及其环境因素对企业的影响，包括企业优劣势、竞争对手的威胁等，并依据自身所处的竞争地位及时调整竞争战略；成本范围不断延伸，从企业内部价值链延伸到企业外部价值链；成本管理手段不断丰富，已超越了传统的格式化的成本报告、成本分析模式，注重定性因素对企业的影响，并利用财务的和非财务的各种成本信息服务于企业管理，促使企业战略目标的实现。

3．产品生命周期成本理论

20 世纪 60 年代初期，美国国防部为了控制国防经费，努力使物资的采购成本及在购买后整个使用期间的使用成本和废弃处置成本尽可能得低，从而产生了产品生命周期成本的概念。产品生命周期成本指在企业内部及其相关联方发生的全部成本，具体指产品策划、开发、设计、制造、营销与物流等过程中的产品生产方发生的成本，消费者购入产品后发生的使用成本、维护成本，以及产品的废弃处置成本。70 年代起产品生命周期成本作为一种管理会计实践，开始由军事工业向民用工业倾斜。企业为了取得竞争优势，力求使用户的使用、废弃处置成本尽可能低，因而越来越重视全生命周期成本。这一概念体现了企业作为社会中的经济细胞所承担的社会责任，符合可持续发展的观念。产品生命周期理论的产生促使企业从产品开发和设计的源头上控制产品的成本，逐步形成了成本设计的方法体系。

4．成本规划

20 世纪 60 年代中期，日本的丰田公司为了控制产品的成本，在新产品的开发阶段，就开始对成本进行估计，逐步形成了包括协作企业在内的一体化成本规划活动。这种方法是一种用于在产品设计阶段降低成本的方法，它要求企业在新产品开发阶段，为满足整个公司的利益，规划满足客户质量要求的产品，在一定的中长期目标利润及市场环境下，决定产品的目标成本。之后的年份里，这种方法受到了人们的重视，得到了不断的丰富和发展，被广泛应用在了企业实践中。

5．全面成本管理

20 世纪 80 年代，Ostrenga 全面地论述了全面成本管理的理论思想和构成全面成本管理的管理过程分析、ABC 和连续改善等主要方法，认为要在一个企业中实现全面成本管理，首先要从管理过程分析的角度，全面审视企业现有的经营过程，并从中寻找存在的问题；其次要持续改善，全面地持续不断地进行改进。

　　这些成本管理的理论和方法是在新的经济环境中产生的，它们突破了传统成本管理理论和方法的局限性，能够比较准确地反映产品的成本，为决策者作决策提供科学依据。但是，我们还应该看到这些理论和方法也不是尽善尽美的，它们各自还存在着许多亟待解决的问题，需要不断地完善；另外，各方法之间也缺乏一定的系统性，需要投入更大的精力将各种方法进行整合。

7.4.5　网上店铺成本控制

　　经营网上店铺，目的是为了获利。对于一位日理万机、杂务缠身的经营者而言，你对当日、本月的成本和利润能做到心中有数吗？

　　"营业额－成本－费用=利润"是每个店铺获利的基本公式。增加营业额是开源的手段，控制成本与费用是节流的手段，二者结合才能经营好店铺，获取利润。

　　以下是控制成本费用的经验，供网上店主参考。

1．坚持成本费用核算

　　为了加强成本、费用管理，促进成本、费用降低，提高经济效益，要坚持成本、费用核算。一是要编制成本、费用计划，实行预算管理。二是要确定成本、费用开支范围和标准，实行定额管理。三是要进行成本、费用分析预测，加强成本、费用控制，及时掌握成本、费用升降的原因，指出降低成本、费用的途径，改进成本、费用管理工作。要将网店经营中所有影响成本、费用的因素逐个列出，如员工工资、货源、包装、进价、售价、发货、库存保管、营业费用、管理费用和财务费用等，找出与成本、费用相关的因素，提出解决办法，促进成本费用的降低。

　　例如：找到物美价廉的货源是一个降低进货成本的好办法。如果你是经营服装，大致可以从以下几渠道找到货源：一是从市场进货。要密切关注市场变化，充分利用商品打折找到价格低廉的货源。对于一些网上销售非常火的品牌衣物，业主可在换季时或在特卖场里能淘到款式品质上乘的品牌服饰，再转手在网上卖掉，利用地域或时空差价获得足够的利润。二是从厂家进货。厂家进货是一个常见的渠道，去厂家进货，可以拿到更低的进货价，但是一次进货金额通常要求比较高，增加了经营风险，最好是多认识在厂家工作的朋友，可以解决很多问题。三是关注外贸产品，目前许多工厂在外贸订单之外的剩余产品或者为一些知名品牌的贴牌生产之外会有一些剩余产品处理，价格通常十分低廉，通常为正常价格的2～5折，这些产品大多只有1～3件，款式常常是现在或明年最流行的，如果认识外贸厂商，可以直接从工厂拿货，这是一个不错的进货渠道。四是从批发市场进货。在批发市场进货需要有强大的议价能力，力争将批发价压到最低。要与批发商建立好关系，在关于调换货的问题上要与批发商说清楚，以免日后起纠纷。一定要多跑地区性的大型批发市场，不但容易熟悉行情，还可以拿到很便宜的批发价格。不过业主需要分清零售兼批发、批发兼零售及直销三类不同市场。零售兼批发的市场，是允许试穿衣服的，而批发兼零售的地方是不允许试穿衣服的。价格当然是批发兼零售的地方便宜。如果所有的东西都是打包卖，不接受零售，那多半是直销，你给多少价都不零售的。这里讲求的是量，价格最低。找到货源后，可先进少量的货进行试卖，如销量好再考虑增大进货量。有些业主和供货商关系很好，往往是商品卖出后才去进货，这样既不会占资金又不会造成商品的积压。五是买入库存积压或清仓处理产品。有些品牌商的库存积压很多，因为急于处理，这类商品的价格通常是极低的，而且一些商家干脆把库存全部卖给专职网络销售的业主，如果你有足够的砍价本领，能以低廉的价格把他们手中的库存吃下来，定能获得丰厚的利润。六是其他渠道进货。比如，国外的世界一线品牌在换季或节日前夕，价格非常便宜。如果业主在国外有亲戚或朋友，可请他们帮忙，拿到诱人的折扣在网上销售。如果你是在深圳珠海这样的地方，甚至可以办一张通行证，自己去香港、澳门进货。

2．建立良好的仓库管理制度

建立健全仓库管理制度，包括库存账务管理、仓库物资的保管、出入库手续的完善等制度，要做好仓库物资投保转移风险工作。

3．向同行学习

所谓货比三家不吃亏，经营者不应该盲目忙于店务，而不了解同行的竞争形势，要到外面多看、多听、多比较，借鉴其他网上店铺降低成本费用的手段，结合自己的实际情况，拿出自己网店有特色的成本费用管理办法。

4．引入激励、奖惩制度

制定激励和奖惩制度，开展绩效管理。用管理制度规范员工的行为，促进提高员工的工作积极性和责任感。将员工控制成本费用、完成销售任务的工作成绩与企业效益挂钩，对超额完成任务的员工，给予奖金、休假等奖励；有突出贡献者，给予股权激励；而对于未完成定额任务者，给予思想教育、扣发工资等惩罚。

7.5　网上店铺的营销管理

7.5.1　市场营销管理知识

1．市场营销管理概念

营销管理是指为了实现企业目标，建立和保持与目标市场之间的互利的交换关系，而对设计项目的分析、规划、实施和控制。营销管理的实质，是需求管理，即对需求的水平、时机和性质进行有效的调节。在营销管理实践中，企业通常需要预先设定一个预期的市场需求水平，然而，实际的市场需求水平可能与预期的市场需求水平并不一致。这就需要企业营销管理者针对不同的需求情况，采取不同的营销管理对策，进而有效地满足市场需求，确保企业目标的实现。

2．市场营销管理的五种需求管理

市场营销管理的五种需求管理，主要是满足企业的需求、满足消费者的需求、满足经销商的需求、满足终端的需求和满足销售队伍的需求，在不断满足需求的过程中，企业不断得到发展。

1）满足企业的需求

企业的需求有哪些呢？企业追求可持续发展，说白了就是可持续赚钱。企业可以短期不赢利，去扩张，去追求发展，但最终目的是赢利。所有的人员、资金、管理等都是为企业实现可以持续赚钱的手段。

企业发展的不同阶段，市场发展的不同阶段，企业有不同的需求。

市场孕育期，企业开发了创新产品。企业面临两个问题，一是要迅速完成资金的原始积累，另外要迅速打开市场。所以此时企业可能采取急功近利的操作手法，怎么来钱就怎么做，怎么出销量就怎么做。可能采取的政策是高提成、高返利、做大户等。

市场成长期，企业飞速发展，出现了类似的竞争对手。因此企业要用比对手快的速度，扩大市场份额，占领市场制高点。可能采取的措施是开发多品种、完善渠道规划、激励经销商等。

市场成熟期，在市场成熟期，企业需要延续产品的生命周期。企业要追求稳定的现金流量，同时还要开发其他产品。这时企业要不断推出花样翻新的促销政策。

市场衰退期，企业要尽快回收投资。

从上面简单的生命周期描述中，我们看到，不同时段企业有不同需求，满足企业需求是第一位的。营销管理是对企业需求的管理，以满足企业的需求为根本。所以作为营销决策者首先要考虑："我的老板要求我做什么？公司现在需要我做什么？股东需要我做什么？"然后在具体落实在企业需求的过程中，考虑下面四个需求。

2）满足消费者的需求

按照营销理论，企业要坚持"4C"原则，以消费者为中心。"4C"是营销理念和标准。"4C"分别指代 Customer（客户）、Cost（成本）、Convenience（便利）和 Communication（沟通）。

（1）Customer（客户），主要指客户的需求　企业必须首先了解和研究客户，根据客户的需求来提供产品。同时，企业提供的不仅是产品和服务，更重要的是由此产生的客户价值（Customer Value）。

（2）Cost（成本），不单是企业的生产成本，它还包括客户的购买成本，同时也意味着产品定价的理想情况，应该是既低于客户的心理价格，也能够让企业有所赢利。此外，这中间的客户购买成本不仅包括其货币支出，还包括其为此耗费的时间，体力和精力消耗，以及购买风险。

（3）Convenience（便利），即所谓为客户提供最大的购物和使用便利。"4C"理论强调企业在制订分销策略时，要更多的考虑客户的方便，而不是企业自己方便。要通过好的售前、售中和售后服务来让客户在购物的同时，也享受到了便利。便利是客户价值不可或缺的一部分。

（4）Communication（沟通），企业应通过同客户进行积极有效的双向沟通，建立基于共同利益的新型企业／客户关系。这不再是企业单向的促销和劝导客户，而是在双方的沟通中找到能同时实现各自目标的方法。

中国的消费者是不成熟的，所以才容易被企业误导，策划人搞得概念满天飞，风光三、五年。真实的、理性的消费者需求是什么呢？消费者对好的产品质量有需求，消费者对合理的价格有需求，消费者对良好的售后服务有需求。消费者的需求对企业来说是最重要、最长久的，企业可以满足短期利益，忽略消费者需求，但消费者是用"脚"投票的，他们会选择离开。

著名的春都，发家于火腿肠，上市公司。在九十年代是中国知名企业，行业先锋，但在多元化战略下，迷失了自己的方向，主营业务大幅萎缩。为在价格战中取胜，春都竟然通过降低产品质量，损害消费者利益，来降低生产成本，含肉量一度从 85% 降到 15%，春都职工用自己的火腿肠喂狗，戏称为"面棍"。只考虑自己需求，而没满足消费者需求的春都，付出了惨重代价，销量直线下滑，市场占有率从最高时的 70% 狂跌到不足 10%。春都的灭亡是必然的，只考虑企业的需求是危险的。企业可以在一段时间欺骗所有的消费者，也可以在所有的时候欺骗一个消费者。但群众的眼睛是雪亮的，企业不可能在所有的时候欺骗所有的人。所以对企业来说，满足消费者的需求是企业存在的价值，是企业最长久的保障。在满足需求的基础上，企业还要发掘需求，引导消费的潮流。

3）满足经销商的需求

经销商的需求是经常变动的，但归根结底是三个方面。

经销商需求销量。如果你的产品是畅销产品，不愁卖。这个时候经销商可能只需要销量。因为他知道，你的货可以带动其他货走，这样他可以从其他货中赚钱。

经销商需求利润率。如果你的产品是新产品，这时经销商期望比较高的毛利。你的货可以走得慢，但是很赚钱，这样他也满意。

经销商需要稳定的下家。如果你的货物实在紧俏，零售店非有不可，你给经销商货，经销商就可以用这个产品建立渠道，维护自己渠道的忠诚。当然，如果你可以帮助他做管理、管理渠道、管理终端，这样你也满足了他的需求。

所以企业在制定营销政策时要知道经销商的需求是什么。经销商是要长远发展，还是要短期赢利。企业制定政策时，要考虑到经销商的发展，而不是仅从企业自身出发，也不是仅从消费者的角度出发。毕竟在有些行业，经销商是不可或缺的。经销商也有发展阶段，他在创业阶段需要你给他指点，需要你给他支持。当他的网络已经形成，管理基本规范时，他最需要的就是利润。不同发展阶段，他的需求是不同的。因此企业要针对经销商实际需要不断制定出符合经销商的销售政策、产品政策和促销政策。

4）满足终端的需求

很多企业强调"终端为王"，终端也确实成了王。某些特殊地位的"超级终端"索取进场费、陈列费和店庆费等就不说了，更恼火的是，有些中小终端——超市，动不动就玩倒闭。做终端风险和成本都很大，到底企业做不做终端，怎么做终端，成了老板两难的选择。按照目前的渠道发展趋势，终端是不做也得做，做也得做，关键是怎么做。所以很多企业都有终端策略，制定区别于经销商的终端政策，满足终端的需求。

终端的需求越来越多，尤其是连锁商家，更是"难缠"。如，面对国美等连锁家电，创维这样的彩电巨头都要采取"第三条道路"。手机行业的连锁巨头也很"可怕"，上百家连锁店，迫使厂家对他出台倾斜政策。终端和经销商，如果让厂家做出选择，宁肯选择终端，而不是选择经销商。做终端的办法，很多企业不一样，宝洁公司的市场人员就只做终端的维护和支持，而不管窜货、不管价格。在宝洁眼中，终端比经销商更重要。毕竟是终端的三尺柜台决定了厂家的最终成败。

5）满足销售队伍的需求

销售队伍是最容易被忽略的，因为是自己人，所以先满足外人的利益，如果有剩余就用来满足销售队伍的利益，这是很多老板的做法。表面上看销售队伍不是很重要，只要赚钱就会跟企业走。但一个销售代表的背叛可能导致一个地区业务的失控。

任何营销政策，最终都靠销售队伍来贯彻，销售代表执行力度的大小，可能比政策本身的好坏更重要。这是个"打群架"的时代，营销竞争是靠团队的，所有的经销商、终端、消费者的需求，都要通过销售队伍来满足。他们的需求有那些呢？无外乎生存和发展，销售队伍对合理的待遇有需求，对培训机会有需求，对发展空间有需求。因此企业要在不同阶段，发掘销售队伍的需求，尽量来满足他们。

企业需求是根本，是营销管理的出发点。其中消费者的需求、经销商的需求、终端的需求是串联的，一个环节没满足，就会使营销政策的执行出现偏差。一个环节"不稳"，就可能导致企业"不稳"。作为营销管理者，要从这五个方面出发来考虑营销问题。如果营销出了问题，就一定是这五方面出了问题。优秀的营销管理者，要善于分析这五个方面，善于平衡这五个方面的资源投入，取得营销的最佳效果。

3. 市场营销管理过程

市场营销管理过程，也就是企业为实现企业任务和目标而发现、分析、选择和利用市场机会的管理过程。更具体地说，市场营销管理过程包括如下步骤：

（1）发现和分析市场机会。

（2）选择目标市场和细分市场。

（3）发展市场营销组合和决定市场营销预算。

（4）实施市场营销计划。

以上内容在本章 7.2.1 网上店铺的发展战略中的"企业战略"中有更详细的介绍。

7.5.2　网上店铺的营销管理案例

下面提供一个从网上下载的网上店铺的营销管理策划案例："果果女孩——女性时尚用品网店营销策划案"，作为网上店铺营销管理的学习参考。

果果女孩——女性时尚用品网店营销策划案

以下是对"果果女孩——女性时尚用品网店"的营销策划方案，希望对店主能有一些实质上的帮助。

1．产品市场分析

从店主所销售的产品来看，可以将店主的店铺定位为"女性时尚用品网店"。不管从现实生活中的实体店来看，还是从网上各类女性时尚用品店的销售情况来看，女性时尚用品的市场前景可观。据有关资料表明，"美容和时装消费是女性时尚用品的主力军。各类化妆品、保健品、减肥药，各种服装、饰品及相关服务，成为市场永恒的热点"。"1993年以来，上海市妇女用品商店销售业绩每年以 10% 的速度增长，并始终保持极高的利润。该商店营业面积只有 1100 多平方米，但年销售额却高达两亿多元，去年上缴利润 712万元，令其他百货商店刮目相看"。"女性市场也为假日经济提供了不竭的动力。除了元旦、五一、国庆等社会公众假日外，女性还是情人节、三八节和母亲节的消费主角"。这些资料都表明了女性时尚用品具有无可限量的市场潜力，而且会是市场永恒的热点。

下面，根据店主所经营的产品来研究一下该店的产品市场。

1）美容护肤品

美容护肤和彩妆产品是关注度比较高的一类产品，在淘宝上也有很多同类网店，可谓竞争相当激烈。从上面的资料不难看出，美容消费是女性时尚用品的主力军。选择经营这一类产品从市场需求度来说是个不错的选择。而从店主的选择来看，应用了品牌效应（同仁堂）和名人效应（大 S）。纵观淘宝各类美容护肤店的销售模式大抵如此。

2）品牌内衣裤

随着生活水平和质量的提高，很多人开始崇尚选择品牌内衣裤，而且讲究舒适度。从店主经营的品牌内衣裤来看，这两者都有，而且相对来说还有价格上的优势。但是，有不少人多少会对网购的内衣裤持怀疑态度，这就要求店主多花些心思来打消客户的顾虑。虽然不少女性喜欢看上去比较华丽，比较漂亮的内衣裤，但是品牌与舒适度依旧是选择内衣裤的首选。而店主的一些低端价位的内衣裤能够吸引 16 至 30 岁左右的年轻女性。

3）正版 CD

做这一类产品其实有点冒险。正版 CD 即使做实体店也是个冒险。因为在网络资讯大行其道的当今，很少有人会愿意购买正版 CD。年轻人一般都直接从网上下载，中年人可能比较喜欢店主所经营的顶级音乐，但是会更多的选择从实体店购买。不过在销售世界里，没有什么是不可能的。店主既然选择了这一类产品，肯定是经过深思熟虑的，只要店主用心经营，那肯定就会成功。在淘宝网里也有很多做这一行做得很不错的商家，店主可以适当地模仿或是学习一下。

4）时尚包包

在果果女孩里，看到店主有经营包包的。款式偏日韩系。其实这一类产品很受年轻女孩的欢迎，很多白领丽人也相当偏爱这种色彩明艳又很亮丽的包包。货品很正，只要做足了推广，相信会卖得更好。

2. 产品卖点挖掘和说明

其实，女性购物从来都是感性而非理性的。如果一个网店可以做得有声有色，那么购物者的心态会更加偏向感性。从大体上来讲，女性购物通常有三个思想左右她们的行为：① 品牌效应；② 名人或明星效应；③ 人气效应。这些都能在很大程度上左右年轻女性购物的倾向。另外，还有产品是否时尚漂亮，质量是否过硬，价格是否公道等也是女性经常考虑的问题。同一款产品在网店销售，客户可以以更短的时间通过搜索来货比三家，这就要求要有一定的性价比才能成功占领市场。光是低价是没有用的。

下面谈谈该店所经营产品的卖点。

1）美容护肤品——品牌效应、名人效应，可尝试做名品折扣店

在产品的市场分析里，提到了店主经营的美容护肤品的品牌效应和名人效应，这两者是做美容护肤产品的制胜法宝。很多成功的美容护肤品网店，都取了这两点策略。而且在实体店中，消费者也更偏向于买品牌产品。在这一类产品中，店主可以尝试着做美容护肤品的品牌折扣店。另外，也有不少同类产品的网店走的路线是海外代购，这也不失为一种经营策略。

2）品牌内衣裤——品牌效应、价格优势

店主所经营的产品和同行来看，有价格优势，这也是网店经营中不可缺少的一大卖点。

3）正版CD——正品、纪念意义、稀有

果果女孩所销售的是正版CD，这是一大优势。虽然现在盗版猖獗，但是在音乐的世界里，也有不少人尊崇原版原音，正版正品。另外，店主可以销售一些比较有纪念意义的正版CD和一些比较稀有的，大陆市场上很难买到的正版CD。在产品市场分析中，提到过网络资讯的发达，还有盗版的猖獗，使得正版CD很难有发展市场。但是并不是没办法突破这一瓶颈。比如一些很有纪念意义的，稀有的产品却能另辟市场。

音乐的分类很多，有古典乐、流行音乐、爵士乐、乡村乐和印音系等，影视分有电视剧和电影两大类，其中又细分了更多的类型。各种类型都有一批忠实的拥护者。比如，现在的年轻人都比较喜欢欧美剧集或电影，哈韩哈日的10多岁的小少女可能喜欢韩国偶像剧或者宫崎骏的动画。也有不少比较小资的白领丽人，对欧美经典文学改编的电影情

有独钟。那么店主可以根据自己店铺的"时尚女性用品"的主题，以及消费群主体——年轻女性，来选择主打产品的类型。店主可以参考一下这个音像店 http://shop57015602.taobao.com/，这是一个主题明确的小店，经营得相当不错，开店刚两个多月，赚了 5 颗心。

在音像制品网店这一行，也有不少海外代购的，在我们身边有不少摇滚青年，不是不想买正版 CD，其实是市场上买不到他们想要的。这一类人都比较喜欢欧美摇滚，而海外代购恰好弥补了这一点。

4）时尚包包——时尚实用、绚丽多彩、彰显青春

包包这一块不用多说了，其实店主的货很正。不过现在很多普通的女生不是很舍得买一百以上的包包，尤其是大学女生。不过在销售策略上，店主可以把它包装成"恋人礼物"来做推广。就是把包包卖给女生的男友，相信会是个不错的选择。

3. 推广策略

从三个方面来讲"果果女孩"女性时尚用品网店的推广策略。第一，是网店的基本管理；第二，是网店的营销管理；第三，是网店现阶段的发展与突破。为什么在这里要讲网店的基本管理，也就是日常管理呢？因为，在销售的手段中，不仅要有实际产品的销售行为，更重要的是店铺和产品的包装——相信店主在开店之初也经历了淘宝大学的学习阶段。其实做网店也好，开实体店也好，销售的不仅是产品，更重要的是店铺的形象，或者说是企业的形象或是文化内涵。而这些抽象的内在的因素反过来又会帮助经营者成功销售出产品。这就好比一个求职者的自我包装一样，他们的知识相当于产品，而他们的形象与内在品格——就相当于店铺或企业的形象和文化，这一点在网店销售当中相当重要。下面就具体阐述推广策略。

1）网店基本管理

（1）货源。

保持货源的充足和货源的品质。好品质自然有好信誉、好收益。相信这点店主已经做得很到位了。

（2）拍图。

产品图片简单明了，注重细节。这一点店主做得也不错，像服饰、包包这一类的产品，有细节图、模特图是最好不过的，能让客户感觉到店主的用心与专业。建议店主在拍图的时候可以有更多的花样，比如可以把同一款不同颜色的内裤都裹起来，裹成花样，以一种颜色为主打铺开来拍，其余的堆积起来摆一起拍出来，会有更生动的效果。CD同样也可以拍得更有意境。CD 封面本来就很能表达 CD 内容里的意境，但是如果店主再稍加修饰，会更锦上添花。那样能让客户从视觉上首先感受到音乐的美丽意境。

（3）网店装修。

装修要突出主题，装修不要太过花哨，但是要内容丰富，图文并茂，注重网店文化内涵，简洁明了，贴近网店主题的装修，可以配上一两首经典的音乐，建议用抒情的轻音乐比较好。这样可以从听觉上更好地吸引客户。另外舒缓温和的音乐能让客户有"购

物"的欲望，有时候一首好的背景音乐会让客户停留好半天。

一打开网店，首先映入眼帘的是导航栏，"果果女孩"的 LOGO 设计，和整体搭配，感觉没有强烈突出产品所体现出来的主题。"果果女孩"所经营的是正版 CD、品牌男女内衣、各类美容护肤品、日韩系包包。另外，店名果果女孩，产品所体现的是时尚与经典，而店名所体现的是消费主体——女性，并且是 30 岁以内的女性。那么网店就该将时尚、经典、女性这三个主题融合在一起，从店面的装修里体现出来。建议店主根据定位重新选择合适的模板。对于能表达时尚、经典、女性的颜色，一般认为黑色、金色、香槟色、都比较能体现经典和高端，但是却不能用一两种颜色来定义时尚和女性，时尚和女性都是多变的，要用五彩斑斓的颜色为表现，但是在网店模板的选择上，建议不要用色太多，避免太复杂，给人感觉眼花缭乱和累赘。

（4）产品说明。

产品介绍说明不要太公式化，可以尝试更多的新意。比如店主经营的印音系音乐 CD，这些音乐其实很好听的，店主在介绍的时候可以运用更多的美丽的文字，或是一小段诗，或是再配上一幅很能触动感情的图画。这样一来，产品说明就不再空洞无味。女性购物往往是感性的，只有不断打动客户，才能赢得客户。

（5）产品分类。

店铺分类显得有些杂乱，有的分类下没有宝贝。

左侧"正版 CD 音乐专区"分类里只有一个宝贝。可能店主是想把这个分类做成三级分类里的一级分类，那么建议不要再在这个分类里放宝贝，可以做个 LOGO，加上这个分类的链接。再在这个分类下面细分"古典音乐专区""流行音乐系列""影视系列""宝宝系列"，这样分类就不会显得杂乱。另外"服饰系列""美容护肤系列"等也可以像这样来分类。

而导航栏里"正版 CD 专区"里只有"古典音乐"这一个分类。能否把导航栏"正版 CD 专区"里放上古典音乐、流行音乐、影视系列和宝宝系列这几个分类。要么就把导航栏里这个分类改成"促销"或是各类"活动"的专题分类，要么就是"新品上市分类"。这样一来不仅可以更加吸引客户，也不再和左侧的分类重复而显得杂乱。

关于分类下没有宝贝的情况，建议店主要么赶紧补货，要么在第一时间把分类删除。

（6）服务。

在服务的过程中秉承专业、专注和用心的原则。对待客户热情周到，耐心给客户讲解。

做好售后服务——发货包装里附上网店简介和宣传的卡片，这也不失为一种简单的推广策略。

2）网店营销管理

（1）利用好橱窗推荐。橱窗推荐可以选热销货或市场稀缺货。在货物上架时，永远都优先上淘宝里的热销货、稀缺货。相信店主也很明白，淘宝搜索列表里的默认排序是从产品剩余时间少到多排的。这就表示，你最先上的货，会被最先搜索到。而热销货因为热销，所以需求量大。稀缺货，因为在现实市场或是淘宝市场都比较稀缺，而客户又很需求，那么就能创造点击机会。店主在货品上架前，可以在淘宝里做下小小的调查，看看同类产品哪些款比较热销，简单地搜索一下便可知道个大概。

（2）利用好淘宝直通车，以增加流量。淘宝直通车，是一个不错的推广手段，低成本，见效快。不知道店主有没有开始用这一项推广。登录以后点击"我的淘宝"页面，在左侧导航栏里有个"我要推广"，点击进入就有详细介绍。

（3）一元拍，荷兰拍（荷兰拍即多件拍），搞活人气。在生意低谷的时候可以做拍卖，往往能提高流量。

（4）做好节假日经营——节假日的促销活动。

（5）参加淘宝公益活动，赚人心、赚人气。

（6）各大论坛做软文宣传。店主可以选择一些专业的论坛。比如一些音乐论坛，音乐网站等。还有类似"豆瓣"这样的网站也是很不错的选择，很多网友在上面交换自己的读书心得或是看电影听音乐的心得，通常也有很多人在上面发布自己近期想要购买或是想要看的书或电影，其中也有音乐。只要店主精心策划一下，也许就能吸引过来一批客户。另外就是一些女性美容护肤之类的网站论坛。

（7）可到校园网开博客，开辟"大学生"客源。现在已经有很大一批高校学生已经成为网购一族。尤其是女生特别喜欢在网店消费时尚用品。店主可以到校内网或者腾讯校园网这样的网站上开博客，和学生们打成一片，宣传自己的店铺。

（8）旺旺上群发最新促销或是最新到货信息。这个手段可以有效的巩固老客户，但是有个缺点就是，有的人不太喜欢被这些消息骚扰。不过店主可以在不忙的时候，主动和老客户聊聊天，问问产品使用的情况，或是寒暄几句。

（9）设置 VIP，或是类似于满 100 返 10 元的让利活动等。这些手段是推销必不可少的。

（10）让人惊喜的小礼品，往往能出其不意地打动客户。在发货时放上一个小礼品，通常都能使客户惊喜之外又很感动。店主不妨给客户送一袋护肤品试用装作礼物，又能赚人心，又能做产品推销。何乐而不为呢？

（11）多参加淘宝论坛的各种话题和讨论，用心写一两篇精品贴，让淘宝卖家成为你的潜在客户。

3）现阶段的发展与突破

店主现在已经做到两钻，已经有了很不错的信誉和客户群的积累。可以考虑扩大经营，冲破两钻的平台。

（1）扩大经营，根据网店的主题，在原来产品的基础上可以适当补充货品。也可以再进一些自己没有的其他类的货源，比如女性家居用品，女性首饰之类的货品。

（2）巩固老客户，开辟新客户。

（3）加强营销管理，开展促销活动。可到大学里做小促销活动，也可赞助高校社团活动，取得活动冠名权，从而提升自己的知名度。将产品包装成"恋人礼物"推销给大学男生，让他们送给自己的女朋友。

（资料来源：http://blog.sina.com.cn/s/blog_60e8e8a50100esei.html）

7.6　网上店铺的品牌管理

1. 品牌管理的概念

品牌管理，是指管理者为培育品牌资产而展开的以消费者为中心的规划、传播、提升和评估等一系列战略决策和策略执行活动。品牌管理是品牌属性、名称、商标、包装、价格、历史、信誉和广告方式的无形总称。产品可以被竞争者模仿，但品牌则是独一无二的，产品极易迅速过时落伍，但成功的品牌却能持久不衰，品牌的价值将长期影响企业。品牌管理是创建品牌的保证，是品牌创新的生命线。

2. 品牌管理的对象和目的

品牌管理的对象是品牌资产，而品牌资产是由品牌本身所驱动而带来的市场价值或称附加价值，是一种超越生产、商品、所有有形资产以外的价值。品牌管理是以提升品牌所代表的无形资产和市场价值为目的，是一个不断积累、丰富和完善品牌资产的过程，它需要时时关注消费者对某一品牌的喜好、评判和取舍。品牌管理更多地表现为一种对外的、关注市场表现的"外向型"行为。

3. 品牌管理要素

（1）建立卓越的信誉。因为信誉是品牌的基础。没有信誉的品牌几乎没有办法和其他品牌竞争。中国加入 WTO 后很多"洋"品牌同中国本土品牌竞争的热点就是信誉。由于"洋"品牌多年来在全球形成的规范的管理和经营体系使得消费者对其品牌的信誉度的肯定远超过本土的品牌。本土的企业在同跨国品牌竞争的起点是树立信誉，不是依靠炒作，而要依靠提升管理的水平，质量控制的能力，提高客户满意度的机制和提升团队的素质来建立信誉。未来的品牌竞争将是靠速度决定胜负的。只有在第一时间了解到市场变化和客户消费习惯变化的品牌才可能以最快的速度调整战略来适应变化的环境并最终占领市场。

（2）争取广泛的支持。因为没有企业价值链上所有层面的全力支持，品牌是不容易维持的。除了客户的支持外，来自政府、媒体、专家、权威人士及经销商等的支持也是同样重要的。有时候，我们还需要名人的支持并利用他们的效应增加我们品牌的信誉。

（3）建立亲密的客户关系。企业把精力放在如何为特定客户提供个性化和多元化的服务上而不是放在满足整个市场的需求上。他们不是追求一次性的交易而是为了和选择性的客户建立长期、稳定的业务关系。只有在建立了长期、稳定的关系的情况下才可以了解客户独特的需要也才可以满足客户的这种特殊需求。只有那些同客户建立了紧密的长期关系的品牌才会是最后的胜利者。所以国内外的品牌现在都不遗余力地想办法同客户建立直接的联系并保持客户的忠诚度。

（4）增加亲身体验的机会。客户购买的习惯发生着巨大的变化。光靠广告上的信息就决定购买的机会已经越来越少了。消费者需要在购买前首先尝试或体验后再决定自己是否购买。所以品牌的维持和推广的挑战就变成了如何让客户在最方便的环境下，不需要花费太多时间、精力就可以充分了解产品或服务的质量和功能。这种让客户满意的体验可以增加客户对品牌的信任并产生购买的欲望。

4．品牌管理的五个阶段

（1）品牌阶段：这一阶段主要对品牌的内涵和外延（如品牌定义、品牌命名、品牌标识、商标等）作出规范。

（2）品牌战略阶段：这一阶段开始将品牌经营提到战略的高度。

（3）品牌资产阶段：品牌已成为企业的无形资产，企业更加重视品牌的附加价值。

（4）品牌管理阶段：为保证品牌资产的长期发展，设有专门组织和规范进行品牌管理。

（5）品牌关系阶段：品牌与客户建立亲密关系。

5．品牌管理步骤

品牌管理是个复杂的、科学的过程，不可以省略任何一个环节。下面是品牌管理应该遵守的四个步骤：

1）勾画出品牌的"精髓"，即描绘出品牌的理性因素

首先把品牌现有的可以用事实和数字勾画出的看得见摸得着的人力、物力、财力找出来，然后根据目标再描绘出需要增加哪些人力、物力和财力才可以使品牌的精髓部分变得充实。这里包括消费群体的信息、员工的构成、投资人和战略伙伴的关系、企业的结构、市场的状况和竞争格局等。

2）掌握品牌的"核心"，即描绘出品牌的感性因素

由于品牌和人一样除了有躯体和四肢外还有思想和感觉，所以我们在了解现有品牌的核心时必须了解它的文化渊源、社会责任、消费者的心理因素和情绪因素并将感情因素考虑在内。根据要实现的目标，重新定位品牌的核心并将需要增加的感性因素列出来。

3）寻找品牌的灵魂，即找到品牌与众不同的求异战略

通过第一和第二步骤对品牌理性和感性因素的了解和评估，升华出品牌的灵魂及独一无二的定位和宣传信息。人们喜欢吃麦当劳，虽然都说它是"垃圾食物"，但它带给儿童和成年人一份安宁和快乐的感受。人们喜欢去 Disney 乐园并不是因为它是游乐场所，而是在那里可以找到童年的梦想和乐趣。所以品牌不是产品和服务本身，而是它留给人们的想象和感觉。品牌的灵魂就代表了这样的感觉和感受。以往人们在谈论品牌时往往

想的是产品或企业的商标，真正的品牌是从信誉牌开始进入到感情牌的过程。要使产品或服务，从商标上升到信誉，最后升华到感情。

４）品牌的培育、保护及长期爱护

品牌形成容易但维持是个很艰难的过程。没有很好的品牌关怀战略，品牌是无法成长的。很多品牌只靠花掉大量的资金做广告来增加客户资源，但由于不知道品牌管理的科学过程，在有了知名度后，不再关注客户需求的变化，不能提供承诺的一流服务，失望的客户只有无奈地选择了新的品牌，致使花掉大把的钱得到的品牌效应昙花一现。所以，品牌管理的重点是品牌的维持。

6. 网店的品牌管理

品牌的力量是无限的。网店要重视品牌管理，根据自己的实际，形成自己的品牌，一个好的品牌能够增加网店的信誉度，在客户心目中建立良好的网店形象。从而使你的网店生意兴隆。好的品牌最重要的是加强维护，精心管理，使网店品牌的附加价值不断得到提升。

B2C、B2B 网店一般都有自己的品牌。而 C2C 网店是个人网店，品牌管理还处在起步阶段。C2C 网店大大小小几百万个，很多都是卖同类产品，如果没自己独具个性的品牌，就很容易被市场淹没，淹没的结果是市场份额越来越少，最终退出市场。这里，我们提出 C2C 网店品牌建设的几点建议：

（1）结合自身能力，找准自己的品牌定位。品牌定位有几种模式：有自己生产的品牌产品；自己本身没有产品，代理他人的品牌产品；打造自己的平台品牌来带动其他产品的销售等，要根据自己的实际，准确进行品牌定位。

（2）打造网店 CI 识别系统。不管是销售产品是否是品牌产品，为了网店的发展，都要把自己的平台努力打造成品牌，这就要进行 CI 识别系统策划。比如，理念识别：要树立自己的经营理念、网店行为规范；视觉识别：打造自己网店独特的名称、店标、标准色、标准字和包装等视觉识别标准；行为识别：使用自己的服务语言、服务动作等。

（3）通过店铺装修、免费资源（论坛、发贴、QQ 等）、销售过程和售后服务等多种渠道进行品牌传播。

7.7　网上店铺的客户关系管理

1. 客户关系管理的概念

客户关系管理（CRM）首先是一种管理理念，起源于西方的市场营销理论，产生和发展在美国，CRM 概念引入中国已有数年。其核心思想是将企业的客户（包括最终客户、分销商和合作伙伴）作为最重要的企业资源，通过完善的客户服务和深入的客户分析来满足客户的需求，保证实现客户的终生价值。

客户关系管理（Customer Relationship Management，CRM）是企业为提高核心竞争

力，达到竞争制胜、快速成长的目的，树立客户为中心的发展战略，并在此基础上展开的包括判断、选择、争取、发展和保持客户所需的商业过程；是企业经营以客户关系为重点，通过开展系统化的客户研究，通过优化企业组织体系和业务流程，提高客户满意度和忠诚度，提高企业效率和利润水平的工作实践。

客户关系管理（CRM）又是一种旨在改善企业与客户之间关系的新型管理机制，它实施于企业的市场营销、销售、服务与技术支持等与客户相关的领域，要求企业从传统的"以产品为中心"的模式向"以客户为中心"的模式转移，也就是说，企业关注的焦点应从内部运作转移到客户关系上来。

客户关系管理（CRM）也是一种管理软件和技术，它将最佳的商业实践与数据挖掘、数据仓库、一对一营销、销售自动化，以及其他信息技术紧密结合在一起，为企业的销售、客户服务和决策支持等领域提供了一个业务自动化的解决方案，使企业有了一个基于电子商务的面对客户的前沿，从而顺利实现由传统企业模式到以电子商务为基础的现代企业模式的转化。CRM 的目标是一方面通过提供更快速和周到的优质服务吸引和保持更多的客户，另一方面通过对业务流程的全面管理减低企业的成本。设计完善的 CRM 解决方案可以帮助企业在拓展新收入来源的同时，改进与现有客户的交流方式。据国际 CRM 论坛统计，国际上成功的 CRM 实施，能给相应的企业每年带来 6% 的市场份额增长，提高 9%～10% 的基本服务收费，并超过服务水平低的企业 2 倍的发展速度。CRM 在近年的迅速流行应归功于 IT 技术的进步特别是互联网技术的进步，如果没有以互联网为核心的技术进步的推动，CRM 的实施会遇到特别大的阻力，可以说互联网是 CRM 的加速器。

客户关系管理（CRM）注重的是与客户的交流，企业的经营是以客户为中心，而不是传统的以产品或以市场为中心。为方便与客户的沟通，客户关系管理可以为客户提供多种交流的渠道。客户关系管理是不断加强与客户交流，不断了解客户需求，并不断对产品及服务进行改进和提高，以满足客户的需求的连续过程。

2. 客户关系管理主要内容（简称 7P）

（1）客户概况分析（Profiling）包括客户的层次、风险、爱好和习惯等。

（2）客户忠诚度分析（Persistency）指客户对某个产品或商业机构的忠实程度、持久性和变动情况等。

（3）客户利润分析（Profitability）指不同客户所消费的产品的边缘利润、总利润额和净利润等。

（4）客户性能分析（Performance）指不同客户所消费的产品按种类、渠道和销售地点等指标划分的销售额。

（5）客户未来分析（Prospecting）包括客户数量、类别等情况的未来发展趋势和争取客户的手段等。

（6）客户产品分析（Product）包括产品设计、关联性和供应链等。

（7）客户促销分析（Promotion）包括广告、宣传等促销活动的管理。

3．客户关系管理途径

客户关系管理包括三个途径：市场营销中的客户关系管理、销售过程中的客户关系管理、客户服务过程中的客户关系管理。

1）市场营销中的客户关系管理

客户关系管理系统在市场营销过程中，可有效帮助市场人员分析现有的目标客户群体，如主要客户群体集中在哪个行业、哪个职业、哪个年龄层次、哪个地域等，从而帮助市场人员进行精确的市场投放。客户关系管理也有效分析每一次市场活动的投入产出比，根据与市场活动相关联的回款记录及举行市场活动的报销单据做计算，就可以统计出所有市场活动的效果报表。

2）销售过程中的客户关系管理

销售是客户关系管理系统中的主要组成部分，主要包括客户、潜在客户、联系人、业务机会、订单、回款单和报表统计图等模块。业务员通过记录沟通内容、建立日程安排、查询预约，提醒和快速浏览客户数据有效缩短了工作时间，而大额业务提醒、销售漏斗分析、业绩指标统计和业务阶段划分等功能又可以有效帮助管理人员提高整个企业的成单率、缩短销售周期，从而实现最大效益的业务增长。

3）客户服务过程中的客户关系管理

客户服务主要是用于快速及时地获得问题客户的信息及客户历史问题记录等，这样可以有针对性并且高效的为客户解决问题，提高客户满意度，提升企业形象。主要功能包括客户反馈、解决方案、满意度调查等功能。应用客户反馈中的自动升级功能，可让管理者第一时间得到超期未解决的客户请求，解决方案功能使全公司所有员工都可以立刻提交给客户最为满意的答案，而满意度调查功能又可以使最高层的管理者随时获知本公司客户服务的真实水平。有些客户关系管理软件还会集成呼叫中心系统，这样可以缩短客户服务人员的响应时间，对提高客户服务水平也起到了很好的作用。

4．网店的客户关系管理

根据以上介绍客户管理知识，在网店的客户关系管理上，要考虑和解决五个问题。第一、如何建立客户关系：对客户的认识、选择和开发（将目标客户和潜在客户开发为现实客户）。第二、如何维护客户关系：对客户信息的掌握，对客户的分级，与客户进行互动与沟通，对客户进行满意度分析，并想办法实现客户的忠诚。第三、在客户关系破裂的情况下，应该如何恢复客户关系，如何挽回已流失的客户。第四、如何建设和应用CRM软件系统，要利用呼叫中心、数据仓库、数据挖掘、商务智能、因特网、电子商务、移动设备和无线设备等现代化技术工具来辅助客户关系管理。第五、如何进行销售、营销，以及客户服务与支持的业务流程的重组，更好地服务客户。

7.8 网上店铺的信用

7.8.1 网上店铺信用的重要性

在网上经营，首要的就是讲诚信。相对实体店铺来说，诚信更是网店的生命。网店比实体店现实得多，东西再好再便宜，客户就算看中你网店的宝贝，但是如果你的信誉不好，就不敢在你的网店购物，网上购物最重要的还是买得放心。如今，人们的消费行为越来越理性，面对面买东西还要睁大眼睛慎之又慎，更别说看不见摸不着的网上购物了。

诚信经营是任何经济行为必须遵循的法则。现在个别经营者认为网店的远程服务是"一锤子买卖"，网上配送又不是当面交易，即使质量有点问题或者短斤少两，消费者也无可奈何，所以在经营中一切从利润出发，忽略了网店信誉。

近年来，淘宝在网上建立了诚信体系，每个卖家都有一个关于诚信的记录，记录了任何一个卖家的诚信记录，买家都可以看到卖家以前的销售状况以及别的买家对卖家的评价，一般买家都会以信用度来选择是否购买你的商品。对诚信卖家的商品，价格高些都有人要；对不诚信的卖家，买家不敢买他的商品，同时，他在网上也贷不到款，因为淘宝的信贷服务是以卖家的诚信记录为保障的，不诚信的卖家很难在网上经营下去。

7.8.2 如何提高网上店铺的信誉

信誉是商店最大的无形资产，如何使这笔资产增值，是一个值得大家一起探讨的问题。要想提高网店的信誉，必须做到以下六点。

1．坚持诚信第一

要始终记住，客户是你最好的推销员，要真诚对待每一位客户，要重视网店的信用度评价。商品在网上成交后，买家会为对方做信用评价，高信用度对于网店的经营至关重要，所有买家都会以信用度来选择是否买你的商品。中国有句老话叫"店欺客一时，客欺店一世"。网上购物受一些客观因素的局限，消费者有可能上当，但他们绝对不会上第二次当；商家在赢得眼前小利的同时也就永久失去了这个客户，得罪了这一个客人，因受他的不良评价的影响，会带来更多客户的流失，正所谓是"捡了芝麻，丢了西瓜"，并且有可能因此失去一大批客户。所以，一定要坚持客户至上原则，要尽量让每一位客户满意。还要做到平心对待差评，有时因为自己或其他原因，可能会在自己的信用记录里出现差评的现象，你要平心面对，采取相应的补救措施，或者在网上说明真实的情况，同时争取用更多的优评来获取买家的正面印象。要正确对待拍下不买的买家，在网上开店总会遇到拍下不买的买家，这是很正常的。

2．努力做好服务工作

做好服务是经营好网店的根本，要有良好的服务态度，热心与客户交流，如实介绍产品，做好售后服务，加强和客户的联系沟通，认真对待客户的每一个需求，给客户一个超值的服务，会留住更多的客户。售后服务要周到，卖出商品后，要在第一时间和买家取得联系，发货后尽快给买家发一封发货通知信，最好能附上包裹单的照片，让买家能看清楚上面的字迹和具体编号等信息，让买家更放心，也让买家感到亲切，这对吸引"回头客"很重要。

3．学会定价

所有大小商品一律实行明码实价，以取信于客户。要考虑定价是否合理，是否比别家贵，凭什么贵；是否比别家便宜，我们如何获利。总之，定价是一门学问。

为自己的商品制定一个适当的网上销售价位是十分必要的。网上开店的商品定价可以遵循以下原则：

（1）销售价格要保证自己的基本利润点，不要轻易降价，也不要定价太高，定好的价格不要轻易去改。

（2）包括运费后的价格应该低于市面的价格。

（3）网下买不到的时尚类商品的价格可以适当高一些，低了反而影响客户对商品的印象。

（4）店内经营的商品可以拉开档次，有高价位的，也有低价位的，有时为了促销需要，甚至可以将一两款商品按成本价出售，主要是吸引眼球，增加人气。

（5）如果不确定某件商品的网上定价情况，可先分析研究市场，做到知己知彼。先在网站上搜索一下，卖同类商品的人有多少，包括卖相同的相类似的，他的销售情况如何，产品价格如何定位，然后确定出自己的报价。

（6）如果自己愿意接受的价格远远低于市场售价，直接用一口价就可以了；如果实在不确定市场定价或者想要吸引更多买家，可以采用竞价的方式，但是竞价有时可能会出现被低价拍下的可能，可能这个价格卖家接受不了，这种情况卖家事先要有考虑。

（7）定价一定要清楚明白，定价是不是包括运费，一定要交代清楚，否则有可能引起麻烦，影响到自己的声誉，模糊的定价甚至会使有意向购买的客户放弃购买。

4．重视网店商品的进货

网店的商品应规避五个问题：品质不良、不合时宜、不够新鲜、价格太贵和类别太少。网店商品要安排得当，不仅可以提高浏览量，也会大大减少客户花费的时间。

5．店小也要严管理

网上店铺的员工虽然不多，但也要以人为本，建立科学的管理机制和激励机制，让员工从被动服务向主动优质服务转变。不妨在网站上建立一个"服务台"，展示店主和员工的照片、视频，注明员工的服务星级，让客户自己选择服务人员。这样不但能激励员工干好工作，还能增加客户的安全感。

6．将实体店的信誉转移到网店上

消费者上街购物，多数人会选择正规的大商店、大超市。同样对于网上购物，大家也是青睐有名气、有实力的网店。如果是有实体店的网店，你不妨把实体店的信誉转移到网店上，将实体店的办公场地、厂房等硬件，以及消费者协会等部门颁发的荣誉等展示到网页上，消费者对你的信任感会更强。

📖【案例】　　张丹丹——淘宝网店与批发网站的双赢

张丹丹是义乌工商学院 2007 级学生，大一时从夜市摆摊开始创业，大二时把摆摊赚的钱转投到淘宝网店，一年时间就取得了四钻的信用等级。她还与同校计算机系的三位同学合伙建设了属于自己的电子商务网站，主要做小商品的批发。目前，淘宝网店与批发网站已形成相互促进，共同发展的双赢局面，形成这种双赢局面的关键在于做好货源、物流和客户服务三个方面。

创业从夜市摆摊开始

义乌的宾王夜市也被称为三挺路夜市，夜市犹如一个大型超市，日用品、小家电、服装等应有尽有，而且周边商贸区的三街和四街都配套摆起了小吃摊、夜市，不仅成为都市人购物的场所，也成为许多市民休闲的地方，白天在市场里没有完成采购任务的采购商都会在晚上到夜市来淘宝，无论是规模还是路段，三挺路夜市无疑是义乌夜市中最大、最好的。张丹丹和她的男朋友大一时就在这个夜市摆摊，开始自己第一次创业的尝试了。由于刚起步时资金不多，也没有很好的运输工具，张丹丹选择了投入不多且容易携带的珍珠饰品来卖。要想把摊位摆出来，首先就面临一个问题，货从哪里来？付了摊位的租金后，他们手中的钱已经不多了，就找可以给他们做少量批发的。而在义乌，小商品批发生意做得都很大，少量的批发很难找。后来，他们想到诸暨市有一个珍珠市场，诸暨珍珠业已历经 40 年的发展，是名副其实的"中国珍珠之乡"，在那里应该能找到合适的货源。他们在诸暨找了很久，终于找到一个能理解他们热情和难处的老板娘。老板娘有自己的珍珠养殖场，愿意给他们做小额的批发，且在各方面都很好说话。有了货源的保障后，他们就在珍珠饰品这一块稳定了下来。夜市摆摊的经历使张丹丹很好地锻炼了自己，学到了不少做生意的技巧，也培养了她的商业眼光。刚开始摆摊的时候，连头都不敢抬起来面对客户，更不用说吆喝生意了。在夜市摆摊中得到了锻炼，但不能一辈子在夜市摆摊，张丹丹开始积极地寻找其他一些更好的创业方式。

到了大二，张丹丹发现身边有不少的同学都在忙着经营淘宝网店，学校里开网店的氛围越来越浓，而且学校的相关政策也免去了她的后顾之忧，还能得到一些支持和帮助。

于是，她和男朋友毫不犹豫地把夜市摆摊辛苦挣来的钱全部用来投资，也开了自己的淘宝店。而夜市摆摊的经历，已为他们今后的网店创业积累下了充足的、稳定的货源。

都叫"嘉品商城"的批发网站和淘宝网店

大二时，张丹丹与计算机系的另外三位同学合伙建设了一个叫"嘉品商城"的网站，网站主要做小商品的批发生意，她的男朋友也正是这三位同学其中之一。网站是股份制的，资金主要由她男朋友投资，把他们以前在夜市赚的一万多也全部投了进去，另外一位同学负责网站的网络技术，一位同学负责包括装货、包货等的货物管理。张丹丹和男朋友还负责找货源、进货和管理财务以及接待方面的事情。用她的话说就是，小两口子主外，另外两位同学主内。网站主要批发小商品，种类繁多，共有家居装饰、益智玩具、化妆用品和计算机用品等 15 个大类，每大类又被细致地分为几个小类，这样方便了客户查找货物信息。网页正中是一些主打货物的精美图片，主要是推荐商品和最新商品两类，每种商品都标上了市场价和本站价两种价格，明码标价供客户比对。商城公告是嘉品商城对外宣传的版块，包括商城动态、经营技巧和新闻等内容，从中可以看出嘉品商城和义乌工商学院之间紧密的联系。商城的服务承诺是"服务，创造 102 年的感动！"，这个口号向马云看齐，马云在演讲中说，"很多人说阿里巴巴今天成功了，其实阿里巴巴还没有成功，我们想做 102 年的公司。102 是因为我们在上世纪 99 年，上世纪 1 年，这个世纪 100 年，下个世纪 1 年，那么加起来就是 102 年，我们经历三个世纪。现在我们阿里巴巴才走了五年，我们还是小孩子。" 102 年是老字号的象征，也是永不放弃的精神的阐述，所有企业都想让自己的公司做成老字号，张丹丹也想把嘉品商城不断壮大。

经营这个网站，张丹丹几乎每晚都是工作到次日凌晨才休息。我们采访完她都快晚上十一点了，跟她道声晚安，该休息了吧，可她说十一点才是她正忙的时候呢。现在很多人白天上班都受到公司的规定，不准上网聊天，上网买东西也只能是偷偷摸摸的。等下班了，做完该做的事，洗洗漱漱，也就快十一点了，这时大家就开始上网买东西了。有些是给自己批发点货物兼营点小生意的，有些是因为公司举办活动，批发点小商品当礼品或奖品的。网上批发生意最好的时间段是晚上十一点到凌晨两点，张丹丹当然不会错过这个黄金时间，苦点累点也顾不得了。

批发网站的几个合伙人，每人都同时经营着属于自己的淘宝网店。张丹丹的淘宝网店跟批发网站的名称一样，也叫"嘉品商城"，在这几家淘宝网店中，她的业绩是最好的，店铺创店时间是 2008 年 4 月，短短一年的时间，就到了四钻的信用等级。她男朋友的淘宝网店叫"嘉品商城（二）"，创店时间是 2009 年 2 月，目前也到了两钻的信用等级。批发网站和淘宝网店已经形成相互促进，共同发展的双赢局面，批发网站为淘宝网店提供着充足的货源，淘宝网店为批发网站带来客户并提供着信用保证。由于批发网站经营货物的数量比较大，较容易取得货源，价格也相对较低，免去了淘宝网店的货源问题，只要有客户下单，货物随时可以到网站的仓库里去提。网站的推广，原先靠的是网络技术，计算机系的一位合伙人弄了一个自动发送广告的软件，但效果不好。把淘宝网店和批发网站对接后，只要在淘宝上联系到需要货物数量较多的客户，就把他介绍给批发网站。虽然，批发网站也有自己的一套电子商务系统，完全能够独立完成交易，但是缺乏信用的保证，淘宝网店正好可以弥补这个缺点，为网站提高信用，扩大知名度。目前，网站的信用还是建立在淘宝信用的基础上的，客户可以选择用淘宝的支付宝进行交易，网站的客服用的也是阿里旺旺。

<h3 style="text-align:center">货源、物流和客户服务是关键</h3>

淘宝网店与批发网站相互促进，共同发展是张丹丹及她的合伙人创业的优势与特点，形成这种双赢局面的关键在于做好货源、物流和客户服务三个方面。好的货源是淘宝网店成功的一半，没有好的货源就很难打开销路，正所谓巧妇难为无米之炊。代销、批发和厂家进货这几种取得货源的方式，张丹丹都去尝试过。嘉品商城卖得比较好的 U 型枕，一开始就是别人那里代销的。所谓代销，就是找一个货源好的高等级卖家，把他的货物图片放到你的店铺上去销售，只要有人在你的店铺买下，你就通知那个卖家，并以代理价买下，让卖家直接发货到客户那里，在义乌工商学院，这样的高等级卖家已不在少数了。但是，后来有一个客户一下子要了十个 U 型枕，让张丹丹对代销这种方式有些动摇了。十个的数量在当时的她看来是比较大的销量了，数量大了以后再去算一下，就发现被那些高等级卖家分了不少利润。张丹丹决定要自己找货源，先是到国际商贸城去找，然后就干脆直接去找厂家，经常一个货物就要找一整天。现在的张丹丹，只要不在计算机前接待客户，那基本上就是跑工厂去了。不断的努力取得了丰厚的回报，有些厂家都已经允许给张丹丹赊销了。嘉品商城经营货物的种类非常多，没有足够的货源是很难经营下去的，张丹丹把以往创业中取得的货源，包括他们在夜市摆摊时积累下来的，全部统计在了一起，从而为商城顺利的经营提供了货源保障。

根据自身需要选择快递公司是开淘宝网店最重要的环节之一。有义乌工商学院的政策支持和浓厚的淘宝网店创业氛围，选择合适的快递公司已不成问题。2008 年，与淘宝网有合作关系的邮政速递和圆通快递等物流公司已先后进驻校内。而淘宝网店与批发网点结合经营的张丹丹面临着不同的物流问题，因为她要做批发生意。如果货物的数量比较大，用快递就很不合算了。在刚开始做批发的时候，有一次用快递做下来居然是亏损的，但是为了保持诚信的原则，张丹丹还是完成了这次交易。这一次经历使她明白，做批发生意，尤其是江浙沪以外地区必须要用托运。由于批发生意比较多，相框之类的货物几百件的批发出去是经常的事情，张丹丹必须找一家可靠的物流公司来合作，她找来了天地华宇。天地华宇是世界 500 强企业、全球四大快递公司之一的 TNT 在华全资子公司。其业务涵盖公路零担运输、"定日达"快运以及整车包车等业务，只要打一个电话，他们就上门拿货。张丹丹看中的并不只是这家物流公司强大的实力，最主要的还有它的一项附加值服务，就是保价运输。保价运输是指在选择保价的前提下，一旦发生货损或灭失，物流公司将按申报价值赔付，而非保价运输的货损，将只按运价的两倍进行赔付。

最后一个关键因素就是做好客户服务。嘉品商城的在线客服分 QQ 和阿里旺旺两种，分别有四个，能确保总有人在线进行服务。"服务，创造 102 年的感动"的服务承诺也表明了商城做好客户服务的决心。做小商品生意，尤其是数量比较大的生意，很容易遭到客户的投诉。如果是淘宝网店里一件一件地销售，还可以仔细地给货物把把关。如果是大量的批发，这就变得不大可能了。货物从工厂或市场进来也是一批一批的，只能从整体看看有没有缺陷，每一件都确保没有瑕疵是不可能的。而有些商品，比如相框之类，在运输途中也比较容易受损。因此，张丹丹经常会遇到一些比较难缠的客户，对于这类客户，张丹丹会非常耐心、诚信地处理好他们的投诉。比较难缠的客户，通常也是忠诚度比较高的客户，这次给他解决好问题，以后就肯定是常客了。

任何困难都一定有相应的解决办法

采访中，我们问张丹丹，"请你举例说说你经营时遇到过的困难吧？"张丹丹的回答只有一句话，"困难也没有什么的，解决了就不算是困难了。"而这简单的一句话里所包含的东西是太多的酸甜苦辣和锲而不舍。从创办嘉品商城到现在，至少经历过货源、资金、信用和创业者自身等方方面面的困难。每一个困难，张丹丹都找到了相应的解决办法。做淘宝网店有众多同学的成功经验可以借鉴，学校的引导和帮助也较为成熟，困难主要来自于批发网站。批发生意投入的资金比较大，资金少，进货数量少，是很难找到理想的货源的。有时，经过辛苦宣传得来的大单子也因资金不足不敢接下来。嘉品商城接过的单子中一万左右的单子不在少数，而几十万一单的单子却没能接下来。批发网站要想做大，资金问题要迅速解决，靠自己的积累显然要慢得多，也存在不少的损失。为此，张丹丹一方面到处筹集资金，一方面寻找可以赊销的货源。她的男朋友和几个合伙人投资了一些，再向家里借了一些钱来，合作久了的工厂也开始同意给她赊销了，这都是她不断努力的结果。另外一个困难就是批发网站的信用问题，刚建立起来的网站，客户多少都存在一些顾虑。这时，张丹丹想到了她同样苦心经营起来的淘宝网店，淘宝网店的信用等级正是她在电子商务上诚信经营的最好证明。她把淘宝网店与批发网站建立链接，并允许用支付宝来进行交易，打消了新客户的顾虑。义乌工商学院也为张丹丹解决各种困难提供了很大的帮助。张丹丹在嘉品商城网站的首页上专门设置了商城公告栏目，里面经常报道一些学校的政策和领导的关怀。张丹丹说，学院领导和老师们的关照是对她最大的帮助，贾院长在暑假里还常常到她那里看看呢。已经大三的张丹丹再过一年就要从义乌工商学院毕业了，有关负责老师想继续把她的商城留在学校了，给他们申请更大的创业场所，张丹丹也希望自己能给师弟师妹做一个激励他们创业的榜样。"在学校里还有一个很大的优势。"张丹丹说，"很多重要的信息，在学校外面是得不到的。"经过创业磨炼的张丹丹自信总能找到相应的办法去解决任何困难，我们有理由期待她的嘉品商城绽放光芒。张丹丹说，"商城做大做强是必然的，但跟万客比起来，我们还差得远呢。"义乌工商学院 2003 届毕业生何洪伟是她的偶像和榜样。何洪伟借助淘宝网的旺盛人气，很快做到五钻卖家后，开设了一家名为"万客商城"的独立销售网站，批发义乌的各类商品，如今已成立万客投资有限公司。在义乌工商学院，张丹丹继续着何洪伟的辉煌，而将来也会有更多的创业大学生来继续她的辉煌。

（资料来源：浙江义乌工商学院季晓伟）

 本章小结

　　本章讲述了网上店铺创建和管理知识，对网上店铺创建的操作过程进行了具体详细的描述，并结合网上店铺的管理知识对企业的管理进行了阐述，包括经营战略、CI 策划、成本管理、营销管理、品牌管理、客户关系管理和网店信誉等管理内容。通过本章的学习，使读者学会创建和管理网上店铺。

技能训练

　　请仔细观察如图 7-34 所示的流程图，并根据该图申请自己的淘宝网店。

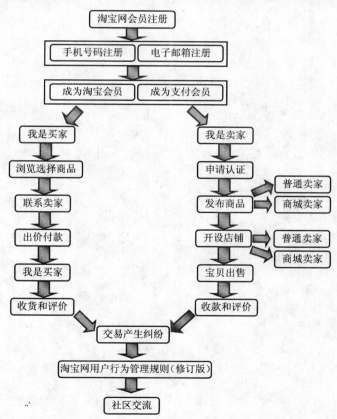

图 7-34　申请淘宝网店流程图

思考与练习

1. 阐述企业经营战略的特征。

2. 根据所学知识，构想一个网店的 CI 设计。

3. 现代成本管理的五大理论分别是什么？

4. 试概述营销管理的五种需求。

5. 假如你拥有一家网上店铺，你将如何维护网上店铺的信用？

6. 简述 C2C 网店如何进行品牌建设。

7. 提出一个方案，能够有效地维持网店与客户之间的关系并提高网店客流量。

第8章

网上交易的支付与物流管理

本章学习目标

1. 掌握保护网上交易的各项基本常识。
2. 对淘宝网的支付方式有较全面的了解，并能根据自身情况，为客户准备合理的支付方式。
3. 熟悉目前淘宝网主要的商品配送方式，并能根据自身情况，选择合理的配送方式。
4. 熟悉网店物流管理的一些基本要求。

【引导性案例】

小张是一个大四的在校本科生，面对目前大学生就业难的问题，小张放弃了考研和公务员，准备在淘宝网开一家运动装备店。由于父母都是经商的，所以家里情况还算比较富裕，网店的启动资金也比较充足。但是父母都是传统的生意人，对在网上如何开店并不了解，不能给他业务上的指导，这下小张犯难了。怎么在淘宝网店接受买家的付款呢？听说网上盗号木马比较流行，货款万一被黑了怎么办？最令他头痛的还是物流问题，到底该怎样把货品安全快速地送到买家手中呢？这么多的快递公司，选哪一家好呢？万一货品丢了或在运输的途中受到了损坏该怎么办？店铺的存货又该怎么管理呢？这让对网上开店一知半解的小张满头雾水。

其实这都是一些让准淘宝卖家和新手淘宝卖家感到困惑的常见问题。而且这些问题也并不是想象中的那么难。本章将就这些问题展开讲解。

8.1　网店的支付方式

1．支付宝付款

网店开张前，必须确定好支付方式，以方便买家为选中的商品买单。那么，怎样确定自己网店的付款方式呢，我们应该参考客户的需求来决定。

淘宝网的首选付款方式是使用支付宝付款，因此卖家必须具备支付宝支付这一付款方式，以方便买家付款。

先介绍什么是支付宝。支付宝（alipay）是国内领先的独立第三方支付平台。最初作为淘宝公司为了解决网络交易安全所设的一个功能，该功能使用的是"第三方担保交易模式"，由买家将货款打到支付宝账户，由支付宝向卖家通知发货，买家收到商品确认后支付宝将货款放于卖家，至此完成一笔网络交易。

支付宝中国网络技术有限公司，于2004年12月由阿里巴巴公司创办。支付宝致力于为中国电子商务提供"简单、安全、快速"的在线支付解决方案。支付宝公司从2004年建立开始，始终以"信任"作为产品和服务的核心。不仅从产品上确保用户在线支付的安全，同时让用户通过支付宝在网络间建立起相互的信任，为建立纯净的互联网环境迈出了非常有意义的一步。

支付宝提出的建立信任，化繁为简，以技术的创新带动信用体系完善的理念，深得人心。在五年不到的时间内，用户覆盖了整个C2C、B2C及B2B领域。截至到2010年12月，支付宝注册用户突破5亿，日交易额超过20亿人民币，日交易笔数达到700万笔。

支付宝创新的产品技术、独特的理念及庞大的用户群，吸引越来越多的互联网商家主动选择支付宝作为其在线支付体系。目前除淘宝和阿里巴巴外，支持使用支付宝交易服务的商家已经超过 46 万家，涵盖了虚拟游戏、数码通信、商业服务、机票等行业。这些商家在享受支付宝服务的同时，更是拥有了一个极具潜力的消费市场。

支付宝在电子支付领域稳健的作风、先进的技术、敏锐的市场预见能力及极大的社会责任感赢得银行等合作伙伴的认同。目前国内工商银行、农业银行、建设银行、招商银行和上海浦发银行等各大商业银行以及中国邮政、VISA 国际组织等各大机构均和支付宝建立了深入的战略合作，不断根据客户需求推出创新产品，成为金融机构在电子支付领域最为信任的合作伙伴。

使用支付宝付款，有以下好处：

买家使用的好处：

（1）货款先向支付宝支付，收货满意后才付钱给卖家，安全放心。

（2）不必跑银行汇款，网上在线支付，方便简单。

（3）向支付宝付款即时到账，卖家可以立刻发货，快速高效。

（4）在线支付，交易手续费全免。

卖家使用的好处：

（5）不用跑银行查账，支付宝告诉你买家是否已付款，可以立刻发货，省心、省力、省时间。

（6）账目分明，交易管理帮您清晰地记录每一笔交易的交易状态，即使有多个买家汇入同样的金额也能区分清楚。

（7）支付宝认证是卖家信誉的保证。

支付宝起到的不仅是支付中介的作用，它还能最大限度地担保卖家和买家间的交易，支付宝担保交易的流程如图 8-1 所示。

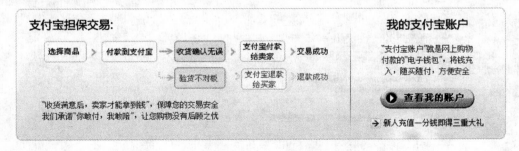

图 8-1　支付宝担保交易

那么，支付宝的付款方式有哪些呢？如图 8-2 所示。

当然，有些客户并不一定习惯使用支付宝进行支付，淘宝网还为客户提供了以下几种替代的支付方案。作为卖家的我们，也应该紧跟客户需求，积极推出多样化的支付方式。它们分别是：使用银行卡付款，使用货到付款，使用充值卡付款和线下网店付款，如图 8-3 所示。

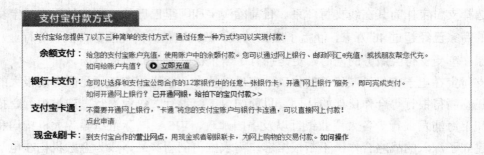

图 8-2　支付宝的付款方式图

图 8-3　多样化的支付方式

2. 使用银行卡付款

银行卡付款，一般是和支付宝付款结合起来的，因为将开通了网上银行的银行卡和自己的支付宝账户绑定，能够简化操作，并且保护客户的网银安全。这也是卖家必须为买家准备的付款方式。详细信息如图 8-4 所示。

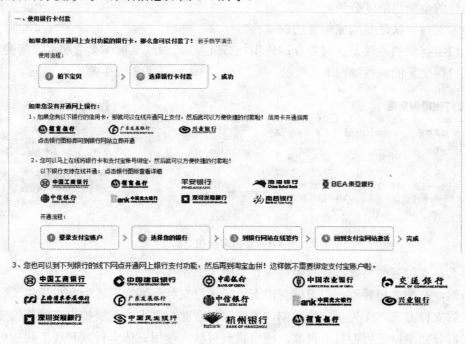

图 8-4　使用银行卡付款图

注意：到银行的线下网点开通网上银行支付功能，记得带好身份证。

3．使用货到付款

随着网上购物的不断发展，一种新的付款方式也逐渐风靡起来，那就是货到付款。一方面，货到付款方便了买家，买家不开通网上银行，也可以享受网上购物的乐趣。另一方面，货到付款让买家看到实实在在的商品再选择支付货款，更容易让买家产生信任感。这也是一种卖家可以考虑的支付方式。

具体流程如图 8-5 所示。

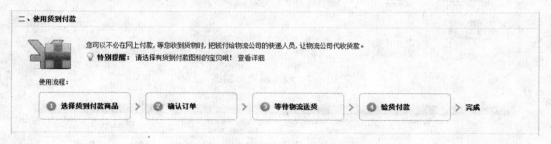

图 8-5　使用货到付款流程图

4．使用充值卡付款

这是一种使用范围比较小的付款方式，因为它只支持两种充值卡，如图 8-6 所示。卖家可以考虑开通这两种支付方式。

图 8-6　使用充值卡付款流程图

5．线下网店付款

淘宝网也与一些公司建立了合作网点，合作网点商品的卖家，应该开通线下网点付款这一支付方式，以方便买家。具体的支付流程和网点信息如图 8-7 所示。

图 8-8 列出了各种付款方式的费率和优点等相关信息，卖家可以参考。以选择自己合适的支付方式，方便买家为商品付款。

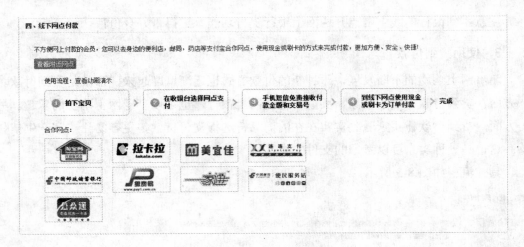

图 8-7　线下网店付款图

	针对情况	付款方式	描述	优点	费率	备注
银行卡用户	拥有银行卡，并且开通了网上银行	网上银行	用开通了"网上银行"的银行卡付款	无需前往银行，无论何时何地，通过网络即可付款	无	网上付款
	拥有信用卡	信用卡支付	用您的信用卡付款	购买大额商品时可一次性付款，部分银行支持分期付款	无	网上付款
	拥有支付宝卡通	支付宝卡通	用绑定了支付宝的银行卡付款	付款迅速，可在淘宝开店，还支持实时提现	无	网上付款，9家银行支持网上直接开通，33家银行支持柜台开通
	拥有支付宝账户	支付宝余额	用您支付宝账户余额的钱付款	付款迅速，无支付限制	无	网上付款
充值卡用户	有手机充值卡	充值卡	用手机话费充值卡充值付款	无需银行卡，买卡充值后即可付款	5%	网上付款
	有ok超市卡	充值卡	用ok超市卡充值付款	无需银行卡，买卡充值后即可付款	2%	网上付款
现金付款用户	去附近便利店付款	刷卡支付	去便利店的拉卡拉自助终端刷卡付款	没有开通网上银行，可以在拉卡拉便利店刷卡付款，安全方便	1%（2元起步50元封顶）	不在网上付款
	去邮政/淘宝网代购服务点/通讯店付款	现金支付	去邮政、淘宝网代购服务点、通讯店等支付宝授权网点付现金	没有银行卡，也可在支付宝授权网点用现金付款，不改变任何消费习惯	1%（2元起步50元封顶）	不在网上付款
	购买的宝贝支持货到付款	货到付款	收到货物时，再付钱给快递人员	无需开通网银，足不出户即可网上购物，收货后，再付款给快递人员	3%（10元起步上不封顶）	不在网上付款
港台会员	拥有信用卡	全球支付 visa|master	用开通了"Visa 3d验证"的信用卡付款	购买大额商品时可一次性付款，港台用户均可使用	3%	网上付款

图 8-8　各种付款方式的费率和优点等相关信息图

如果需要更详细的信息，请参考 http://www.taobao.com/go/act/pay/taobao_pay.php。

8.2　网上支付安全

网上支付的出现，标志着支付方式的重大变革，并且随着网上支付范围的不断扩大，很多业务现在只要坐在家里，轻松点击鼠标就办妥了。网上支付的便捷高效给人们带来了诸多的便利，与此同时网上的支付安全也成为关注的焦点。那么，应该采取哪些措施保证网上支付的安全呢？

作为淘宝卖家，更为关心的是支付宝账户的安全和网上银行的安全，下面我们将从这两个方面对淘宝支付安全进行讲解。

1．如何保障支付宝账户安全

1）妥善保管好自己的账户和密码

不要在任何时候以任何方式向别人泄露自己的密码；支付宝绝对不会以任何名义、任何方式向用户索取密码；支付宝联系用户一律使用公司固定电话，对外电话显示区号为 0571，任何时候都不会使用手机联系用户，并且工作人员都会主动向用户报上姓名。如果有人知道了你的支付宝账户密码，请立即更改并联系支付宝客服；如果你向别人透露银行密码，请及时到银行柜台办理修改密码手续。

2）创建一个安全密码

支付宝的登录密码和支付密码一定要分别设置，不能为了方便设置成同一个密码。密码最好是数字加上字母以及符号的组合，尽量避免选择用生日和昵称作为登录密码或支付密码。请不要使用和其他的在线服务（比如易趣、MSN、YAHOO 或网上银行）一样的密码。在多个网站中使用一样的密码会增加其他人获取你的密码并访问你的账户的可能性。

3）认真核实支付宝的网址

每次登录尽量直接输入正确网址www.alipay.com，不要从来历不明的超级链接访问网站；支付宝登录页面的网址开头为：https://www.alipay.com。

请仅在路径以 https://www.alipay.com 开头的页面上输入支付宝密码，而不要在其他路径的页面中输入。即使在当前网页的网址中包含有 alipay 一词，也有可能不是支付宝公司的网站。

那些假冒网站（也称为"欺诈"网站）会试图模仿支付宝的样式风格来获得你的密码以及对你账户的访问权限。如果网址中斜杠后包含其他字符，如 @、下画线等，那么该网站绝不是支付宝的网站。

4）及时更新杀毒软件和安装防火墙

避免在网吧等公共场所使用网上银行，不要打开来历不明的电子邮件等；请经常使用支付宝助手进行 IE 修复。

5）开通专业版网银进行付款

您如果经常进行网上消费，建议您前往银行柜台办理网上银行专业版开通手续，在自己的上网终端上安装网上银行数字证书，确保银行账户安全。

6）申请支付宝数字证书

使用了数字证书，即使发送的信息在网上被他人截获，甚至丢失了个人的账户、密码等信息，仍可以保证账户、资金安全。

7）遵守支付宝交易流程购物

支付宝使用流程如图 8-9 所示。

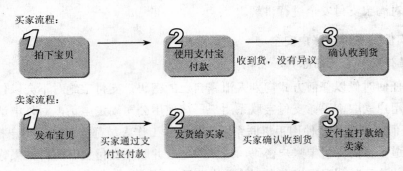

图 8-9　支付宝使用流程图

对于卖家：请卖家一定要在确认买家付款以后再发货。如买家在没有付款的情况下你就先发货了，没有按照支付宝流程操作，造成的损失将由本人承担。

2. 如何保证网银安全

1）使用网银安全工具

（1）保障个人网银安全的好选择——网上银行客户证书。

个人网上银行客户证书从技术角度上讲是网上银行电子签名和数字认证的工具，它内置微型智能卡处理器，采用 1024 位非对称密钥算法对网上数据进行加密、解密和数字签名，确保网上交易的保密性、真实性、完整性和不可否认性。如果您已经申请了网上银行客户证书，只要保管好自己手中的网上银行客户证书及其密码，您办理网上银行业务时，不用再担心黑客、假网站、木马病毒等各种风险，就可以高枕无忧，简单、安全地使用网上银行。

（2）新型安全工具——电子银行动态密码。

电子银行动态密码是你在使用电子银行（包括网上银行或电话银行）进行对外转账、B2C 购物、缴费等支付交易时，银行系统就会随机给出密码信息，您将密码信息输入电子银行系统。只有当输入正确时，才能完成相关交易。这种密码是动态变化的，使用者每次使用时输入的密码都不一样，交易结束后即失效，从而杜绝不法分子通过窃取客户密码盗窃资金，保障电子银行安全。

与网上银行客户证书相比，动态密码会有一定的交易额度和功能限制，但成本比客户证书低，并且使用方便，足以应付黑客攻击、假网站诈骗、木马病毒等常见的风险，十分适合对支付限额要求不高的普通网银客户使用。

2）充分运用网银辅助安全功能

除了使用相关安全工具外，网上银行还有许多安全的辅助功能，多种方式保障你的网上银行的安全。

（1）预留信息验证。

"预留信息验证"是帮助您有效识别银行网站、防范不法分子利用假银行网站进行网上诈骗的一项服务。您可以在注册时在银行系统内预先记录一段文字（即"预留信息"），当您登录个人网上银行或在购物网站上进行支付或在线签订委托缴费协议时，网页上会自动显示你预留的信息，以便验证是否为真实的银行网站。

（2）手机短信认证。

"手机短信认证"是指申请了该服务后，在通过网上银行办理对外支付业务时，银行会向您预留的手机号码发送付款交易信息及交易验证码，您确认交易信息无误后将该验证码输入网上银行系统方可使用你的证书或动态密码卡继续办理支付交易。这样，即使不慎遗失了客户证书、证书密码不慎失密，只要保证手机不被同一人获取，同样可以保证账户资金安全。

（3）余额变动提醒。

"余额变动提醒"是指通过定制该服务后，当存款取款、转账汇款、刷卡消费或投资理财时，只要账户资金发生变动，您就能在第一时间收到手机短信提醒服务，随时了解自己的账户资金变动的情况。

此外，还有防钓鱼网站安全控件、VISA 购物验证等辅助安全功能协助你保证网银资金安全。

注：网银安全控件由中国工商银行提供。

8.3　网店的物流管理

8.3.1　物流管理的概念

物流管理（Logistics Management）是指社会在生产过程中，根据物质资料实体流动的规律，应用管理的基本原理和科学方法，对物流活动进行计划、组织、指挥、协调、控制和监督，使各项物流活动实现最佳的协调与配合，以降低物流成本，提高物流效率和经济效益。现代物流管理是建立在系统论、信息论和控制论的基础上的。

目前，国内学术界对物流管理有以下三种经典定义。

解释一：

物流是指利用现代信息技术和设备，将物品从供应地向接收地准确的、及时的、安全的、保质保量的、门到门的合理化服务模式和先进的服务流程。这是我国牛鱼龙物流事务所对物流定义的专业的解释。

物流构成：商品的运输、配送、仓储、包装、搬运装卸、流通加工，以及相关的物流信息等环节。

物流活动的具体内容包括以下几个方面：用户服务、需求预测、订单处理、配送、存货控制、运输、仓库管理、工厂和仓库的布局与选址、搬运装卸、采购、包装和情报信息。

解释二：

在我国国家标准《物流术语》的定义中指出：物流是"物品从供应地到接收地的实体流动过程，根据实际需要，将运输、储存、装卸、搬运、包装、流通加工、配送、信息处理等基本功能实施有机结合。"

解释三：

物流中的"物"是物质资料世界中同时具备物质实体特点和可以进行物理性位移的那一部分物质资料。"流"是物理性运动，这种运动有其限定的含义，就是以地球为参照系，相对于地球而发生的物理性运动，称为"位移"。流的范围可以是地理性的大范围，也可以是在同一地域、同一环境中的微观运动，小范围位移。"物"和"流"的组合，是一种建立在自然运动基础上的高级运动形式。其互相联系是在经济目的和实物之间，在军事目的和实物之间，甚至在某种社会目的和实物之间，寻找运动的规律。因此，物流不仅是上述限定条件下的"物"和"流"的组合，而更重要在于，是限定于军事、经济、社会条件下的组合，是从军事、经济、社会角度来观察物的运输，达到某种军事、经济、社会的要求。

理解物流管理的概念，有助于我们更好地把握物流管理的内容和实质，使我们对物流管理有宏观上的认识。

8.3.2　物流管理的目的和作用

1．物流管理的目的

实施物流管理的目的，是指在尽可能最低的总成本条件下实现既定的客户服务水平，即寻求服务优势和成本优势的一种动态平衡，并由此创造企业在竞争中的战略优势。根据这个目标，物流管理要解决的基本问题简单地说，就是把合适的产品以合适的数量和合适的价格在合适的时间和合适的地点提供给客户。

物流管理强调运用系统方法解决问题。现代物流通常被认为是由运输、存储、包装、装卸、流通加工、配送和信息等环节构成的。各环节原本都有各自的功能、利益和观念。系统方法是指利用现代管理方法和现代技术，使各个环节共享总体信息，把所有环节作为一个一体化的系统来进行组织和管理，以使系统能够在尽可能低的总成本条件下，提供有竞争优势的客户服务。系统方法认为，系统的效益并不是它们各个局部环节效益的简单相加；对于出现的某一个方面的问题，要对全部的影响因素进行分析和评价。从这一思想出发，物流系统并不简单地追求在各个环节上各自的最低成本，因为物流各环节的效益之间存在相互影响、相互制约的倾向，存在着交替易损的关系。比如过分强调包装材料的节约，就可能因其易于破损造成运输和装卸费用的上升。因此，系统方法强调要进行总成本分析，以及避免次佳效应和成本权衡应用的分析，以达到总成本最低，同时满足既定的客户服务水平的目的。

2．物流管理的作用

先看一组数据：① 物流成本占总成本的 36%，生产成本只有 13%；② 物流时间为 84%，而加工制造时间仅为 12%；③ 资金周转率仅为 1.9%；④ 全社会物流费用占 GDP 的 18.1%，如果物流费用降为 15%，我们可节约每年 9000 多亿，相当于 3 个成都市的 GDP（根据 2008 年数据）。

再看物流管理对资金周转率的影响：资金周转率=年销售额/（库存成本+固定资产），库存成本越大，资金周转率越小，我国资金周转率为 1.9 次，海尔为 15 次，日本制造业为 15～18 次，美国流通业为 20～30 次。

物流管理作用：能够帮助企业降低总成本、提升核心竞争力。

一般的供应链可以耗费中国企业高达 29%的运营成本，而通过物流管理进行供应链优化，可以达到以下目标：

（1）原材料采购成本将减少 7%～11%；

（2）整个供应链的库存将下降 15%～30%；

（3）运输成本将下降 3%～15%；

（4）整个供应链的运作费用将下降 15%～25%。

事实与实践已经证明，由于物流能够大幅度降低企业的总成本，加快企业资金周转，减少库存积压，促进利润率上升，从而给企业带来可观的经济效益，国际上普遍把物流称为"降低成本的最后边界"，排在降低原材料消耗、提高劳动生产率之后的"第三利润源泉"，是企业整体利润的最大源泉。所以，各国的企业才越来越重视物流，逐渐把企业的物流管理当作一个战略新视角，变为现代企业管理战略中的一个新的着眼点，通过制定各种物流战略，从物流这一巨大的利润空间去寻找出路，以增强企业的竞争力。

物流管理经典案例：

海尔集团剥离物流资产成立海尔物流，从 1999 年开始创新了一套现代物流管理模式，兴建了现代化的立体自动化仓库，构筑了将物流、商流、资金流和信息流为一体的供应链管理体系，使呆滞物资降低 73.8%，仓库面积减少 50%，库存资金减少 67%。

亿博物流咨询公司成功演绎锦鑫物流，将原有属于四川省物资集团、煤炭集团、华西集团、商业集团等四家省属公司所属物流资源以股份制方式整合改制重组成大型国有省属物流企业，通过物流管理和供应链优化，极大地提高了锦鑫物流的经济效益与社会效益。

8.3.3 物流管理的核心内容

为了建立合理高效的连锁经营物流体系，我们先来解剖物流体系。物流体系的四个核心是：采购、仓储、配送和运输。

1．采购

任何企业离不开采购，连锁企业亦是如此，商品采购是连锁企业经营活动的起点。连锁企业的采购必须是整个连锁分店的要货计划，配送中心汇集各连锁分店提出的要货计划后，结合总部的要求和市场供应的情况，制定采购计划统一向市场采购商品和物料。对连锁企业而言，采购环节是一个创造性部门，其所经营的商品均需通过采购环节的引进来创造效益。然而目前很多连锁企业的现状很难准确掌握本部及下属连锁超市的商品和采购信息，常因库存不足而影响销售。有时甚至因采购交易时间过长而致使商品长期脱销。

2．仓储

连锁店与其他商店一样，需要有常年销售的商品，需要销售产销不同时间的商品，如果对常年销售的商品，在各连锁店每次发出要货请求后，配送中心就到市场上采购，势必增加成本和采购费用，也不可能最大限度地享受到批量优惠。这就要求配送中心在保证商品储存品质的限度内大批量购进，在连锁分店提出要货请求后，就直接调运分送。对季节性商品，配送中心也应保持一定的仓储量，以保证异时销售的需要。

3．配送

配送作为连锁业物流的基本功能之一，在其中占有相当重要的地位。实践证明连锁经营的发展离不开物流配送，合理的物流配送使连锁经营中的统一采购、统一配货、统一价格得以实现。能否建立高度专业化、社会化的物流配送中心关系到连锁经营的规模效益能否充分发挥。配送中心的建设是整个物流体系的重点。

发展连锁企业要加快配送中心建设。我国很多连锁企业发展到30～40家以后，是物流制约了它们的发展。大型连锁企业要重视配送中心建设，可根据企业的经营状况自建配送中心，合理确定配送中心规模，提供安全可靠、高效率的配送体系。要积极发展社会化的第三方物流配送中心，充分利用和整合现有物流资源，通过资产联合、重组和专业化改造等途径，打破行业界限和地区封锁，满足各连锁企业的经营需要。

4．运输

由于各连锁分店分布相对较散，且数量众多，限于交通条件或基于经济上的考虑，不可能配备足够多的交通工具，这就要求配送中心能够根据计算机网络所获得的各分店的要货信息，合理安排调运力量，及时向各分店运送商品，充分满足各分店的销售要求。

8.3.4　物流管理流程

1．订单处理作业

物流中心的交易起始于客户的咨询、业务部门的报表，而后由订单的接收，业务部门查询出货日的存货状况、装卸货能力、流通加工负荷、包装能和配送负荷等来答复客户，而当订单无法依客户要求交货时，业务部加以协调。

由于物流中心一般均非随货收取货款，而是于一段时间后予以结账，因此在订单资料处理的同时，业务人员要依据公司对该客户的授信状况查核是否已超出其授信额度。此外在特定时段，业务人员要统计该时段的订货数量，并予以调货、分配出货程序及数量。退货资料的处理也该在此阶段予以处理。另外业务部门要制定报表计算方式，做报表历史资料管理，订定客户订购最小批量、订货方式或订购结账截止日。

2．采购作业

自交易订单接受之后，由于供应货品的要求，物流中心要向供货厂商或制造厂商订购商品，采购作业的内容包含由商品数量求统计、对供货厂商查询交易条件，而后依据我们所制订的数量及供货厂商所提供较经济的订购批量，提出采购单。而在采购单发出之后则进行入库进货的跟踪运作。

3．进货入库作业

当采购单开出之后，在采购人员进货入库跟踪催促的同时，入库进货管理员即可依据采购单上预定入库日期，做入库作业排程、入库站台排程，而后在商品入库当日，当货品进入时做入库资料查核、入库品检，查核入库货品是否与采购单内容一致，当品项或数量不符时即做适当的修正或处理，并将入库资料登录建档。入库管理员可依一定方式指定卸货及栈板堆叠。对于由客户处退回的商品，退货品的入库也经过退货品检、分类处理而后登录入库。

一般商品入库堆叠于栈板之后有两种作业方式，一为商品入库上架，放于储架上，等候出库，需求时再予出货。商品入库上架由计算机或管理人员依照仓库区域规划管理原则或商品生命周期等因素来指定储放位置，或于商品入库之后登录其储放位置，以便于日后的存货管理或出货查询。另一种方式即为直接出库，此时管理人员依照出货要求，将货品送往指定的出货码头或暂时存放地点。在入库搬运的过程中由管理人员选用搬运工具、调派工作人员、并做工具和人员的工作时程安排。

4．库存管理作业

库存管理作业包含仓库区的管理及库存数控制。仓库区的管理包括货品在仓库区域内摆放方式、区域大小、区域的分布等规划；货品进出仓库的控制遵循：先进先出或后进先出；进出货方式的制定包括：货品所用的搬运工具、搬运方式，仓储区储位的调整及变动。库存数量的控制则依照一般货品入库时间、出库数量等来制定采购数量及采购时点，并做采购时点预警系统。制定库存盘点方法，在一定期间印制盘点清册，并依据盘点清册内容清查库存数、修正库存账册并制作盘亏报表。仓库区的管理还包含容器的使用与容器的保管维修。

5．补货及拣货作业

根据客户订单资料的统计，我们即可知道货品真正的需求量。在出库日，当库存数足以供应出货需求量时，我们即可依据需求数印制出库拣货单及各项拣货指示，做拣货区域的规划布置、工具的选用、及人员调派。出货拣取不只包含拣取作业，更应注意拣货架上商品的补充，使拣货作业得以流畅而不至于缺货，这中间包含了补货水准及补货时点的制定、补货作业排程和补货作业人员调派。

6. 流通加工作业

商品由物流中心送出之前可在物流中心做流通加工处理，在物流中心的各项作业中以流通加工最易提高货品的附加值，其中流通加工作业包含商品的分类、过磅、拆箱重包装、贴标签及商品的组合包装。而要达成完善的流通加工，必执行包装材料及容器的管理、组合包装规则的制定、流通加工包装工具的选用、流通加工作业的排程、作业人员的调派。

7. 出货作业处理

完成货品的拣取及流通加工作业之后，即可执行商品的出货作业，出货作业主要内容包含依据客户订单资料印制出货单据，订定出货排程，印制出货批次报表、出货商品上所要的地址标签、及出货检核表。由排程人员决定出货方式、选用集货工具、调派集货作业人员，并决定所运送车辆的大小与数量。由仓库管理人员或出货管理人员决定出货区域的规划布置及出货商品的摆放方式。

8. 配送作业

配送商品的实体作业包含将货品装车并实时配送，而达成这些作业则须事先规划配送区域的划分或配送路线的安排，由配送路径选用的先后次序来决定商品装车的顺序，并在商品的配送途中做商品的追踪及控制、配送途中意外状况的处理。

9. 会计作业

商品出库后销售部门可依据出货资料制作应收账单，并将账单转入会计部门作为收款凭据。而于商品购入入库后，则由收货部门制作入库商品统计表以作为供货厂商清款稽核之用。并由会计部门制作各项财务报表以供营运政策制定及营运管理之参考。

10. 营运管理及绩效管理作业

除了上述物流中心的实体作业之外，良好的物流中心运作更要基于较上阶层的管理者透过各种考核评估来达成物流管理流程中心的效率管理，并制订良好的营运决策及方针。而营运管理和绩效管理可以由各个工作人员或中级管理阶层提供各种资讯与报表，物流管理 流程包含出货销售的统计资料、客户对配送服务的反应报告、配送商品次数及所用时间的报告、配送商品的失误率、仓库缺货率分析、库存损失率报告、机具设备损坏及维修报告、燃料耗材等使用量分析、外雇人员、机具设备成本分析、退货商品统计报表和作业人力的使用率分析等。

8.3.5　网店物流核心内容管理

物流是电子商务交易中必然要接触的末端，也是交易完成的一个必要的手段，对于大多数的网店店主们，最头疼的也莫过于物流这一环节了。然而究竟该怎样选择物流、控制自己物流成本，如何做到仓库与物流的完美结合呢？

下面，针对物流管理的核心内容的几个方面，即采购、仓储、配送和运输，结合淘宝网店的特点，对网店的物流做一些讲解。

1．采购

我们可以根据店铺历史销售情况及市场相关因素进行销量预测，进而确定采购数量和结构，一方面要保证足够的库存以防止断货，另一方面又要防止库存过多导致产品积压。这样可以帮助网店最大限度保证不会因为缺货导致客户满意度下降，还可以降低流动资金需求，加速网店资金流转。

2．仓储

仓储管理是保证一个企业正常运转的重要环节。目前，在传统行业，这方面都做得很健全，但是很多网店卖家却并没有建立一套合理的进销存管理系统，很多皇冠卖家的仓库都是非常零乱的，哪些产品需要补货根本无从知晓。因传统行业跟网店行业的区别存在，传统行业的进销存只能借鉴，不能完全套用，今天我们就要来探讨一下，网店卖家如何建立适合自己网店的进销存管理系统。

笼统地说，仓储管理包括两大部分，产品进库和产品出库，在这两个部分里面，又涉及了很多环节。

（1）仓储管理基础环节，包括产品入库、上架和保存等活动，实现对产品的品种、数量、款式、颜色和尺码等各种信息进行有效的管理，从而降低库存占用量，加快物流流转速度。

（2）仓位优化，主要针对一些季节性明显的产品和一些滞销产品的仓位摆放，对于旺季热销产品尽量放在离仓库出库口近一点的地方，滞销产品可以放在偏远一点的地方，这点主要是考虑到配货人员的方便度，减少配货行程，加快配货速度。

（3）产品出库，利用网店管家根据客户订单要求扫描出库，再配上扫描枪，出库先扫描订单，然后扫描库存产品，鼠标轻轻一点，系统自动核对配货是否有误，将错误订单排除，只要前面订单信息正确，通过这种方式基本上可以杜绝发错货物的情况。

那么如何建立起一套适合网店进行进销存管理的系统呢？请注意以下两点。

（1）岗位分工要细致，接单、打单、进库、配货、出库和打包各司其职，每个人负责1～2道工序，这样就不容易因为工作分心出错，而且可以保证在出了问题的时候，根据订单记录追究相关责任人，惩罚不是根本，重要的是让员工有一种责任感，用心地做好本职工作。

（2）配合使用相关管理工具和设备，对于网店卖家来说，网店管家是一个非常不错的选择，然后再配上扫描枪，条形码进出库，可以实现对仓库库存管理进行严格控制。通过库存管理，可以知道哪些产品热销，哪些产品滞销，从而为把握住市场动态提供数据支持。

以下是进销存管理实施步骤参考（申明，该流程仅供参照，不具通用性，大家需根据自己店铺的实际情况进行调配）。

（1）人员配置。对于一个中型的淘宝网店来说，可设置以下岗位：美工、推广、聊天客服、售后客服、制单客服、入库管理人员、配货人员、出库扫描人员、包装人员，其中多个岗位之间可由一人兼职，但聊天客服最好独立出来，他们是连接客户的第一线，影响着整个店铺的收入。

（2）一笔交易订单的大致实施过程，聊天客服接单，制单客服打印订单和快递单，审核单据，送到仓库由配货人员配货，然后送出库扫描人员检查，系统检查无误之后再送到打包台打包，两联订单的底单留下作为存根，同时制单客服在淘宝上用网店蜘蛛批量发货，包裹发出之后，售后客服用短信猫给客户发包裹已发出之类的温馨提示。

（3）在这个过程当中，利用网店管家可以查看到每个环节的经手人，销售客服在淘宝备注中备注该笔订单是由谁谈成的，网店蜘蛛会把销售人抓取进来，制单客服接到前台订单，制作单据之后，订单上会显示制单人，配货人配好货之后在订单上签字，打包人员拿到配货后的篮子，在订单上签字再打包，这样当客户在收到东西之后有任何异议，都可以根据订单上的信息，追究相关人员的责任。

（4）设置库存警戒线，当库存到达警戒线的时候，负责入库的人员制作采购订单，补充库存，从而降低缺货的概率。

这样一套进销存管理系统流程走下来，既可以提高工作效率，又可以降低交易成本，对于网店卖家来说非常实用。

3. 包装和配送

1）包装

在配送前，要对商品进行包装，商品的包装分为内包装，中层包装和外包装。卖家可以根据自己所售商品的特性，选择不同的包装，在此就不赘述了。完成一个商品的包装很简单，但是要想在激烈的竞争中区别于对手，就需要花一点心思来提升自己的商品形象，这就是商品的延伸价值，特别提出以下四点小建议，希望对大家有用。

（1）警示不干胶。警示不干胶几乎不增加你成本的小东西非常能够体现卖家细腻，是让你拥有许多老客户的好帮手。

（2）名片。一张设计得具有个性的名片让买家体会到你的用心，多寄两张名片给你的客户，很可能给你带来更多的客户。

（3）带邮政字样的封箱胶带。有透明的和黄色的两种。全国大多数地区邮局都要加收 1 元的包装费，而有的邮局允许自带胶带，但只允许带有"中国邮政"字样的胶带，有这个东西，可能会帮你节约这 1 元钱。

（4）带提示语的白色封箱胶带。如果是发快递，而所发的东西比较容易压坏，那么在内包装使用了气泡膜的同时，还可以考虑使用这种带提示语的白色封箱胶带，在提示快递员轻拿轻放的同时，更能让买家感觉到卖家工作的细致。

2）配送

开一家淘宝网店，选择什么方式向客户发货，即选择什么方式配送商品，是平邮还是快递，为什么有的网店敢于包快递，它们价格又是怎样的。如何做到既降低成本又让客户满意等，这些是网店卖家新手都会遇到的问题。解决这些问题，首先就要了解各种配送方式，然后根据实际情况，合理选择配送方式。

配送方式一般有三种，分别是平邮、快递和货运物流，下面对它们进行详细阐述，供卖家参考。

（1）平邮。

由于平邮价格便宜，所以一般不急需、追求经济实惠的买家都会选择它。

寄平邮需要先到邮局买一张绿色的平邮单，0.5 元/张。可以一次多买几张，以后发货就不用经常跑邮局买平邮单了。平邮单如图 8-10 所示。

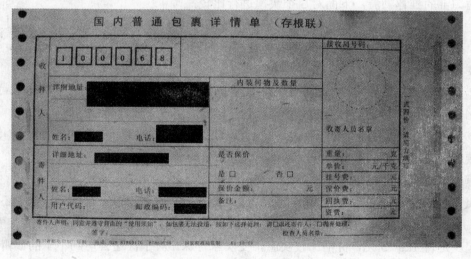

图 8-10　平邮单图

这里介绍发平邮的两个省钱方法：

① 自己准备包装箱。

邮局包装箱最小的 3 元起，网上购买几角钱一个。平时也可以自己准备一些纸箱子，进货时的包装盒就是不错的选择。

② 自己准备邮票。

邮局可以用贴邮票的方式代替费用，网上邮票也有打折的，寄包裹时注意要先跟收件员说明是贴票，当他告诉你费用，再贴上相应的邮票就可以。另外，邮寄书、文件之类，以印刷品方式邮寄会比较便宜。

发平邮应该注意的事项

a．尽量先跟常用的邮局搞好关系，通常关系好了，邮寄包裹时就方便得多。

b．要了解邮局的规则。邮寄特殊的物品最好是先了解哪些物品是不能邮寄的，比如水状的物品、化学危险品等。任何一个邮局都没有不能贴邮票的规则，也没有明文规定一定要用邮局的纸箱。只是规定了邮件用的外包装不能太花太乱，要写明收件人及寄件人的详细资料。

c．邮寄包裹时，除非你跟邮局长期合作，得到了他们的信任，他们不验包。否则，最好是在家里把物品包好，但不要封箱，邮局是要查货的。另外，特殊商品最好是先了解一下邮局相关规则，做好准备，比如说水状的，含有化学危险品的那些不能正常寄送。但不要封箱，邮局要检查物品的。

（2）快递。

邮局的快递：

现在邮局提供的是 3 种快递：EMS、E 邮宝和普通快递，前两个快递目前跟淘宝合作，是淘宝的推荐物流，下面对 3 个快递进行比较：

① EMS：支持上门取货（可以淘宝下单或者打 11185 下单）、送货上门、网上查单服务。到达速度快，国内 1～4 天不等。价格：省外 21 元（含单子），0.5kg 起步，超重了还要再加钱。

② E 邮宝：支持上门取货（必须在淘宝上下单）、送货上门、网上查单服务，到达速度比 EMS 慢几天。价格：省外 15 元，1kg 起步，超重了还要再加钱。

③ 邮政普快：不支持上门取货、网上查单服务，支持送货上门服务，到达速度慢，速度接近平邮。价格可参考 http://www.chinapost.com.cn。

速度的对比：EMS>E 邮宝>邮政普快>平邮

点评：EMS 比较贵，而且省外起步是 21 元（含单子），0.5kg 起步，超重了还要再加钱，所以建议卖家除非是很偏僻又急需的情况下才选择。E 邮宝目前只支持淘宝下单，由于起步是每 1kg 15 元，价格比较实惠广受卖家青睐，对于快递公司到不了的偏僻地方确实非常实用，推荐使用。不推荐使用邮政普快，速度和平邮差不多，就是多了个送货上门，价格速度都没有优势。贵重的东西要保价，否则只能赔 2 倍邮费。

民营快递公司：

虽然邮局的 E 邮宝在民营快递公司到不了的地方非常实用，但民营快递公司仍然有压倒性的优势，所以除非民营快递公司到不了，一般卖家都不会去发 EMS 和 E 邮宝的。

民营快递公司和邮局对比的优势：

① 上门取货速度快，而且比邮局下班晚 2~3 个钟头。

② 速度一般都和 EMS 差不多甚至比 EMS 快。

③ 一般是 1kg 起步而不是 EMS 的 500g。

④ 快递对于检查比较松，一般不需要检查。

⑤ 寄的次数多就越能砍价，甚至会出现好几家快递公司为了争取你这个客户互相降价的情况。

⑥ 服务态度比邮局好，业务员和公司都能提供比较好的服务，对于发送的邮件出了问题都能得到及时通知，赔偿也相对容易些，这一点邮局总是比较被动，一般是有问题你要去找他而不是他找你，经常去邮局的人有深刻体会，基本上 80% 去邮局的人没遇到过好脸色。

⑦ 单子、包装不用钱（不过建议卖家自己包装比较稳妥）。

当然民营快递公司的缺点就是知名度和信任度没有邮局高，网络没有邮局的广等。

以下是网上对一些常用快递公司的介绍，淘宝卖家可以参考。

顺丰速递，这个是业内公认的，服务好、态度好，全国统一服务电话，监督机制好，快递迅速，效率最高。因为它不是加盟形式的，是由总部统一管理的企业，所以各地的服务水准都基本保持统一，但是很多稍微偏远的地方还没有网点。

邮政 EMS，邮政 EMS 的优点也是很明显的：网点多，几乎通达全国（包括乡村）；运营规范，实力有保证；邮政 EMS 运货的车辆在某些地方可能会受到特殊照顾（比如进出某些关口，这些私营公司是无法做到的）；邮政 EMS 还是通达全球的，你有国外买家就可以考虑了。

圆通快递，圆通快递成立得比较早，虽然它是加盟形式的，各地服务水准可能有差别。但圆通也算是行业内老资格了，经验丰富，网点也比较多。

申通快递，类似于圆通快递。

宅急送，韵达，中通，天天，汇通。这几家快递公司都是在全国范围内网点相对较多，也有一些知名度。由于都是各地分公司加盟形式的，所以各地的服务水准参差不齐。但是总体来说比一些更小的快递公司有优势。淘宝网就有很多卖家选择他们中的其中一家作为主要的合作伙伴。一般来说，只要你有一定的出货量，这样的快递公司最容易拿到优惠的协议价格，而且客户服务、投递效率等也有基本的保障。

（3）货运物流。

一般是比较重的东西才发货运，值得一提的是货运的前提条件是双方所在地都有网点，货运的速度不算很快，但是价格比较实惠，越重的东西越合算。

（4）运输。

由于淘宝网店主要是基于 C2C 模式，所以卖家一般都请专业的快递公司进行商品的运输，所以基本上都不用担心运输问题，在此也就不赘述了。

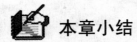 **本章小结**

　　本章讲述了网店的支付方式、支付安全和物流基本理论，网店物流管理知识。通过对本章的学习，使读者了解网店的商品交易和网店的物流管理等相关知识。

技能训练

　　1.　在网上使用不同的方法来完成网上支付。

　　2.　请根据以下物流配送过程设计你自己的网店物流方案。

　　物流配送全过程：

　　（1）准备商品。准备商品是物流配送的基础工作，包括筹集货源、订货或购货、进货和相关的质量检查、款项结算和单据交接等。电子商务下的物流配送的优势之一就是集中用户的需求进行一定规模的货物准备。准备货物是决定物流配送是否成功的初期工作，如果准备商品的成本太高，会大大降低电子商务和物流配送的经济效益。

　　（2）储存商品。一般来说，处于电子商务下物流配送的储存有储备和暂存两种形态。物流配送储备是按一定时期的物流配送要求，形成对物流配送的一种资源保证。这种类型的商品储备数量大，结构完善。根据货源和到货时间，可以有计划地确定周转储备及安全储备的结构和数量。物流配送的储备保证了电子商务的网上订购得到解决。另一种储存形态是暂存，是接到电子商务的配送单，执行配送时，按配送单要求，在暂存区放置的少量储存准备。暂时储备是对周转速度较快的商品进行的一种储存形态，是适应电子商务及时快速物流配送的方法。暂存减少作业次数和劳动力，节约成本。

　　（3）分拣与配货。分拣与配货是物流配送中很有特点的流程要素，也是关于物流配送成败的一项重要支持性工作。分拣与配货是完善物流配送的准备性工作，是物流配送的必不可少的作业之一，也是不同物流配送企业在配送时进行市场竞争和提高自身经济效益的延伸。分拣与配货会大大提高物流配送的服务水平，是决定整个物流配送水平的关键要素。

　　（4）加工与配装。物流配送中，加工要素不具有普遍性，但它往往是有重要作用的要素。通过配送加工，可以大大提高用户的满意程度。如果单个用户在电子商务中达成购买的商品数量不能达到配送车辆的有效载运负荷时，就存在如何集中不同用户的订购商品，进行搭配装载以充分利用运能、运力的问题，这就需要配装。

　　（5）配送。配送处于物流流程的末端，是把商品送到目的地的最后一个环节。配送是较短距离、较小规模、频率较高的物流形式，一般使用汽车做运输工具。配送的城市运输由于配送用户较多，交通路线又较复杂，因而如何设计最佳路线，如何使配装和路线有效搭配等是配送中难度较大的工作。配送中的送达商品和用户交接非常重要，有效地、方便地处理相关手续，是大有讲究的最末段管理。

思考与练习

1. 淘宝网买家的支付方式有哪几种？
2. 阐述如何保护支付宝账户和网银账户的安全。
3. 根据自身情况，请说说选择快递公司应该考虑哪些因素。
4. 物流活动的具体内容包括哪些方面？
5. 仓储管理应该注意哪些问题？

第 9 章

网上创业风险与防范

本章学习目标

1. 正确认识网上创业风险。
2. 增强网上创业风险意识。
3. 了解网上创业风险的类型。
4. 了解网上创业风险防范和控制方法。

【引导性案例】　网上加盟店被骗 2 万多，6000 元买回假游戏点卡

说起创业，人们联想到的更多是成功和鲜花。于是在工作难找的背景下，许多大学生的自主创业意识高涨。近日，《中国青年报》公布一项调查数据显示，79% 的被调查大学生有自主创业的意向。但是，大学生没啥社会经验又急于创业，很容易成为一些加盟连锁骗局的猎物。

小艳是某大学大四的学生，眼看就要大学毕业了，但是一时还没找到合适的工作。小艳也想过创业，但苦于没有足够的资金支持，听同学说网上创业简单而且成本低，小艳就在网上搜索了一些大学生快速致富的创业项目，网上创业项目很多而且加盟条件也很低这让创业心切的小艳很是心动。经过反复斟酌和考虑，小艳选择了在网上的一家服装连锁加盟店。于是小艳当即与这家加盟店取得联系，可是对方并没有考察小艳的开店能力而且也不曾问及小艳的工作经历。联系当天对方就以建立档案和保证个人信息的名义要她汇 1 万元的创业经费，缺乏防范意思的小艳想都没想就把钱汇过去了。次日，该加盟店又以考验诚信为由要求小艳再汇 1 万元，创业心切的小艳马上照办了。第三天，加盟店又给她打电话称需要创业基金而且越多越好，小艳说自己手头缺乏资金，可是对方却立即承诺如果小艳凑不够的话公司可以贷给她 5 万元，但是要先交半年利息（利率为 8%）。于是小艳备齐了贷款材料后，又汇了 4000 元的利息过去。

骗子总是欲壑难填的，就在小艳把第三笔钱汇过去后的第二天加盟店又要求她在半小时内再汇贷款总额的 2% 的保证金，以确保她在经营过程中有应急能力。直到这时，小艳才恍然大悟：自己陷入了一个网络骗局。还没有拿到任何加盟许可或合同，也没有拿到任何货物的小艳一再要求退款，但加盟店却百般推脱。

大学生小马同样也是在首次创业时就遭网络欺诈。小马原本想通过销售游戏点卡赚点外快但白白搭进去 6 千多元。

近日，武汉一家网络公司打出"游戏点卡 2.8 折"的招牌。"这个价格太诱人了。"小马说，他拨打电话后，对方要求先付 300 元定金。小马汇款后，对方很快寄出了近万元面值的点卡。小马没进行相关验证，就付清余款 3060 元，充值时才发现卡被锁定了，无法使用。该公司说要交纳 2800 元注册费在公司注册一个账号，小马依言照做，游戏点卡还是无法充值。小马只得再次与公司联系，对方称还得交 3000 元市场保证金。感觉不对劲的小马向网监部门投诉才得知，该网站并没有注册备案，属于非法域名。上当了！

（资料来源：http://www.795.com.cn/wz/85829_2.html）

9.1　网上创业风险类型

网上创业风险，是由于网上创业环境的不确定性、创业机会的复杂性，以及创业团队与创业投资者的能力与实力的有限性等因素，造成网上创业活动存在失败的可能性。

必须认真分析网上创业活动中可能遇到的风险类型，才能采取针对性应对措施，保证网上创业活动的顺利进行。

电子商务虽然有着快捷、便利的特点，但与传统的交易方式相比，网络的虚拟性使得电子商务项目的运作存在着比普通商务项目运作有更多的风险因素，风险更大。常见的传统创业风险有项目风险、财务风险、市场风险、技术风险、决策风险、管理风险、人力资源风险和环境风险等，而网上创业风险除了具有传统创业风险外，还增加了信息风险、支付风险和物流风险等网上创业特有的风险。

9.1.1　传统创业风险类型

1．项目风险

项目风险是指实现项目目标的活动或事件的不确定性和可能发生的危险，导致创业失败的可能性。项目风险分布在项目的选择、市场的定位、进度安排及对环境的判断几个关键点上。而网上创业的项目选择多集中在高科技领域和智力服务领域，如软件开发、网上服务、网上中介和设计工作室等。在网上创业过程中，如项目选择不对、市场定位不准、消费者需求把握不准和项目进度安排不合理等，这些将直接打击网上创业者的创业热情，并极有可能造成创业失败。

2．财务风险

财务风险是指企业在各项财务活动过程中，由于各种难以预料或控制因素的影响，财务状况具有不确定性，导致企业蒙受损失的可能性。财务活动是生产经营活动的前提条件，它是资金筹集、投资、占用、耗费、收回和分配等活动环节的有机统一，各活动环节都有可能发生风险。对企业影响较大的财务风险主要是筹资风险、投资风险、经常性资金管理，即现金流风险和外汇风险。

（1）筹资风险。筹资风险是指因借不到资金导致创业失败或借入资金使企业产生丧失偿债能力的可能性。如果筹不到足够的资金，对于新创企业，非常容易造成创业失败；对于高技术创业活动，由于资金不能及时供应，导致高技术迟迟不能产业化，其技术价值随着时间的推移不断贬值，甚至很快被后来的竞争对手超出，而使初始投入付之东流。

民营企业因融资困难无法涉足一些先期投入大的项目，错失发展机会；企业加速扩张时，往往又因为遭遇资金瓶颈，一口气喘不匀，影响整个企业协作；而当企业拥有融资渠道时，往往热衷做项目，铺张无度，资金绷得像一条橡皮筋，一旦一个地方断裂，不但无从补救，而且往往殃及整个企业，这样的典型案例比比皆是。2001 年，号称中国第一家专业连锁店的温州百信鞋业，辉煌一时，5 年间在未得到银行支持的情况下，曾在全国发展了 100 多家连锁百信鞋城，号称拥有 30 多亿资产。当资金被连锁店消耗殆尽，资金链终于断裂，原鞋城卖掉但仍然难偿其巨额货款，创始人因拖欠货款、涉嫌偷漏税而被逮捕，百信随之倒闭。

（2）投资风险。投资风险通常指企业投资的预期收益率的不确定性。投资风险主要由于投资决策失误和投资环境恶化所引起。因此，必须加强市场调查和可行性研究，确保决策正确，并加强投资管理，才能避免因主观原因导致的风险对由于不可抗力的客观环境恶化所产生的投资风险。

（3）经常性资金管理即现金流风险。经常性资金管理即现金流风险，是指企业现金流出与现金流入在时间上不一致所形成的风险。企业往往会由于资金管理不当而造成资金流的不畅，甚至会导致恶性循环，以至破产。

（4）外汇风险。外汇风险又称外汇涉险，是指汇率变动对企业赢利能力、净现金流和市场价值的潜在影响，特别是意味着有可能受的损失。外汇风险一般是由外币、时间和汇率三个变动因素共同构成的。根据影响内容的不同，国际企业在经营中所面临的外汇风险主要有三种类型，交易风险、折算风险和经济风险。

3. 技术风险

技术风险是指在企业技术创新过程中，因技术因素导致创业失败的可能性。技术因素包括技术成功的不确定性，技术前景、技术寿命的不确定性，技术效果的不确定性。技术成功的不确定性是指创新技术从研究开发到实现产品化、产业化的过程中，任何一个环节的技术障碍，都将使产品创新前功尽弃，归于失败，很多创业企业，在技术产业化实施过程中，屡试屡败，其中的原因是多方面的，当用血汗赚来的资金或以家产抵押来的创业资金将要耗尽时，却还没有生产出合格的产品，则风险达到极大；技术前景、技术寿命的不确定性是指如果赖以创业的技术创新不能够实现工业化，或不能在高技术寿命周期内迅速实现产业化，收回初始投资并取得利润，必然造成创业的失败；技术效果的不确定性是指一项高技术产品即使能成功地开发和生产，但若达不到创业前所预期的效果，结果也会造成大的损失甚至创业失败。网上创业初期，很多人从事的都是简单的网上开店业务，技术门槛较低，竞争激烈，缺乏核心竞争力，容易导致创业失败。

4. 市场风险

市场风险是指创业主体从事经济活动，因市场因素导致创业失败的可能性。市场因素有四个：一是市场需求量，产品的市场容量较小或者短期内不能为市场所接受，那么产品的市场价值就无法实现，投资就无法收回，从而造成创业失败。二是市场接受时间，一个全新的产品，打开市场需要一定的过程与时间，产品为市场接受的过程就会更长，因而不可避免地出现产品销售不畅，前期投入难以回收，从而给创业企业资金周转带来极大困难。三是市场价格，产品价格超出了市场的承受力，就很难为市场所接受，技术产品的商业化、产业化就无法实现，投资也就无法收回。当某种新产品逐渐被市场所接受和吸纳时，其高额的利润会吸引来众多的竞争者，可能造成供大于求的局面，导致价格下跌，从而影响高技术产品创新的投资回报。四是市场战略，一项好的高技术产品，如果没有好的市场战略规划，在价格定位、用户选择、上市时机、市场区域划分等方面出现失误，就会给产品的市场开拓造成困难，甚至功亏一篑。

5．决策风险

决策风险是指创业者在进行创业活动中，因决策的错误导致创业失败的可能性。创业者在创业活动中要面临各种决策，包括项目决策、技术决策、财务决策、市场营销决策和管理决策等。管理者决策水平的高低对创业企业的成败影响巨大，决策失误是最大的风险。对创业者而言，绝不可以根据自己的喜怒哀乐或不切合实际的个人偏好而做出决策，不进行科学分析、仅凭个人经验或凭运气的决策方式都可能导致惨重的失败。

比如，辉煌一时的新疆德隆集团，有人说德隆集团的创业发展模式，最独特的地方就是德隆集团一直在以大规模高成本融资，以钱开路。从 1986 年开始创业，在 18 年的时间里，德隆集团从一家小企业成长为一个庞然大物，成为控股 6 家上市公司、跨越 14 个产业的大型民营企业，德隆集团超常规的产业整合远远透支了其经营所得现金流，现金流出远大于流入，为此德隆集团不得不高成本融资来维持其资金链，从创业边城乌鲁木齐，到奔走政治中心北京，再落户金融中心上海，气魄冲天理念之大，国人惊异，但总负债高达 570 亿，酝酿了巨大的资金风险。2004 年年初，德隆集团资金链开始断裂，建造在沙滩上的堡垒顷刻间分崩离析。如果说资金链断裂是德隆集团败因的表象，那么决策失误才是德隆集团败因的本质。德隆集团产业决策中疯狂扩张，走的是一条金融资本与产业资本结合的多元化发展道路，多元化结构失调为德隆集团失败种下了祸根，最终导致创业失败。

6．管理风险

管理风险是指管理者在创业过程中，对企业发展实施的管理导致创业失败的可能性。要想创业成功，首先要组建一个优势互补、利益共享、风险共担和为共同目标而奋斗的团队。团队成员要想合作成功，从企业成立时就要制定创业契约和管理制度，特别要认真进行团队成员的股权分配，要明确各自享有的利益、承担的风险和它们之间的关系，明确各自应尽的义务和享有的权利等。有了契约和制度，依靠契约和制度规范大家的行为，那么最后可能是一辈子的好朋友。如果没有契约和制度，那么团队合作的基础不牢固，很可能导致创业失败。另外团队是管理专家、技术专家、财务专家和营销专家的有机组合，管理者要具备一定知识水平和管理能力，要有管理好团队的能力，充分发挥团队每个人的专长，形成团队的整体优势。要建立现代企业制度，促进企业可持续发展。那种集众权于一身的家长式管理，往往由于管理水平、管理模式等方面的问题，导致创业失败。比如严重的家族管理是导致百信倒闭的重要原因，他的创始人李忠文几乎把所有核心和重要部门的权力都交给了他的亲戚朋友，但相互之间既无权力制衡又无监督机制。例如百信配货中心由几位亲戚负责管理，他们大吃回扣，李忠文失败了，但他的许多亲戚朋友却成了百万富翁。

7．组织和人力资源风险

组织和人力资源风险是指由于创业企业的组织结构不合理、用人不当导致创业失败的可能性。创业企业的迅速发展如果不伴随着组织结构、用人机制的相应调整，往往会成为创业企业潜在危机的根源，其中管理机制不健全是主要原因之一。用人不当有多种形式，如任人唯亲、缺乏信任和激励机制落后导致人才流失等，用人不当的后果只有一个，即企业缺乏人才，不能形成核心人力资本。对于新创企业，创业者从创业初期就应该注意组织结构的设计调整，就需要建立人力资源管理的各项规章制度，进行人力资源的甄选、考评，薪酬的设计及学习与培训等。

8．环境风险

环境风险是指创业者由于外部环境的变化，导致创业企业遭受损失或创业失败的可能性。环境风险包括自然环境、经济环境、政治环境、法律环境和社会文化等环境风险。环境的变化会影响创业资源的获取成本，比如，国家相关法律法规、产业政策、财税政策、金融和资本市场的发展、通货膨胀等因素均会影响到创业发展。因此需要密切关注外部环境的变化。

9.1.2　网上创业特有的风险类型

网上创业风险除了具有以上传统创业风险类型外，由于使用了互联网这个载体，还增加了以下特有的风险：

1．信息风险

（1）信息的实时性风险。

信息的实时性反映的是事务的当前状态和属性，其影响因素有主观和客观两种，主观上说，商家的信息发布要及时，客户需求信息的提交和更改也要及时；客观上看，网络中断、系统检修时的补救措施也要及时，才能让买卖双方的信息保持一致。

（2）信息的真实性风险。

信息的准确度和可靠性，直接影响到信息使用者的决策。如果采用支付宝作为网络支付的载体，掌握到用户的真实信息，风险在很大程度上降低。

（3）信息的安全性风险。

网上支付仍有很大的安全隐患，病毒或人为攻击支付体系的事情虽属于小概率事件，但一旦发生必将损失惨重。

2．支付风险

由于电子商务网上交易安全的脆弱性，目前仍有很多人对网上购物望而却步。只有构建起安全的电子商务支付环境，网上消费者们才能放心地在网上购物。建议创业者们使用支付宝，这样既保障了商家的利益、简化了业务流程又提高了网上支付的安全性。

3．物流风险

物流配送是电子商务最重要的环节之一，物流配送成本的控制是决定电子商务成败的关键。物流是电子商务的组成部分，也是电子商务实现的保证。电子商务中，资金流和信息流都可以在网络中完成，物流则必须在现实物理空间中完成。中国现阶段物流基础建设相对落后，物流信息化水平低，物流管理体制分散，物流配送效率低而且不规范，物流管理人才缺乏。这些导致企业在开展电子商务活动中物流成本过高，甚至有了客户却无法将商品送达客户手中。

4．售后服务风险

电子商务在交易商品的同时，有的商品还必须提供售后服务，优质的售后服务是保持老客户和吸引新客户的重要因素。由于网店经营模式的独特性，很多客户在异地，导致售后服务费用大而且往返周期很长，不仅可能导致亏损，而且客户也不会满意，往往还引起客户投诉，影响企业信誉。建议最好选择基本无须售后服务的商品，如果部分产品可能涉及到售后服务的需求，最好选择能够全国联保的商品。

5．系统安全风险

电子商务是在开放的网络上进行的，支付信息、订货信息、销售信息、谈判信息和机密的商务往来文件等大量商务信息在计算机系统中存放、传输和处理。黑客攻击、计算机病毒等会造成商务信息被窃、篡改和破坏。机器失效、程序错误、错误操作和错误传输都会造成信息失误或失效，给创业者带来不可挽回的损失。

6．网络陷阱风险

在网上创业，会遇到很多骗术。最常遇到的就是加盟店骗术。由于资金、专业知识和市场运作经验等条件先天不足，创业者往往通过加盟开店的方式涉足商海，但往往受骗上当甚至血本无归。以下是对加盟店各种骗术的分析：

1）假特许、真卖设备

很多项目的特许人打出免加盟费的幌子，行卖机器设备之实，完成"圈钱"后便逃之夭夭。这种情况通常集中在彩扩、洗衣、咖啡等本来是通过代理销售设备的行业，如果创业者在考察某个加盟项目时，发现同样的机器在市场上可以用更低的价格买到，且购买机器的费用占了加盟连锁金额的大头甚至是全部的话，你就要提高警惕了。

2）宣传夸大投资回报

不少所谓的连锁特许方通过展会、广告等大肆宣传，加盟该项目只需 3 个月最多半年就能收回几万甚至几十万的投资，总部将全面负责培训、广告投入和前期数月的经营。被特许人加盟后却发现，投资成本远不止原先所说的金额，做了两三年后仍未收回成本。

3）合同陷阱

一些特许人加盟授权时承诺，今后全部收购加盟方的产品，却在合同上注明要达到他们的产品标准。当加盟方生产出产品后，授权方往往以产品不符合要求为由拒收，加盟者只能吃哑巴亏。也有的特许方用没有资格的主体来签订合同，如以办事处的名义和加盟者签订协议，这样在出问题时加盟者经常投诉无门。创业者在选择连锁项目加盟时，合同是保障自己权益的最后一道屏障，不能随随便便签字，必须将所有与自己切身利益相关的条款仔细推敲。

7. 法律与信用环境风险

现阶段，中国网上经营的法律制度还不健全，传统的法律如何在网络环境中应用还处在理论探讨阶段。电子合同、在线支付和产品交付等问题虽有了初步的法律规范，但还没有做到全面的法律保护。个人隐私权保护、欺诈等问题困扰着消费者，使之不敢大胆地在网上购物。特别是没有一个比较完善的网上信用评价与监控体系，致使"收货不付钱"、"收钱不发货"等欺诈行为时有发生，导致消费者信心下降，经营者信誉下降。

9.2　网上创业风险识别

9.2.1　网上创业风险识别概述

风险识别是风险管理的基础。只有在正确识别出自身所面临的风险的基础上，人们才能够主动选择适当有效的方法进行风险的防范和控制。

中国项目管理研究委员会委员、国际特级项目经理（IPMP—A 级）、福州大学项目管理研究所所长马旭晨教授认为，风险识别是在风险事故发生之前，人们运用各种方法系统地、连续地认识网上创业者所面临的各种风险以及分析风险事故发生的潜在原因和条件的过程。百度百科上认为风险识别是用感知、判断或归类的方式对现实的和潜在的风险性质进行鉴别的过程。风险识别主要是收集、分析有关风险根源、危害和损失等方面信息的过程。

根据以上观点，我们认为，网上创业风险识别，是指在网上创业风险发生之前，网上创业者对自己所面临的风险，运用各种方法进行认识，并分析风险发生的原因和条件的过程。

网上创业风险识别内容包括：感知风险，即网上创业者通过对网上风险类型的了解，结合自身实际，判断所面临的客观存在的风险有哪些；分析风险，即分析引起风险事故的因素有哪些。

通过网上风险识别，网上创业者可以全面地了解创业所面临的各种风险，以便衡量风险大小和选择最佳风险应对方案。

9.2.2　网上创业风险识别的方法

风险识别的方法有：风险调查表或风险清单、财务报表分析法、组织结构图分析法、流程图分析法、危险因素分析法、事件树分析法和损失统计分析法等。

对于识别网上创业的一般性风险，可利用外界资源进行。可用的方法有：利用保险公司、风险及保险学会、有关咨询或研究机构的专业人员设计的风险分析表格（风险清单），如资产——损失分析表、风险分析调查表和保单对照检查表等直接识别自身风险。

对于识别网上创业的特殊性风险，可针对特有情况自行设计识别风险的方法，如财务报表分析法、组织结构图分析法、流程图分析法、现场调查法和危险因素分析法（事件树分析法）等。

风险识别最主要的是风险分析，以下是六种常见的风险分析方法。

1. 财务报表分析法

财务报表分析法以会计记录和财务报表为基础，通过对每个会计科目进行深入的研究来发现潜在损失，并且就每一会计科目提出研究结果的报告。此外，还必须用调查、法律文件等其他信息来源补充这些财务记录，以保证识别过程的全面、准确。

财务报表主要有资产负债表、损益表和现金流量表等。下面我们具体分析他们如何进行风险识别。

资产负债表显示某时点网上创业者的资产、负债及所有者权益三方面的内容，对资产负债表进行逐项分析，指出存在哪些风险，可能导致何种损失，损失原因是什么。例如：导致现金损失的原因有通货膨胀风险、利率风险，保管过程中有灾害事故风险、被盗、被抢以及其他人为原因引起的风险。

损益表反映一定期间企业财务成果，包括收入、费用和利润。可逐项分析存在何种风险，可能导致的损失。例如收入的减少、费用的增加和利润的减少。

现金流量表反映企业短期营运资金的变化以及报告期内经营状况的变化，可反映企业潜在损失的重要变化。

2. 组织结构图分析法

利用组织结构图描述经济单位的活动性质和规模，反映创业企业的各部门所承担的责任和风险以及各部门之间的内在联系和相互依赖程度，揭示单位内部关键人物对本单位经营管理的影响，反映存在的可能使风险状况恶化的薄弱环节，即描述风险发生的领域。通过组织结构图，可以初步确定风险管理的重点。这对于组织结构复杂、分支机构众多的企业识别内在风险、估计风险严重程度有重要意义。

3. 流程图分析法

流程图分析法是将网上创业者的生产经营过程或管理过程按其内在的逻辑联系绘成作业流程图，针对流程中的每一阶段每一环节进行调查分析识别风险。此方法便于发现容易引出风险事故和损失的环节和部门。

流程图的类型有很多：简单和复杂流程图；内部和外部流程图；实物形态和价值形

态流程图；生产和资金流程图等。

　　例：如图 9-1 所示是某互联网企业的流程图。

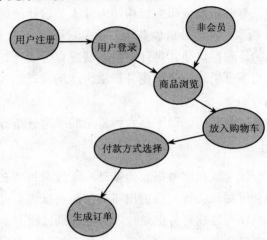

图 9-1　某网络企业的外部流程图

　　上图可用于识别营业中断和连带营业中断风险来源。在上图中可以得出网站的访问者主要有注册用户和非会员。网上创业企业要先了解到注册用户及非注册用户的比例，了解浏览商品的访问者将该商品放入购物车中，最终有几成的用户会与之签订订单。在了解整个过程时，可以在了解访问情况的基础上了解企业的订单量。在某个环节的数值发生变化时，企业及时发现并防范风险的发生。

　　应用流程图法应注意：此方法只是建立在过程分析的基础上的，应当与识别风险的其他方法同时使用。此方法是一般意义的风险识别，不考虑系统的具体细节，不可能指出生产经营过程每一步骤的弱点，也不能对事件发生的可能性进行量化，因此，必须对流程图提出问题，弄清潜在损失的发生频率和程度。

4. 危险因素分析法

　　危险因素分析法是通过考察有可能导致事故的因素来识别风险。先将许多复杂的问题分解为可以处理的部分，然后对每一部分分别进行仔细研究，从中发现所有与之相关的风险。利用树形图可以较直观、全面、深入地分析风险的成因或识别风险，是一种很好的分析工具。

5. 事件树分析法

　　事件树分析法是一种分析事故原因的有效技术。方法是选择某一风险因素作为开始事件，用逻辑推理的方法推论其各种可能的结果以及产生这些结果的途径，从而了解事故发生的原因和条件。

　　事件树分析法理论基础是，任何事故的发生都是一系列事件按时间顺序相继出现的结果，前一事件的出现是随后事件发生的条件，在事件的发展过程中，每一事件有两种可能的状态，即成功和失败。

　　从各种事件不同状态的组合可得到不同的结果，事件树分析法就是对事物发展的各个环节进行判断从而得出系统发生的各种可能结果。

　　例：以 3Q 之争为例说明事件树分析过程，见图 9-2 所示。

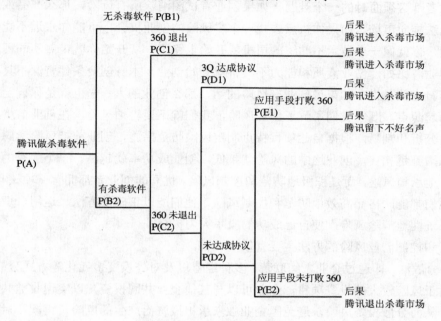

图 9-2　事件树分析图

　　事件树分析法是宏观地分析事故发生过程的方法，对掌握事故的发生、控制事故的发生是很有益的。

　　若每一事件发生的概率是已知的，则可以计算出各种后果发生的概率。能进行定性分析还能进行定量分析。但需要大量资料和时间，故一般只在风险很大或隐患很深的系统中才采用。

6．损失统计分析法

　　对于特大型企业可以通过对以往损失事件的统计记录进行分析来识别风险，这些记录可以通过风险管理信息系统收集到。

　　以往的统计记录使得网上创业者能够自己分析已发生的损失事件的趋势，并能把它与其他类似单位相比较。由于 RMIS 越来越先进，而且便于使用，预计越来越多的经济单位将能更有效的在风险管理活动中使用损失统计分析法。因此，网上创业者必须根据实际条件和具体情况选择效果最优的方法或方法组合，通常同时运用几种方法才能收到良好的效果。

9.3　网上创业风险防范和控制方法

　　市场经济的残酷决定了创业没有零风险。创业之路充满了风险，防范和控制风险是每个创业者都必须面对的一个难题。如果创业者试图消除所有风险，那么产品或服务就永远也无法推向市场。如果你执意去找一个零风险的创业机会，可能你永远不能创业。很多时候，你就像一个技术不熟练的司机就开始上路了，从开始你就带着不同程度的风险开始创业，比如，创业素质和能力不具备就开始创业，本身创业条件资源不具备就开始创业等。也就是说，如果说创业有风险的话，那么创业的人——也就是你自己才是最大的风险起源点。既然我们了解了创业风险，我们就不要害怕风险，在创业前就必须对风险做出分析和判断，根据自己项目特点制定风险防范措施，创业前把风险考虑得越周全，防范措施越扎实，创业途中的风险就越低，创业成功率就越高。一个优秀的创业者不会被动地承担风险，而是积极地防范和控制风险。优秀的创业者都拥有一项核心能力，那就是他们都能严格而高效地防范和控制风险，他们能以正确的方法、运用合理的资源迅速并系统性地消除风险，使自己成功的概率大为提高。

　　防范和控制创业风险的方法主要有以下 5 种。

　　（1）分散法。即通过企业之间联营、多种经营以及对外投资多元化等方式分散风险。比如，对于风险较大的投资项目，企业可以与其他企业共同投资，以实现收益共享，风险共担，从而分散投资风险，避免因企业独家承担投资而产生的风险。再次，对外投资多元化。可以在分散投资风险的情况下，实现预期的投资收益。

　　（2）回避法。即通过放弃或停止业务活动来回避风险源。虽然潜在的或不确定的损失能就此避免，但获得利益的机会也会因此丧失。

　　（3）转移法。即通过某种手段将部分或全部风险转移给他人承担的方法，包括保险转移和非保险转移。采用转移风险的方式将风险部分或全部转移给他人承担，可以大大降低企业的风险。

　　（4）降低法。即面对客观存在的风险，努力采取措施降低风险的方法。一是通过支付一定的代价减少风险损失出现的可能性，降低损失程度。二是采取措施增强风险主体抵御风险损失的能力。三是通过建立健全管理制度来减少损失出现的可能性。企业制度决定企业命运，这句耳熟能详的话真正运用起来常常不那么容易。特别是创业初期，企业股东要么是朋友、同学，要么是亲人，所以往往碍于情面而没有事先严格制定企业制度，结果为企业日后经营留下巨大的隐患，仅仅依靠道德的力量来约束股东或经营者，注定以失败告终。因此，在创业者创业初期，就要加强管理，建立健全企业各种规章制度，依靠制度防范和控制各种风险。要在充分分析可能发生的风险的基础上，制定公司章程、完善法人治理结构、建立科学民主的决策机制、建立合理的激励和约束机制，建立健全财务管理、生产管理、市场营销管理、知识产权保护、人力资源管理和网上信息管理、支付管理、物流管理、网站系统安全管理等各项管理制度。

（5）自我保险法。即企业自身承担风险。比如企业预先提留风险补偿资金，实行分期摊销，以此降低风险损失对企业正常生产经营的影响。

📖 【案例】　　　　　　　　风险管理两大失败案例

【案例一】卢九州米粒商城倒闭之真正原因——股权结构太分散无法融资

风险类型：管理风险

代表企业：深圳米粒商城

深圳米粒商城于 2008 年 10 月 22 日正式上线，与 700 多个国际高端化妆品品牌达成合作，各种上线商品达 20000 种。

2009 年 7 月，米粒商城完成首轮千万元级别天使投资，被网易科技、腾讯科技等众多媒体广泛报导。

2009 年 8 月，米粒商城入选 2009 消费者最喜爱的网站 TOP100 评选活动美容化妆品类前三名。

2009 年 9 月，米粒商城被中国电子商务研究中心评为中国电子商务十二年 B2C 类领军企业。

2010 年 11 月 7 日，米粒商城正式关闭。

2010 年 12 月 8 日，当听说当当网正式登录美国纽交所的时候，卢九州的心中百感交集。1 个月零 3 天前（2010 年 11 月 7 日），他亲手关闭了自己辛苦创办的米粒商城。这个国际大牌化妆品 B2C 平台一度挤入行业三甲，也曾迎来过美好的前景，却在外界一片迷惑中猝然倒闭。

南国的深圳或许没有真正意义上的寒冷，哪怕到了秋冬之季，温暖的热带气候依然维持着 20 多摄氏度的宜人天气。然而，望着窗外落日余晖，卢九州只觉得人去楼空的办公室分外凄凉。

他没有看错，中国的 B2C 市场依然大有可为，当当网的上市就是明证；他也清楚在成为行业传奇之前，当当网也同样经历过挣扎与困顿；只是当当网最终迎来了曙光，米粒网倒在了黎明之前。

有准备之仗

当一个 B2C 公司走向死亡，我们首先想到的总是追寻它的"不良基因"：它的供应链是否有问题？它的 IT 系统是否能够支撑它的发展？它的推广是否卓有成效？或者简单地归结为一句话：它是否是准备不足，头脑发热，跟风上马？

米粒商城，似乎并不存在这些问题。

它的创始人卢九州，已经在化妆品行业从业了十余年，常年在香港做化妆品贸易。

同时，他也是电子商务的老玩家，2004 年就创办以 B2B 为核心业务的"容易网"，对于电子商务，他也有自己多年的研究和独到的观察。

卢九州在化妆品行业多年积累的人脉关系是他相信自己能够成功的重要保证。当时，国内的进口品牌化妆品 B2C 市场尚在襁褓之中，绝大多数竞争者都是小打小闹，其供货渠道根本难以与卢九州相比。

例如，一款欧莱雅的面霜他进货包括运费只要 40 多元，而许多竞争对手的成本却高达 60 元——这简直是压倒性的优势。通常是，他正常拿货的价格相当于别人拿即将到期的尾货的价格。

在行业内的"好人缘"也同样体现在账期上。此前，卢九州一直做化妆品的大宗贸易，B2C 业务完全可以依托自己原有的资源，先销售，后回款。从 2006 年到 2008 年期间，卢九州也一直在忙这些事儿，拜访了以前那些供应商老朋友，换回的成果，则是后来米粒商城超过 70% 的化妆品都拿到了非常优厚的账期。米粒商城的资金周转率大幅提高了，老卢的人脉资源优势尽显。

最后就是成立公司的问题了。为了便利，卢九州没有成立新公司，又拿出了"闲置"资源中联通信有限公司作为运营平台，中联通信当初是为了运作"容易网"成立的，并且已经完成了它的"历史使命"。这家公司拥有完善的电子商务运作资质，可以免去米粒商城许多不必要的麻烦。

命运就在这里埋下了伏笔：中联通信并不是卢九州自己一个人的公司，这家公司是自己与几个好友合开的。但卢九州当时的考虑是，公司其余的股东都是好朋友，没什么可担心的，反正他们也不参与经营，从而没有科学合理地设置股权结构。

的确，对于原先的股东，这家公司已经没有什么价值，这当然意味着卢九州可以轻易获得股东们的支持。但他忽略了一个问题：没有价值同样意味着没有责任，倘若公司今后遭遇困境，股东很可能不认真对待，甚至将这个公司轻易抛弃。

然而，未来的日子总是难料的，当时的卢九州不可能想到问题会在这样的细枝末节中滋长。他更愿意信赖这些不参与经营的好朋友、老股东支持他的诚意，就像之前各路朋友在货源、账期上给予的帮助一样，而大家更是表示"都是兄弟"、"不存在问题"。

2008 年 12 月，国际品牌化妆品 B2C 平台米粒商城正式上线。

不烧钱的 B2C

如果说米粒商城有什么明显的短板，缺钱是一个大问题。

纵观中国 B2C 乃至整个网络经济的发展史，要抢占市场，哪一个公司不是疯狂烧钱？而刚刚诞生的米粒商城，却没有这么多钱好烧——当时，公司的注册资本只有 100 来万元。

没钱自然有没钱的活法。

第一个办法是不打价格战。前米粒商城高层张帆认为，网购化妆品的消费者不仅关注价格，更关注商品的品质，尤其是真伪。而米粒商城从上线起就承诺"7 天包换"，同时所有商品都从香港直邮，一些邮包中甚至还有通关时的报税单，这样一来，米粒商城不仅信誉度大增，其价格也有了依托。

相比价格战，推广费用更是 B2C 网站烧钱的无底洞。在这个问题上，米粒商城前 CEO 周彩霞曾无不得意地说，"我们推广没花一分钱"。

想要不花钱做推广，首先得会"借势"和"借力"。2009 年期间，网易、迅雷、优酷等大型互联网企业都开始建设网络商城，这些公司有客户资源，米粒商城则有产品，资源交换成为了米粒的第一选择。

米粒商城凭啥能做成"无本买卖"？除了卢九州，公司管理层其他人也在圈内拥有颇多资源，例如，周彩霞之前就有丰富的互联网媒体从业经验，和业内许多公司都有不错的关系。

周彩霞记得，正是因为朋友帮忙，米粒成为了入驻迅雷商城的第一批商户。甫一上线，米粒就得到了迅雷的大力推广，当天晚上就突然涌入了近 80 万的访问量，"服务器一下就 down 机了"。尽管没过多久迅雷放弃了商城项目，但米粒的注册用户和销售额都有了一次爆发性增长。

米粒商城一直做得有声有色。他们成为了腾讯拍拍上位列前 3 的卖家，2009 年 6 月销售额突破 50 万元，当年 12 月突破 70 万元。此外，他们又进一步拓展了论坛、团购等推广方式，甚至成为工商银行等大型企业的合作伙伴。

然而，这毕竟只是没钱的权宜之计，因为"免费的推广做不长"。

"当初 360 的朋友来找我们，说在他们的导航上做推广，一个月 4000 元，我们都没有做。现在 4000 元得是一天的价格了吧？"要是有钱，米粒商城肯定也会大把用来推广，甚至做得更精准，但资金始终是制约米粒加速发展的瓶颈。谈到这些往事，周彩霞至今难掩遗憾。

找钱，找钱

让捉襟见肘的资金制约米粒网的发展绝不是卢九州做米粒商城的本意，他的目标是要把米粒做成化妆品 B2C 的第一。事实上，从创办米粒商城的那天开始，他就已经开始为米粒寻找投资。

这是中国 B2C 投资风起云涌的时代。据统计，2009 年～2010 年期间，中国电子商务 B2C 市场公开的投资就有 59 起，已披露投资金额为 6 亿美元。京东商城、玛萨玛索、兰亭集势、麦包包、梦芭莎，一个个 B2C 江湖耳熟能详的名字都通过各路 VC（风险投资）、PE 获得了继续前进的资金。而在 2009 年 6 月，米粒商城传出了获得第一笔投资的消息。

根据当时的报道，这是一笔 1000 万元的风险投资，但卢九州表示，那其实是外界误传，实际上是引入了 3 个新的个人股东，总投资额只有 200 万元。而这 200 万元也没有一次到位，而是分成了 2 笔各 100 万元，分成了 2 次投入。

相比其他成熟 B2C 公司动辄数千万上亿的投资，这 200 万似乎不值一提。然而卢九州看重的是，在 3 个新股东当中，有 2 个股东都是深圳投资圈里的老玩家，和众多投资机构保持着紧密的联系，引入他们，不仅是为这 200 万元投入，更重要的，是通过他们把米粒推销给众多的投资机构。

新股东也确实很给力。在引入 3 个新股东之后，米粒商城的引资计划进展迅速，卢九州先后接触了好几家投资机构，对米粒感兴趣的不在少数。

在与投资方反复的"相亲"过程中，AIG 集团旗下一家香港的产业投资基金逐渐脱颖而出。

这家基金投资金额为 3000 万元人民币。作为第一轮的投资，这笔钱不算太多，但已经足以让卢九州继续推进他对米粒商城的规划——他准备加强推广，同时建设仓储系统，提高市场反应速度，从单纯的对个人用户的 B2C 向小额批发延伸。而要完成这一步，他所需要的资金也正好在 3000 万元左右。

投资机构对米粒商城的"品相"同样也颇为满意。当时，米粒商城拥有约 8 万个活跃用户，平均每 6 个月消费一次，每客单消费约 1.2 件商品，金额约为 400 元。关键是这些成绩几乎是在"零推广费"的条件下完成的，倘若引入资金，其前途不可限量。

2009 年下半年，投资方的人员开始进驻米粒商城，开始进行对账等工作。看到这一情景，当初 70 平方米的办公室里成天洋溢着欢欣与期待，员工们都认为公司获得真正的风投已经近在咫尺，未来一片光明。

对账的结果同样令投资机构非常满意，但要完成投资，米粒商城还面临着一个问题：股东太多，股权结构太分散。投资机构要求：股东们必须缩股！

非暴力不合作

应当说缩股并不是什么出人意料的事儿，好多公司在引进投资前都是这么操作的。卢九州想得很简单：哪怕是缩了股，投资进来之后公司快速发展，股东依然还是受益者，可谓多赢。然而事情具体到了实施环节，卢九州发现局势变得复杂暧昧起来。

首先，在米粒商城股权分部分散，卢九州是大股东，仅持有 31.2% 的股份，其他 5 个各自持有百分之十几的股份。根据投资方的要求，除了卢九州以外，其他股东的总持股量应缩减到 33% 以内。

股份要怎么缩，卢九州说了都不算——谁说了也不算。据说缩股方案一个个出台，包括内部增资、成立新公司重新分配股权等，但最终都没有了下文。猜测自然四起。

外人问起，卢九州一直说股东们的矛盾主要是"认知上的矛盾"。他的分析也是有道理的，股东们在各自的专业领域里都是专家，都坚持己见，有股东认为公司现在的方向存在问题，也有股东不认同引资的方式。

不仅干实业的股东和做投资的股东看法不同，就是同样做投资的股东，对于缩股方案、投资机构的要求都有截然不同的判断。偏偏股东们都是生活中都认识、有交情的，说服不了对方，又抹不开面子，只好"不讨论"；平日里积累了些矛盾的，小情绪也顺势延续到缩股的谈判中，最后各方更难达成一致。

有一点是卢九州或许不愿意点破的，不少人认为，新老股东利益难以平衡是一个重要的矛盾。

新股东认为自己投入了 200 万元，几乎比老股东多投入了一倍，应该在获得投资后占有更多股份；而老股东认为大家原本持股相当，那么获得风投后收益也该相同。

是的，3000 万元的投资吊高了所有人的胃口。即使谁想要出面收购别人的股权，价格也已经涨了好几倍。有的股东再退一步想，反正最初都没投多少钱，就算是亏了也没什么影响，所以先拖着吧，谁让步谁吃亏。

虽然"直到米粒商城倒闭，大家都没有吵过一次架，撕破一次脸皮"，但是这些熟悉彼此的股东们"默契"地开始了非暴力不合作。

什么叫非暴力不合作？就是也不说不行，也坚决不说行，全都一拖到底。变更股权、引资增资等问题，本来需要 2/3 以上的股东同意，但每次召集股东开会商量，最多只能来两三个人，剩下的股东全都有这样那样的理由无法到会。

卢九州不是个手腕强硬的人，他自始至终都不知道怎样放下朋友的身段，与这些昔日交好的朋友赤裸裸地博弈，面对股东不来开会的尴尬局面也无计可施。

人来不了没关系，卢九州退了一步提议，电话谈了传真签文件。结果，那些说好了传过去就签署的文件，从来都是传过去之后就没人搭理，事后又一问三不知。在米粒商城最后的几个月里，卢九州想尽一切办法去找那些"股东朋友"们，但换来的却是干脆没人搭理，大半年的时间，甚至连一次股东会议都没有开成。

总结米粒商城已经倒闭的原因，根子在于股东太多，股权结构太分散，谁说了也不算，初始投入又少，股东们也没什么责任心，不拿米粒商城当回事。风险投资人，一定会关注公司的股权结构，如果股权结构太分散，风险投资人是不愿投资的，没有钱，资金链断裂，最终导致米粒商城倒闭。而决策者的个性和手腕不够强势，感情用事，管理不力，也是外界认为米粒商城引资失败的一个因素。

哪怕如今米粒商城已经倒闭，卢九州依然不愿对那些实质上阻挠了米粒商城引资的股东们口吐恶言，反反复复仍落到"朋友"的身份上——昔日他得益于友人相助，怎会想到今天受困于友人之手？

倒是一个米粒商城的前高管说得更加直白："轻公司不仅资产要轻，股权结构更得轻。"

终局之日

到 2010 年 5 月，米粒商城几乎花光了上一次投入的 200 万元，但股东会议尚且遥遥无期，更不必说实质性的缩股了。卢九州一方面竭力维持公司运作，一方面又要想尽办法协调看上去根本无法协调的股东分歧——他已身心俱疲。我们不知道还有什么力量支撑着他，让他又勉强把米粒商城维持了半年，或许正如他所说，是因为"米粒商城就像我的孩子"。

2010 年 11 月 5 日,为投资问题折腾了一年多的化妆品 B2C 网站米粒商城正式关闭，死因是股东"血栓"，投资无法进入。

接下来的解散时间更是凄凉，却是卢九州不得不面对的。

他把公司最后 10 多个员工召集到了会议室。他听到员工们还在窃窃私语："股东开会有结果了吗？""公司拿到钱没有？"但一看到卢九州阴沉的脸色，员工们顿时已明白了一大半。

这个身高一米九几的男人，曾经被戏称为深圳电子商务圈里的"第一高人"，但此刻，这个一直保持乐观的"高人"已经没有办法。几个做客服和财务的姑娘哭了起来，满身疲惫的卢九州还是不得不黯然地宣布，因为自己压力太大，股东意见无法协调，米粒商城将从即日起停止运营。

卢九州开始一个一个地询问员工们还有什么意见，但多数人都已哽噎得说不出话来。卢九州告诉大家，已经帮大家安排了工作，隔壁的王总马上就过来和大家见面，愿意去的下周一就可以过去上班，但随后王总过来说了什么话，现在几乎没有人能想起来——不管是卢九州还是坚守的员工们，面对这样结局，都非常需要休息。

离开会议室之后，财务按卢九州的吩咐打开了库房的大门，让大家把剩下的一些化妆品拿走，权当补发的工资。"还有计算机，大家都搬走吧。"看着沉默而匆忙的员工们，卢九州补充了这一句。办公室很快人去楼空。

（资料来源：创业第一步网，http://www.cyone.com.cn/Article/Article_15606_3.html）

【案例二】　　　　　　　　摩托罗拉陷入战略迷途

风险类型：战略风险

典型企业：摩托罗拉

摩托罗拉在中国的市场占有率由 1995 年 60% 以上跌至 2007 年的 12%。

10 年前，摩托罗拉还一直是引领尖端技术和卓越典范的代表，享有着全球最受尊敬公司之一的尊崇地位。它一度前无古人地每隔 10 年便开创一个工业领域，有的 10 年还开创两个。成立 80 年来，发明过车载收音机、彩色电视机显像管、全晶体管彩色电视机、半导体微处理器、对讲机、寻呼机、大哥大（蜂窝电话）以及"六西格玛"质量管理体系认证，它先后开创了汽车电子、晶体管彩色电视机、集群通信、半导体、移动通信和手机等多个产业，并长时间在各个领域中找不到对手。但是这样一家有着煊赫历史的企业，在 2003 年手机的品牌竞争力排在第一位，2004 年被诺基亚超过排在了第二位，而到了 2005 年，则又被三星超过，排到了第三位。而在 2008 年 5 月，市场调研厂商 IDC

和战略分析公司 Strategy Analytics 表示，摩托罗拉可能在 2008 年年底之前失去北美市场占有率第一的位置。摩托罗拉的当季报也显示，2008 年第一季度全球手机销量下降 39%，手机部门亏损 4.18 亿美元，与上年同期相比亏损额增加了 80%。

败于"铱星计划"

为了夺得对世界移动通信市场的主动权，并实现在世界任何地方使用无线手机通信，以摩托罗拉为首的美国一些公司在政府的帮助下，于 1987 年提出新一代卫星移动通信星座系统——铱星。铱星系统技术上的先进性在目前的卫星通信系统中处于领先地位。铱星系统卫星之间可通过星际链路直接传送信息，这使得铱星系统用户可以不依赖地面网而直接通信，但这也恰恰造成了系统风险大、成本过高、维护成本相对于地面也高出许多。整个卫星系统的维护费一年就需几亿美元之巨。谁也不能否认铱星的高科技含量，但用 66 颗高技术卫星编织起来的世纪末科技童话在商用之初却将自己定位在了"贵族科技"。铱星手机价格每部高达 3000 美元，加上高昂的通话费用，它开业的前两个季度，在全球只发展了 1 万用户，这使得铱星公司前两个季度的亏损即达 10 亿美元。尽管铱星手机后来降低了收费，但仍未能扭转颓势。

营销战略失误

——迷失了产品开发方向。不考虑手机的细分发展，3 年时间仅依赖 V3 一个机型。没有人会否认 V3 作为一款经典手机的地位，正是依靠 V3，摩托罗拉 2005 年全年利润提高了 102%，手机发货量增长 40%，摩托罗拉品牌也重焕生机。尽管 V3 让摩托罗拉重新复苏，更让摩托罗拉看到了夺回市场老大的希望。然而，摩托罗拉过分陶醉于 V3 带来的市场成功。赛迪顾问研究显示，2005 年以前是明星机型的天下，一款明星手机平均可以畅销 2—3 年，而过了 2005 年，手机市场已成了细分市场的天下，手机行业已经朝着智能化、专业拍照、娱乐等方向极度细分，而摩托罗拉似乎对此视而不见。在中国市场，2007 年摩托罗拉仅仅推出 13 款新机型，而其竞争对手三星推出了 54 款机型，诺基亚也有 37 款。

——价格跳水快，自毁品牌形象。在新品跟不上的情况下，降价成了摩托罗拉提高销量不得不采取的手段。许多摩托罗拉的忠实用户把摩托罗拉的手机称为"（价格）跳水冠军"。以 V3 为例，从刚上市时的 6000 多元的高端时尚机型跌入 4000 多元的白领消费群，再到 2000 多元的普通时尚消费群，直到停产前的 1200 多元。短期的大幅降价让不少高端用户无法接受，同时也对 V3 的定位产生了质疑，后果就是对摩托罗拉品牌彻底失去信任。

——推广没有突出卖点的产品。手机消费者在手机厂商的培育和自发发展下，需求变化日益飘忽不定。消费者对手机的要求已经不仅局限在外观方面，苛刻的消费者更多地开始关注手机的配置、功能特色等内在技术因素。以技术见长的摩托罗拉本不应在技术方面让消费者失望，但是现实还是让消费者失望了。从手机零售卖场那些列出来的一目了然的参数中，摩托罗拉的像素、屏幕分辨率、内存几乎都落后于诺基亚等竞争对手的同类机型。自从推出 V3 之后，摩托罗拉发布的绝大部分新品手机无论是 U 系还是 L 系，甚至是 K 系就再也抹不去 V3 的影子，尤其是其金属激光蚀刻键盘设计。V3 的键盘设计的确是经典，但再经典的东西被反反复复无数次拿出来用，也会引起消费者的视觉疲劳，甚至产生抵触情绪，尤其是对于那些换机用户。

组织结构不能支持战略的发展需要

摩托罗拉是一个很重视产品规划的公司，此前摩托罗拉每开发一款新产品，通常先提前数月预测消费趋势。但在快速升级换代的手机行业中，制造商们试图提前数月预测消费者需求是非常困难的。再加上摩托罗拉是一家技术主导型的公司，工程师文化非常浓厚，这种公司通常以自我为中心，唯"技术论"，从而导致摩托罗拉虽然有市场部门专门负责收集消费者需求的信息，但在技术导向型的企业文化里，消费者的需求很难被研发部门真正倾听，研发部门更愿意花费大量精力在那些复杂系统的开发上，从而导致研发与市场需求的脱节。另外，摩托罗拉内部产品规划战略上的不统一、不稳定，还使得上游的元器件采购成本一直降不下来，摩托罗拉每一个型号都有一个全新的平台，平台之间大多不通用，这就带来生产、采购、规划上的难度。对于全球顶级通信设备商而言，同时运营好系统设备和手机终端两块业务，似乎是一项"不可能完成的任务"。摩托罗拉资深副总裁吉尔莫曾说："摩托罗拉内部有一种亟须改变的'孤岛传统'，外界环境的变化如此迅捷，用户的需求越来越苛刻，现在你需要成为整个反应系统的一个环节。"

滥用福利

当外部环境使得摩托罗拉进入战略收缩期，赢利空间不再，高福利的企业传统便有些不合时宜。

据了解，美国摩托罗拉公司在每年的薪资福利调整前，都对市场价格因素及相关的、有代表性企业的薪资福利状况进行比较调查，以便使公司在制定薪资福利政策时，与其他企业相比能保持优势和具有竞争力。摩托罗拉员工享受政府规定的医疗、养老、失业等保障。在中国，为员工提供免费午餐、班车，并成为向员工提供住房的外资企业之一。

（资料来源：http://www.ppm.cn/htm/article1_view.asp?id=3108）

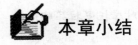 **本章小结**

网上创业已经成为一种趋势，但是创业者切勿盲目跟从，应该具有风险防范意识，在实施自己的创业项目对注重防范和控制风险。本章阐述了网上创业的风险类型、风险识别、创业风险防范和控制方法等知识。通过本章的学习，学会对网上创业项目的风险进行识别和评估，提出应对风险的对策。

技能训练

1. 在互联网中找到一家成立不久的虚拟企业，对于其风险进行分析，并提出相应的对策。

2. 对传统企业的风险类型与网上创业特有的风险类型进行比较分析。

 思考与练习

1. 网上风险识别的意义是什么？

2. 简述技术风险。

3. 简述网上创业的风险识别。

4. 简述网上创业风险识别的方法。

5. 风险防范和控制的方法有哪些？

参考文献

[1] 杨涌滨．论当代大学生创业能力及其培养[J]．河南社会科学，2003．
[2] 罗天虎．创业学教程[M]．西安：西北工业大学出版社，2004．
[3] 徐建平．组织行为学[M]．中国人民大学出版社，2008．
[4] 黄海燕．浅析创业团队的组建[J]．商场现代化，2008
[5] 陈荣奎．公司财务理财[M]．厦门大学出版社，2006．
[6] 葛宝山，姚晓芳．创业融资-理论和实务[M]．中国科学技术大学出版社，2003．
[7] 金玲．中小企业融资瓶颈问题及对策[J]．消费导刊，2009．
[8] 李鹏文，李林茂．刍议企业融资中应遵循的原则[J]．江西财税与会计，2001．
[9] 张承龙．在校大学生创业团队建设研究[J]．经营管理者，2009．
[10] 缪家文．创业融资实战[M]．经济科学出版社，2004．
[11] 陈建军．赢在创业：金融风暴下的个人创业[M]．当代世界出版社，2009．
[12] 邵君利．创业企业的融资策略[J]．江苏商论，2004．
[13] 孙德林，孙柏林．创业理论和技能[M]．高等教育出版社，2008．
[14] 杨伟明．创业企业融资策略研究[D]．吉林大学，2007．
[15] 李志刚．网上创业理论与实践[M]．北京：机械工业出版社，2010．
[16] 黄蕾．淘宝入门真经[M]．北京：清华大学出版社，2010．
[17] 才书训．电子商务安全风险管理与控制[M]．东北大学出版社，2004．
[18] 马旭晨．现代项目管理评估[M]．机械工业出版社，2008．
[19] http://www.chinavalue.net/blog/694139.aspx
[20] http://www.doc88.com/p-90259962426.html
[21] http://baike.baidu.com/view/58761.htm#sub58761
[22] http://baike.baidu.com/view/887292.htm
[23] http://baike.baidu.com/view/435075.htm
[24] http://baike.baidu.com/view/451851.htm
[25] http://baike.baidu.com/view/114872.htm
[26] http://baike.baidu.com/view/10090.htm
[27] http://baike.baidu.com/view/26281.htm
[28] http://baike.baidu.com/view/200.htm

[29]　http://baike.baidu.com/view/40851.htm

[30]　http://www.chinaacc.com/new/635_652_201104/06ya126090048.shtml

[31]　http://blog.sina.com.cn/s/blog_47da83520100gal5.html

[32]　朱国麟，崔展望．电子商务项目设计策划与设计[M]．化学工业出版社，2009．

[33]　张仙锋，孙庆兰．电子商务案例分析与比较[M]．西安交通大学出版社，2010．

[34]　孙德林，黄林．创业管理与技能[M]．经济管理出版社，2010．

[35]　http://www.xue5.com/admin/201010/445810.html

[36]　http://china.findlaw.cn/chanquan/yumingzhengyi/ymzyzs/20110406/31326.html

[37]　http://baike.baidu.com/view/2309.htm

[38]　http://blog.sina.com.cn/s/blog_6e9681c80100lq0u.html

反侵权盗版声明

电子工业出版社依法对本作品享有专有出版权。任何未经权利人书面许可，复制、销售或通过信息网络传播本作品的行为，歪曲、篡改、剽窃本作品的行为，均违反《中华人民共和国著作权法》，其行为人应承担相应的民事责任和行政责任，构成犯罪的，将被依法追究刑事责任。

为了维护市场秩序，保护权利人的合法权益，我社将依法查处和打击侵权盗版的单位和个人。欢迎社会各界人士积极举报侵权盗版行为，本社将奖励举报有功人员，并保证举报人的信息不被泄露。

举报电话：（010）88254396；（010）88258888

传　　真：（010）88254397

E-mail：　dbqq@phei.com.cn

通信地址：北京市万寿路 173 信箱

　　　　　电子工业出版社总编办公室

邮　　编：100036